Roland Lange

Höhlenopfer

AF185341

Der Autor

Roland Lange, Jahrgang 1954, studierte in Hamburg Geodäsie. Er arbeitete im Katasteramt in Osterode am Harz als Vermessungsingenieur und schreibt Romane, Liedtexte und Theaterstücke.

Seit einigen Jahren verfolgt Lange mit großem Interesse die archäologischen Ausgrabungen in der Lichtensteinhöhle nahe seinem Geburtsort Förste am Harz. Die dort gemachten bronzezeitlichen Funde haben den Autor zu seiner historischen Erzählung „Der Nachfahre – ein Leben im Schatten des Lichtensteins" inspiriert. Auch in dem vorliegenden Roman beschäftigt er sich mit der Lichtensteinhöhle und verwebt tatsächliche und fiktive Ereignisse zu einem spannenden Krimi.

Roland Lange ist Mitglied im Verband deutscher Schriftsteller (VS).

Roland Lange

Höhlenopfer

Harz-Krimi

Prolibris Verlag

Handlung und Figuren sind frei erfunden. Darum sind eventuelle Über-einstimmungen mit lebenden oder verstorbenen Personen zufällig und nicht beabsichtigt.

Originalausgabe
17. Auflage 2025

©Prolibris Verlag Rolf Wagner, Rasenallee 23 d, 34128 Kassel
buero@prolibris-verlag.de
Titelfoto: © PantherMedia/Christian S.
OSDW AZYMUT Sp. z o. o., Daimlera 2, 02-460 Warszawa, Polen
ISBN: 978-3-935263-74-0

www.prolibris-verlag.de

Für Heidi,

die dem Leben gern mal die Stirn bietet.

Eröffnung

Die Wasserbombe explodierte wenige Zentimeter neben seinem Kopf an der Hauswand. Er hatte keine Chance, ihrer verheerenden Wirkung zu entkommen.

Erschrocken machte er einen Satz zur Seite, blickte fassungslos auf sein völlig durchnässtes Hemd und auf den Fotoapparat in seiner Hand, von dem das Wasser tropfte. Hastig fingerte er ein Taschentuch aus seiner Hose und begann laut fluchend, die wertvolle Spiegelreflexkamera trocken zu tupfen.

Verdammt, warum war er nicht zu Hause geblieben? Warum war er nach Förste gefahren, um dem Schützenfestumzug zuzusehen? Er hätte gewarnt sein müssen. Das Förster Schützenfest war eine Legende. Wenn diese Verrückten in der kleinen Ortschaft am südwestlichen Harzrand alle fünf Jahre ihr Fest feierten, stand das ganze Dorf für zwei Wochenenden Kopf, und die Regeln geordneten Miteinanders waren außer Kraft gesetzt! Mit eigenen Augen hatte er sich von dem Ausnahmezustand überzeugen wollen. Jetzt hatte er die Quittung für seine Neugier bekommen!

Bloß weg, dachte er, nicht eine Minute länger unter diesen Halbwilden bleiben!

Immerhin, etliche farbenfrohe Motive waren ihm im Verlauf des Umzuges schon vor die Linse gekommen, und er hatte sich köstlich über das turbulente Treiben an den verschiedenen Barrikaden amüsiert. Bis zu diesem Augenblick. Plötzlich war er selbst ein Opfer und sah sich dem schadenfrohen Lachen der anderen Passanten ausgesetzt. Was für eine Demütigung!

Er versuchte, sich durch die Menschenwand vor ihm zu drängeln. Es gelang ihm nicht, so sehr er auch seine Ellenbogen einsetzte. Er wurde einfach in Richtung dieser kindischen Biene-Maja-Barrikade geschoben, aus der heraus immer noch Wasserbomben flogen. Plötzlich kam er ins Straucheln und wurde von einem fetten Mann in Grashüpferkostüm aufgefangen. Das Johlen um ihn herum ließ ihn ahnen, welch peinliche Figur er in den wabbeligen Armen des Grashüpfers abgab.

Die Biene Maja rettete ihn aus der unmöglichen Situation. Sie zog ihn von dem Fetten weg und drückte ihn sanft auf einen der Strohballen, die die Barrikade zu den Seiten hin abgrenzten.

»Na, Sie hat es ja übel erwischt. Klatschnass sind Sie!«, summte die Biene.

Er hatte eine bissige Erwiderung auf den Lippen, blieb aber stumm. Stattdessen starrte er auf das dick ausgestopfte gelbbraune Ringelkostüm, aus dem unten zwei dünne Beinchen in gelben Strumpfhosen herausragten. Wie konnte sich ein Mensch nur derart verunstalten?

»Hier – wollen Sie ein Bier?«

Er hob etwas den Kopf und sah die Flasche, die sie ihm entgegenhielt. Langsam griff er danach.

»Danke«, murmelte er und wagte es endlich, ihr ins Gesicht zu blicken.

Die Biene schenkte ihm ein Lächeln. Süß … honigsüß. Er liebte Honig über alles!

»Sind Sie von der Presse?« Sie deutete auf seine immer noch feuchte Kamera.

»Nein, ich …«

Er kam nicht dazu, den Satz zu vollenden. Gierige Hände griffen nach der Biene Maja und zerrten sie von ihm weg. Die Pioniere hatten begonnen, die Barrikade aus dem Weg zu räumen und das Insektenvolk gefangenzunehmen. Wütend sprang er auf. Wollte sich auf die Männer stürzen, die Biene aus ihren brutalen Händen reißen. Sie waren so grob! Sie taten ihr weh! Wie konnten sie es überhaupt wagen, sich dazwischen zu drängen? Dazu hatten sie kein Recht! Das konnte er nicht zulassen! Die Biene gehörte ihm – jedenfalls für den Moment! Solange er sich mit ihr unterhielt!

Er wurde zur Seite gedrängt. Rücksichtslos. Kam nicht an sie heran. Sie ließ sich von den Pionieren wegschleppen. Kreischte und lachte dabei. Es schien ihr zu gefallen. Er ignorierte ihren offensichtlichen Spaß an der Gefangennahme. Wut kochte in ihm hoch. Wie von selbst ballten sich seine Hände zu Fäusten. Er unternahm einen weiteren Versuch, sie zu befreien. Scheiterte erneut.

»Sehen wir uns heute Abend?«, rief sie ihm zu, schon ein paar Meter entfernt. »Beim Tanz? In der Festhalle?«

Ihre Stimme – fast noch süßer als ihr Lächeln. Warum bemerkte er das erst jetzt? Seine Fäuste lösten sich. Er stellte sich auf die Zehenspitzen. Sah nur noch ihren Kopf in der Menge:

»Ich weiß nicht! Möchten ...«, sie war verschwunden, ehe seine Worte sie erreichten.

»Möchten Sie denn, dass ich komme?« hatte er fragen wollen. Er würde es wohl nur erfahren, wenn er zum Tanz in die Halle ginge.

Als sie ihm abends in der Festhalle am Schützenplatz aus einer der hinteren Sitzreihen entgegenkam, hielt er die Luft an. Beinahe hätte er sie nicht wieder erkannt. Was für ein Kontrast! Das pummelige Bienchen vom Tag hatte sich in einen Sommernachtstraum verwandelt! Ein luftiges, hellblaues Kleid aus Stoff, so zart wie ein Hauch, umschmeichelte ihre atemberaubende Figur. Die tagsuber noch hochgesteckten Haare fielen ihr jetzt in sanften Wellen bis auf die Schultern.

Um ihren Hals hatte sie einen Seidenschal gelegt, farblich perfekt auf ihr Kleid abgestimmt. Während sie mit federnden Schritten auf ihn zukam, wehten die Schalenden hinter ihr her, sahen aus wie kleine, durchscheinende Flügelchen. Verliehen ihr das anmutige Aussehen einer Fee. Sie war die Fee der Nacht!

»Komm, tanz mit mir!«, sagte sie, als sie ihn erreicht hatte. Mehr sagte sie nicht.

Er befürchtete einen Moment lang, sie sei beschwipst, vielleicht sogar angetrunken, sodass ihre kesse Art, ihn zu erobern, dem Alkohol zuzuschreiben sei und er schon im nächsten Moment wieder Luft für sie war. Aber sie schien ihn wirklich zu wollen und ließ es ihn spüren. Sie ignorierte die gierigen Blicke ihrer Freunde und Verehrer und missachtete das neidische Tuscheln in ihrem Rücken. Sie war an diesem Abend nur für ihn da und er wusste vor Glück nicht, wohin.

Irgendwann verließen sie die Halle, gingen an die frische Luft, über den Sportplatz, setzten sich in das weiche Rasengrün, oben auf dem Damm. In ihrem Rücken, hinter den dichten Sträuchern, plätscherte leise das Wasser der Söse dahin und nur wenige Meter von ihnen entfernt vergnügte sich ein Pärchen im Dunkel der Sträucher. Ihr Flüstern und Kichern drang bis zu ihnen herüber. Die beiden Turtelnden ließen sich nicht stören, obwohl sie bemerkt haben mussten, dass sie nicht allein waren.

Schweigend saßen sie auf dem Damm, er, der Prinz und sie, die Fee. Schauten zum sternklaren Himmel hinauf und hingen eine Weile ihren Gedanken nach. Als ihre Hand seine berührte, durchlief ihn ein wohliger Glücksschauer. Er wandte ihr den Kopf zu und blickte ihr in die Augen, in diese dunklen, unergründlich tiefen Seen, auf deren Oberfläche sich das Sternenlicht spiegelte.

Langsam beugte er sich vor, hielt zögernd inne, traute sich nicht. Wieder war sie es, die die Hürde überwand. Sie nahm seinen Kopf in ihre Hände und ihre Lippen verschmolzen zu einem ersten, leidenschaftlichen Kuss.

Später gingen sie zurück in die Halle. Tanzten noch ein paar Mal miteinander, tranken etwas. Sie Bier, er Mineralwasser. Er war mit dem Auto gekommen. Sie überredete ihn nicht zum Alkohol. Bot ihm auch nicht an, bei ihr zu übernachten. Nur nach Hause bringen durfte er sie. Bis vor die Haustür. Ein letzter, inniger Kuss, dann war sie im Haus verschwunden.

Er war glücklich. Sie wollte es anscheinend auch langsam angehen lassen. Das gefiel ihm. Sie war eine gute Frau – nicht so eine, wie die meisten anderen …

Sie trafen sich wieder, nach dem Schützenfest. Erst nur ab und zu, dann öfter, bis sie sich schließlich fast jeden Tag sahen. Schon ein Jahr später heirateten sie und Fee zog endgültig bei ihm ein.

Seit jenem Abend in der Festhalle hatte er sie nie anders genannt, als Fee. Sie war seine Fee. Für immer.

»Bis dass der Tod euch scheidet«, hatte der Pastor gesagt.

So sollte es sein!

1.

Dort, wo sich der Waldweg am Fuße des Lichtensteins zur Hang-
seite hin zu einem halbkreisförmigen Platz weitete, hatte man eine
herrliche Sicht über die weite Ebene des Sösetals bis hin zum
Westerhöfer Wald, dem fichtenbestandenen Höhenzug im Westen.

Soeben war die Sonne hinter dem Höhenzug versunken und
hatte das Sösetal zum Abschied in ein warmes, rotgoldenes
Abendlicht getaucht. Der Wind war eingeschlafen und eine melan-
cholische Stimmung lag über der Ebene.

Franz Krüger stand mitten auf dem buchenumsäumten Platz
und starrte nachdenklich den Hang hinauf. Er hatte weder einen
Blick für das einmalige Panorama in seinem Rücken, noch konnte
er die Abendstille genießen, die sich um ihn herum ausbreitete.
Sein Interesse galt ausschließlich einer Öffnung im Berg, die er
von seinem Standort aus nur noch eine kurze Zeit würde erkennen können, ehe das Blätterdach auch den letzten Rest an Hellig-
keit verschluckt hatte.

Ein paar Meter vor ihm ging der ebene Platz mit einem deutlich
sichtbaren Knick in den steilen Hang über. Treppenstufen waren
in den abschüssigen Waldboden modelliert, die von Brettern und
kurzen, senkrecht bis auf Stufenniveau in den Boden gerammten
Pfählen in Form gehalten wurden. Die Stufen waren mittlerweile
derart ausgetreten, dass man sie nur noch mit größter Vorsicht
hinauf- und hinabsteigen konnte. Wäre da nicht das provisorische
Geländer gewesen, schlanke, dünne Fichtenstämme, die man an
die wesentlich dickeren Stämme der Buchen unmittelbar neben
den Stufen genagelt hatte, kaum jemand wäre unfallfrei auf die
kleine Plattform vor der Öffnung im Berg gelangt und hätte in
den künstlich angelegten Stollen kriechen können – den seitlichen
Zugang zur Lichtensteinhöhle.

Heute Mittag erst waren sie in der Höhle gewesen – er, zusammen mit dem Kreisarchäologen und diesem Studenten, dessen
Namen er sich nicht merken konnte. Da hatte er etwas bemerkt.

Ein kurzes Aufblitzen nur, als der Schein seiner Helmlampe über eine kleine Nische am Fuße des freigelegten Schlotes gewandert war. Er hatte keine Zeit gehabt nachzuschauen, denn schon hatten die anderen beiden wieder den Rückzug aus der Höhle angetreten und ihn mit nach draußen gedrängt. Er glaubte ein goldenes Kettchen erkannt zu haben, vor allem den Anhänger, einen springenden Delphin.

Er hatte seine Entdeckung für sich behalten und sich vorgenommen, später noch einmal in die Höhle zu kriechen. Ohne Begleitung. Er musste wissen, ob dieses Schmuckstück tatsächlich in der Höhle lag und er endlich etwas in der Hand hatte, woraus er dem Großmaul einen Strick drehen konnte.

»Ich mache das jetzt«, murmelte Krüger gegen sein Unbehagen an, »dafür bin ich schließlich hier. Ich ziehe bestimmt nicht den Schwanz ein. Du Scheißkerl hast mich die längste Zeit lächerlich gemacht.«

Nach all den Jahren, die er nun schon in Höhlen herumgekrochen war, hätte er nicht gedacht, dass er noch ein mulmiges Gefühl bekäme. Das hier war immerhin »seine« Höhle! Er kannte sich aus in der Lichtensteinhöhle. Aber es war sein erster Alleingang tief in das enge, verwinkelte Höhlensystem hinein, er war mit seinen fast sechzig Jahren nicht mehr der Jüngste und er wusste mittlerweile um die Gefahren. Er gab sich einen Ruck und riss seinen Blick vom Stolleneingang los. Was sollte schon passieren?

Langsam ging er auf seinen Passat zu. Im Kofferraum lag seine gesamte Ausrüstung. Er zwängte sich in den blauen Overall. Der Einteiler aus derbem Baumwollstoff war am Hinterteil und an den Knien mittlerweile stark abgenutzt und wies Spuren von Gipsschlamm auf, denen auch intensives Waschen nichts mehr anhaben konnte. Nachdem er sich die Gummistiefel übergestreift und die LED-Lampe an seinem Helm überprüft hatte, blickte er sich suchend nach Joggern oder Mountainbikern um. Auch wenn diese nachtaktiven Freizeitsportler harmlos waren, meist grußlos vorbeihuschten und ihren eigenen Gedanken nachhingen, sahen sie vielleicht doch Dinge, die nicht für ihre Augen bestimmt waren.

Aber er war allein, stieg die Stufen zur Plattform hinauf. Oben angekommen zog er entschlossen die knapp einen Meter hohe eiserne Eingangstür zurück. Sie war nur lose am Rahmen angelehnt, seit man sie letzte Nacht aufgebrochen hatte. Ein kurzer Blick zurück ins Tal, einmal tief durchgeatmet, dann schaltete er die Helmlampe ein, ging in die Hocke und schob sich, die Füße voran, in den Stollen hinein.

Es dauerte einen Moment, bis er die Beklemmung abgeschüttelt hatte, die sich immer wieder wie ein eiserner Ring um seine Brust legte, wenn er in »seine« Höhle einstieg. Er hatte sich nie richtig an diesen abrupten Übergang gewöhnen können, wenn er die scheinbar grenzenlose Bewegungsfreiheit außerhalb des Berges gegen die Enge in den zerklüfteten Gesteinsröhren mit manchmal nicht mehr als gerade mal dreißig Zentimetern Durchmesser tauschte. Er hasste dieses nur ein oder zwei Minuten andauernde Gefühl, lebendig begraben zu sein, umschlossen von Gipsfelsen, die ihn, kaum eine Handbreit von seiner Nasenspitze entfernt, zu erdrücken schienen. Hilflos und winzig kam er sich vor, musste mit ausgestreckten, manchmal auch an den Körper angelegten Armen vorwärts robben mit Bewegungen, die denen eines Wurmes oder einer Schlange ähnelten und die Gelenke und Muskeln in ihm aktivierten, von denen er normalerweise nicht einmal wusste, dass er sie überhaupt besaß.

Dann weitete sich der Gang ein wenig, er drehte sich aus der Rückenlage auf den Bauch und zog Beine und Arme an, damit er in die Hocke kam. Als er den Berndsaal erreichte, konnte er sich endlich etwas aufrichten und noch ein Stück weiter sogar zu voller Größe ausstrecken. Ein kurzer Blick nach oben in den Schlot hinein, dann ging er wieder zurück in die Hocke. Auf allen Vieren kriechend machte er sich auf die Suche nach dem Kettchen.

Er ließ den Lichtkegel seiner Helmlampe einige Male hin und her gleiten, als es plötzlich aus einer der engen Spalten aufblitzte.

»Wusste ich es doch«, brummte Krüger vor sich hin. Ein flüchtiges, triumphierendes Lächeln huschte über sein Gesicht.

Er zog die Lampe von seinem Helm, um sein Fundstück besser auszuleuchten – und schrak zurück. Blinzelte. Schaute noch einmal hin. Er hatte sich nicht geirrt. Dort lag tatsächlich ein Halskettchen mit einem filigranen Anhänger. Doch es war nicht das Kettchen, das er noch vor wenigen Tagen am Hals dieses elenden Mistkerls hatte baumeln sehen. Das Schmuckstück dort im Spalt gehörte ihm! Aber das konnte nicht sein! Seit Jahren trug er es nicht mehr bei sich, sondern verwahrte es zu Hause in einem Versteck, das außer ihm niemand kannte! Plötzlich begannen seine Finger zu zittern.

»Reiß dich zusammen, Mann«, mahnte er sich selbst, »vielleicht ist es gar nicht dein Kettchen.«

Nach mehreren erfolglosen Versuchen gelang es ihm, mit zusammengebissenen Zähnen seine Hand so weit in den schartigen Spalt zu quetschen, dass er das Kettchen zwischen Mittel- und Zeigefinger zu fassen bekam. Der Anhänger hatte ein schwarz-weißes Dekor und war mit einem goldenen Rand eingefasst. Genau wie seiner! Und auf der Rückseite die geschwungenen Linien der winzigen, eingravierten Buchstaben: Ila. Es gab keinen Zweifel mehr!

Ein Berg von Fragen türmte sich jäh in ihm auf. Seine Gedanken rasten, versuchten das Unmögliche mit dem Wahrscheinlichen zur Deckung zu bringen. Eine Gleichung, die nicht aufgehen wollte. Eigentlich hatte er doch nur anhand eines ganz anderen Kettchens den Grabräuber überführen wollen, der es hier vielleicht verloren hatte. Und nun hielt er in seiner aufgeschürften, blutigen Hand ein Schmuckstück, das ihm gehörte, das aber unmöglich hierher gelangt sein konnte, er hatte es seit Jahren nicht mehr getragen. Jemand musste es ihm gestohlen haben. Aber wer und warum?

Er wehrte sich gegen die aufkeimende Angst. Wenn er seinen klaren Verstand bewahrte, würde er das Rätsel lösen. Schnell zog er den Reißverschluss seines Overalls soweit auf, dass er in die Gesäßtasche der Jeans greifen konnte, die er darunter trug. Mit klammen Fingern förderte er sein Portemonnaie zutage, verstaute seinen Fund in dem Geldfach, um die billige, arg strapazierte Geldbörse dann wieder in die enge Tasche zu stecken.

Ein leises Klicken ließ ihn in seiner Bewegung erstarren. Beinahe gleichzeitig war der ganze Höhlenraum, wie ein Festsaal, bis in den letzten Winkel von kaltem Licht erhellt.

Mit einem Ruck fuhr er herum und blinzelte in das grelle Licht einer starken Taschenlampe. Er hob die leere Hand schützend vor seine Augen und taumelte leicht. Mit einer Bewegung seiner Arme versuchte er, sich im Gleichgewicht zu halten, dabei rutschte ihm das Portemonnaie aus der Hand und verlor sich in einem Spalt.

»Dr. Stein? Sind Sie das?«, rief er, einer ersten, spontanen Vermutung nachgebend. Er bekam keine Antwort, alles blieb ruhig.

»Verdammt, was soll das? Ich kann Sie nicht erkennen. Sie blenden mich!« Er legte seinen Kopf ein kleines Stück zur Seite, um dem Lichtkegel auszuweichen. Die Taschenlampe folgte seiner Bewegung.

»Mann, hören Sie auf mit dem Scheiß!«, brüllte er. »Leuchten Sie woanders hin und sagen Sie endlich was! Zum Teufel, wer sind Sie?« Es fiel ihm schwer, seine Stimme unter Kontrolle zu halten.

Die Person hinter dem Licht blieb stumm.

Er wollte nach vorn schnellen, die Lampe zur Seite schlagen. Doch die Befehle, die sein Gehirn aussandte, erreichten weder Muskeln noch Glieder.

Schlaff und ohne Regung hockte er am Boden. Eine schreckliche Beklemmung machte sich in ihm breit, während er fieberhaft versuchte, seine wirbelnden Gedanken einzufangen und zu ordnen: Wer war da in der Höhle, war er schon vor ihm dort gewesen, er hätte ihn doch hören müssen, hatte er auf ihn gewartet, was wollte er von ihm?

»Hören Sie«, stammelte er mit flacher, angsterfüllter Stimme, »lassen Sie mich gehen, und dann machen Sie, was Sie wollen. Ich werde niemandem etwas verraten.«

Er wusste selbst, es war ein mehr als kläglicher Versuch, dem Eindringling ein Friedensangebot zu machen, und der quittierte das auch sofort mit einem verächtlichen Schnauben.

Nach wie vor war er dem grellen Schein der Taschenlampe hilflos ausgeliefert, bot seinem unsichtbaren Feind einen jämmerlichen Anblick. Es war ihm egal, er robbte hektisch Stück für Stück rückwärts über den nassen Boden, bis er den Widerstand der

Höhlenwand in seinem Rücken spürte. Sein Gegner ließ es geschehen, regte sich immer noch nicht. Er blieb hinter dem Lichtkegel versteckt und beobachtete ihn. Sog zischend die feuchte Luft ein und gab sie schnaubend wieder frei – atmete Mordlust aus.

Krügers Herz raste. Dröhnte mit unerbittlichem Stakkato in seinen Ohren. Es war kalt in der Höhle. Er fror und schwitzte zugleich. Aus all seinen Poren drang die Angst.

Seine Gedanken wurden zum Wirbelsturm, rissen letzte, verzweifelte Hoffnungen mit sich. Keine Flucht. Weder zur Seite, noch nach hinten oder nach oben. Nur nach vorn. Aber da kniete lauernd sein Gegner und weidete sich wahrscheinlich an seiner Hilflosigkeit und Furcht …

Dann, zu seiner eigenen Überraschung, wähnte er sich im Auge des Taifuns. Plötzlich war ihm nichts mehr wichtig. Uninteressant, wer der Eindringling war, ohne Belang, wie er in die Höhle gelangt war, egal, warum er da hockte und was er wollte. Keine Fragen mehr. Er wusste, es gab nur noch die eine, bittere Antwort: Sein Gegenüber wollte ihn töten. Einzig aus diesem Grund war er hier. Merkwürdig, wie wenig ihn diese Erkenntnis erschütterte und wie klar er auf einmal denken konnte.

Krüger spannte seine Muskeln, stützte sich am Felsen in seinem Rücken ab, zog die Beine unmerklich noch ein Stück näher an seinen Körper, atmete tief ein, hielt die Luft an, wollte vorspringen …

Sein Gegner hatte seine Absicht offensichtlich erahnt, war den entscheidenden Bruchteil einer Sekunde schneller als er. Stürzte sich auf ihn und gewährte ihm dabei einen flüchtigen Blick in sein Gesicht, das umrahmt war von einer übergroßen, schwarzen Kapuze.

Krügers Augen weiteten sich vor Überraschung und Entsetzen. Er hatte mit ihm gerechnet. Irgendwann. Aber nicht jetzt! Nicht hier! Nicht so! Die Vergangenheit hatte ihn eingeholt. Viel früher, als erwartet.

Stöhnend fiel er gegen die Felswand zurück. Schmerz ließ seinen Körper zusammenkrampfen.

2.

Kreisarchäologe Dr. Edgar Stein verbrachte eine ausgesprochen unruhige Nacht. Mehrere Male schreckte er, von wirren Traumfantasien gequält, aus dem Schlaf hoch. Dann drehten sich seine Gedanken um Franz Krüger, den Grabungshelfer.

Er hätte den Mann nicht allein an der Höhle übernachten lassen dürfen. Aber Krüger hatte regelrecht darum gebettelt, diese undankbare Aufgabe zu übernehmen. Hätte er es ihm verbieten sollen? Krüger war ein erwachsener Mann, der sich zu helfen wusste, wenn es Probleme gab.

Andererseits – warum sollte es überhaupt Probleme geben? Es musste schon mit dem Teufel zugehen, wenn sich ausgerechnet in dieser Nacht alles Gesindel der Welt am Lichtenstein herumtrieb. Und die Raubgräber hatten vermutlich die Nase voll. Ihr Einbruch war ein totaler Misserfolg gewesen. Kein Wunder, wenn es nichts gab, das sich zu stehlen lohnte. Sie würden kaum einen zweiten Versuch unternehmen. Dr. Stein wusste nicht, warum er sich trotzdem Sorgen machte.

Gegen halb fünf hielt er es kaum noch aus. Wälzte sich unruhig hin und her. Seine Frau wurde wach.

»Was ist denn los?«, nuschelte sie undeutlich und ließ ein leises Schmatzen folgen.

»Gar nichts«, brummte er, »schlaf weiter.«

Er blieb eine Weile regungslos auf dem Rücken liegen, bis er wieder ihr ruhiges, gleichmäßiges Atmen vernahm. Dann schob er vorsichtig die Bettdecke zur Seite und schwang die Beine aus dem Bett. Er beugte sich zu den ausgetretenen Pantoffeln hinunter, nahm sie in die Hand, um keine unnötigen Geräusche zu verursachen, und huschte barfuß zur Toilette.

Nachdem er sich erleichtert hatte, schlüpfte er in die Pantoffeln und ging in die Küche. Ihn fröstelte. Durch die Schlitze der nicht vollständig heruntergelassenen Jalousie am Küchenfenster zwängte sich das erste Tageslicht. Er schlurfte zum Fenster und zog die Jalousie zur Hälfte hoch. Das reichte, um sich zu orientieren.

Aus dem Kühlschrank holte er die Dose mit dem gemahlenen Bohnenkaffee heraus, fummelte eine Filtertüte in die Kaffeemaschine und gab die üblichen vier gehäuften Teelöffel Kaffeepulver hinein. Danach maß er mit der Glaskanne Wasser für einen Pott Kaffee ab. Mit diesem Ritual des Kaffeekochens startete Dr. Stein gewöhnlich ganz in Ruhe in seinen Tag. Heute jedoch war er überhaupt nicht bei der Sache. Während die Kaffeemaschine vor sich hinröchelte, tigerte er unruhig durch die Küche, kramte den Toaster hervor und durchsuchte die Schränke nach etwas Essbarem. Er fand nichts, worauf er Appetit hatte. Immer wieder huschten seine Augen zur Küchenuhr. Die Zeiger schienen stillzustehen.

Schließlich hielt er es nicht mehr aus und griff nach dem Telefon, das er im Vorbeigehen aus der Ladeschale im Hausflur mit in die Küche genommen hatte.

Er wählte die Nummer von Krügers Handy. Es war fast fünf Uhr. Krüger hatte ihm mal gesagt, er sei kein Langschläfer. Sicher stand der Mann schon vor seinem Auto am Wegrand und genoss das frühe Morgenlicht über dem Sösetal. Er ließ es lange läuten. Fünfmal … siebenmal. Krüger nahm nicht ab. Stattdessen meldete sich seine Mailbox. Dr. Stein legte auf, ohne eine Nachricht auf die Box zu sprechen. Krüger war also noch nicht wach.

Hatte er einen so festen Schlaf? Das konnte er sich beim besten Willen nicht vorstellen. Aber es gab noch andere Möglichkeiten: Er hatte sein Handy lautlos gestellt. Oder er inspizierte gerade die Umgebung und hatte sein Handy im Auto liegen lassen.

Dr. Stein beschloss, erst einmal seinen Kaffee zu trinken, damit er halbwegs klar denken konnte. Dann wollte er es noch einmal versuchen. Aber er konnte weder den Kaffee genießen, noch den Toast mit der Aprikosenkonfitüre darauf, für den er sich schließlich entschieden hatte.

Kaum hatte er den letzten Bissen hinuntergewürgt, griff er wieder zum Telefon. Nach einer kleinen Ewigkeit meldete sich erneut die Mailbox.

»Mann, Krüger, wo sind Sie denn, verdammt noch mal? Rufen Sie mich schnellstens zurück!«, blaffte er und wusste noch im selben Augenblick, dass er keine Antwort bekäme.

Irgendetwas war schiefgegangen. Die ganze Zeit schon hatte er es befürchtet. Das Druckgefühl in seiner Magengegend kam nicht von ungefähr. Er atmete schwer. Es hatte keinen Zweck, länger zu warten. Er musste zur Höhle fahren, musste sehen, was geschehen war. Sofort!

Er schlich ins Schlafzimmer zurück, um sich frische Kleidungsstücke herauszuholen. Nicht leise genug. Seine Frau hatte ihn gehört.

»Wieso stehst du denn schon auf?«, fragte sie schläfrig.

»Ich muss zur Höhle.«

»Jetzt schon? Es ist doch noch so früh. Ich denke, der Krüger hält Wache?« Sie räkelte sich wohlig. »Komm, leg dich noch ein bisschen zu mir«, schnurrte sie.

Unter anderen Umständen hätte er nichts lieber getan, als ihrem Wunsch nachzugeben. Doch heute Morgen drängte es ihn, mit eigenen Augen zu sehen, dass es Krüger gut ging.

»Geht nicht. Krüger wartet auf mich«, sagte er daher nicht ganz wahrheitsgemäß und verließ das Schlafzimmer.

Als er seinen VW-Golf auf der kleinen Wegausbuchtung neben dem alten Passat parkte, wirkte auf den ersten Blick alles friedlich. Ein wenig zu friedlich. In dem Bild morgendlicher Naturidylle fehlte ein entscheidendes Detail – Krüger. Kein Grabungshelfer weit und breit. Dr. Stein hatte gehofft, den Mann zu sehen, wie er herumlief und die frische Morgenluft in sich einsog. Oder wie er am Heck seines Passats auf der Kofferraumkante saß und sein mitgebrachtes deftiges Frühstück genoss. Krüger war ein ausgesprochener Liebhaber eines derben Picknicks in freier Natur. Bestimmt hatte er sich gestern Abend ausreichend Proviant eingepackt.

Dr. Stein stieg aus seinem Golf und umrundete den Passat. Der Wagen war leer. Kein Krüger, der zusammengekauert auf der Rückbank lag und schlief. Auch keine Anzeichen, dass der Grabungshelfer im Wagen gesessen oder gelegen hatte. Kein Schleier aus Kondenswasser innen an den Scheiben oder eine unordentlich zurückgelassene Decke vielleicht, in die er sich in der kühlen Nacht eingewickelt hatte.

»Krüger!«, brüllte Dr. Stein in die Stille hinein. »Krüger, wo sind Sie? Antworten Sie!«

Er lauschte angestrengt, bekam aber keine Antwort. Dafür hörte er seinen eigenen Herzschlag lauter schlagen, als ihm lieb war. Der Mann würde ja wohl keinen Morgenspaziergang machen, er war gewissenhaft, hätte sicher bis zur Ablösung hier ausgeharrt.

»Krüger!«, rief er noch einmal, lauter als zuvor.

Wieder keine Antwort.

Hatte ihn jemand gegen seinen Willen von hier weggetrieben oder mitgeschleppt? Oder war er etwa in die Höhle gestiegen? Allein? Ein Wahnsinniger, wenn er das tatsächlich gewagt hatte. Und vor allen Dingen – aus welchem Grund hätte er das tun sollen? Immerhin, es wäre eine Erklärung dafür, dass er nicht geantwortet hatte. In der Höhle hatte er ihn wahrscheinlich gar nicht gehört. Oder doch? Vielleicht hatte er versucht, sich bemerkbar zu machen, aber ihm fehlte die Kraft, weil er sich ernsthaft verletzt hatte! Der Kreisarchäologe war sich plötzlich ganz sicher, dass Krüger in der Höhle lag und seine Hilfe brauchte.

Er verfluchte sich, dass er so kopflos von Zuhause aufgebrochen war. Weder Overall, Stiefel oder Helm hatte er mitgenommen. Er hatte nicht einmal Licht, um sich in der Höhle zu orientieren! Doch – die kleine Taschenlampe! Ein Werbegeschenk und nicht gerade leuchtstark, aber immerhin. Sie musste reichen.

Kurz entschlossen angelte er sich die Lampe aus dem Handschuhfach und stolperte, so schnell er konnte, zur Plattform hinauf. Keuchend erreichte er das kleine Podest. Sofort sah er, dass jemand in die Höhle gekrochen war. Die eiserne Pforte stand offen. Krüger war tatsächlich da drinnen! Der verdammte Idiot!

Dr. Stein schaltete die Taschenlampe ein und steckte sie sich in den Mund, um sie mit den Zähnen festzuhalten. So hatte er wenigstens beide Hände frei. Die brauchte er unbedingt zum Kriechen. Die profillosen Sohlen seiner Schuhe boten ihm keinen ausreichenden Halt.

Schon nach dem ersten Meter, den er auf dem Hosenboden in den Stollen hineinrutschte, drang die schmierige Nässe durch den

Stoff seiner Jeans und verursachte ein unangenehmes Gefühl auf der Haut.

Er musste sich vorsehen, kam nur langsam Zentimeter für Zentimeter voran. Ohne Helm lief er Gefahr, sich den Kopf blutig zu schlagen. Und das spärliche Licht der kleinen Taschenlampe irritierte ihn mehr, als dass es ihm den Weg wies.

Er atmete schwer vor Anspannung. Und vor Angst. Er verfluchte Krüger. Stumm, in ohnmächtiger Wut. Und er verfluchte sich selbst. Dann, endlich hatte er den Zugang zum Berndsaal erreicht und konnte die Lampe aus dem Mund nehmen. Einmal war er mit dem Kopf an einer Felskante entlanggestreift. Kein Problem. Eine kleine Hautabschürfung vielleicht. Mehr nicht.

Er ging in die Hocke und verharrte in gespannter Erwartung: »Krüger?«

Für einen Augenblick hielt er den Atem an und lauschte. Nichts.

»Krüger? Sagen Sie doch was!«

Aber Krüger schwieg. Genau wie die Höhle.

Er kroch die beiden Stufen zum Berndsaal hoch. Spürte sie mehr unter seinen Händen, als dass er sie sah.

Wieder verharrte er. Ließ den kümmerlichen Lichtkegel der Taschenlampe nach vorn gleiten. Im schwachen Lampenschein tauchte das grobstollige, ockergelbe Sohlenprofil von Gummistiefeln auf.

»Mann, Krüger, da sind Sie ja!«

Keine Reaktion.

Der Lichtkegel tastete sich weiter nach vorn, glitt über schwarze Stiefel, über Beine, in blauen, derben Stoff gehüllt, wurde zunehmend zittrig. Blieb einen Moment am Reißverschluss des Overalls hängen, der weit geöffnet war. Bis zum Hosenbund der Jeans, die darunter sichtbar wurden.

Dr. Stein schob sich ein kleines Stück nach vorn, bis auf Höhe der Stiefel.

»Krüger?«

In Brusthöhe wechselte das Blau des Overalls in ein schmutziges Rotbraun. Der Farbwechsel war trotz des allmählich schwächer werdenden Lichtes gut zu erkennen. Dr. Stein schwenkte die

21

Lampe ein wenig nach rechts, dann über den Körper hinweg nach links. Sah die beiden Arme, die schlaff neben dem Körper lagen. Seine Hand sträubte sich, die Lampe auf das Gesicht des Mannes zu richten. Er wollte nicht glauben, dass es Krüger war, der vor ihm lag. Mit aller Kraft kämpfte er gegen seinen inneren Widerstand an, überwand mit einem Ruck die Barriere.

Der Anblick, der sich ihm bot, ließ seine grausamsten Albträume wahr werden. Leere, kalte Augen starrten ihn an, fraßen sich in Sekundenbruchteilen in seine Seele. Über dem weit geöffneten Mund des Toten schien immer noch ein letzter, lautloser Hilfeschrei zu hängen. Deutlich konnte er Krügers längst erstorbene Stimme hören. Sie traf ihn bis ins Mark.

Das bleiche, blutüberströmte Gesicht bereitete ihm unerträgliche Qualen. Trotzdem konnte er sich nicht davon abwenden. Die toten Augen hielten ihn fest. Unerbittlich. Sein Magen begann zu rebellieren. Erst war es ein schwaches, flaues Gefühl. Wenige Sekunden nur. Dann kamen die Krämpfe und das Würgen in der Speiseröhre. Rasend schnell. Im letzten Moment gelang es ihm, seinen Oberkörper ein Stück herumzureißen, ehe er sich mit ungewöhnlicher Heftigkeit auf den Höhlenboden erbrach.

Er japste nach Luft. Stützte sich mit butterweichen Armen am Boden ab. Seine Augen füllten sich mit Tränen und seine Nase tropfte. Kalter Schweiß stand ihm auf der Stirn. Panik überfiel ihn. Schoss ihm durch den Körper und jagte seinen Puls in gefährliche Höhen.

Wie von selbst setzten sich seine Arme und Beine in Bewegung, trieben ihn in blinder Hast aus der Höhle. Er stolperte, schrammte mit dem Kopf an felsigen Kanten vorbei, blieb kurz in Spalten hängen, riss seine Füße aus der schartigen Umklammerung, taumelte weiter, erreichte schließlich den Ausgang.

Die milde Luft des noch jungen Tages umfing ihn. Drang tief in seine Lungen und ließ ihn schreien. Endlich!

Rutschend und stolpernd nahm er die Stufen den Hang hinunter, immer kurz davor, nach vorn überzukippen und sich zu überschlagen. Irgendwie gelang es ihm, die Balance zu halten und unten anzukommen, ohne sich die Knochen zu brechen.

Er taumelte auf seinen Golf zu, sah ihn verschwommen durch den feuchten Schleier vor seinen Augen. Gleichzeitig suchten seine zittrigen Hände in den Hosentaschen nach dem Autoschlüssel, fanden ihn aber nicht sofort.

»Scheiße, Scheiße …«, wimmerte er, als er neben dem Golf stand, immer noch auf der Suche nach dem Schlüssel.

Dann hatte er ihn gefunden, schob ihn nach mehreren Fehlversuchen in das Schloss, öffnete die Fahrertür. Das Handy lag auf dem Beifahrersitz. Es fiel ihm schwer, die richtigen Tasten zu treffen. Sie kamen ihm noch kleiner vor, als sonst.

»Bitte … schnell … kommen Sie! Krüger ist tot … ermordet!«

»Hallo … wer ist denn da?« Eine mürrische Stimme am anderen Ende, in der die Erfahrung mit tausenden, sich ähnlich unpräzise ausdrückenden Anrufern mitschwang. »Wo genau sind Sie? Sagen Sie Ihren Namen und was passiert ist!«

»Stein … Dr. Stein, Archäologe«, röchelte er und schnappte nach Luft, »ich … ich bin … bin an der Lichtenstein … höhle … Krüger liegt in der Höhle … tot …«

Das Handy fiel ihm aus der Hand. Er lehnte sich mit dem Rücken an den Golf und ließ sich langsam zu Boden sacken. Undeutlich drang die Stimme aus dem Handy. Jetzt sehr aufgeregt und laut. Sie erreichte ihn nicht. Zusammengekauert hockte er neben seinem Wagen und starrte einen Moment über das dunstige Sösetal ins Leere. Dann vergrub er unvermittelt sein blutverschmiertes Gesicht zwischen seine Arme und Beine. Seine Kraft war aufgebraucht. Er wurde von Weinkrämpfen geschüttelt.

3.

Die nervtötende Dudelmelodie riss Ingo Behrends aus dem Schlaf. Orientierungslos tastete er mit der rechten Hand zur Seite und zu der Stelle, wo er den Schalter seiner Nachttischlampe vermutete. Bevor er ihn erwischte, fegte er zunächst seinen Eifel-Krimi mit dem bedauernswerten Protagonisten Siggi Baumeister zu Boden, danach das Handy, das munter weiterdudelte. Allerdings drang das Plärren jetzt unter seinem Bett hervor. Er beugte sich mit dem Oberkörper nach vorn über die Kante der Matratze. Mit rechts stützte er sich auf dem Fußboden ab, während seine linke Hand unter dem Bett auf Handysuche ging.

Intuitiv wusste er, wer mit diesem Anruf zu früher Stunde seine Hoffnungen auf einen freien Vormittag grausam zerschlug. Nie wählte sie sein Diensthandy an. Sie nerve ihn lieber auf der Privatschiene, hatte sie einmal zu ihm gesagt. Da sei sie wenigstens sicher, dass sie ihn auch tatsächlich erreiche. Ein dezenter Wink mit dem Zaunpfahl.

Maike de Baer war Kriminalkommissarin und seine Partnerin, seit er die freie Planstelle in der Polizeiinspektion in Northeim erhalten hatte. Das war vor gut einem Jahr gewesen. Nicht alle hatten sich mit ihm über seine Ernennung zum Kriminalhauptkommissar gefreut. Besonders die ortsansässigen Kollegen, die sich ebenfalls Hoffnung auf eine Beförderung gemacht hatten, waren gegenüber dem Mann aus Lüneburg sehr reserviert gewesen. Erst nach und nach hatten sie ihre ablehnende Haltung aufgegeben.

Maike de Baer hatte von Anfang an keine Vorbehalte gegen ihn gehabt. Verständlich, denn sie war nicht ganz schuldlos daran, dass er sich überhaupt auf die freie Stelle in der Kreisstadt zwischen Harz und Solling beworben hatte. Ihre intensiven Gespräche am Rande eines gemeinsamen Lehrgangs hatten ihn bewogen, seine private Situation zu überdenken und seiner langjährigen Lebensgefährtin Lena und Lüneburg den Rücken zu kehren. Trotz seiner etwas holprigen Startphase fühlte er sich äußerst wohl an seinem Arbeitsplatz in Northeim und in seiner neuen Heimat, dem kleinen Ort Förste am Harz.

Und Maike de Baer hatte sich als qualifizierte und zuverlässige Kollegin erwiesen, die allerdings manchmal dazu neigte, ihren Gefühlen und Intuitionen mehr zu trauen als den Fakten. Behrends geriet mit ihr über diese, seiner Meinung nach unprofessionelle Eigenart, immer wieder in heftige Diskussionen, aus denen sich oft entscheidende Anstöße zur Lösung eines Falles ergaben, sodass diese Differenzen ihre gemeinsame Ermittlungsarbeit nicht behinderten.

Trotz ihrer gelegentlichen Differenzen war Maike eine sympathische Kollegin, mit der Behrends sich sehr gut verstand. Allerdings war ihm nie der Gedanke gekommen, es könne irgendwann mehr daraus werden. Sie war zu jung und darüber hinaus nicht mal sein Typ. Sie lebten in völlig unterschiedlichen Welten, hatten fast keine Gemeinsamkeiten und doch harmonierten sie auf diese traumwandlerische Weise miteinander. Jedenfalls dienstlich. Für Behrends war es nahezu perfekt. Wenn er mit ihr zusammen im Einsatz war, fühlte er sich sicher, besonders in etwas heikleren Situationen.

Ihre Anrufe auf seinem Privathandy allerdings, die hasste er. Weil er wusste, dass es dann immer irgendwo »brannte«. Daher brauchte er auch jetzt nicht darauf hoffen, dass sie ihm nur einen guten Morgen wünschen wollte.

»Maike, was ist los?«, nuschelte er in das Telefon, nachdem er es geschafft hatte, das plärrende, nicht einmal handgroße Wunderwerk der Kommunikationstechnik aus einem Berg von Staubflusen unter seinem Bett zu fischen. »Ich schlafe noch und habe bis heute Mittag dienstfrei.«

»Jetzt nicht mehr«, trompetete sie ihm aufgekratzt ins Ohr, »vergiss es und schwing deine lahmen Knochen aus dem Bett. Du wirst gebraucht. Wir haben eine Leiche.«

»Hm ... was denn genau? Unfall?«

Er konnte sich selbst nicht genau erklären, wie er ausgerechnet auf Unfall kam. Maike anscheinend auch nicht: »Was? Unfall? Hallo! Wir sind beim K1 und nicht bei der Verkehrspolizei. Nee, mein Lieber. Ein richtig fieser Mord. Und zwar fast vor deiner Haustür. Am Lichtenstein. In der Höhle ... nein, ich glaube, davor ... bin mir nicht ganz sicher.«

»Wo bist du gerade?« Er hörte im Hintergrund Autogeräusche und das Heulen des Signalhorns.

»Ich fahre bei den Kollegen Wolff und Richter im Streifenwagen mit«, rief Maike, »wir sind ... Moment, warte mal kurz ...« Sie verstummte, und Polizeiobermeister Markus Richter fragte etwas mit seiner unverkennbar schnarrenden Stimme, was Behrends nicht richtig verstand.

»Doch, kannst du«, hörte er seine Kollegin antworten, »dann brauchen wir nicht hintenrum durch das Dorf fahren.« »So, da bin ich wieder«, sagte sie dann zu ihm. »Hast du alles mitbekommen?« Sie wartete seine Antwort erst gar nicht ab. »Also, wir befinden uns noch auf der Straße zwischen Dorste und Förste, biegen aber gleich in den Weg zur Kläranlage ein. Muss ich dir erklären, wie du zur Lichtensteinhöhle kommst, oder weißt du Bescheid?«

»Ich wohne ja nicht erst seit gestern hier«, entgegnete er mit gepresster Stimme. Das Handy am Ohr, war er aus dem Bett gestiegen und hatte begonnen, sich mit einer Hand anzuziehen. Schon bei der Unterhose war er ins Straucheln geraten und hatte jetzt Mühe, nicht lang hinzuschlagen. Wie ein Derwisch hüpfte er auf einem Bein durch das Schlafzimmer, während er mit der freien Hand versuchte, den Slip zu greifen, der am anderen Bein baumelte.

»Geht's dir gut?«, fragte Maike besorgt.

»Ja, prima«, keuchte er gequält, »ich ziehe mich gerade an. Ist nicht ganz einfach, wenn man dabei telefoniert.«

»Dann pass auf, dass du unverletzt bleibst«, lachte Maike, »ich brauche dich lebend.«

»Werd's versuchen.«

»Ach, Ingo, noch was ... komm bitte mit deinem Auto zur Höhle. Es kann dich gerade keiner abholen. Ist das okay?«

»Konntest du denn nicht unseren BMW nehmen und bei mir vorbeikommen?« Er sah Maikes betont herzerweichenden Gesichtsausdruck vor sich, den sie immer aufsetzte, bevor sie dieses kleine Wörtchen Sorry rausließ.

»Sorry«, sagte sie, und er konnte ihr spöttisch gemeintes Bedauern beinahe greifen, »das ging heute Morgen alles ein bisschen holterdipolter. Ich war auch noch nicht im Büro. Die Kollegen haben mich zu Hause in Dorste aufgegabelt. Ich habe ihnen gesagt, dass es in Ordnung geht, wenn wir direkt zur Höhle fahren.«

»Die paar Minuten Umweg waren also nicht mehr drin? Mensch, Maike, so eine Leiche läuft nicht weg!« Jedes Mal, wenn er gezwungen war, seinen Privatwagen für Dienstfahrten einzusetzen, ärgerte er sich. Es bedeutete zusätzlichen Schreibkram. Reisekosten, Tankquittungen und der ganze Quatsch. Die lächerlichen paar Cent, die am Ende dabei heraussprangen, deckten nur ansatzweise die Kosten. Das war Ausbeutung von Abhängigen!

»Na, Sir Toby, gut geschlafen?«

Wie jeden Morgen wurde Behrends von seinem irischen Setter auf der anderen Seite der Schlafzimmertür begrüßt. Der Hund war ein Überbleibsel aus seiner gemeinsamen Zeit mit Lena. Um ein Haar wäre der arme Kerl im Tierheim gelandet. Behrends hatte mit ihm schon vor den Toren des Heimes gestanden. Weil Lena es so wollte. Ein graues, seelenloses Gebäude war das gewesen. Verwahrungsanstalt für gestrandete Kreaturen. Stinkend, laut, abstoßend. Er war auf der Stelle umgekehrt. Keine zehn Pferde hätten ihn dazu gebracht, den Hund dort abzugeben.

Lena hatte ihn für verrückt erklärt, als er mit Sir Toby im Schlepptau wieder zurückgekommen war. Das sei typisch für ihn, hatte sie gemeint, er könne sich einfach nicht von überflüssigen Dingen trennen. Aber letztendlich war es ihr egal gewesen. Solle er doch mit dem Vieh machen, was er wolle. In ihre zukünftige Lebensplanung passe der Hund jedenfalls nicht mehr.

Sir Toby hatte ohnehin nur ein paar Monate in Lenas Lebensplanung gepasst. Als aus dem kleinen, süßen Welpen ein großer, verzogener Rüde geworden war, durfte sich Behrends allein um das Tier kümmern und ihm seine Macken wieder austreiben. Dabei war ihm der bescheuerte Köter tatsächlich ans Herz gewachsen, mit der Konsequenz, dass Sir Toby nach der Trennung von

Lena mit ihm zusammen in das neue Haus in Förste einzog, aller Vernunft zum Trotz.

Behrends kraulte dem Hund den Kopf:

»Junge, ich befürchte, aus unserem Morgenspaziergang wird heute nichts. Ich muss dringend 'nen Mord aufklären, verstehst du?«

Sir Toby blickte sein Herrchen erwartungsfroh an und wedelte freudig mit dem Schwanz. Er zog aus der Liebkosung eindeutig die falschen Schlüsse.

»Na komm, mach hier nicht den Strahlemann«, sagte Behrends und schüttete dem Hund eine Portion Trockenfutter in den Fressnapf. »Es geht einfach nicht. Ich muss los, sonst wird Maike sauer. Und zu Tante Lina kannst du auch nicht. Sie hat heute reichlich um die Ohren.« Tante Lina hieß richtig Lina Beyger, war fünfundsiebzig Jahre alt, rüstige Witwe und Behrends' Nachbarin. Sie hatte bereits am Tag seines Einzugs ins neue Haus mit Sir Toby Freundschaft geschlossen und sich als Hundesitterin angeboten. Wenn er im Dienst sei und sie zwischen ihren vielen Aktivitäten ein Stündchen Zeit finde, könne sie gerne mal nach dem Hund sehen. Vielleicht auch mal Gassi mit ihm gehen. Behrends hatte ihr Angebot gerne angenommen. Dummerweise hatte Tante Lina oft gerade dann keine Zeit, wenn er sie am nötigsten brauchte.

Während der Hund fraß, erledigte Behrends eine schnelle Katzenwäsche, trank eine Tasse Kaffee im Stehen und aß dazu ein pappiges Brötchen vom Tag zuvor. Danach schickte er Sir Toby zum Pinkeln in den kleinen Garten hinter dem Haus. Er beschloss, den Hund mitzunehmen. War ja nicht das erste Mal. Die Kollegen kannten das schon und feixten über die motorisierte Hundehütte, wie sie seinen Octavia Kombi spöttisch nannten. Sein Chef nahm seine Tierliebe nicht ganz so humorvoll hin und würde ihn auch heute wieder ermahnen, endlich eine sinnvolle Unterbringung für den Hund zu finden. Der Mann hatte gut reden!

»Los, rein mit dir«, forderte Behrends den Setter wenig später auf, in den Kofferraum des Octavia zu springen. »Du darfst mit und böse Bullen jagen.«

Auf der Fahrt dachte er daran, dass er es nun in seinem neuen

Zuständigkeitsbereich mit dem ersten Mord zu tun bekommen würde. Kalt, vorsätzlich, brutal. Wenn Maike Recht hatte. Noch war das nicht bestätigt. Vielleicht war es ja doch nur das Übliche – Totschlag im Affekt, Familiendrama, Eifersucht. Und der Mörder stand wie festgenagelt neben seinem Opfer und wartete auf seine Festnahme. Schön wäre es! Er war nicht verrückt danach, seinen Ruf als Polizist durch die Aufklärung von heiklen Mordfällen zusätzlich aufzupolieren. Es gab auch so genug zu tun. Mehr, als ihm lieb war.

Irgendwo in einem romantischen Winkel seiner Seele hatte er bis zu diesem Moment der Wahrheit wohl geglaubt, mit seiner Versetzung in die Provinz am Harzrand könne er auch den schlimmsten aller Kapitalverbrechen den Rücken kehren. Schwachsinn! Verbrechen kannte keine Grenzen. Er war lange genug Polizist und wusste das.

Inzwischen hatte er die Straße verlassen, fuhr auf einem gut ausgebauten Feldweg, der am Rande des Dorfes entlang bis zur Söse führte. Schon vorher bog er auf einen unbefestigten Weg ab und hatte sein Ziel vor Augen. In dem einen Jahr, das er in Förste wohnte, hatte er den Lichtenstein bisher nur aus der Distanz, im Vorbeifahren wahrgenommen, war dem Waldgebiet um die Höhle und mit dem Mauerrest der mittelalterlichen Burg auf der Kuppe noch nicht näher gekommen. Insofern war heute für ihn nicht nur in einer Hinsicht Premiere.

Weit voraus konnte er die flackernde Wand aus Blaulichtern erkennen. Mit dem Lichtenstein im Hintergrund ergab das ein gespenstisches Panorama, das vor dem strahlenden Sommermorgen über dem Sösetal noch unwirklicher und erschreckender wirkte. Und gleichzeitig anziehend. Behrends schien es, als hätten die Blaulichter mit ihrer Signalwirkung eine Art Katastrophentourismus in Gang gebracht. Unglaublich, wer zu dieser frühen Stunde schon alles unterwegs war, zu Fuß, mit dem Rad oder Auto.

Immerhin, einige der Sensationshungrigen kamen ihm schon wieder entgegen. Mit langen Gesichtern. Seine uniformierten Kollegen von der Schutzpolizei hatten die Zufahrt schon weit vor dem eigentlichen Tatort abgesperrt, um den erwarteten Zustrom Neugieriger frühzeitig zu stoppen. Auch Carola Dietzel, ebenso rasende, wie freiberufliche Reporterin mit Wohnsitz in Förste, wurde gerade abgefertigt und auf die Rückreise geschickt. Sie würde sich in Geduld üben müssen wie alle anderen. Für die Presse gab es keine Extrawurst.

Behrends fuhr vor, als Carola mit ihrem Smart beinahe auf der Stelle gewendet hatte und wütend Gas gab. Er hielt neben seiner jungen Kollegin, die er nicht kannte, vielleicht gehörte sie zur Osteroder Dienststelle.

»Tut mir leid«, wies sie ihn zurück, »aber ich kann Sie leider nicht durchlassen. Bitte wenden Sie und fahren Sie zurück.«

»Äh ... wir kennen uns noch nicht, oder?«, fragte Behrends und fummelte in der Innentasche seines Lederblousons herum.

»Nein«, erwiderte sie barsch, und ihr Gesicht verfinsterte sich. »Hören Sie, ich stehe nicht auf blöde Anmache. Wenden Sie und hauen Sie endlich ab.«

Behrends hob die Hände. »Keine Anst. Ich will Sie nicht anmachen«, sagte er beschwichtigend und hielt ihr seinen Dienstausweis unter die Nase.

»Oh ... Entschuldigung, Herr Hauptkommissar ... ich wusste nicht ...« Sie war sichtlich erschrocken.

»Schon gut, konnten Sie ja auch nicht«, sagte er grinsend, »wahrscheinlich wirke ich irgendwie ziemlich privat.«

»Allerdings.« Die hübsche Polizistin hatte ihre Selbstsicherheit zurückgewonnen. Sie gab ihrem Kollegen ein Zeichen, die Barriere zu entfernen.

Behrends fuhr weiter und sah im Rückspiegel noch, dass sie die Hand zum Gruß an die Dienstmütze gelegt hatte. Bringen die denen immer noch diesen Mist bei, dachte er und trat das Gaspedal durch. Eine imposante Staubfahne wirbelte hinter der Heckscheibe seines Kombis auf. Er reihte sich hinter drei Streifenwagen ein, die rechts auf der Wiese direkt neben dem Weg parkten.

»Okay, Sir Toby, ich glaube, es ist besser, du bleibst erstmal im Auto«, sagte er und drehte sich nach hinten. Der Setter hatte seine Schnauze auf die Rückbanklehne zwischen die Kopfstützen gelegt und blickte ihn vorwurfsvoll an. »Ich bin bald wieder da. Leg dich hin. Platz!«

Wissend, dass sein Herrchen ihn auf unbestimmte Zeit vertröstete, ließ sich der Hund mit einem unzufriedenen Grunzen auf den Boden des Kofferraums sinken. Behrends öffnete alle Fenster einen Spalt, um wenigstens die Sauerstoffzufuhr für Sir Toby zu gewährleisten. Dann stieg er aus.

Aus der Menschenansammlung am Waldrand löste sich Maike de Baer heraus und kam ihm auf einem schmalen Pfad über die Wiese entgegen.

»Hallo Ingo, das ging ja schnell. Kalle und Micha sind gerade erst rein.«

»Wie? Erst rein? Wo rein überhaupt?«, wunderte er sich. Er war davon ausgegangen, dass die beiden Spezialisten vom Erkennungsdienst ihre Arbeit schon fast beendet und alle wichtigen Spuren gesichert hatten. Wie immer, wenn er am Ort des Geschehens eintraf und ohne längere Wartezeit mit seinen Ermittlungen beginnen konnte.

»In die Höhle. Unser Toter liegt nicht vor, sondern in der Höhle. Das ist das Problem.«

»Etwas genauer, bitte«, knurrte Behrends ungehalten, weil er das Problem nicht auf Anhieb erkannte. Dafür wusste er aber mit einiger Sicherheit, dass er mindestens noch eine halbe Stunde länger Zeit gehabt hätte, um zu Hause in aller Ruhe auf Betriebstemperatur zu kommen. Jetzt musste er sich hier wer weiß wie lange die Füße platt stehen und unnütz Adrenalin vergeuden.

»Kalle und Micha konnten nicht einfach so in die Höhle rein. Ich weiß nicht, wie es da drinnen aussieht, aber die sagen, es ist verdammt eng und ohne entsprechende Sicherheitsvorkehrungen und erfahrene Begleitung geht da gar nichts.«

»Wer sagt das?«

»Dr. Stein.« So, wie Maike de Baer ihn ansah, schien sie von ihm zu erwarten, dass er diesen Dr. Stein kannte. Er hatte noch nie etwas von dem Mann gehört.

»Ja? Und?«

»Der Kreisarchäologe, Ingo. Der Mann ist von Berufs wegen

der Höhlenguru hier in der Gegend. Er hat den Toten entdeckt. Er hat uns auch gesagt, wie es in der Höhle aussieht. Und dass man da besser gut behelmt reingeht und jemanden mitnimmt, der sich auskennt … jedenfalls hat er versucht, uns das klarzumachen. Klang alles ein bisschen wirr. Der Mann steht unter Schock. Was Vernünftiges kriegen wir zurzeit nicht aus dem raus.«

Nach und nach bekam Behrends einen Überblick über die Situation vor Ort, und als er nach einigen Zwischenstopps auf der Wiese den Platz unter den Buchen erreicht hatte, wusste er halbwegs Bescheid. Der Kreisarchäologe hatte die Höhle in Sorge um seinen Mitarbeiter, einen gewissen Franz Krüger, in aller Herrgottsfrühe aufgesucht – weiß der Kuckuck, was der hier zu suchen hatte. Er war nicht bei seinem Auto, also kroch Dr. Stein in die Höhle, um nach ihm zu suchen. Er hatte ihn tatsächlich gefunden – tot.

Die uniformierten Kollegen, die zuerst vor Ort waren, hatten den Kreisarchäologen neben seinem Wagen am Boden kauernd vorgefunden. Er war völlig mit den Nerven am Ende. Erst nach einigen vergeblichen Versuchen hatten sie ihn dazu gebracht, ein paar zusammenhängende Sätze von sich zu geben, aus denen sich ein halbwegs klares Bild ergab. Demnach war der Tote, so musste man das Gestammel dieses Dr. Stein wohl interpretieren, auf ziemlich üble Weise massakriert worden.

Die Polizisten hatten nicht lange gezögert, sondern das ganz große Aufgebot bestellt, Krankenwagen und Feuerwehr inklusive. Eine ausgesprochen kluge Entscheidung, wie sich mittlerweile herausgestellt hatte – zumindest, was die Ausrüstung des Feuerwehrfahrzeuges betraf; ein Generator, um Licht ins Dunkel der Höhle zu bringen, war hier durchaus von Vorteil.

Da Dr. Stein dazu nicht mehr in der Lage war, wollte man zunächst einen ortskundigen Begleiter suchen, der Kalle und Micha sicher zur Leiche begleiten würde. Behrends konnte sich lebhaft vorstellen, wie den beiden Erkennungsdienstlern der Schweiß ausgebrochen sein musste bei dem Gedanken, einer unqualifizierten Person Zutritt zu einem frischen Tatort zu gestatten. Und unqualifiziert war in ihren Augen jeder außer ihnen selbst. Die Aura eines Tatortes vertrug keine Amateure. Zum Glück hatte sich auf die Schnelle keine fachkundige Person gefunden, die sie in die Höhle geführt hätte. Sie hatten daher beschlossen, sich auf die hingestammelten Instruktionen von Dr. Stein zu verlassen und zu hoffen, dass sie sich in der Höhle nicht selbst zum größten Hindernis wurden.

Behrends trat auf den Krankenwagen zu, in dem sich die Sanitäter und der Notarzt des Kreisarchäologen angenommen hatten. Der Mann saß im Inneren des Transportwagens zusammengekrümmt und mit zwischen den Beinen gefalteten Händen auf einem Stuhl neben der Liege und starrte apathisch vor sich hin.

»Dr. Stein?«

Der Archäologe ließ mit einer leichten Kopfbewegung erkennen, dass er Behrends wahrgenommen hatte.

»Dr. Stein, ich bin Hauptkommissar Ingo Behrends von der Kripo Northeim. Ich ermittele in dem Fall und hätte ein paar Fragen an Sie. Ich …«

»Vielleicht sollten Sie das auf später verschieben«, unterbrach ihn der Mann, der sich als Notarzt zu erkennen gab. »Er steht unter Schock. Morgen ist er wahrscheinlich wieder soweit hergestellt, dass Sie sich vernünftig mit ihm unterhalten können.«

»Morgen? Verdammt …«

»Ich bin schuld«, murmelte der Archäologe und sackte noch ein wenig weiter in sich zusammen. »Ich habe es nicht verhindert … und jetzt … ist er tot …«

Behrends wandte sich an den Notarzt: »Wissen Sie, was er damit meint?«

»Keine Ahnung. Er redet schon die ganze Zeit davon, dass er den Tod des Mannes zu verantworten habe.«

Behrends blickte wieder auf den Archäologen: »Dr. Stein, können Sie mich verstehen? Wieso sind Sie schuld? Dr. Stein, bitte …« Er sah, dass es keinen Zweck hatte. Der Mann war ganz in seinen trostlosen Gedanken versunken, abgeschnitten von der Welt um ihn herum.

Genervt drehte sich Behrends um. Maike de Baer war neben ihn getreten: »Was ist?«, blaffte er sie an. »Sind Kalle und Micha endlich wieder aufgetaucht?«

33

»He … komm runter, Ingo«, fauchte sie gereizt, »du bist nicht der Einzige, der so früh raus musste!«

»Aber ich habe meinen freien Vormittag geopfert«, maulte er.

»Herr Hauptkommissar!« Einer der uniformierten Kollegen kam ihm entgegen. »Gespräch für Sie. Drüben im Auto. Staatsanwaltschaft Göttingen.« Er deutete auf einen der Dienstwagen, der ein kleines Stück vom Platz vor der Höhle entfernt auf dem Waldweg stand.

»Na, die haben's aber eilig«, knurrte Behrends und steuerte den Dienstwagen an.

Das Gespräch war nur kurz. Er konnte der Staatsanwältin, einer Frau Wedekind, keine Fakten mitteilen und auf seine Vermutungen wollte sich die Frau nicht einlassen. Also vereinbarten sie pro forma schon mal die Bildung einer Sonderkommission. Und er möge sich bitte umgehend mit ihr in Verbindung setzen, sobald es etwas Konkretes gebe.

Natürlich werde er keine Sekunde zögern, sie anzurufen, ließ Behrends sie mit einem süffisanten Unterton wissen und teilte ihr gleich noch die Nummer seines Diensthandys mit. Ihre Bitte hatte sich wie ein Befehl angehört und war sicher auch so gemeint. Er hasste es, sich auf diese freundlich-überhebliche Art gängeln zu lassen. Wer war er denn, dass man so mit ihm umgehen konnte?

Unschlüssig stand er neben dem Dienstwagen und starrte über das Wagendach hinweg in den überschatteten Weg hinein. Die drei Kollegen, die mit Kalle und Micha das Team der Erkennungsdienstler bildeten, huschten in ihren weißen Schutzanzügen zwischen Sträuchern und Bäumen hin und her, tauchten wie Schemen auf und verschwanden wieder. Suchten nach verwertbaren Anhaltspunkten.

Was war das hier eigentlich?, fragte er sich. Warum verstärkte sich in ihm mit jeder Minute, die er hier tatenlos herumstand, der Eindruck, dass die ganze Aktion ein riesiger Schuss in den Ofen werden könnte? Ein Unfall in der Höhle? Ja, vielleicht, durchaus möglich. Mit Todesfolge? Warum nicht! Verantwortlich dafür dieser Kreisarchäologe? Auch das konnte sein. Aber ein brutaler Mord …? Verdammt, wo blieben denn bloß Kalle und Micha?

Behrends blickte nach rechts den Hang hinauf. Er ließ seine Augen über die grauen, nackten Stämme der Buchen bis hoch in die Baumkronen gleiten und beobachtete einen Moment lang das Spiel der Blätter im schwachen Wind. Er sog mit der Nase die moderigen Ausdünstungen des Waldbodens tief in sich auf und stellte fest, dass er den Geruch nicht mochte. Er mochte auch die Bäume nicht. Er mochte nichts an diesem Wald – nicht unter diesen Umständen.

Und der Wald mochte ihn nicht. Er verweigerte sich. Beinahe schmerzhaft spürte er die Ablehnung des buchenbestandenen Stückchens Erde namens Lichtenstein. Wenn es darauf ankäme, würde der Wald seine Geheimnisse für sich behalten. Zäh umklammert in seinem Innersten. Nach außen hin würde er sich den Anschein geben, als sei alles wie immer. Jeder Baum, jeder Ast, jedes Blatt und jeder Stein, alles würde sich mit einer Selbstverständlichkeit präsentieren, die keinen Widerspruch oder Zweifel duldete. Immer schon da, unverändert und doch der Veränderung durch einen steten, natürlichen Rhythmus unterworfen. Wie sollten die Kollegen hier Spuren sichern? Wie sollten sie hier etwas finden, das anders war – anders als sonst? Etwas, das nicht hierher gehörte, etwas, das unnatürlich schien? Einen Fußabdruck etwa, der sich deutlich sichtbar auf dem weichen Boden mit seiner moderigen Decke aus verwesenden Buchenblättern abzeichnete? Lächerlich! Doch nicht auf diesem Untergrund, genauso wenig, wie eine Reifenspur im Gras neben dem Weg. Ein frisch zerbrochener Zweig, ein verlorenes Taschenmesser oder ein Fetzen Stoff irgendwo in der dornigen Hecke – damit ließe sich vielleicht etwas anfangen!

Behrends schüttelte den Kopf. Was war denn nur los mit ihm? Er begann an sich zu zweifeln, noch ehe die Ermittlungen richtig begonnen hatten, ja, noch bevor überhaupt feststand, dass es Ermittlungen geben würde! Die Warterei machte ihn verrückt! Erst aus dem Schlaf gerissen werden und dann auf der Stelle treten müssen – das war Gift für ihn.

Er wandte sich abrupt um und stapfte zu Maike de Baer zurück, die mit einem der Feuerwehrleute plauderte und sich gebärdete, als sei das Ganze hier eine Vergnügungsveranstaltung.

»Sind Kalle und Micha immer noch da drinnen?«, rief er ihr eine Spur zu aggressiv zu.

»Siehst du sie irgendwo?«, fragte sie schnippisch zurück.

Er hatte eine bissige Erwiderung auf der Zunge, schluckte sie jedoch hinunter. Sein Blick fiel auf den Passat des Grabungshelfers.

»Wem gehört der Wagen? Diesem Dr. Stein?«

Maike schüttelte den Kopf:

»Ist wohl der Wagen unseres Opfers.«

»Und …?«, fragte Behrends lauernd.

»Abgeschlossen. Nichts, was darauf hindeutet, dass irgendjemand versucht hat, den mit Gewalt aufzubrechen, sagt Kalle.« Sie zuckte bedauernd mit den Schultern. »Wir müssen abwarten, was bei der KTU herauskommt. Vorher ist nichts …«

Behrends wandte sich deprimiert ab. Was für ein Morgen!

»Ich gehe mal 'ne Runde mit Sir Toby Gassi. Hier fühle ich mich irgendwie überflüssig.«

»Du hast Sir Toby mitgenommen?«, wunderte sich Maike.

»Ja und?«, schnauzte Behrends. »Hast du ein Problem damit?«

»Nein, überhaupt nicht!« Sie hob abwehrend die Hände. »Du wirst schon wissen, was du tust.«

Einige seiner uniformierten Kollegen schickten ihm ein breites Grinsen hinterher, als er die Wiese zu seinem Kombi hinuntertrabte. Er brauchte nicht zu sehen, was sich in seinem Rücken tat, er wusste es einfach. Sie grinsten immer, wenn er Sir Toby dabei hatte, sagten aber nie etwas. Zu gerne hätte er gewusst, was sie über ihn dachten. Irgendwann würde er sie fragen …

Sie hatten sich gerade mal hundert Meter vom Auto entfernt, als Maike de Baer ihnen hinterherrief: »Ingo! Schnell, du wirst gebraucht!«

Sir Toby hockte im hohen Gras ein paar Meter vom Weg entfernt und presste, was das Zeug hielt. »Mach hin, Toby«, zischte Behrends, »du hast doch gehört, wir werden gebraucht.«

Kalle und Micha, die siamesischen Zwillinge des Northeimer Erkennungsdienstes, waren aus der Höhle zurückgekehrt.

»Und? Was habt ihr?«

Behrends blickte ungeduldig von einem zum anderen. Sir Toby machte sich an Michas Bein zu schaffen. Irgendetwas an dem weißen Schutzanzug hatte seinen Geruchssinn stimuliert.

Micha hatte eine angeborene Abneigung gegen Hunde. Er versuchte, Sir Toby abzuschütteln: »Mann, Behrends, kannst du deinen blöden Köter vielleicht mal zurückpfeifen? Was hat der hier überhaupt zu suchen, verdammt?«

»Toby, aus!«, befahl Behrends schroff und zog den Hund von Michas Bein weg. »Platz!«

Sir Toby gehorchte. Ausnahmsweise.

»Also noch mal, was habt ihr?«, wiederholte Behrends leicht genervt.

»Eine Leiche …«

»Mord?«

»Definitiv. Drei Stiche in die Brustgegend. Einer davon wahrscheinlich ins Herz.«

»Und sonst?« Behrends' Hoffnung, es mit einem leichten Fall zu tun zu bekommen, verflüchtigte sich, wie ein letzter Hauch Morgennebel in der aufsteigenden Sonne.

»Na ja, das hier.« Kalle hielt einen kleinen Plastikbeutel hoch. Ein schwarzer Fetzen Baumwollstoff befand sich darin. »Nicht viel, aber immerhin.«

»Vom Toten?«, fragte Behrends.

»Nee, eindeutig nicht.«

»Und auch nicht von unserem Archäologen«, warf Maike de Baer ein, die sich zu ihnen gesellt hatte. »Der trägt andere Klamotten.«

»Also gab es noch eine dritte Person in der Höhle«, folgerte Behrends. Er kratzte sich im Nacken und warf einen Blick hinauf zum Höhleneingang.

»Davon müssen wir wohl ausgehen«, bestätigte Micha.

»Was gibt es noch?«

»Eine Ladung Mageninhalt, wahrscheinlich von diesem Dr. Stein. Wenn der wirklich so unvorbereitet über den Toten gestolpert ist, wie es den Anschein hat, konnte der bestimmt nichts

mehr bei sich behalten. Dann haben wir noch massive Hautab-
schürfungen an der rechten Hand des Opfers und jede Menge
Blut. Unter anderem an den Felskanten im Bereich des Höhlen-
einstiegs bis hin zu der Stelle, wo der Ermordete liegt. Wem das
Blut im Einzelnen zuzuordnen ist – da müssen wir sehen, was die
Laboruntersuchungen bringen.«

»Was ist mit den Hautabschürfungen? Gab es einen Kampf?«

»Keine Kampfspuren, da muss ich dich enttäuschen«, sagte Kalle,
»die Hautabschürfungen haben wohl andere Ursachen. Ich nehme
an, er hat mit der bloßen Hand in so einer Felsspalte herumgefum-
melt. Weiß der Geier, was er da gemacht hat. Vielleicht kann dir
der Archäologe was dazu sagen. Der war doch sein Chef, oder?«

»Und sonst habt ihr nichts? Das ist wirklich alles?« Behrends
sah seine dumpfen Ahnungen schon zu diesem frühen Zeitpunkt
bestätigt. Der Berg hasste ihn!

»Da ist noch was«, sagte Kalle zögernd, »das musst du dir selber
ansehen. Ich kann das nicht so richtig deuten.«

Behrends horchte auf. War sofort unter Hochspannung. Da ist
noch was ..., das kannte er nur zu gut. Es bedeutete Hinweis und
Rätsel zugleich. War oft genug verantwortlich für die Richtung,
in die eine Ermittlung lief. Konnte zum schnellen Erfolg führen
oder ins Nichts.

»Was?«, schnappte er.

»Dem Opfer wurde etwas in die Stirn geritzt. Eine Figur oder
ein Symbol vielleicht. Man kann nicht erkennen, was es darstellen
soll. Aber eins ist klar – das hat er sich nicht zufällig zugezogen.
So was ritzt man mit einem sehr scharfen Gegenstand in die Haut.
Skalpell oder so.«

»Wie sieht das genau aus. Habt ihr es fotografiert?«

»Was denkst du denn? Wir machen den Job nicht erst seit gestern!«, regte sich Kalle auf. Er reagierte äußerst mimosenhaft,
wenn er auch nur den leisesten Zweifel an seiner Arbeit zu erkennen glaubte.

»Zeig her«, forderte Behrends.

Kalle ließ ihn nur widerwillig einen Blick auf das Display der
Digitalkamera werfen: »Bestimmt wolltest du doch sowieso jetzt

da reingehen und dir alles selber ansehen«, erwiderte er bockig. »Ist immer besser, die Lage direkt vor Ort zu beurteilen, als nach einem Foto.«

»Danke für die Belehrung, großer Meister«, knurrte Behrends wütend.

»Was ist? Wollen wir jetzt streiten, oder unsere Arbeit machen?«, mischte sich Maike de Baer ein. Sie wusste, worauf dieser kleine Schlagabtausch hinauslaufen konnte. »Komm, Ingo. Kalle hat doch Recht. Wir schauen uns die Sache jetzt mal mit eigenen Augen an.«

Sie fiel ihm in den Rücken! Seine Partnerin, die ihm beistehen sollte, machte sich zum Büttel der Spurenfuzzis. Verrat war das! Er wollte nicht da hinein. Hatte sich von Anfang an genau vor diesem Augenblick gefürchtet. Allein die Vorstellung, sich in dieses Felsengrab zu zwängen, bescherte ihm Schweißausbrüche. Wie konnte einer nur so bescheuert sein und sich in einer engen Höhle ermorden lassen. Warum nicht davor? Und wenn es schon sein musste, warum lag diese verfluchte Höhle ausgerechnet in seinem Zuständigkeitsbereich? Es gab so viele andere Höhlen. Aber nein, es musste ja die Lichtensteinhöhle sein. Warum war er bloß hierher umgesiedelt und nicht in Lüneburg geblieben?

»He, was ist, Partner?«, fragte Maike und knuffte ihn in die Seite. »Warum bist du denn plötzlich so blass? Hast du Angst?«

»Ich ... Angst? Äh ... nee, wovor denn?«

»Ach, ich dachte, die Höhle ...«

»So ein Quatsch!«

Behrends machte eine wegwerfende Handbewegung und blickte wütend in die breit grinsenden Gesichter der beiden Erkennungsdienstler. Dann beugte er sich zu seinem Hund hinunter: »Komm Toby. Ab ins Auto! Ich bringe dich lieber vor den bösen Onkels in Sicherheit. Die sind nämlich Hundehasser, musst du wissen. Wer weiß, was die mit dir anstellen, während ich in dieser Höhle da oben bin.« Damit stapfte er zu seinem Kombi, Sir Toby im Schlepptau.

»Du hast doch 'ne Macke, Behrends!«, brüllte Micha hinter ihm her. »Du mit deinem blöden Köter!«

»Siehst du, Toby«, raunte Behrends seinem Hund zu, »ich hab's dir doch gesagt.«

Behrends war heilfroh gewesen, als er die Höhle lebend wieder verlassen konnte. Zusammen mit Maike de Baer, mit einem Helm auf dem Kopf und in einen dieser weißen Überzieher der Erkennungsdienstler gezwängt, war er in das abweisende, erdrückend wirkende Loch gekrochen. Hatte sofort wieder die quälende Atemnot gespürt, den Schwindel. Es hatte ihn alle Kraft gekostet, dagegen anzukämpfen. Immerhin war der betroffene Höhlenbereich dank Kalles und Michas Vorarbeit bis in den letzten Winkel ausgeleuchtet gewesen. Nicht stockschwarze Nacht, wie damals. Seine Nerven hatte das trotzdem nicht beruhigen können. Im harten Licht der beiden Scheinwerfer war er sich vorgekommen, als sei er in einen Horrorfilm geraten. Das Opfer lag immer noch da, wie von seinem Mörder zurückgelassen. In dieser gespenstischen Szenerie war Behrends der Tod ganz neu begegnet. Hatte ihm eine erschreckend grausame Fratze gezeigt, wie er sie bisher noch nicht kannte. Es war ihm schwergefallen, sich auf das Mordopfer zu konzentrieren, sich alle Details einzuprägen, Dinge hinter dem Offensichtlichen auszumachen.

Die Stirn des Opfers war blutverschmiert, deshalb konnte er das Symbol hier unten auch nicht besser erkennen als auf dem Foto. Irgendwie sah es wie zwei miteinander verbundene Blätter aus. Vielleicht ein Herz? Er konnte sich keinen Reim darauf machen. Sein Gehirn war blockiert gewesen von den alles beherrschenden Fluchtgedanken. Seine Partnerin hatte gemerkt, wie es um ihn stand, und sich bemüht, nun ihrerseits etwas genauer hinzusehen. Ihr hatte die bedrückende Enge nichts ausgemacht.

Behrends klammerte sich an das provisorische Geländer und stakste mit weichen Beinen die ausgetretenen Stufen den Hang hinunter. Erst als er wieder festen, ebenen Boden unter den Füßen hatte, verspürte er Erleichterung. Die alte Sicherheit kehrte allerdings nur langsam zurück.

»Wir haben das Auto von unserem Opfer untersucht, während du unter Tage warst«, rief ihm Kalle zu.

Behrends blieb stehen und räusperte sich irritiert: »Äh ... Ihr habt den Autoschlüssel?« Er erinnerte sich, dass der Wagen abgeschlossen war.

»Haben wir. Trug der Tote bei sich. In der Hosentasche. Im Auto war aber nix drin, was uns weiterhelfen könnte. Wie vermutet. Führerschein, riesige Taschenlampe, Straßenschuhe, Fresspaket.«

»Fresspaket?«

Micha zwinkerte nervös mit dem rechten Auge. Immer, wenn er sich einer Sache nicht sicher war, bekam er dieses Zucken. »Hatte sich anscheinend darauf eingerichtet, die Nacht lebend zu überstehen und irgendwann Hunger zu bekommen.«

»Wie lange könnte er denn schon tot da oben in dieser Höhle liegen?«, wollte Maike de Baer wissen.

Micha starrte nachdenklich auf den Autoschlüssel in seiner Hand: »Na ja, ich bin zwar nicht der Onkel Doktor, der dir das ganz genau sagen wird, aber soweit ich das beurteilen kann, ist der schon seit gestern Abend tot. Warum der sich mit Proviant eingedeckt hat, das ist mir im Augenblick auch noch nicht klar.«

»Gut, Leute, das war's dann für uns«, sagte Behrends, der es plötzlich eilig hatte. »Seht zu, dass die Leiche in die Gerichtsmedizin überführt wird. Und sperrt mir bloß diesen Höhleneingang richtig ab. Versiegelt den Laden. Egal wie, Hauptsache keiner kommt auf die Idee, da reinzukriechen. Wir treffen uns dann in Northeim. Es gibt einiges zu organisieren und zu besprechen. Dazu brauche ich die Bilder, Kalle. Und zwar möglichst fix.« Er sah, wie der Angesprochene sofort auf Abwehr umschaltete. »Bitte«, fügte er schnell noch hinzu.

»Na also, geht doch«, knurrte Kalle zufrieden.

»Du hast Angst gehabt in der Höhle, stimmt's?«, fragte Maike de Baer, kaum dass sie in seinen Kombi eingestiegen waren und den Weg zurück auf das Dorf zufuhren. Das war typisch für sie. Ohne lange Vorrede kam sie immer direkt zur Sache.

»Hm …«, brummte Behrends unwirsch. Er fühlte sich ertappt. Es war ihm peinlich.

»Was ist das Problem? Du bist doch sonst nicht so.«

Behrends schwieg. Starrte geradeaus und konzentrierte sich mehr als nötig auf den Weg vor sich. Er wollte nicht darüber reden. Es ging niemanden etwas an. Das kleine Kellerverlies gab es nicht mehr und auch die Jungs, seine sogenannten Freunde, die ihn damals nur so zum Spaß immer wieder für Stunden in dem Loch eingesperrt hatten, waren längst aus seinem Leben verschwunden. Was aus ihnen geworden war, wusste er nicht. Es interessierte ihn auch nicht. Es war passiert und nicht mehr zu ändern. Das Leben war weitergegangen. Er war längst nicht mehr der kleine, schüchterne Junge, der aus Angst vor noch schlimmeren Quälereien alles mit sich hatte geschehen lassen.

Geblieben war die Narbe auf seiner Seele. Ein Brandmal, das er wohl bis an sein Lebensende mit sich herumschleppen musste. Damals, als er Hilfe gebraucht hätte, war niemand da gewesen, an den er sich hätte wenden können. Er sah wieder seinen inzwischen verstorbenen Vater vor sich, wie er in seiner unscheinbaren Gestalt am Küchentisch gesessen und seinem Rotz und Wasser heulenden Sohn zugehört hatte – ein kleiner Mann, der sich nie laut empörte, der weder tröstete noch Mut machte, der das Schicksal der Welt und seiner Familie einfach in die Hände eines allmächtigen Gottes gelegt hatte und von dort die himmlische Gerechtigkeit erwartete … später einmal. Er selbst blieb stets passiv und begleitete das Leben auf Erden mit einem sauertöpfischen, vorwurfsvollen Gesicht.

Mit einem Hinweis auf den gerechten Gott hatte er sich auch dieses Mal von seinem Sohn abgewandt, genau in dem Moment, als der die Hilfe einer starken Hand am dringendsten gebraucht hätte.

Behrends hatte sich trotz oder vielleicht gerade wegen seines schwachen Vaters durchs Leben gebissen und mittlerweile schaffte er es auch wieder, enge, dunkle Räume zu betreten, ohne in die Schockstarre früherer Tage zu verfallen und keinen Schritt gehen zu können. Das heute allerdings war der Gipfel gewesen. Aber auch dieses Gebirge hatte er erklommen. Ein weiterer Sieg seines Willens.

»Ich möchte nicht darüber reden, klar?«, schnappte Behrends. Seine Lippen verschmolzen zu einem schmalen Strich.

Es hatte keinen Zweck, ihr etwas vorzuspielen. Sie spürte ohnehin, dass etwas mit ihm nicht stimmte. Sie würde weiterbohren. Besser, sie vor den Kopf zu stoßen, als sich von ihr auspressen zu lassen wie eine Zitrone.

»Ist ja gut«, giftete Maike de Baer beleidigt zurück, »ich frag' ja schon gar nicht mehr.«

»Schön«, schnaubte Behrends, »dann mal zu unserem Fall. Was hältst du von der ganzen Sache?«

»Schwer zu sagen. Irgendwas ist komisch. So weit weg, verstehst du? Nichts, wo man einhaken könnte. Nicht mal dieser Stofffetzen macht mir Hoffnung.«

Behrends nickte und schaltete einen Gang höher, als sie auf die K31 in Richtung Dorste eingebogen waren. »Mir geht es genauso. Aber vielleicht finden die im Labor ja was. Wir sollten die Sache nicht gleich so negativ sehen.«

Sie lachte auf. Kurz und trocken. Fast resigniert: »Das sagst ausgerechnet du. Ich habe dich die ganze Zeit beobachtet. Nicht dass ich dir was unterstellen will, aber wirklich optimistisch hast du nicht ausgesehen.«

Statt einer Antwort beugte sich Behrends ein wenig zu ihr hinüber, öffnete das Handschuhfach und zog ein Tütchen Fisherman's Friend heraus. »Willst du auch?«

Schweigend lutschten sie ihre »Rachenputzer« und hingen ihren Gedanken nach. Sir Toby erhob sich, blickte kurz über die Rücksitzlehne nach vorn, sortierte sich neu und ließ sich dann wieder mit einem zufriedenen Grunzen auf den Kofferraumboden sinken.

»Du kommst doch aus Dorste. Was weißt du über diese Höhle?«, fragte Behrends seine Partnerin, als sie über den Bahnübergang zwischen Berka und Katlenburg fuhren.

»Nicht mehr, als alle Welt weiß«, entgegnete sie. »Auch wenn ich schon seit meiner Kindheit in Dorste wohne, das macht mich noch lange nicht zu einer qualifizierten Heimatkundlerin. Gut, ich bin öfter mal im Lichtenstein spazieren gegangen mit meinem letzten Freund. Liegt ja sozusagen vor der Haustür und ist auch wirklich schön da um diese Jahreszeit. Aber das ganze Tamtam, was da in den letzten beiden Jahren um die Höhle gemacht wurde, hat mich nie interessiert. Bronzezeitmenschen, DNA-Analysen, Nachfahren – mein Gott, wen kümmert das schon?«

»Maike, du enttäuschst mich«, tadelte Behrends seine Kollegin mit spöttischem Unterton. »Das muss dich einfach interessieren! Das ist ein Stück Menschheitsgeschichte. Die ewige Frage, woher wir kommen, wird hier zum Teil beantwortet.«

»Du weißt ja bestens Bescheid.«

»Ich sehe ab und zu mal fern. Das ist alles. Aber die Fragen, die ich mir gerade eben stelle, können die Fernsehsendungen auch nicht beantworten.«

»Oh«, höhnte sie, »welche Fragen stellt sich denn der große Sherlock Holmes gerade?«

»Na ja, ich würde zum Beispiel gern wissen, welche kleinen Geschichten sich hinter der großen Höhlengeschichte verbergen. Ob es Geheimnisse gibt, die bisher von keinem Reporter oder Fernsehjournalisten aufgegriffen und an die große Glocke gehängt wurden. Ich habe da mal was aufgeschnappt von einer Konkurrenz zwischen den Dorster und Förster Alteingesessenen, wenn es um den Lichtenstein geht. Und jetzt, wo dieser ganze Wirbel um die Höhle gemacht wurde, wird sich das sicher nicht gebessert haben …«

Es dauerte einen Augenblick, ehe Maike de Baer Behrends' Worte richtig verarbeitet hatte. Erst auf halber Strecke zwischen Katlenburg und Hammenstedt beendete sie ihr nachdenkliches Schweigen: »Du denkst also, der Mord könnte etwas mit diesem Konkurrenzkampf zwischen den Dörfern zu tun haben?«

»Das habe ich so nicht gesagt. Jedenfalls nicht im Sinne von kollektiver Konfrontation mit Todesfolge. Ich könnte mir nur vorstellen, dass das Mordmotiv im Zusammenhang mit der Höhle zu sehen ist. Ich meine, allein der Tatort – warum bringt jemand einen Menschen ausgerechnet in einer Höhle um? Woher weiß er überhaupt davon, dass sein Opfer in der Höhle ist? Oder hat der Täter das Opfer erst in die Höhle gelockt? Warum mordet der Täter nicht irgendwo anders? Warum sucht er sich ausgerechnet den abartigsten Platz auf der ganzen Welt aus?«

»Vielleicht kennt der Mörder dich und wollte dich ärgern.«

Behrends verzieh ihr den Nadelstich nicht, bis sie die Northeimer Inspektion erreicht hatten. Und er schwieg auch noch, als sie das Gebäude betraten und in ihren Büros verschwanden.

Isolani

Er wollte, dass sein Sohn auf den Namen Erik getauft wurde. Er liebte den Norden und seine Mythen. Erik, das war für ihn der Inbegriff des Nordens; das war ein Name, der Stärke und Klarheit ausdrückte – Eigenschaften, die auch sein Erstgeborener in sich trug, da war er sicher. Er würde dafür sorgen, dass sie nicht im Verborgenen blieben, sondern schon bald für jedermann sichtbar erstrahlten.

Fee fügte sich seinem Willen. So, wie sie in ihrer noch kurzen Ehe bisher immer seinen Wünschen gefolgt war. Fee war nicht dumm und hatte schnell begriffen, dass es besser war, sich ihm nicht allzu sehr zu widersetzen. Auch seinem Drängen, ihren Arbeitsplatz zu kündigen und sich ganz den häuslichen Arbeiten und der Erziehung ihres Sohnes zu widmen, hatte sie nachgegeben, kaum dass sie schwanger geworden war.

Zufrieden registrierte er, wie sich seine kleine Familie mehr und mehr zu einer patriarchalischen Ordnung entwickelte, wie er sie sich wünschte. Fee war eine gute Frau! Er gab die Richtung vor und im Hintergrund sorgte sie dafür, dass die Dinge in vernünftigen, überschaubaren Bahnen verliefen. Ohne Fallen, ohne böse Überraschungen.

Das hieß jedoch nicht, dass er sich seiner geordneten Welt gegenüber gleichgültig verhielt. Er hatte ein reges Interesse daran, zu erfahren, wie Fee den Tag verbrachte, wenn er seiner Arbeit nachging, oder auch, ob sie gut schlief, wenn er nachts nicht neben ihr im Bett lag, etwa, weil er zu wichtigen Kongressen unterwegs war und am Abend nicht nach Hause kommen konnte.

Es schien ihr Spaß zu machen, ihm von ihrem Alltag zu erzählen. Ob sie ihm den Einkauf im Supermarkt in allen Einzelheiten schilderte oder verschämt lächelnd ihre Anstrengungen beschrieb, ihm ein gemütliches Heim zu schaffen – immer hörte er ihr gern zu und spürte eine stille Zufriedenheit in sich.

Nur manchmal fragte er sich, ob ganz normale, sich ständig wiederholende Alltagsvorgänge eines solch übertriebenen Wortreichtums bedurften. Er schrieb es Fees zeitweilig überschäumendem Temperament zu und wischte die leisen Zweifel, die ihn überfallen wollten, mit einem Lächeln weg.

Hatte er zu Anfang ihrer Ehe noch gedacht, Fee vermisse ihre alten Gefährten und Bekannten, so war er spätestens mit Beginn ihrer Schwangerschaft überzeugt gewesen, dass sie, genau wie er, gut ohne die sogenannten besten Freundinnen und Freunde auskommen konnte. Sie hatten ja sich. Wen brauchten sie da noch?

Nur ab und zu brachte sie das Gespräch auf ihren ehemaligen Freundeskreis und teilte mit ihm ihre Erinnerungen. Dann war er froh, dass es zu Ende war und er Fee herausgeholt hatte aus diesem Leben, das so schillernd schien und doch nur enttäuschte Herzen und gepeinigte Seelen hinterließ.

Die gesellschaftlichen Ereignisse, an denen sie teilnehmen wollten oder mussten, erlebten sie mit einer großen inneren Distanz, sodass ihnen der brennende Wunsch nach schneller Wiederholung erspart blieb. Und Fee wärmte ihm das Herz, indem sie sagte, dass es zu Hause doch am schönsten sei. Sie war eine gute Frau!

Sein Sohn wuchs heran und forderte bald seine ganze Aufmerksamkeit. Hatte Fee sich in seinen ersten Lebensjahren allein um den Jungen gekümmert, so machte er sich schon wenige Wochen nach Eriks Einschulung bewusst, dass die Zeit gekommen war, selbst in die Erziehung einzugreifen. Es war nicht gut, seinen Sohn allein den Frauen zu überlassen, sei es Fee oder auch Eriks Lehrerin.

Erik sollte ein Mann werden – ein starker Mann! Ein Mann, der ein klares Ziel vor Augen hatte, der Gut von Böse trennen konnte, der nicht zweifelte oder gar zurückschreckte. Ein Mann, der hart war und fest mit beiden Beinen auf dem Boden stand. Frauen konnten ihm diese Tugenden nicht vermitteln. Sie dachten wie Frauen und handelten wie Frauen – sanft, rücksichtsvoll, demütig und anschmiegsam. So durfte sich eine Frau verhalten, ja, sie musste es sogar! Nicht aber ein Mann!

In dem Maße, wie er sich seinem Sohn widmete, vernachlässigte er Fee. Doch Fee verstand ihn: »Geh und unternimm etwas mit deinem Sohn. Es stört mich nicht. Im Gegenteil, ich freue mich, wie gut ihr miteinander auskommt.«

Manchmal fragte sie: »Hast du etwas dagegen, wenn ich wieder einmal ein wenig ausgehe, mich ein bisschen amüsiere?«

»Nein, natürlich nicht!« Eine kleine Dosis des Gifts, das andere Freiheit nannten, konnte nicht schaden, solange sie darüber nicht den Wert ihrer Beziehung vergaß.

Wahrscheinlich verstand Fee unter amüsieren ohnehin nicht mehr, als durch sämtliche Geschäfte der Osteroder Innenstadt zu bummeln oder, wenn es hoch kam, auch mal nach Göttingen zu fahren. Meist fand sie irgendein schönes Kleidungsstück, das sie sich kaufte, und trank danach einen Cappuccino in einem Eiscafé.

Er vertraute Fee, sie hatte die Kraft, zu widerstehen. Sie war eine gute Frau! Und er hatte Erik, der die Sorgen aus seinem Blick wischte. Der vor seinen Augen zu einem Mann heranwuchs – sein Spross, aus seinem Samen entsprungen! Was gab es Schöneres für einen Mann?

Ein wenig ärgerte es ihn, dass Erik ihm überhaupt nicht ähnlich sah. Andererseits, was machte es schon, wenn er äußerlich ein Abbild seiner Mutter war? Solange er ihm seine eigenen inneren Werte und seine Gesinnung vererbt hatte, war alles in Ordnung.

Aber es kamen Tage, da überfielen ihn Zweifel. Da fragte er sich, was er wohl falsch machte. Er bemerkte Eigenheiten an Erik, die unmöglich das Ergebnis seiner Erziehung sein konnten. An ihm konnte es nicht liegen, dass der Junge zur Weichheit neigte und keine Kämpferqualitäten entwickelte. Egoistische, memmenhafte Züge standen neben einem recht unterentwickelten Hang zu klaren Denkstrukturen und ließen in ihm den Verdacht aufkommen, dass die schlechten äußeren Einflüsse stärker auf Erik einwirkten, als er sich das vorgestellt hatte. Auch blieb sein Sohn in der körperlichen Entwicklung weit hinter den Erwartungen zurück. Klein und schwächlich, schien er nicht der geringsten Kraftanstrengung gewachsen.

Er überlegte, ob es für Erik nicht besser sei, wenn er ihn auf ein Internat schickte. Er kannte einige Einrichtungen, die seinen Maßstäben durchaus gerecht wurden. Doch als er Fee mit seinen Gedanken vertraut machte, widersprach sie ihm so heftig und kündigte ihren erbitterten Widerstand an, dass er die Idee wieder verwarf. Sicher hatte sie Recht, denn wenn er es genau überlegte, hätte auch er eine Trennung von Erik nur schwer verkraftet.

Also musste er sich allein darum kümmern, den Geist und den Körper seines Sohnes zu stählen.

Das Schachspiel erlernte Erik einigermaßen leicht. Das Bogenschießen jedoch war eine einzige Katastrophe, und an das Boxen traute er sich zunächst überhaupt nicht heran. Der Junge hatte Angst vor den Schlägen des Gegners.

Er empfand es als persönliche Demütigung, sehen zu müssen, wie sein Sohn derart feige den Schwanz einkniff. Ein Grund mehr, den Druck auf Erik zu erhöhen. Ein Nachgeben kam nicht in Frage. Eines Tages würde Erik ihm, seinem Vater, dankbar sein für die Unnachgiebigkeit.

Dann würde er ihm den Arm um die Schultern legen und mit Stolz sagen können: »Seht her, das ist mein Sohn!«

4.

Behrends hatte alle verfügbaren Kräfte der beiden zuständigen Fachkommissariate zusammengetrommelt. Sie hatten sich im Konferenzraum eingefunden und betrachteten die Fotos, die Micha auf einen Laptop übertragen hatte und jetzt über einen Beamer an die Leinwand warf.

Die Bilder untermauerten nur das, was Behrends den versammelten Kolleginnen und Kollegen vorab schon geschildert hatte, um sie alle über den Mord und die bereits gewonnenen Erkenntnisse zu informieren. Viel Gehaltvolles war zum jetzigen Zeitpunkt nicht dabei gewesen. Messerstiche in den Brustkorb, ein in die Stirn geritztes Zeichen, Blutflecken an scharfen Felskanten und ein kleiner Haufen Erbrochenes, bei dessen Anblick die Mienen der meisten Anwesenden deutlich ihren Ekel widerspiegelten. Schon komisch, hatte sich Behrends gewundert, eine noch so schlimm zugerichtete Leiche entlockte ihnen kaum mehr als ein leichtes Stirnrunzeln, halb verdauter Mageninhalt dagegen brachte sie fast aus dem Gleichgewicht.

Sie hatten sich schließlich auf die merkwürdige Figur konzentriert, die dem Opfer in die Stirn geritzt worden war. Da sie auf dem blutverschmierten Gesicht nicht deutlich zu erkennen war, gingen die Meinungen über das, was das Gebilde darstellen sollte, recht weit auseinander. Tropfen, Blatt, halbes Herz oder was auch immer, man war sich einig, dass es kein Zufallsprodukt eines durchgeknallten Künstlers war, der die menschliche Haut als Leinwand für seine Machwerke entdeckt hatte. Alle im Raum Anwesenden waren der Überzeugung, dass es sich um einen Hinweis, eine Nachricht des Täters handeln musste. Fehlte bloß noch der geniale Geistesblitz, der diese merkwürdige Schnitzerei in den richtigen Zusammenhang stellen würde.

Viel mehr gab es nicht, was sie in dieser frühen Phase der Ermittlungen in der Hand hatten. So gab Behrends einigen Kollegen die Anweisung, erst einmal alle greifbaren Informationen zur Lichtensteinhöhle zu beschaffen. Insbesondere diejenigen, die schon länger zurücklagen oder nie an die Öffentlichkeit gelangt waren, konnten wichtige Hinweise liefern.

Darüber hinaus sollte sich Maike de Baer daran machen, das Opfer, diesen Franz Krüger, zu durchleuchten. Wo er gewohnt hatte, ob und wo es Angehörige gab, was genau ihn mit der Höhle verbunden hatte, und so weiter, und so weiter ... Vielleicht reichte dann die Zeit ja noch, sein Haus oder seine Wohnung zu durchsuchen. Micha und Kalle sollten sich ruhig schon mal darauf einstellen.

»Was ist eigentlich mit diesem Archäologen? Fällt der von vornherein aus der Liste der Verdächtigen heraus?«, fragte einer der anwesenden Kollegen mit dem Namen Hendrik Bosse. In der Frage schwang ein unüberhörbar provozierender Unterton mit. Behrends war das nicht entgangen und er wusste auch, dass die Attacke ihm galt. Er versuchte, gleichmütig darüber hinwegzugehen.

»Sie meinen, er könnte den Mann ermordet haben?« Er schüttelte energisch den Kopf. »Nein, das glaube ich nicht. Dazu hätte er schon sehr kalt und berechnend vorgehen müssen. Laut Aussage der uniformierten Kollegen, die als Erste vor Ort waren, konnte der Mann keinen vernünftigen Satz herausbringen, so war der durch den Wind. Mein Eindruck von dem Mann hat das bestätigt. Es gehört schon eine Menge schauspielerisches Talent und eine ziemliche Abgebrühtheit dazu, so etwas bis zum Ende durchzuziehen.«

Behrends sah, dass Bosse sich nicht so recht zufriedengeben wollte und seinem Tischnachbarn etwas zuflüsterte, was der nickend bestätigte.

»Ich werde aber ungeachtet dieser ersten Einschätzung mit Dr. Stein sprechen und auch sein Alibi überprüfen. Das muss ich ohnehin. Er ist im Moment unser einziger und damit wichtigster Zeuge. Aber das wird vor morgen nichts. Heute ist mit dem Mann nicht mehr zu rechnen, wie mir der Notarzt gesagt hat. Und dann, Kollege Bosse, werde ich sehen, ob es Verdachtsmomente gegen ihn gibt. Seien Sie also unbesorgt – ich weiß, wie ich meine Arbeit zu machen habe.«

»Das habe ich auch gar nicht bezweifelt«, begehrte Bosse auf. Er fühlte sich ertappt und sah alle Augen auf sich gerichtet. »Ich meine nur …«

»Schon gut, Herr Bosse, ich begrüße es sehr, wenn meine Mitarbeiter eine eigene Meinung haben«, fiel ihm Behrends recht schroff ins Wort, »sofern sie fundiert ist und in der Sache weiterhilft.« Er mochte Bosse nicht. Noch weniger gefiel ihm, dass der Mann keine Gelegenheit ausließ, gegen ihn Front zu beziehen. Hin und wieder musste er in seine Schranken gewiesen werden, fand Behrends.

Bosses Gesicht lief rot an. Die Ohrfeige hatte gesessen! Er hielt den Blick starr auf das Wasserglas gerichtet, das vor ihm auf dem Tisch stand, und klackerte für einen Moment mit dem Daumen seiner rechten Hand nervös auf einem Kugelschreiber herum. Als er merkte, dass er damit erneut die Aufmerksamkeit auf sich zog, begann er, Figuren auf seinen Notizblock zu malen. Sie hatten in ihrer unterschiedlichen Ausprägung alle Ähnlichkeit mit dem blutigen Symbol auf der Stirn ihres Mordopfers.

»Ja, meine Damen, meine Herren, dann mal los. Machen Sie sich nützlich!«, nahm Behrends nach seiner kurzen Privatfehde jovial den Faden wieder auf.

»Und was machst du?«, fragte Maike de Baer in die Geräuschkulisse hinein, die das Stühlerücken verursachte.

Behrends setzte sein breitestes Grinsen auf: »Oh, zuerst mal will mich sicher mein Chef sprechen. Er hat mich zwar noch nicht zu sich zitiert, aber das müsste innerhalb der nächsten Minuten passieren. Dann habe ich ein Rendezvous mit der Staatsanwältin und danach bringe ich Sir Toby nach Hause und mache den Rest des Tages frei. Als Entschädigung für den freien Vormittag, den du mir geraubt hast.«

»Jetzt hör aber auf!«, entrüstete sich Maike.

»Ja, was? Hast du mich aus dem Bett getrommelt, oder nicht?«

»Idiot«, knurrte sie, »aber du weißt schon, dass wir einen Mord aufzuklären haben, oder?«

»Natürlich, Maike-Schatz«, säuselte Behrends, »aber was soll das denn bringen, wenn ich jetzt in blinden Aktionismus verfalle?

Sammelt ihr erstmal schön eure Informationen ein. Wenn sich was Wichtiges ergibt – du kennst ja meine Handynummer.«

Das Telefon auf dem kleinen Tisch in der Ecke neben der Tür des Konferenzraumes klingelte. Behrends nahm ab. »Ja, natürlich. Ich bin sofort bei Ihnen.« »Na, was habe ich gesagt?« Seine Mundwinkel zogen sich zu einem breiten Grinsen auseinander. »Auf den Alten kann man sich verlassen.« Er nahm seinen Blouson vom Stuhl und verließ den Raum.

Als Behrends auf der Rückfahrt von weitem den Lichtenstein ausmachte, ging er vom Gas und schaute dorthin, wo er die Höhle vermutete. Es war nicht ganz leicht, über diese relativ große Entfernung einen Anhaltspunkt zu finden. Doch dann erkannte er vor der dichten, grünen Wand ganz klein die silbern glänzenden Einsatzfahrzeuge der uniformierten Kollegen, die zur Absicherung des Tatortes an Ort und Stelle geblieben waren.

Vor Behrends' geistigem Auge tauchte der Höhleneingang auf und die eiserne Tür vor dem Eingang. Und aus seinem Unterbewusstsein stieg etwas auf, worüber er eigentlich schon heute Morgen hätte stutzen müssen. Wahrscheinlich hatte ihm die Angst vor dem Einstieg in die Höhle die Sinne vernebelt. Dafür sah er es jetzt umso deutlicher – die Eingangstür war im Bereich des Schlosses verbogen. Jemand hatte sie mit Gewalt aufgehebelt. Der Mörder oder das Opfer? Wer von ihnen war als Erster in der Höhle gewesen und warum? Hatte der Mörder die Tür aufgebrochen und war in die Höhle eingedrungen? Vielleicht war dieser Krüger ihm auf der Spur gewesen und in die Höhle gefolgt. Möglicherweise, um ihn bei irgendeiner illegalen Geschichte zu überraschen. Musste er deshalb sterben? Auch denkbar, dass es genau anders herum war und Krüger hatte sich unbefugt in der Höhle zu schaffen gemacht, sein Mörder war ihm hinterher gekrochen, hatte ihn überrascht und getötet.

Oder war alles ganz anders? Gab es etwa noch weitere Personen, die man auf der Rechnung haben musste? Und unter Umständen – da musste Behrends dem Kollegen Bosse im Nachhinein Recht geben – spielte Dr. Stein ja doch eine schicksalhafte Rolle.

Immerhin hatte er den Toten entdeckt. Sagte er zumindest. Wieso war er überhaupt in der Höhle gewesen? In aller Herrgottsfrühe! Auch wenn er als Kreisarchäologe für diese Lichtensteinhöhle zuständig war und ein berufliches Interesse haben musste an allem, was im Zusammenhang mit der Höhle vor sich ging, das war noch lange kein Grund, zu diesem ungewöhnlichen Zeitpunkt da draußen herumzukriechen, dazu noch völlig unzureichend ausgerüstet. Es sei denn, der Archäologe hatte mehr mit der Geschichte zu tun, als der erste Eindruck vermuten ließ. Sein desolater Zustand konnte alle möglichen Ursachen haben. Ganz zufällig war der Mann bestimmt nicht auf die Leiche gestoßen!

Behrends wandte den Blick von der Waldkulisse ab und gab wieder Gas. Er musste unbedingt mit diesem Dr. Stein sprechen. Morgen Vormittag, spätestens. Wenn er die offizielle Gründung der Sonderkommission vollzogen und sich über die Rechercheergebnisse seiner Kollegen informiert hatte. Wenn er wusste, was bei der Auswertung der Spuren herausgekommen war. Er konnte nur hoffen, dass der Archäologe dann wieder einigermaßen bei Sinnen war.

Katrin Kühne hatte ihr Fahrrad wieder einmal mitten auf seinem Parkplatz unter dem Carport abgestellt. Sie konnte sich einfach nicht daran gewöhnen, den Drahtesel seitlich an den Ständer des Carports zu lehnen, sodass sein Auto noch daneben Platz hätte. Vielleicht wollte sie es auch gar nicht. Er fragte sich langsam ernsthaft, ob sie ihn mit dieser Aktion ärgern wollte. Aus welchem Grund auch immer. Den guten Behrends ein wenig auf die Palme bringen. Nur so zum Spaß! Ach Quatsch, das passte nicht zu ihr.

Katrins Fahrrad unter dem Carport bedeutete aber auch, dass sie, wie schon einige Male zuvor, von dem zweiten Haustürschlüssel Gebrauch gemacht hatte, den er ihr in einer schwachen Stunde überlassen hatte. Wahrscheinlich war ihr mal wieder nichts Besseres eingefallen, als an ihrem einzigen freien Nachmittag der Woche in sein Haus einzudringen und ein bisschen Ordnung in sein Leben zu bringen, wie sie es ausdrückte.

Behrends fluchte leise vor sich hin, als er ausstieg, um Katrins Fahrrad zur Seite zu schieben und so Platz für seinen Kombi zu schaffen. So gern er sie mochte und ihre Fürsorge schätzte, aber manchmal konnte diese Frau eine richtige Landplage sein. Insbesondere dann, wenn er überhaupt nicht in der Stimmung war für traute Zweisamkeit, sie ihm mit ihren überfallartigen Aktionen aber keine Chance zur Gegenwehr ließ.

Katrin Kühne war Behrends' Lebensretterin. Und als solche fühlte sie sich wohl auf ewig für ihn und sein Wohlergehen verantwortlich.

Es war gerade mal ein Dreivierteljahr her. Zu Beginn des zurückliegenden Winters, in seinem ersten Jahr in Förste, war er noch nicht so recht in die Dorfgemeinschaft hineingewachsen und hatte sich redlich bemüht, bei jeder sich bietenden Gelegenheit seinen Integrationswillen zu zeigen. An einem Abend Ende November, nach einem frostigen Tag, war er in den »Schwarzen Bären« gegangen, dem traditionsreichen Landgasthaus und Zentrum Förster Geselligkeit. Die Gaststube war bis auf den letzten Platz gefüllt gewesen mit Gästen, die der Einladung des Bären-Wirtes zum Grünkohlessen gefolgt waren. Besonders an einigen Tischen, wo die Brüder und Schwestern der verschiedenen Dorf-Stammtische tagten, war es hoch hergegangen.

Behrends war noch keinem Stammtisch, Verein oder Club beigetreten, mit der Folge, dass er hartnäckig umworben wurde. Er fand durchaus Gefallen daran, wie man sich um ihn balgte, wusste aber auch, dass er sich bald entscheiden musste, sollte das Interesse nicht wieder erlahmen.

Er war mehr zufällig in das große Grünkohlessen hineingestolpert, wollte eigentlich nur ein Feierabendbier trinken. Ohne recht zu wissen, wie ihm geschah, hatte er im Handumdrehen inmitten der »Handwerker« gesessen, von denen aber nur die wenigsten auch tatsächlich ein Handwerk ausübten. Er musste sich eine Runde Bier nach der anderen gefallen lassen, nur unterbrochen von verschiedenen Verdauungsschnäpschen unterschiedlicher Farbgebung. Irgendwann im Laufe des Abends war er zum Stammtischmitglied auf Probe ernannt worden, hatte das komplette Spektrum der Hochprozentigen auf seine Nuancen hin untersucht und es sogar noch geschafft, torkelnd sein Eigenheim zu erreichen. Direkt vor seinem Haus war er aber zusammengebrochen und in den Hartriegelsträuchern des Vorgartens gelandet. Hier hatte ihn Katrin Kühne gefunden. Seine Lebensretterin. Sein Engel. Der Himmel hatte sie zur rechten Zeit vorbeigeschickt. Vielleicht hätte der Himmel sie auch rechtzeitig wieder gehen lassen sollen, aber wer immer auch für schicksalhafte Begegnungen verantwortlich war, hatte wohl gemeint, ein bisschen weibliche Nähe könne ihm nur guttun nach seiner Trennung von Lena.

Behrends hatte nichts gegen ihre gelegentliche Anwesenheit einzuwenden. Katrin Kühne war wirklich ein prima Kerl. Sie hatten viel Spaß miteinander; ob sie sich stundenlang unterhielten, zusammen schwiegen, gemeinsam etwas unternahmen oder sich im Bett vergnügten. Allerdings musste auf Nähe immer wieder Distanz folgen. Das war Behrends' Bedingung. Sonst wäre er erstickt. Er hatte sich geschworen, nach Lena nie wieder mit einer Frau unter einem Dach zusammenzuleben. Jedenfalls nicht in nächster Zukunft. So gern er Katrin auch mochte, aber neben allen sympathischen Eigenschaften hatte sie eine unverzeihliche Macke, die ihm jeglichen Gedanken an ein, wie immer geartetes, Zusammenleben mit ihr verbot: Katrin Kühne hatte sich in den Kopf gesetzt, aus ihm einen gesunden Menschen zu machen!

Als sie Behrends, dem Alkoholtod nahe, in den Hartriegelsträuchern hatte liegen sehen, hatte sie zunächst nur einen bedauernswerten Menschen gesehen, dem sie helfen musste. Als sie ihn dann näher kennengelernt hatte und zu der Überzeugung gekommen war, nach ihrer Scheidung endlich den richtigen Liebhaber gefunden zu haben, hatte sie beschlossen, ihn vor sich selbst, besonders aber vor dem Teufel Alkohol zu schützen. Sie konnte das beurteilen! Schließlich arbeitete sie in Osterode als Helferin in der Hausarztpraxis von Dr. Uwe Rensick. Ihre Diagnose war ebenso eindeutig wie unumstößlich gewesen: Sie würde Behrends' drohendes Alkoholproblem mit aller Konsequenz therapieren.

In der Folge hatte Behrends für das kleine Kontingent seines geliebten Köstritzer Schwarzbieres immer neue Verstecke suchen müssen, um es vor Katrins therapeutischem Wüten zu schützen. Nicht immer mit Erfolg. Katrin hatte sich als äußerst hartnäckig erwiesen bei der Suche nach Alkohol und ihm auf brutale Art und Weise den Tag versaut, wenn sie das geliebte Bier vor seinen Augen in den Ausguss des Spülbeckens hatte laufen lassen, mit einem Lächeln im Gesicht und der platten Weisheit auf den Lippen, dass ein Ende mit Schrecken allemal besser sei, als ein Schrecken ohne Ende.

Ob Katrin ihr Leben tatsächlich dem Kampf gegen den Alkohol geweiht hatte, oder ob es eine Art Machtspiel war, das sie mit ihm spielte, war ihm zunächst nicht ganz klar gewesen. Erst mit einem einfachen Trick hatte sich Behrends Gewissheit verschaffen können und schließlich für Abhilfe gesorgt: Er hielt in seinem Kühlschrank ständig eine oder zwei Drittelliterflaschen billiges Bier als Köder für Katrin bereit. Das wertvolle Köstritzer hingegen schlummerte gut versteckt im Keller. Auf diese Weise waren sie zu einem trügerischen Frieden gelangt – Behrends behielt sein Schwarzbier, weil Katrin es unterließ, danach zu suchen. Und er ließ sie gewähren, wenn sie die Plörre vernichtete. So verlor sie nicht ihr Gesicht, und er hatte seine Ruhe.

Behrends öffnete die Heckklappe seines Kombis und ließ Sir Toby herausspringen: »Na los, raus mit dir, Alter. Unsere Freundin ist zu Besuch gekommen. Also benimm dich!«

Schon im Hausflur schlugen ihnen verführerische Küchendüfte entgegen. Katrin hatte gekocht. So, wie es roch, gab es Eintopf. Sie liebte Eintöpfe. Ihr fielen immer neue Kreationen ein. Für jede ihrer Eintopfkompositionen hätte Behrends gemordet! Katrin wusste das natürlich und setzte ihre kulinarischen Verführungskünste gezielt ein. Sie verfolgte damit eindeutige Absichten, auf die sich Behrends normalerweise nur zu gern einließ. Nur eben heute nicht!

»Mein Gott, Ingo«, rief sie, kaum dass er die Tür zum kombinierten Wohn- und Küchenbereich geöffnet hatte, »ist das wahr? In der Höhle hat ein Toter gelegen?« Fassungslos stürzte sie ihm entgegen. Katrin war ein Mensch, der Anteil nahm am Schicksal anderer. Wahrscheinlich mochte er sie gerade deshalb so gern.

Sie durfte das fühlen und äußern, was ihm von Berufs wegen verwehrt blieb.

»Tja, leider ...«, seufzte er und legte den Arm um Katrin, die sich an ihn schmiegte. Über ihren Kopf hinweg erblickte er den festlich gedeckten Esstisch, der einen grotesken Kontrast bildete zu dem schrecklichen Ereignis, das heute Morgen über die Lichtensteinregion hereingebrochen war und sich in die Köpfe der Menschen fressen würde. So war es immer.

»Wer ist es denn?«, fragte Katrin und löste sich aus seiner Umarmung. Sie blickte ihn forschend an. »Irgendwer aus dem Dorf? Es kreisen ja schon die wildesten Gerüchte, aber jeder erzählt was anderes.«

»Aus Förste ist der nicht. Soviel steht nach unseren ersten Erkenntnissen fest. Krüger heißt er. Franz Krüger.«

Für den Bruchteil einer Sekunde verlor Katrin die Kontrolle. Ein unmerkliches Vibrieren ihrer Kinnpartie, Lippen, die einen Aufschrei formen wollten, als sie den Namen hörte, sich aber sofort wieder schlossen. Kaum wahrnehmbar. Wie ein flüchtiger Schatten.

Behrends bemerkte es trotzdem: »Kennst du den Mann?«

Sie fing sich, blickte einen Moment an ihm vorbei ins Nichts. Es schien, als denke sie nach. Dann schüttelte sie aber den Kopf und lächelte ihn an. Verkrampft. Nicht echt. Sie war mit den Gedanken woanders – weit weg.

»Ich? Nein ... nicht persönlich«, sagte sie abwesend. »Er ... er ist früher manchmal in Förste gewesen ... auf unseren Dorffesten. Mehr weiß ich nicht von ihm. Wie ist er denn gestorben?«

Er überlegte, wie viel er preisgeben konnte. »Möglicherweise war es ein Unfall«, sagte Behrends vorsichtig. »Vielleicht ist er aber auch umgebracht worden, das wird sich noch herausstellen.«

»Wer macht denn bloß so was Schreckliches?« Ihre Mundwinkel zuckten nervös. Jetzt ganz deutlich.

Sie hat Angst, stellte Behrends fest. Aber warum? Lag es an ihm? Weil er plötzlich nicht mehr der Privatmann Ingo Behrends war, sondern der Hauptkommissar, dem das Verbrechen anhaftete wie ein billiges, schlecht riechendes Rasierwasser? Weil Katrin in seiner Nähe den Geschmack des Todes auf der Zunge spürte? Fühlte sie sich in ihrem Seelenfrieden gestört, weil sie durch ihn den beruhigenden Abstand zum Bösen verloren hatte? Zwischen ihm und ihr gab es keinen Bildschirm für einen Blick aus sicherer Distanz auf die Welt des Freitagabendkrimis oder des Internets. Auch kein bedrucktes Papier. Zwischen ihm und ihr war rein gar nichts, und die Wahrheit über die Abgründe des Menschen gehörte als ein Teil von ihm dazu und ließ sich nicht per Knopfdruck ausblenden oder ins Altpapier werfen.

»Vorausgesetzt, der Mann wurde tatsächlich ermordet: Wenn ich wüsste, wer der Mörder ist, hätte ich den Fall ja schon gelöst.« Behrends stöhnte und schob Katrin sanft zur Seite. »Gibt es irgendwas zu feiern?«, fragte er mit Blick auf den festlich gedeckten Tisch.

»Warum?«

»Na ja, Tafelbesteck, Weingläser, Kerzen … woher wusstest du überhaupt, wann ich komme? Es hätte doch auch sein können, dass ich bis in die Nacht über dem Fall brüte.«

»Ich habe in deinem Büro angerufen. Deine Kollegin, diese Mareike, war am Apparat.«

»Maike …«

»Was?«

»Sie heißt Maike … Maike de Baer!«

»Oh, Entschuldigung.« Sie machte eine abfällige Handbewegung. »Wie konnte ich nur … Na, egal. Du hattest jedenfalls gerade das Zimmer verlassen. Sie sagte mir, dass du auf dem Weg nach Hause bist. Da dachte ich, wir könnten … ich hatte noch so viel Eintopf von gestern übrig. Und am zweiten Tag schmeckt er doch sowieso am besten …« Sie versuchte, in seinem Gesicht zu lesen, spürte die Distanz. »Du bist ja total begeistert«, sagte sie sarkastisch.

»Bin ich auch. Ich esse deinen Eintopf wirklich sehr gern.« Er merkte selbst, dass er wenig überzeugend klang.

Sie nickte: »Ja, klar. Das sehe ich. Tut mir leid, dass ich dich überraschen wollte. Ich wusste nicht, dass ich vorher einen Termin mit dir machen muss, um dich zu treffen.«

»Verdammt, jetzt bleib aber mal auf dem Teppich!«, blaffte er. »Mir steht der Kopf gerade woanders! Da habe ich keinen Nerv auf deine dummen Befindlichkeiten!«

Katrin schreckte zurück. War nicht auf seine plötzliche Attacke vorbereitet gewesen. Sie fing sich wieder und blitzte ihn wütend an: »Dann solltest du besser bei deinen Leuten sein und den Mörder finden«, sagte sie mit rauer, brüchiger Stimme. Ihre Augen begannen zu blinzeln.

»Tut mir leid«, lenkte Behrends hastig ein. »So war das nicht gemeint. Komm, lass uns essen. Ich habe mächtigen Hunger.«

Er wollte nicht, dass sie anfing, zu heulen. Er konnte viel ertragen, aber weinenden Menschen gegenüber war er hilflos. Trost spenden gehörte nicht zu seinen Stärken.

Wenige Minuten später löffelten sie schweigend den Eintopf, eine leichte Gemüsesuppe mit Grießklößchen. Sie schmeckte nach Sommerfrische, schleppte nicht den herbstschweren Ballast von sämigem Linsen- oder Erbseneintopf mit sich herum. Trotzdem wollte diese Leichtigkeit nicht auf Behrends und jetzt auch nicht mehr auf Katrin überspringen. Die Stimmung war verdorben. Nur weil er sich einen Moment lang nicht im Griff gehabt hatte. Ein einziger lauter Satz! Nein, das war es nicht allein. Sicherlich hatte Katrin zwar seine Unlust und Ablehnung gespürt. Aber auch mit ihr war eine Veränderung vor sich gegangen. Vorher. Noch bevor er sich zu seiner heftigen Reaktion hatte hinreißen lassen. In dem Augenblick, als er den Namen des Toten erwähnt hatte.

»Wenn es auf Mord hinausläuft, könntest du dir vorstellen, dass jemand aus Förste damit zu tun hat?«, fragte er nach einer Weile geräuschvoller Stille, angefüllt mit dem Krakeelen der futtersuchenden Vogelmeute, die den Garten hinter dem gekippten Fenster bevölkerte, dem hintergründigen Brummen des Kühlschranks nebenan im Küchenblock, und nicht zuletzt dem leisen Ticken ihrer Löffel, wenn sie damit beim Essen ganz leicht gegen das Porzellan schlugen.

Katrin sah von ihrem Teller auf und blickte ihn fragend an. In ihrer Miene wechselten sich Ablehnung und ungläubiges Staunen ab:

»Das kann jetzt nicht dein Ernst sein«, sagte sie tonlos. Ihre Stimme geriet zum Flüstern. »Glaubst du wirklich, einer von uns …?«

Einer von uns … Damit meinte sie sich und alle anderen Einheimischen. Nicht ihn. Nur diese paar Worte hatte es gebraucht, und er war wieder der Fremde. Ein Graben brach auf zwischen ihm und Katrin, der im Ort Geborenen. Er hatte einen Verdacht gegen einen von ihnen geäußert. Er hatte es gewagt, weil er nicht dazugehörte. Andernfalls wäre er nie auf so einen absurden Gedanken gekommen und hätte ihn schon gar nicht geäußert!

Behrends zuckte innerlich zusammen. Er würde nie dazugehören, stellte er erschrocken fest. Nicht wenn es darauf ankam. Die Erkenntnis tat weh. Aber er war Polizist. Er durfte sich dadurch nicht beeindrucken lassen, durfte sich nicht anbiedern.

»Findest du die Frage wirklich so abwegig?« wunderte er sich. »Es war doch einiges los, seit dieser Geschichte mit dem freiwilligen DNA-Test. Ist das wirklich alles in Harmonie und Eintracht abgelaufen. Kein Streit, keine Eifersüchteleien, Intrigen? Komm Katrin, du kannst mir nicht erzählen, dass da nicht alte Feindschaften oder Rivalitäten wieder neue Nahrung bekommen haben. So was gibt es überall. Auch in Förste. Ganz sicher!«

Katrin war blass geworden. Sie ließ ihren Löffel in die Suppe fallen, stemmte sich mit den Händen an der Tischkante ab und funkelte ihn böse an: »Was willst du? Einen Verdacht pflanzen und hoffen, dass die giftige Saat aufgeht? Macht es dir Spaß, eine intakte Dorfgemeinschaft aufzumischen? So was kann auch nur jemandem einfallen, der nicht hier geboren und aufgewachsen ist. Jemandem, dem es egal ist. Geh und such deinen Mörder, aber fang nicht bei uns an. Es ist schäbig, Unschuldige zu verdächtigen. Was hat Förste denn mit diesem … Krüger, zu tun?«

»Ich habe niemanden verdächtigt«, knurrte er und vermied es, sie anzusehen. »Außerdem vergisst du etwas.« Seine Kieferknochen mahlten. Er musste sich beherrschen.

»Und das wäre …?«

»Ich bin Polizist. Ich muss diese Fragen stellen.«

»Oh …« Katrin zog die Augenbrauen hoch. Tat erstaunt. »Ich dachte, wir sitzen hier bei einem privaten Eintopfessen in deinem

Haus zusammen. Ich wusste nicht, dass du im Dienst bist und mich verhörst. Darf ich vielleicht vorher meinen Anwalt anrufen?«

»Verdammt, Katrin, was soll der Scheiß?« Behrends riss seinen Kopf hoch. Fleckige Röte breitete sich von seinem Hals über das ganze Gesicht bis unter seinen Haaransatz aus. Seine Ohrläppchen glühten. Wütend schlug mit der flachen Hand auf den Tisch. Die Teller hüpften und das Geschirr klapperte. Reste von Suppe spritzten umher. Sie hatte ihn provoziert. Jeden anderen hätte er wahrscheinlich gleichmütig gegen die Wand laufen lassen. Bei ihr war das etwas anderes. Ihre Provokation war mehr, als er vertragen konnte.

Katrin schob ihren Stuhl zurück und erhob sich. Langsam und jede ihrer Bewegungen auskostend. Sie ließ ihn dabei nicht aus den Augen. »Wenn wir weiter miteinander auskommen wollen, solltest du in Zukunft lieber darauf verzichten, so mit mir umzugehen«, sagte sie mit derart eisiger Stimme, dass er augenblicklich wieder auf Normaltemperatur herunterkühlte. »Ich werde jetzt gehen. Den Rest Suppe kannst du hier behalten. Stell sie in den Kühlschrank, dann schmeckt sie morgen auch noch.«

»Katrin, ich …«

»Bleib sitzen, ich finde allein raus.«

»Menschenskinder, so geht das nicht!«, rief er, zwischen neu aufkeimender Wut und Hilflosigkeit hin und her geworfen.

»Da hast du allerdings Recht«, gab sie trocken zurück. »So geht das tatsächlich nicht. Mach's gut.«

Ruckartig wandte sie sich von ihm ab, war mit drei schnellen Schritten aus dem Zimmer in den Hausflur getreten und hatte die Tür hinter sich ins Schloss geworfen. Gleich darauf hörte Behrends auch die Haustür zuknallen. Dann war es still.

Er schloss die Augen und spürte der Stille nach.

Behrends hatte es zu Hause nicht ausgehalten. Nach dem Streit mit Katrin war ihm die Lust auf einen geruhsamen Spätnachmittag mit sich allein gründlich vergangen. Zumindest redete er sich ein, dass Katrin der Grund dafür war, wenn er nun keine Ruhe fand. Anstatt es sich, wie er es vorgehabt hatte, mit seinem Eifel-

Krimi und einer Flasche Köstritzer auf der Terrasse gutgehen zu lassen, um morgen früh mit aller Energie in den Höhlenmord einzusteigen, waren seine Gedanken nicht mehr zur Ruhe gekommen und hatten ihn durchs Haus getrieben, von einem Zimmer ins andere. Nirgends hatte er es länger als ein paar Minuten ausgehalten, hatte versucht, sich mit unnützen Dingen abzulenken, indem er sein Bett neu bezogen, Zeitungen und Bücher von einer Ecke in die andere geräumt und im Internet über die Lichtensteinhöhle recherchiert hatte, ohne genau zu wissen, wonach er suchte.

Sir Toby war schließlich seine Rettung gewesen. Als Behrends aus Northeim zurückgekehrt war, hatte sich der Hund in irgendeine Ecke im Keller verzogen und sich nicht mehr gerührt. Vielleicht eine halbe Stunde, nachdem Katrin Türen schlagend das Haus verlassen hatte, war Sir Toby aus seinem Versteck aufgetaucht und hatte deutlich zu verstehen gegeben, dass ihn ein Bedürfnis plagte.

Er war zum ehemaligen Steinbruch, in das renaturierte Gipsabbaugebiet gegangen. Isoliert von der Landschaft drum herum, hatte sich nach dem jahrzehntelangen, zerstörerischen Raubbau der Bagger und Raupen am Fuße des Steinbruches eine ganz neue Welt vielfältigen Lebens etabliert. Wildromantisch, von verwitterten Gipsfelsen durchsetzt, wucherten unterschiedlichste Sträucher, Hecken, Wildblumen und Kräuter, überragt von Kiefern, Fichten, Buchen, Eichen und anderen Laub- und Nadelbäumen. Von den kleinsten unter Gottes Geschöpfen, wie Ameisen und Käfer, bis hin zum Greifvogel und Fuchs hatten viele Tiere im alten Steinbruch wieder ein Zuhause gefunden.

Hier unten kam Behrends endlich etwas zur Ruhe. Während Sir Toby neugierig schnüffelnd zwischen den verstreut liegenden und von Moos überwucherten Gesteinsbrocken mit der Schnauze durch das trockene Gras pflügte, lehnte er sich an einen Felsen, den die Sonne im Tagesverlauf durchwärmt hatte, und ließ seine Augen über das Bild ungebändigter Natur wandern.

Wie von selbst drängte sich dabei die entfernte Silhouette des Lichtensteins in sein Blickfeld, die am gegenüberliegenden Ende des Steinbruchs über die Abbruchkante ragte. Er hatte es zwar schon einige Male bemerkt, aber erst in diesem Moment wurde ihm bewusst, dass man den verfluchten Berg nicht loswurde, egal, wo man sich in Förste auch befand. Die Erhebung mit den alten, markanten Buchen auf ihrem höchsten Punkt war allgegenwärtig, begleitete das Leben in Förste und im Sösetal wie ein Schatten.

Behrends bereitete der Anblick Magenschmerzen. Für ihn war der Lichtenstein wie ein drohendes Mahnmal, erinnerte ihn an die Aufgabe, die morgen auf ihn wartete. Seufzend ließ er seinen Blick weiterwandern, nur um im nächsten Moment seine Augen wieder an die Buchen auf dem Gipfel des Berges zu heften. Er fragte sich, was ihn wohl erwartete, wenn er während seiner Ermittlungen tatsächlich Spuren entdeckte, die ihn nicht an Förste vorbei sondern mitten ins Herz des Dorfes führten. Einen Vorgeschmack hatte er bereits bekommen. Katrins heftige Reaktion hatte ihm gezeigt, wie schwer es werden konnte. Musste er sich auf eine Mauer des Schweigens einstellen? Hätte er hinterher überhaupt noch eine Chance, dauerhaft im Dorf Fuß zu fassen?

In seine hin und her tanzenden Gedanken hinein platzte das wilde Gebell von Sir Toby. Er drückte sich vom Felsen ab und lief in die Richtung, aus der das Bellen kam.

»Ruhig, Toby!«, rief er. »Halt die Klappe!«

Es kam ihm fast wie Frevel vor, dass sein Hund die heilige Stille mit seinem ordinären Gekläff zerstörte. Sir Toby interessierten die Befindlichkeiten seines Herrchens wenig. Er stand vor einer mächtigen Felsnase, die aus der Wand des Gipsbruches herauswuchs und von einem breiten Streifen dichten Gestrüpps umwuchert wurde.

Behrends konnte nicht erkennen, was seinen Hund so aufregte. Es kostete ihn zwei weitere strenge Kommandos, ehe Sir Toby endlich Ruhe gab und nur noch ein drohendes Knurren hören ließ.

»Was ist los, Alter?«, fragte Behrends. »Hast du ein Gespenst gesehen?«

Plötzlich stiegen zwei Elstern mit lautem Gezeter aus dem Gestrüpp auf. Sie stürzten auf ihn und den Hund zu und drehten erst im letzten Moment ab. Ein paar Meter weiter ließen sie sich auf den Ästen einer schlanken, hohen Eberesche nieder und beobachteten misstrauisch die Eindringlinge.

»Da hast du deine Gespenster. Sie verteidigen ihre Wohnung. Kannst du dir ein Beispiel dran nehmen. Und jetzt komm!«

Sein Blick fiel auf einen Gegenstand, der neben Sir Toby im dürren Gras lag und grau schimmerte. Behrends bückte sich danach und hob das Ding auf. Ein banales Plastikfeuerzeug, stellte er etwas enttäuscht fest. So ein billiges Teil, das man überall nachgeschmissen bekam. Es musste schon länger hier gelegen haben. Der metallene Zündmechanismus war verrostet. Er hielt sich das Feuerzeug ans Ohr und schüttelte es. Etwas Flüssiggas schien sich noch im Tank zu befinden. Mit dem Daumen rieb er die dünne Dreckschicht von der Plastikhülle, die nun silbern glänzte. Eine nicht ganz alltägliche Farbe für ein Einwegfeuerzeug, das dadurch auf den ersten Blick richtig wertvoll erscheinen konnte – sofern es nicht gerade in einem Steinbruch herumlag:

»Wenn es um Ihr Recht geht, fangen wir Feuer«, stand in feinen roten, geschwungenen Buchstaben auf dem Gastank. Er wendete das Feuerzeug. Die aufgedruckte Ziffernfolge war nur noch mit Mühe zu identifizieren, ebenso wie der Schriftzug, der auf ein Anwaltsbüro hinwies. Die Ziffern konnten wohl nur die zugehörige Telefonnummer sein.

Behrends musste unwillkürlich lächeln. Netter Werbespruch. Wusste gar nicht, dass Juristen so viel Humor haben, dachte er und ließ es in seine Jackentasche gleiten. Ein wenig wegen der silbrigen Farbe, aber hauptsächlich wegen des Spruches.

»Wenn es um Ihr Recht geht, fangen wir Feuer«, murmelte er vor sich hin und schüttelte belustigt den Kopf. Er wollte es seinen Kollegen zeigen und sie fragen, was sie von einem Feuerzeug hielten, das so für die Kriminalpolizei warb: »Wenn es um Mord geht, fangen wir Feuer …«

»Komm, Toby, das war's. Ab nach Hause«, sagte er und setzte sich in Bewegung. Sir Toby folgte ihm erst, nachdem er zum Abschied noch einmal die Elstern angekläfft hatte.

Katrin war, von Sorge getrieben, zu Gerhard Hildebrandt geradelt. Krüger war tot. Wahrscheinlich ermordet. Als Ingo den Namen genannt hatte, war es ihr vorgekommen, als habe ihr jemand einen Schlag in die Magengrube versetzt. Sie hatte sich nur mit Mühe beherrschen können. Ein Wunder, dass Ingo nichts gemerkt hatte. Es war nicht einfach gewesen, ihren inneren Aufruhr vor ihm zu verbergen, und ihre Anspannung hatte zwangsläufig zu diesem dummen Streit geführt. Was Krügers Tod bedeuten konnte, mochte sie sich nicht ausmalen. Gerhard musste jedenfalls sofort Bescheid wissen. Und zwar schnell. Vielleicht hatte er eine Idee. Er wusste immer, was zu tun war.

Bisher hatten alle im Dorf herumgerätselt, was am Morgen an der Höhle wirklich passiert war. An die Höhle war niemand herangekommen, alle Wege von der Polizei abgesperrt. Aber nun wusste Katrin Bescheid und wünschte sich gleichzeitig, sie hätte Ingo nicht gefragt. Aber was hätte das geholfen?

Ihr Herz raste und ihr Atem ging schnell und stoßweise, als sie vor dem Haus von Gerhard Hildebrandt von ihrem Fahrrad sprang und es achtlos gegen die Hauswand fallen ließ. Sie sparte sich den Weg zur Haustür und ging um das Haus herum, an der Garage vorbei. Normalerweise stand dort der kleine Toyota von Iris, Hildebrandts Frau, aber der Platz war leer. Es konnte eigentlich nur bedeuten, dass sie unterwegs war und das traf sich ausgezeichnet. Iris brauchte nicht zu hören, was sie mit ihrem Mann zu bereden hatte.

Katrin schlüpfte durch die Lücke zwischen Wohnhaus und Garage in den weitläufigen Garten, der zum Mühlengraben hin von einem dichten Spalier aus Haselnusssträuchern begrenzt wurde und einen natürlichen Sichtschutz gegen die Straße bildete, die am Wasser entlangführte. Die mächtigen, alten Laubbäume auf der Rasenfläche, vereinzelt schlank in die Höhe ragend, zum großen Teil aber knorrig und mit breiten Kronen, ließen den Garten wie einen verwunschenen Park erscheinen.

Schnell lief Katrin den Plattenweg zur Terrasse hin. Hildebrandt saß dort in seinem Schaukelstuhl, neben sich den kleinen, verwitterten, hölzernen Gartentisch mit einer Flasche Rotwein und einem halb vollen Glas darauf. Außerdem befand sich noch ein Schälchen mit salzigen Knabbereien in seiner Reichweite. Er war in einen Brief vertieft und bemerkte Katrin erst, als sie neben seinem Schaukelstuhl stand.

»Oh, hallo, Katrin«, rief er und blickte sie über den Rand seiner Lesebrille überrascht an, »ich habe dich gar nicht kommen hören. Hol dir einen Stuhl ran und setz dich. Willst du ein Glas Rotwein?«

Sie ging nicht auf sein Angebot ein und blieb neben ihm stehen: »Gerhard, Franz ist tot!«, stieß sie hervor. »Ermordet! In der Höhle!«

»Franz? Franz Krüger? Katrin, rede bitte nicht so einen Blödsinn! Du bist ja noch schlimmer als die anderen!« Hildebrandt hatte sich in seinem Schaukelstuhl aufgerichtet. Verärgert musterte er Katrin.

»Du musst doch was gehört haben!«, regte sie sich auf.

Seufzend ließ sich Hildebrandt zurücksinken und verzog den Mund zu einem spöttischen Grinsen: »Allerdings. Als ich vor einer halben Stunde nach Hause gekommen bin, hat mir Iris erzählt, dass an der Höhle was passiert ist. Keiner wisse aber etwas Genaues. Ich habe keine Lust auf solche Gerüchte. Oder warst du dabei?«

»Nein, ich …«

»Na also«, unterbrach Hildebrandt sie und widmete sich wieder seinem Brief. »Hier«, sagte er und zeigte auf das Schreiben, »Post von so einem Heimatforscher-Klub aus der Eifel. Die wollen, dass ich ihnen was über meine Vorfahren erzähle und sie dann durch das Höhlenerlebniszentrum in Bad Grund führe.«

Gerhard Hildebrandt war vor etwa einem Jahr zu einer kleinen Berühmtheit geworden, als man ihm attestiert hatte, dass er mit fast hundertprozentiger Sicherheit ein Nachfahre der Bronzezeitmenschen sei, deren dreitausend Jahre alte Gebeine man in der Lichtensteinhöhle gefunden hatte. Hildebrandt hatte, wie knapp dreihundert weitere Freiwillige, eine Speichelprobe für eine DNA-Analyse abgegeben, die im anthropologischen Institut der Universität Göttingen mit der DNA der bronzezeitlichen Knochen verglichen wurde.

Die Nachricht war um die ganze Welt gegangen und Hildebrandt war, genau wie ein zweiter Nachfahre aus dem Nachbardorf Nienstedt, gefragter Gesprächspartner und Begleiter interessierter Einzelpersonen und Gruppen geworden. Er kostete diesen unerwarteten Ruhm nur zu gerne aus, wer weiß, wie lange er anhalten würde.

»Verdammt, Gerhard, lass doch mal den blöden Brief!« rief Katrin aufgebracht. »Begreifst du denn nicht? Die haben Franz Krüger ermordet!«

Hildebrandt schnaubte sichtlich genervt: »Und wer sagt das?«

»Ingo«, erwiderte sie. »Ich war vorhin bei ihm. Es ist sein Fall.«

Schlagartig wurde ihm klar, dass Katrin keine Gerüchte verbreitete. Seine Augen weiteten sich. »Kein Zweifel?«, murmelte er. »Sie haben Franz Krüger ermordet? Unseren Franz? Mein Gott ... das ist doch nicht möglich.« Er hielt einen Augenblick inne. Schüttelte ungläubig den Kopf. »Ich habe dem alten Hund ja in der Vergangenheit schon einiges an den Hals gewünscht, aber das? Nee, das habe ich ihm nicht gegönnt!«

Katrin sah die Fassungslosigkeit in seinem Gesicht. Es schien, als sei erst in diesem Augenblick die ganze Tragweite der Nachricht zu Hildebrandt durchgedrungen. Endlich zog sie sich einen der Gartenstühle heran und setzte sich. Beschwörend legte sie ihm ihre Hand auf den Arm. »Gerhard, weißt du eigentlich, was der Mord an Franz Krüger bedeutet?«

Wie in Zeitlupe schob er den Brief neben das Weinglas. Er zog seine Lesebrille von der Nase und legte sie auf den Brief. Dann blickte er Katrin an. Das leichte Auf und Ab der Falten auf seiner Stirn signalisierte ihr, dass er sich wieder gefangen hatte und nachdachte.

»Du hast Recht«, sagte er nach einer schier endlosen Pause und wirkte dabei, als sei er die Ruhe selbst, »Franz' Tod könnte unter Umständen unschöne Auswirkungen haben.«

»Unschöne Auswirkungen, ha!«, schnappte Katrin. »Sehr nett ausgedrückt. Ernsthafte Probleme trifft es wohl eher! Ich verstehe nicht, wie du das so locker abtun kannst! Wollen wir nicht auch Uwe Bescheid geben?«

»Meinst du, es bringt was, wenn wir ihn auch noch verrückt machen?« Er sagte das in recht schroffem Ton, fand aber schnell wieder zu seiner alten Gelassenheit zurück. »Komm, jetzt trink erstmal ein Glas Wein. Ist wirklich ein feiner Tropfen.«

Er stand auf und verschwand durch die Terrassentür im Haus. Gleich darauf erschien er wieder mit einem zweiten Weinglas in der Hand.

»Was hat dir dein Hauptkommissar denn noch erzählt, außer dass es Franz Krüger ist, den sie umgebracht haben?«, fragte Hildebrandt, während er Katrin von dem funkelnden Roten einschenkte.

»Nicht viel«, gab Katrin zu. »Eigentlich gar nichts. Aber er hat gefragt, ob jemand aus Förste damit zu tun haben könnte.«

»Ach?« Hildebrandt nahm einen Schluck Wein und schmunzelte, als er das Glas auf den Tisch zurückstellte. »Was treibt ihn denn zu der Annahme?«

»Er scheint zu glauben, es sei irgendwas Persönliches. Eine alte Privatfehde oder so …«

Katrin rutschte unruhig auf ihrem Stuhl hin und her. Der Gedanke, die Polizei könne in alten Geschichten herumwühlen, beunruhigte sie immer mehr. Ganz im Gegensatz zu Hildebrandt.

Der lehnte sich in seinem Schaukelstuhl zurück und blickte verträumt über das satte Grün seines Rasens zwischen den beiden mächtigen Blutbuchen im Vordergrund hindurch bis hin zu dem kleinen Holzpavillon am hinteren Ende seines Grundstücks. Eine Brise ging leicht raschelnd durch die Baumkronen. In der schrägstehenden Sonne tanzten die Schatten der Blätter wie kleine Kobolde auf dem Pavillondach herum. Ein Bild vollkommenen Friedens. »Ist es nicht schön hier?«, fragte er nach einer Weile und reckte sich. »Ich liebe meinen Garten«, seufzte er genießerisch.

»Gerhard, bitte!« Hildebrandts Gleichmut machte Katrin verrückt. »Machst du dich über mich lustig?« Genervt schlug sie mit dem Handrücken nach einer Wespe, die sich in die Nähe ihres Weinglases verirrt hatte.

»Ganz und gar nicht! Ich bin ganz bei der Sache.«

»Hast du denn gar keine Angst, die fangen an in Krügers Privatleben rumzuschnüffeln?«

»Sollen sie ruhig«, gab Hildebrandt zurück, »ich kann mir nicht vorstellen, dass sie was Kompromittierendes finden werden. Krüger war ja immer vorsichtig. Aber vielleicht hast Du Recht, es kann nicht schaden, sich mal darum zu kümmern. Lass mich mal machen.«

»Gerhard, was hast du vor?«

»Mal sehen ...«, sagte er ausweichend, griff nach seinem Weinglas und trank es aus. Dann erhob er sich aus dem Stuhl. »Am besten, du fährst jetzt nach Hause und denkst nicht mehr an die Sache. Tu einfach so, als wäre alles so wie immer. Und, Katrin ...«

»Ja?«

»Pass ein bisschen auf deinen Kommissar auf!«

5.

Es würde ein Gewitter geben. Behrends hatte es in dem Moment gewusst, als er vor die Haustür getreten war, um mit Sir Toby die kurze Morgenrunde zu drehen.

Eine Sonne, die rotglühend am östlichen Horizont aufging, und erste, dünne Schleierwolken im Westen deuteten mit einiger Sicherheit auf Blitz und Donner hin. Und dazu diese Schwüle schon am frühen Morgen! Ganz anders, als die trockene Hitze der vergangenen Tage. Nicht mehr lange, und schon die kleinste Bewegung würde Behrends den Schweiß aus allen Poren drücken. Er hasste hohe Luftfeuchtigkeit, die mit Wärme einherging. Er und Tropenklima, das passte einfach nicht zusammen. Besonders geschlossene Räume und körperliche Nähe machten ihm bei diesen Wetterbedingungen zu schaffen!

In aller Eile hatte Behrends gleich nach seinem Eintreffen im Büro diejenigen zusammengetrommelt und in den Sitzungsraum beordert, die er in der »Soko Höhlenzauber« dabeihaben wollte. Es war nicht seine Idee gewesen, der Sonderkommission diesen esoterisch angehauchten Namen zu verpassen. Er konnte sich aber denken, wer dahintersteckte. Der Zettel mit der entsprechenden Notiz auf seinem Schreibtisch trug die Handschrift der Staatsanwältin.

So machte sie ihm deutlich, dass sie von Anfang an die Kontrolle über den Fall übernehmen und behalten wollte. Der Name der Soko war ihr geistiges Eigentum, also hatte alles, was sie im Rahmen dieser Sonderkommission unternahmen, mit ihrem Segen zu geschehen.

»Kann mal jemand die Fenster öffnen«, fragte Behrends anstelle einer Begrüßung, kaum dass sich alle gesetzt hatten. Da sich niemand angesprochen fühlte und eilfertig aufsprang, brachte er selbst zwei Fenster in seiner Nähe in Kippposition.

Zufrieden spürte er einen leichten Luftzug auf seiner feuchten Haut. »Gut«, sagte er aufgeräumt, »dann lasst mal hören. Was habt ihr gestern herausgefunden?«

Am wichtigsten erschienen allen Anwesenden die Ergebnisse der rechtsmedizinischen Untersuchung der Leiche, die Micha vortrug. Demnach war Franz Krüger etwa acht Stunden, bevor ihn Dr. Stein morgens gefunden hatte, ermordet worden. Also am frühen Abend des vorherigen Tages. Er hatte drei Stiche in die Brust bekommen, wovon einer mitten ins Herz gedrungen war und ihn sofort getötet hatte. Bei der Mordwaffe handelte es sich wahrscheinlich um ein Messer mit schmaler Klinge, etwa zwanzig Zentimeter lang, sehr dünn geschliffen und sehr scharf. Vielleicht ein Tranchiermesser oder etwas noch Schärferes. Die Klinge war möglicherweise auch dazu benutzt worden, dem Opfer diese Figur in die Stirn zu ritzen. Anzeichen dafür, dass das Opfer sich gegen seinen Mörder gewehrt hatte, gab es keine. Vielleicht war der Mann überrascht worden und alles dann ganz schnell gegangen.

»Was ist mit seiner völlig zerschrammten Hand?«, wollte Behrends wissen.

»Hat wahrscheinlich nichts mit der Attacke des Mörders zu tun«, klärte ihn Kalle auf, der andere der beiden unzertrennlichen

Erkennungsdienstler. »Ich habe das ja gestern schon vermutet, er muss in so 'ner Gesteinsspalte rumgefummelt haben. Da haben wir Hautspuren von ihm an den Steinen gefunden.«

»Was hat er denn da gesucht?«

»Woher sollen wir das wissen?«, sprang Micha seinem Kollegen zur Seite. »Wir haben jedenfalls nichts gefunden.«

»Und sonst?« Behrends wurde ungeduldig. Es musste doch irgendetwas geben, das der Mörder hinterlassen hatte.

»Nichts sonst«, sagte Kalle, »jedenfalls nichts, das uns einen Hinweis auf den Täter gibt. Außer diesem Stückchen Stoff. Das gehört zu einem Kleidungsstück aus Baumwolle. Nichts Außergewöhnliches. So was bekommst du in jedem Textilwarengeschäft. Und Spuren, die für eine DNA-Analyse taugen, haben wir auch nicht gefunden. Weder an dem Stofffetzen, noch sonst wo. Alles in allem kann man sagen, der Kerl ist entweder sehr umsichtig vorgegangen und wusste genau, worauf er achten musste, um keine Spuren zu hinterlassen, oder er ist ein Phantom.«

»Herrgott«, rief Behrends ungehalten und warf die Arme in die Luft, »jetzt erzählt mir nicht, dass wir einen Geist jagen sollen … was ist mit Blutspuren?«

»Es gibt welche an den Felsen. Aber die sind vom Opfer und von diesem Dr. Stein. Andere Blutspuren – Fehlanzeige.«

Bosse meldete sich zu Wort.

»Ja?« Behrends blickte ihn misstrauisch an. Wenn Bosse etwas zur Diskussion beitragen wollte, hieß es, auf der Hut zu sein.

»Könnten Sie bitte eins der Fenster wieder schließen, Herr Behrends? Es zieht.«

Behrends öffnete den Mund zu einer scharfen Erwiderung. Doch ihm wollten nicht die richtigen Worte einfallen. Er blickte kurz in die Runde, sah grinsende Gesichter und vereinzelt zaghaftes Nicken. Er fuhr mit einer heftigen Bewegung von seinem Platz hoch, sodass der Stuhl nach hinten wegkippte. Mit einer schnellen Handbewegung hielt er ihn fest und stapfte wortlos auf eins der beiden Fenster zu und schloss es wieder.

Bosse! Immer wieder Bosse! Der Mann war eine Zecke! Wenn Behrends die Wahl gehabt hätte, Bosse wäre auf keinen Fall ins

Team gekommen. Aber mit seinen Fähigkeiten war er unverzichtbar. Das wusste auch Bosse und nutzte es schamlos aus.

»So, dann hoffe ich, dass sich bei meiner unverantwortlichen Lüftungspolitik niemand eine Erkältung geholt hat und ab morgen das Bett hüten muss«, sagte Behrends sarkastisch. »Bei unserer dünnen Personaldecke wäre das äußerst dumm.« Er ließ eine kurze Gedankenpause folgen und klatschte dann in die Hände: »Ja, also – jetzt mal weiter im Text. Was ist mit der kaputten Tür vor der Höhle? Die ist aufgebrochen worden, oder? Gibt es da Spuren?«

»Sicher«, antwortete Micha, »metallische Abriebspuren. Ich vermute, da hat sich jemand mit einem Brecheisen oder etwas in der Art zu schaffen gemacht. Was es auch war, wir haben es nicht gefunden. Ach ja, ein paar Fingerabdrücke gab es da auch, die nicht von Krüger oder Dr. Stein stammen.«

»Na also, das ist doch schon mal was«, freute sich Behrends.

»Langsam«, dämpfte Kalle mit dem sauertöpfischen Blick eines Bernhardiners Behrends' Freude, »in den letzten Wochen sind da einige Leutchen ein und aus gegangen. Die haben über einen Monat in der Höhle gearbeitet. Noch ist nicht sicher, dass Fingerabdrücke dabei sind, die von jemandem stammen, der in der Höhle nichts zu suchen hatte. Aber zu deiner Beruhigung, Ingo, wir untersuchen das gerade. Es gibt noch Hoffnung.«

»Na prima.« Behrends war mehr als enttäuscht. Einen Augenblick starrte er auf den Notizblock, den er vor sich auf dem Tisch liegen hatte. Zwei, drei Mal nahm er das erste Blatt des Blockes auf und ließ es wieder sinken. Es sah aus, als suche er irgendeinen Eintrag in seinen Aufzeichnungen. Dann hob er seinen Kopf und blickte zu Maike de Baer:

»Maike, was hast du über unser Opfer, diesen Franz Krüger herausgefunden?«

»Na ja«, begann sie und konnte sich einen süffisanten Unterton nicht verkneifen, »der Mann hat sich in seinem Leben bestimmt den einen oder anderen Feind gemacht, der ihm keine Träne nachweint, wenn er von seinem Tod erfährt. Man tut ihm wohl nicht unrecht, wenn man ihn einen Frauenhelden nennt.«

Franz Krüger stammte aus Eisdorf, einen Katzensprung von Förste entfernt. Dort war er aufgewachsen. In zwei Monaten wäre er 60 Jahre alt geworden. Er hatte zwei geschiedene Ehen hinter sich, war nachweislich Vater von drei inzwischen erwachsenen Kindern, jeweils eins aus seiner ersten und zweiten Ehe, während das dritte Kind außerehelich im Zeitraum seiner ersten Ehe gezeugt wurde. Die Vaterschaft hatte er damals anerkannt, die Ehe ging daraufhin in die Brüche. Die zweite Ehe scheiterte nach zweijähriger Dauer ebenfalls, vermutlich wegen mehrerer – man höre und staune – mehrerer gleichzeitiger außerehelicher Beziehungen. Erst seine dritte Ehefrau schien ihn in den Griff bekommen zu haben oder sie hatte sich nichts aus seiner notorischen Fremdgeherei gemacht.

»Und das sind alles bestätigte Fakten?« Behrends konnte sich einer gewissen Faszination nicht erwehren.

»Was die Anzahl der Ehen und die eingetragenen Kinder angeht, schon«, meinte Maike. »Die Angestellte auf dem Standesamt war eine ziemlich mitteilsame Dame. Die Informationen über sein Intimleben habe ich allerdings zwei älteren Angestellten auf dem Katasteramt aus der Nase gezogen. Die haben lange Jahre mit dem Krüger zusammengearbeitet und kannten ihn recht gut. Aber eigentlich auch wieder nicht.«

»Eigentlich auch wieder nicht? Was denn nun? Ja oder nein?« Behrends konnte bei diesen Eigentlich-Uneigentlich-Geschichten immer aus der Haut fahren.

Maike ließ sich nicht einschüchtern: »Krüger hat sich mit seinem Privatleben wohl immer recht bedeckt gehalten. Aber so einiges ist ihm ab und zu doch durchgerutscht, bei aller Heimlichtuerei. Möglich, dass dabei auch die Gerüchteküche hochkochte. In seinem Beruf war der Mann wohl ein ziemlicher Pedant. Beliebt war er bei seinen Kollegen jedenfalls nicht, auch wenn niemand ernsthafte Probleme mit ihm hatte.«

Maike de Baer ließ noch ein paar Details folgen, die eindeutig zu den belegbaren Fakten gehörten. Demnach hatte Krüger Vermessungstechniker gelernt und nach seiner Lehre die Beamtenlaufbahn eingeschlagen. Zu dem Zeitpunkt war er aus Eisdorf weggezogen. Er war in verschiedenen Katasterämtern tätig gewesen, unter anderem in Goslar und bis zum Schluss seiner beruflichen Tätigkeit in Osterode. Er hatte auch immer an dem jeweiligen Dienstort eine Mietwohnung bezogen. Im Jahr 2005 war er im Zuge der Verwaltungsreform in den vorzeitigen Ruhestand getreten und hatte sich gleich darauf ein kleines Häuschen in Herzberg gekauft. Seine Frau starb nur drei Monate, nachdem sie das Haus bezogen hatten. Seitdem lebte Krüger allein in dem Haus.

»Wie es aussieht, lebte er seitdem sehr zurückgezogen, seine Kontakte beschränkten sich auf seine Tätigkeiten als Grabungshelfer«, schloss Maike de Baer ihren Vortrag.

»Ein leidenschaftlicher Mensch mit einem tragischen Schicksal«, kommentierte Richard Unrein, ein kleiner, drahtiger Oberkommissar mit Halbglatze, Adlernase und großen, traurigen Augen. Wer ihn zum ersten Mal sah, vermutete alles hinter seinem langen Gesicht, nur nicht den klaren Verstand des Ermittlers und Computerspezialisten. Er lehnte sich in seinem Stuhl zurück, faltete die Hände vor dem Bauch.

»Leidenschaftlicher Mensch?«, giftete Jutta Engelke, die zweite Frau im Team, ungewöhnlich scharf. »Wenn ich das höre, war der Mann für mich nichts weiter als ein geiler Bock, der sich nach außen hin den Anstrich des braven, gewissenhaften Beamten gegeben hat. Und dann seine ständigen Umzüge. Nirgends wirklich zu Hause sein. Das ist nicht normal!« Für diese Feststellungen erntete sie von Maike de Baer ein zustimmendes Nicken.

»Leute, bitte«, rief Behrends, »lasst uns doch bei den Fakten bleiben und verschont uns mit euren Gefühlsausbrüchen.«

»Das sind die Fakten!«, konterte Maike de Baer. »Wir können doch mit einiger Sicherheit davon ausgehen, dass ihm seine Herumhurerei nicht nur bei seiner jeweiligen Ehefrau in Schwierigkeiten gebracht hat. Was ist, wenn seine außerehelichen Gespielinnen ihrerseits mit festen Partnern liiert waren, die etwas spitz bekommen hatten. Oder seine Liebchen fühlten sich irgendwann von ihm hintergangen? Da kommen schon einige Leute zusammen, die ein handfestes Motiv gehabt hätten.«

Behrends überlegte einen Augenblick, schüttelte dann aber den

Kopf: »Mag sein, dass du Recht hast. Dann frage ich mich nur, warum es erst jetzt zum Mord kam, nachdem er über vier Jahre zurückgezogen als Witwer in Herzberg gehaust hat? Und – was mir noch rätselhafter erscheint – warum wird er in der Lichtensteinhöhle ermordet? Ich darf doch davon ausgehen, dass der Leichenfundort auch der Tatort ist. Kalle? Micha?«

»So ist es«, bestätigte Kalle seine Vermutung.

»Also, meine Theorie läuft eher auf ein Motiv im Zusammenhang mit der Höhle hinaus. Was gibt es darüber zu sagen, was nicht schon alle Welt weiß?«

Richard Unrein, der mit dem langen Gesicht, richtete sich etwas in seinem Stuhl auf und räusperte sich: »Ich habe mal etwas recherchiert. Also wirklich interessant dürfte eigentlich nur die Tatsache sein, dass vor etwa sechzehn Jahren in die Höhle eingebrochen wurde. Damals lag dieser ganze bronzezeitliche Krempel inklusive der Knochen noch drin, weil das Geld gefehlt hat, die Sachen sofort nach ihrer Entdeckung zu bergen. Man hat die Funde registriert und die Bergung auf später verschoben. Die Eindringlinge haben wohl einiges von Wert mitgehen lassen. Später wurden die Sachen größtenteils wieder zurückgegeben. Anonym. Richtig verfolgt und aufgeklärt wurde der Diebstahl übrigens nie.« Er zuckte bedauernd die Schultern.

»Man kann nur spekulieren, wer sich hinter den Raubgräbern verbarg und welches Interesse sie an den Grabungsfunden hatten. Wahrscheinlich scheint, dass sie die Sachen an Leute in irgendwelchen okkulten Verbindungen verhökern wollten, für Schwarze Messen und so. Vielleicht haben die auch selbst zu so 'nem Verein gehört und die Knochen und Schädel für den Eigenbedarf geklaut. Damals war übrigens auch schon eine Eisentür vor dem Höhleneingang – also vor dem ursprünglichen Höhleneingang, nicht dem, über den man jetzt in die Höhle einsteigt. Die Tür wurde ebenfalls mit Gewalt aufgebrochen.«

»Hm …«

Behrends stand von seinem Stuhl auf. Dann fuhr er sich mit der Hand durch die Haare bis hinunter zum Nacken, um sich übergangslos seinen Hals zu massieren und die verspannten Muskeln zu lockern. Dabei bewegte er sich langsam auf das geöffnete Fenster zu. Das Ganze hatte etwas derart Beiläufiges an sich, dass man meinen konnte, er sei in tiefes Nachdenken versunken.

Für Behrends war es alles andere als das. Es war eine einzige Verlegenheitsreaktion auf den Schweiß, der ihm plötzlich auf die Stirn trat. Es fing immer ganz plötzlich an und jedes gedankliche Dagegenhalten verschlimmerte die Sache. Besonders in Gesellschaft mit anderen Menschen wurde so etwas schnell peinlich. Deshalb der Gang zum Fenster. Sich einfach einen Moment abwenden und durchatmen. Den Luftzug auf der Haut spüren.

Er starrte ein paar Sekunden nach draußen. Dann drehte er sich um und lehnte sich gegen die Fensterbank: »Du willst damit sagen, dass diejenigen, die damals in die Höhle eingebrochen sind, es wiederholt haben?«

»Möglich wäre es schon.«

»Und dieser Krüger hat sie überrascht?«

Unrein zögerte. Seine Theorie schien ihm selbst nicht ganz geheuer: »Na ja, das widerspräche dann allerdings dem Tathergang, wie ihn Kalle und Micha uns geschildert haben. Trotzdem, ich könnte mir denken, dass da irgendwelche Verbindungen bestehen.«

»Gibt es noch andere Anhaltspunkte?«

»Höchstens die Dauerfehde zwischen den Dorster Einwohnern und denen aus Förste um die Rechte am Lichtenstein. Aber das ist erstens eine über Jahrzehnte, vielleicht sogar Jahrhunderte, gewachsene Rivalität, fast schon Tradition, und es lässt sich zweitens nicht an einzelnen Personen festmachen. Ganz davon abgesehen, dass der Krüger nichts mit dieser Rivalität zu tun hatte. Er stammt aus keinem der beiden Orte, auch wenn er sich oft in Förste aufgehalten haben soll.«

»Gab es denn in der Vergangenheit schon mal gewaltsame Übergriffe im Zusammenhang mit dem Lichtenstein?«

Unrein schüttelte den Kopf: »Nicht, dass ich wüsste. Sieht man mal davon ab, dass sie sich in früheren Jahren zum traditionellen Himmelfahrtstreffen da oben auf der Waldwiese unterhalb der Burgruine immer mal wieder die Nase blutig gehauen haben. Aber das fiel wohl mehr in die Kategorie Dampf ablassen. Danach herrschte dann immer für mindestens ein Jahr wieder Ruhe. Aber, wie gesagt, das ist längst Geschichte. Heute gehen die Herrschaften wesentlich zivilisierter miteinander um.«

Sie versuchten noch einige Minuten, weitere mögliche Mordmotive zu entwickeln, mussten aber einsehen, dass sie so nicht weiterkamen.

»Also Leute«, beschloss Behrends schließlich die fruchtlose Diskussion, »wir müssen mehr über Krüger erfahren. Kalle und Micha, ihr und eure Truppe nehmt euch Krügers Haus in Herzberg vor. Den Durchsuchungsbescheid habt ihr?«

Die Beiden nickten unisono.

Unrein trug er auf, zusammen mit so vielen Kollegen wie nötig, die Szene der Satanisten und Teufelsanbeter nach Verbindungen zur Höhle und vor allen Dingen zu Krüger zu durchforsten. Der Harz sei schließlich Hexen- und Teufelsgebiet, sagte er mit einem Augenzwinkern, das nicht jeder verstand. Da gäbe es sicher eine Menge zu finden, wahrscheinlich sogar Fälle, die aktenkundig geworden seien.

Alle anderen sollten sich auf die Suche nach den noch lebenden Angehörigen von Krüger machen, wobei auch ausdrücklich nach seinen ehemaligen Ehefrauen und Liebschaften gesucht werden sollte.

Er selbst wollte sich mit Maike de Baer auf den Weg zu Dr. Stein machen. Von ihm erhoffte er sich nach einem Tag auf der Stelle Tretens endlich ein paar Informationen, die ein wenig Licht ins Dunkel brachten.

Es war kurz vor zehn, als sie durch das Hövestal auf Osterode zufuhren. Links von ihnen zog sich die Stadt im Dunst durch das Tal, kroch im Osten an den Hängen hinauf und endete vor der dunklen, blaugrau schimmernden Silhouette der nahen Harzberge im Hintergrund.

»Was ist eigentlich zwischen dir und Bosse?«, fragte Maike de Baer unvermittelt. Sie hatten die meiste Zeit der zurückliegenden dreiundzwanzig Kilometer geschwiegen und ihren Gedanken nachgehangen.

»Nichts«, antworte Behrends, »zumindest bin ich mir keiner Schuld bewusst. Er mag mich nicht. Beruht aber auf Gegenseitigkeit.«

»Hm ...« Sie kaute nachdenklich auf ihrer Unterlippe herum. »Jedenfalls ist es nicht gut, wenn du dich weiter so von ihm provozieren lässt. Das untergräbt irgendwann deine Autorität.«

Behrends gab nur ein unmutiges Grunzen von sich.

»Nimm ihn dir einfach mal in einer stillen Minute zur Brust und stell das klar. Du bist der Chef.«

»Danach ist Bosse beleidigt und boykottiert meine Anweisungen. Meinst du, das bringt es?«

Behrends war das Thema unangenehm. Es trieb ihm wieder den Schweiß auf die Stirn. Er stellte das Gebläse eine Stufe höher und richtete die Lüftungsdüsen auf sein Gesicht.

»Hast du Angst vor ihm?«, fragte Maike de Baer direkt heraus.

»Quatsch!«

»Dann tu etwas. Lass ihn beleidigt sein oder eingeschnappt oder was auch immer! Der kriegt sich auch wieder ein. Und wenn nicht, dann gibt es noch andere Wege, ihn auf Kurs zu bringen. So darfst du jedenfalls nicht weitermachen, sonst nimmt dich irgendwann keiner mehr ernst, und Bosse hat gewonnen.«

Behrends nickte. Er wusste, dass sie Recht hatte. Früher oder später musste er mit Bosse reden. Möglichst früher. Ein Gespräch, das er nur zu gern vermieden hätte. Vielleicht war er doch nicht zum Vorgesetzten geeignet. Er liebte seine Arbeit und hatte keine Schwierigkeiten, seine Mitarbeiter zu leiten und zu motivieren. Hier aber ging es darum, jemanden wegen seines Verhaltens zu maßregeln. Dafür war er einfach nicht der richtige Mann. Aber er konnte solchen Situationen nicht ausweichen. Man erwartete von ihm, dass er auch so etwas in den Griff bekam. Er durfte es sich nicht gefallen lassen, dass man ihn lächerlich machte.

»Ich nehme ihn mir vor«, sagte er lahm, »wenn sich eine günstige Gelegenheit bietet.«

»Warte lieber nicht mehr zu lange«, mahnte Maike de Baer. Sie glaubte Behrends gut genug zu kennen, um zu wissen, dass er das Gespräch von Tag zu Tag vor sich herschieben würde.

Sie erreichten das Neubaugebiet oberhalb Osterodes und bogen in das »Himmelreich« ein. Dr. Steins Haus war das dritte auf der rechten Seite. Dort hielten sie an und stiegen aus.

Behrends reckte sich und ließ seinen Blick über die Stadt gleiten, die, in der Sonne brütend, zu ihren Füßen lag. Hinter der Stadt dehnten sich schimmernd weiß die Kalkfelsen nach Norden aus. Dann folgte er Maike, die keine Zeit auf das beeindruckende Stadtpanorama verschwendet hatte und bereits an der Haustür stand.

Eine Frau öffnete ihnen. Trotz ihrer schlanken, sportlichen Erscheinung – aschblonde Kurzhaarfrisur, bronzener Teint, T-Shirt, Jeans und Segeltuchschuhe – wirkte sie müde und abgekämpft. Sie hatte dunkle Ringe unter den graublauen Augen, die ihnen in ahnungsvoller Erwartung entgegenblickten.

»Frau Stein?«, fragte Behrends.

Sie nickte.

»Ich bin Hauptkommissar Ingo Behrends, das ist meine Kollegin, Kommissarin Maike de Baer. Wir würden gern Ihren Mann sprechen.«

»Sie kommen wegen des Mordes an Franz Krüger?«

»Richtig.«

»Schrecklich«, murmelte sie, »ich kann es immer noch nicht fassen!« Sie stützte sich an der Türklinke ab und blickte für einen Moment gedankenverloren an ihnen vorbei. Doch gleich wandte sie sich ihnen wieder zu, räusperte sich. »Edgar … also, mein Mann, er ist nicht zu Hause. Er ist im Büro.«

»Aber …«, Maike de Baer warf Behrends einen erstaunten Blick zu, »ist er denn nicht … also, gestern sah es nicht so aus, dass er heute arbeiten könnte.«

»Er hat es zu Hause nicht mehr ausgehalten. Er dreht durch, wenn er nur hier herumsitzt und grübelt, hat er gesagt.«

»Ich verstehe.« Behrends nickte. »Dürfen wir trotzdem kurz hereinkommen? Wir hätten ein paar Fragen an Sie.«

Frau Stein zog verwundert die Stirn in Falten: »Äh … ich weiß zwar nicht, wie ich Ihnen weiterhelfen kann, aber ja, bitte, treten Sie ein.«

Ihr Gespräch dauerte nur kurz. Frau Stein konnte ihnen lediglich von der merkwürdigen Unruhe ihres Mannes berichten, als er gestern Morgen ungewohnt früh das Haus verlassen hatte, ohne ihr den Grund dafür zu nennen. Dabei hatte er noch am Abend zuvor gesagt, dass Krüger die Höhle bewache, weil dort jemand eingebrochen sei und die Tür vor dem Eingang aufgebrochen habe. Ihr Mann hätte also gut und gerne ein oder zwei Stunden länger schlafen können. Aber er müsse wohl gespürt haben, dass etwas nicht in Ordnung war. Er sei ein so feinfühliger Mensch.

»Frau Stein, wo war Ihr Mann eigentlich am Montagabend?«

Die Frau des Archäologen blickte unsicher zu Maike de Baer, dann wieder zurück zu Behrends, der sie gefragt hatte. »Na hier«, sagte sie, »zu Hause. Wieso?«

»Und er war nicht noch mal weg?«, hakte Behrends nach. »Zur Höhle vielleicht?«

»Nein! Warum sollte er?«

»Na ja, wenn er sich um seinen Grabungshelfer gesorgt hat, wollte er möglicherweise noch mal nachsehen, ob mit ihm alles in Ordnung ist.«

»Nein, wollte er nicht! Er hat das Haus den ganzen Abend nicht mehr verlassen ...« Plötzlich verstand Frau Stein. Ihr Gesicht verfinsterte sich. »Glauben Sie wirklich, mein Mann ...? Das ist doch ein schlechter Witz!«

Behrends hob entschuldigend die Hände: »Tut mir leid, ich muss das fragen. Routine, Sie verstehen?« Er versuchte ein versöhnliches Lächeln. »Tja, Frau Stein, das war's dann auch schon. Auf Wiedersehen ...«

Behrends glaubte Frau Stein. Ihr Mann hatte nichts mit dem Mord zu tun. Wäre auch zu blöd gewesen, wenn Bosse mit seinem Verdacht richtig gelegen hätte. Den Triumph gönnte er ihm nicht!

Sie fuhren hinunter in die Stadt zum Kreishaus. Dr. Steins Büro befand sich im zweiten Stock des neuen Verwaltungsgebäudes, direkt neben dem alten, ehrwürdigen Backsteingemäuer, das jetzt hauptsächlich Räume für repräsentative Zwecke beherbergte.

Sein Zimmer war in dem lang gestreckten Flur das letzte links. Dadurch, dass es hinter einer Glastür lag und räumlich dem Treppenhaus angegliedert war, schien es auf eine merkwürdige Weise nicht zu den anderen Büros zu gehören. Eine Besenkammer oder einen Abstellraum hätte man hier vermuten können, nicht aber das Büro des Kreisarchäologen.

Behrends klopfte, und eine matte Stimme forderte sie zum Eintreten auf. Der Eindruck, den das Zimmer schon von außen auf sie gemacht hatte, setzte sich im Inneren fort. Sie standen in einem schmalen Schlauch, der zusätzlich verengt wurde durch zwei deckenhohe Regale an den Längswänden, vollgestopft mit Akten und Büchern. Am Ende des Schlauches, unter dem einzigen Fenster, nahm ein schlichter Schreibtisch den größten Teil des verbliebenen Bewegungsfreiraumes ein.

Auf dem Tisch stand an der Fensterseite der obligatorische Computer, während fast der gesamte Rest der Tischplatte ein Durcheinander von Büchern, Akten, Schriftstücken und Schreibwerkzeugen beherbergte. Dazwischen lagen einige Dinge verstreut, die Behrends und Maike de Baer erst auf den zweiten Blick als archäologische Fundstücke erkannten. Besonders makaber erschien ihnen der bleiche Schädel, der ihnen, eingekeilt zwischen zwei Bücherbergen, entgegengrinste.

In diesem ganzen Chaos hockte Dr. Stein verloren hinter seinem Schreibtisch und sah aus wie ein Aussätziger, verbannt in dieses Verlies, ausgeschlossen aus der Gemeinschaft der anderen Landkreismitarbeiter. Er hatte über irgendwelchen handschriftlichen Notizen gebrütet und hob jetzt müde seinen Kopf. Rotumränderte Augen in einem blassen Gesicht starrten ihnen über eine randlose Lesebrille entgegen.

»Guten Tag, Dr. Stein«, sagte Behrends. »Sie erinnern sich an uns?«

Der Archäologe nickte kaum wahrnehmbar. Seine Augen blieben regungslos an ihnen hängen. Trotzdem sah er sie nicht an, sondern durch sie hindurch. Erst allmählich schien er zu realisieren, dass jemand in sein Büro getreten war und ihn angesprochen hatte. Er bemerkte, dass Maike de Baer einen Schritt vorgetreten war und ihre Hand nach dem Totenschädel ausstreckte: »Bitte vorsichtig, der Schädel ist sehr empfindlich.«

Ihre Hand zuckte zurück. »Oh, Entschuldigung. Ich wusste nicht …«

»Schon gut«, sagte Dr. Stein leise und lächelte müde. »Ist sowieso nur eine Nachbildung … der Schädel von einem der Bronzezeitmänner aus der Lichtensteinhöhle.«

»In der Höhle ist eingebrochen worden?«, nahm Behrends den Faden auf. »Ihre Frau sagte uns das.«

Dr. Stein zog verwundert die Augenbrauen hoch.

»Wir waren bei Ihnen zu Hause. Wir wussten nicht, dass Sie heute schon wieder arbeiten«, erklärte Behrends, zog sich einen der beiden Besucherstühle heran und setzte sich. Maike de Baer folgte seinem Beispiel.

»Herr Stein, Sie werden sicher verstehen, dass wir Sie zu dem Vorfall in der Höhle befragen müssen«, sagte Behrends und versuchte, sich mit dem Stuhl in den schwachen Luftstrom zu manövrieren, den der kleine Ventilator auf der Fensterbank verursachte.

»Vorfall ist gut«, murmelte Dr. Stein bitter, »für Sie ist es vielleicht nur ein Vorfall. Aber einer meiner Mitarbeiter ist ermordet worden! Und ich bin schuld daran, verstehen Sie?« Er schluckte heftig. Es fiel ihm schwer, sich zu beherrschen.

»Schuld? Wieso sind Sie schuld?«, wunderte sich Behrends. »Das haben Sie gestern ja auch schon gesagt.«

»Ich habe nicht verhindert, dass er allein an der Höhle übernachtet hat. Ich hätte wissen müssen, dass es gefährlich werden kann.«

»Warum?«

»Hören Sie, es waren Raubgräber in der Höhle!« Dr. Stein war endgültig aus seinem Dämmerzustand erwacht. »Wir mussten dafür sorgen, dass die Kerle nicht noch einmal einsteigen. Die Tür war ja kaputt! Krüger wollte Wache halten, und ich habe es ihm erlaubt. Allein! Wie konnte ich nur so naiv sein und glauben, dass das gut geht? Anstatt mit ihm zusammen an der Höhle zu übernachten, habe ich zu Hause im Bett gelegen!«

»Herr Stein, niemand hätte voraussehen können, dass so etwas passiert«, versuchte Behrends, den Archäologen zu beruhigen.

»Aber wenn ich dabei gewesen wäre ...«

»... dann wären Sie jetzt möglicherweise auch tot«, ergänzte Behrends, »wenn es denn die Raubgräber waren, die für Krügers Tod verantwortlich sind.«

Dr. Stein horchte auf: »Sie glauben, es könnte jemand anderes ...?«

Maike de Baer räusperte sich und warf Behrends einen schnellen Seitenblick zu. Der nickte nur und überließ ihr das Wort.

»Herr Stein«, begann sie, »nach Lage der Dinge deutet nichts darauf hin, dass Franz Krüger irgendwelche Raubgräber oder andere Unbefugte überrascht hat. Andernfalls hätten wir vielleicht Kampfspuren gefunden. Vielmehr scheint es so, dass Krüger in die Höhle eingestiegen ist und dann überrumpelt wurde. Möglich, dass ihm sein Mörder dort aufgelauert hat.«

»Bleiben wir aber erstmal bei dem Einbruch in die Höhle«, unterbrach Behrends seine Kollegin und wandte sich an Dr. Stein. »Ihrer Meinung nach wurde der Einbruch also von Raubgräbern verübt. Dieselben Leute, wie damals, vor sechzehn Jahren? Was glauben Sie?«

Dr. Stein zog die Achseln hoch: »Ich habe daran gedacht. Aber es gibt auch genügend andere, die durch die Gegend ziehen und die Landschaft nach altertümlichen Funden durchsuchen. Die Fundstücke werden auf dem Schwarzmarkt zu Höchstpreisen verscherbelt. Es gibt genug Verrückte, die diese Dinge sammeln. Meist Leute mit dem entsprechenden Vermögen in der Hinterhand. Denken Sie nur an die Himmelsscheibe von Nebra!«

Behrends blickte ihn fragend an.

»Sie kennen die Himmelsscheibe von Nebra?«, fragte Dr. Stein vorsichtig nach.

»Also, um ehrlich zu sein, ich habe da einen gewissen Bildungsrückstand«, gab Behrends zu.

»Ich erkläre es dir später.« Maike de Baer ließ ihn auf ihre unnachahmlich direkte Art wieder einmal spüren, was für ein Kulturbanause er doch war.

»Gut«, schnaubte Behrends missmutig, »was ist denn nun aus der Höhle geraubt worden?«

»Nichts«, sagte Dr. Stein, »das war ja das Verwunderliche. Abgesehen davon, dass in der Höhle ohnehin nichts mehr zu holen war, weil wir natürlich alle unsere Funde geborgen und längst abtransportiert hatten, gab es auch keine Anzeichen für eine Durchsuchung oder gar Grabung. So etwas sieht man, wenn man jeden Zentimeter in der Höhle genau kennt.«

»Sie meinen, jemand ist in die Höhle eingebrochen, ohne die Absicht, etwas zu stehlen?«

»Es scheint so …«, sagte Dr. Stein. Er klang, als sei er gerade eben erst zu dieser überraschenden Erkenntnis gekommen. »Warum habe ich das nur nicht sofort gemerkt? Ich muss ein Brett vor dem Kopf gehabt haben.«

»Was also ein zufälliges Aufeinandertreffen der vermeintlichen Raubgräber und Franz Krüger so gut wie ausschließt«, konstatierte Maike de Baer.

»Wenn Sie das sagen … mein Gott, Sie glauben tatsächlich, jemand hätte alles inszeniert, den Einbruch und alles, nur um Krüger zu töten?« Dr. Steins Gesicht durchlebte binnen Sekundenbruchteilen das gesamte Gefühlsspektrum von Abscheu bis hin zu Angst und geriet darüber zu einer starren Grimasse. »Das glaube ich nicht!« Er schleuderte die wenigen Worte regelrecht heraus. Die Möglichkeit eines geplanten und vorsätzlich ausgeführten Mordes traf ihn so hart, dass es ihm kaum gelang, seine mühsam zurückgewonnene Beherrschung zu wahren.

»Ob der Mörder es ausschließlich auf Krüger abgesehen hatte, das ist im Moment noch nicht klar«, erklärte Maike de Baer. »Dazu müssten wir das Motiv kennen. Vielleicht ging es gar nicht so sehr um die Person als vielmehr um die Höhle selbst. Können Sie sich vorstellen, dass jemand mit dem Mord eine Art Zeichen setzen wollte?«

»Was denn für ein Zeichen?«

»Nun, eine Warnung, die Finger von der Höhle zu lassen, zum Beispiel«, mischte sich Behrends wieder ein und griff gedankenverloren nach einem Flyer, der oben auf dem Bücherstapel direkt vor seiner Nase lag und über das Bad Grunder Höhlenerlebniszentrum informierte. Er überflog kurz den Inhalt, ehe er den Faden erneut aufnahm: »Oder es handelt sich um eine Art kultische Geschichte. Dafür spräche möglicherweise das Zeichen, das der Mörder seinem Opfer auf die Stirn geritzt hat.«

»Zeichen? Ja, stimmt. Da war das ganze Blut in seinem Gesicht. Grausam!«, erinnerte sich Dr. Stein. »Sie meinen Ritualmord?« Er hielt mit beiden Händen krampfhaft einen Kugelschreiber umklammert und drohte, ihn zu zerbrechen.

»Hm, ja, so was in der Art«, antwortete Behrends gleichmütig. »Fällt Ihnen dazu etwas ein?«

Dr. Stein schwieg. Es war ein verzweifeltes Schweigen. Schon oft hatte er in der Vergangenheit spekuliert, dass die Knochen- und Schädelfunde in der Höhle auch Satanisten und esoterisch verblendete Fanatiker auf den Plan rufen könnten. Waren diese Befürchtungen mit dem Mord an Krüger etwa bittere Realität geworden?

»Herr Stein, ist es nicht so, dass die Schädel und Knochen aus dem ersten Höhlenraub für irgendwelche okkulten oder satanischen Rituale gedacht waren?«, führte Maike de Baer Behrends' Überlegungen fort.

»Wir haben vermutet, dass die Raubgräber ihre Beute an Satanisten oder Anhänger von solchen Gruppen verkaufen wollten«, sagte Dr. Stein. »Aber als wir das Diebesgut zurückbekamen, gab es für uns keinen Anlass, der Sache weiter nachzugehen. Wir dachten, dass es wohl nur ein paar harmlose Typen waren, die die Beute zurückgegeben haben, aus Angst, erwischt zu werden. Ein Dummejungenstreich eben.«

»Vielleicht waren sie ja doch nicht ganz so harmlos ...«, murmelte Behrends und vertiefte sich in den Flyer, den er immer noch in der Hand hielt.

Maike de Baer beugte sich vor und musterte die Notizen, die Dr. Stein vor sich liegen hatte: »Was arbeiten Sie eigentlich so, wenn Sie nicht gerade in Höhlen herumklettern oder woanders nach Überbleibseln aus der Vergangenheit suchen?«

Dr. Stein lachte bitter auf. »Sie können sich gar nicht vorstellen, wie viel Schreibarbeit mit jeder Grabung, mit jedem Fund verbunden ist. Alles muss haarklein dokumentiert und beschrieben werden, sonst taugt es nicht mehr als eine achtlos weggeworfene Konservendose.«

»Gut. Kommen wir wieder zu Franz Krüger. Angenommen, der Mörder hatte ihn von Anfang an als sein Opfer im Visier. Dann müssen wir etwas mehr über Krüger wissen. Persönliche Dinge, die aber gleichzeitig auch wieder mit der Höhle in Zusammenhang stehen. Dinge, die wir wahrscheinlich nur von Ihnen erfahren können.«

Dr. Stein runzelte misstrauisch die Stirn: »Wissen Sie, ich hatte mit Krüger persönlich kaum etwas zu tun.«

»Schon gut, Herr Stein«, wiegelte Behrends ab, »verstehen Sie uns bitte nicht falsch. Wir wissen über sein Privatleben schon einiges. Aber uns fehlt die Verbindung zur Lichtensteinhöhle als Tatort. Vom Zeitpunkt des Mordes ganz zu schweigen. Also, es wäre nett, wenn Sie uns etwas von Krüger erzählten. Alles, was Sie über ihn wissen, wirklich alles!«

Tatsächlich ließ Dr. Stein kein Detail aus, als er das Bild eines Mannes zeichnete, der, von einer gewissen Besessenheit getrieben, die Lichtensteinhöhle stets als »seine« Höhle angesehen hatte. Ob jemand es hören wollte oder nicht – er war nicht müde geworden, immer wieder darauf hinzuweisen, dass er der Entdecker der Höhle gewesen sei und niemand anderes. Wie oft musste sich Dr. Stein die Entdeckungsgeschichte wohl schon angehört haben, dass er sie jetzt wiedergeben konnte, als sei sie seine eigene.

Vor siebenunddreißig Jahren hatte Franz Krüger sich in dem hügeligen Waldgebiet des Lichtensteins wieder einmal auf die Suche nach dem sagenumwobenen Geheimgang unterhalb der mittelalterlichen Burg begeben, von der nur noch ein trauriger Rest der ehemaligen Ringmauer auf der Bergkuppe mit ihren uralten, hohen Buchen existierte, damals wie heute das markante und weithin sichtbare Erkennungsmerkmal des Lichtensteins. Auch wenn es die Burg längst nicht mehr gab, die Legende vom Geheimgang war lebendig geblieben und hatte seit Generationen die Fantasie abenteuerlustiger Jungen und Männer, besonders aus Förste und Dorste angeregt und sie zu immer neuen Exkursionen zum Lichtenstein ermuntert. Auch Krüger hatte sich irgendwann von dem Fieber anstecken lassen. Manchmal war er allein, meist jedoch mit seinen alten Freunden aus Förste losgezogen.

An jenem Tag im Frühsommer des Jahres 1972 war er wieder einmal unterwegs gewesen Zu viert hatten sie die Struktur des Karstbodens akribisch nach verdächtigen Merkmalen und Hinweisen abgesucht. An einer Stelle, wenige hundert Meter talwärts von der Bergkuppe entfernt hatte er einen Lufthauch verspürt, der aus dem Inneren des Berges gedrungen war. Ihm war es, so hatte er es immer mit großer Geste erzählt, als lebe der Berg und atme.

Seine Freunde hatten in einiger Entfernung das moderige Buchenlaub durchwühlt und seine plötzliche Aufregung nicht bemerkt. So war es ihm leicht gefallen, seine Entdeckung vor ihnen geheim zu halten. Erst am nächsten Tag war er ohne Begleitung wieder zu der Stelle zurückgekehrt, an der er den Lufthauch verspürt hatte. Nach etwa zwei Stunden schweißtreibender Arbeit hatte er schließlich den Eingang zu einer etwa fünfzig Meter langen, äußerst engen Naturhöhle freigelegt.

Er hatte zu jener Zeit natürlich noch nicht gewusst, worauf er dort tatsächlich gestoßen war. Erst acht Jahre später, nachdem er sich zu einem begeisterten Heimatforscher mit einem Faible für gelegentliche Höhlenerkundungen gemausert hatte, war er gemeinsam mit einer Handvoll weiterer Höhlenforscher aufgebrochen, um »seine« Höhle am Lichtenstein etwas genauer zu untersuchen. Was dann hinter einer zunächst für unpassierbar gehaltenen Stelle auf sie gewartet hatte, war ebenso makaber wie sensationell gewesen. Knochen, ja, ganze Skelette hatten den Höhlenboden übersät. Dazu bronzene Schmuckstücke und Tonscherben, Aschereste und Tierknochen, alles Hinweise auf eine Jahrtausende alte Kult- und Opferstätte.

»Krüger hat übrigens immer ein Bild in seinem Portemonnaie mit sich herumgeschleppt, auf dem er sich mit einem der Schädel hat ablichten lassen, als sie den Fund gemacht haben«, schob Dr. Stein mit einer Geste ohnmächtiger Verzweiflung ein. »Ungefähr so, wie ein Großwildjäger mit seiner Trophäe. Das Foto hat er zum Beweis für seine Behauptungen jedem unter die Nase gehalten. Immer wieder hat er dieses abgegriffene Bild aus seinem Portemonnaie geholt und es herumgereicht. Wenn niemand da war, der es sich nicht schon mindestens ein Dutzend Mal ansehen musste, hat er es eben selbst betrachtet. Ich glaube, an dieser Entdeckung hat er sich immer wieder aufgerichtet. Sie hat ihn ausgemacht – als Persönlichkeit, meine ich. Franz Krüger, der Entdecker der Lichtensteinhöhle.«

Mit einem Schlag war Krügers kleine, unbedeutende Höhle in den Fokus der Archäologen gerückt, hatte aber auch die schon erwähnten Raubgräber auf den Plan gerufen. Immerhin war so, trotz zunächst fehlender finanzieller Mittel, die Erforschung der Höhle richtig in Gang gekommen. Um die achttausend Knochen wurden aus der Höhle geborgen. In den Jahren darauf hatte man die Knochen im anthropologischen Institut in Göttingen mit den neuesten Techniken der DNA-Analyse untersucht und das, was man zunächst für eine Kult- und Opferstätte gehalten hatte, entpuppte sich schon bald als Begräbnisstätte eines bronzezeitlichen Familienclans. Eine groß angelegte, freiwillige Speichelprobenaktion folgte und förderte zwei Männer aus Förste und Nienstedt zutage, deren DNA mit der DNA der Höhlenknochen bis auf geringe Abweichungen identisch war. Eine Weltsensation! Aber das sei ihnen ja bereits hinlänglich bekannt, unterstellte Dr. Stein beiläufig.

Auch Franz Krüger hatte seinen Speichel untersuchen lassen, musste allerdings eine Niederlage einstecken. In seinem Fall konnten nämlich keine Verwandtschaftsbeziehungen zu den Bronzezeitmenschen nachgewiesen werden. Das hatte ihn mächtig gewurmt, insbesondere, als er erfahren musste, dass ausgerechnet einer seiner früheren Kumpel, die er bei der Höhlenentdeckung hintergangen hatte, offiziell als »Nachfahre« bestätigt wurde.

Krüger hatte lange Zeit an der vermeintlichen Niederlage zu kauen gehabt, sich aber schließlich wieder auf »seine« Höhle und deren Erforschung konzentriert. Denn vieles lag weiterhin im Dunkeln. Noch immer hatte man den ursprünglichen, von den

Bronzezeitmenschen benutzten Zugang zur Höhle nicht gefunden. Vor knapp einem Monat jedoch, während der diesjährigen, vier Wochen andauernden Grabungsperiode, hatte das Team um Dr. Stein, zu dem auch Franz Krüger wieder gehörte, wichtige neue Entdeckungen gemacht.

Krüger war, wie in jedem der zurückliegenden Jahre, als Grabungshelfer dabei gewesen und hatte miterlebt, wie endlich das letzte Kapitel in der Geschichte der Lichtensteinhöhle aufgeschlagen wurde. Ein zum Teil freigelegter, senkrecht nach oben weisender Schlot, Ton- und Keramikscherben, die auf wesentlich größere Gefäße, als die bisher entdeckten schließen ließen und der sensationelle Fund eines Bernstein-Armbandes waren eindeutige Indizien dafür, dass man möglicherweise schon in der Grabungsperiode im kommenden Jahr das Höhlen-Puzzle fertigstellen konnte. Bis dahin hätten die Sicherungstür vor dem Zugangsstollen und Dr. Steins regelmäßige Kontrollgänge verhindern sollen, dass Raubgräber oder Neugierige in die Höhle eindringen.

»Eine beeindruckende Geschichte«, stellte Behrends fest und meinte das nicht einmal ironisch. Tatsächlich hatte er für einen Augenblick alles um sich herum vergessen und war in Gedanken den Spuren Krügers bei der Entdeckung der Höhle gefolgt.

Maike de Baer hingegen blickte einigermaßen desinteressiert aus dem Fenster. »Wirklich spannend«, sagte sie nicht ganz wahrheitsgemäß. »Es zeigt uns zumindest ein bisschen vom Charakter des Franz Krüger. Kein ganz einfacher Mensch, oder?«

»Na ja, ein kleiner Egozentriker und Geheimniskrämer war er schon immer. Aber ansonsten kam man ganz gut mit ihm aus. Wenn man sich an seine ständige Selbstbeweihräucherung mit seiner Entdeckergeschichte gewöhnt hatte. Also, nein, ich würde nicht sagen, dass er besonders schwierig war.« Dr. Stein nahm seine Brille ab und rieb sich mit den Fingern der anderen Hand die Nasenwurzel. »In unserer letzten Grabungsperiode hatte er sich dann allerdings doch verändert.«

»Inwiefern?«, wollte Behrends wissen.

»Wir hatten erstmals einen neuen Kollegen dabei, einen Grabungstechniker aus der Nähe von Salzgitter. Der war Krüger von

Anfang an ein Dorn im Auge. Er mochte ihn einfach nicht und hat immer wieder gegen ihn intrigiert. Jedenfalls war es der Arbeit nicht gerade förderlich.«

»Gab es einen Grund dafür, dass er den neuen Mann nicht ausstehen konnte?«, fragte Behrends. »Ist irgendwas vorgefallen?«

Dr. Stein zog den Mund schief. Ein wenig sah es so aus, als habe er sich gerade ein schwaches Grinsen abgerungen. »Hm, ja, das kann man wohl sagen. Jedenfalls aus Krügers Sicht muss es eine kleine Katastrophe gewesen sein, als er unserem Neuen – Klaus Brandes heißt der – also, als er dem seine Geschichte erzählt hat und ihm sein Foto in die Hand drücken wollte. Brandes ist nämlich nicht, wie von Krüger erwartet, in Ehrfurcht erstarrt, wie alle anderen. Er hat einfach nur abfällig gegrinst und gemeint, Krüger solle mal nicht so dick auftragen. Es sei ja wohl eher eine Frau gewesen, die zuerst den Fuß in die Grabkammer gesetzt habe. Mit der Bemerkung war die Feindschaft der beiden natürlich besiegelt.«

»Und? Hatte dieser Klaus Brandes Recht oder wollte er Krüger nur provozieren?«, fragte Maike de Baer, die aufgestanden war und sich den Bücherreihen im Regal hinter Dr. Steins Rücken widmete.

»Ja, genau genommen schon«, gab Dr. Stein zu, »Cornelia Bargen heißt die zierliche Höhlenforscherin, der es bei der Ersterkundung als einzige gelungen ist, sich durch einen sehr schmalen Spalt in die Grabkammer zu zwängen. Erst, als man die Stelle erweitert hat, konnten Krüger und die anderen Männer ebenfalls in die Kammer. Die Stelle …« Er stockte, schien abzuwägen, ob er weiterreden sollte, fügte dann aber verschämt kichernd hinzu: »Die Herren haben der Stelle damals den bezeichnenden Namen Cornelias Spalte gegeben.«

»Typisch! Was soll man von Männern auch anderes erwarten«, bemerkte Maike de Baer abfällig, ohne sich von der Bücherwand abzuwenden. Sonst wäre ihr das breite Grinsen nicht entgangen, das sich über Behrends' Gesicht zog.

»Das heißt also, Krüger hat sich über all die Jahre mit fremden Federn geschmückt?« Jetzt hatte sie der Bücherwand den Rücken gekehrt. Sie stützte sich mit beiden Händen an der Stuhllehne auf und musterte den Archäologen angriffslustig. Das Wortspiel mit Cornelias Spalte, so schien es, hatte sie richtig erbost, was allerdings nur Behrends bemerkte, der sie mittlerweile gut genug kannte.

»Nein, nein, so können Sie das nicht sehen«, wehrte Dr. Stein ab. »Entdeckt hat er die Höhle schon. Er hat sie nur nicht allein erforscht. Aber er war dabei. Im Grunde ist es unerheblich, wer letztlich zuerst den Fuß in diese Grabkammer gesetzt hat. Jeder Fachmann weiß das richtig einzuschätzen. Na ja, und was Krüger angeht – wir haben ihm um des lieben Friedens willen seine Version gelassen. Es hat ja niemandem geschadet.«

»Gut, Herr Stein, wir wären dann auch fast am Ende«, sagte Behrends, der spürte, dass er es nicht mehr lange in dem beengten und trotz Ventilator stickigen Büro aushielt. »Nur noch eine oder zwei kurze Fragen.«

»Ja?« Dr. Stein sah ihn erwartungsvoll an.

»Sie sprachen von einem Portemonnaie, in dem er dieses Bild mit sich herumgetragen hat. Es hörte sich so an, als habe er das immer bei sich gehabt.«

»Ja, sicher, wer geht schon ohne Portemonnaie aus dem Haus?«

»Wir haben kein Portemonnaie bei seinen Sachen gefunden.« Vielleicht wissen Micha und Kalle was über den Verbleib, dachte Behrends. Eine innere Stimme mahnte ihm, aufzupassen. Irgendetwas mit diesem Portemonnaie stimmte nicht. Vielleicht spielte es eine Rolle. Dann gab er sich einen Ruck und wandte sich wieder Dr. Stein zu: »Diese Kumpel, die dabei waren, als Krüger die Höhle entdeckt hat, wer war das?«

»Gerhard Hildebrandt natürlich, unser *Nachfahre*. Der gehörte dazu. Ich habe ja gesagt, dass der Krüger richtig auf die Palme gegangen ist, als das mit dem Hildebrandt bekannt wurde. Er hat gemeint, der Hildebrandt wolle sich im Nachhinein an ihm rächen. Völlig daneben. Fast schon psychotisch. Bei den anderen bin ich jetzt überfragt. Krüger hat immer nur von den Jungs gesprochen, wenn er sie überhaupt erwähnt hat. Aber aus Förste kamen sie. Alle. Wie schon gesagt, Krüger hatte damals eine recht starke Bindung an das Dorf.«

»Na gut, Herr Stein, der Name Hildebrandt hilft uns schon mal weiter. Fehlen noch die Leute aus Ihrem letzten Grabungsteam, dieser Mann aus Salzgitter, der Student und alle, die sonst mit von der Partie waren, während der letzten Aktion und auch die Jahre zuvor.«

»Alle?« Dr. Stein machte kein glückliches Gesicht, suchte aber doch Namen und Telefonnummern aus seinen Unterlagen heraus.

Behrends speicherte alles in sein Diensthandy, zum Schluss auch die Durchwahl des Archäologen. »Für den Fall, dass ich noch Fragen habe.«

6.

Maike de Baer wollte die Gelegenheit nutzen, noch einige Einkäufe zu machen. Da es ohnehin Zeit für eine Pause war, hatte Behrends keine Einwände und beschloss, in der Zwischenzeit die Rinne-Passage aufzusuchen und in der Brasserie einen Kaffee zu trinken, vielleicht einen Happen zu essen und sich das Gespräch mit dem Kreisarchäologen durch den Kopf gehen zu lassen. Maike sollte dort später zu ihm stoßen.

»Cornelias Spalte! Manchmal hängt mir euer beschissenes sexistisches Gehabe so was von zum Hals raus.« Sie hatte sich immer noch nicht beruhigt und führte während der gesamten Fahrt bis zum Parkplatz am Kornmagazin einen Rundumschlag gegen die Männerwelt.

»Entschuldige mal, ich habe damit nichts zu tun!«, wehrte sich Behrends gegen die Pauschalattacke.

»Ach, tu bloß nicht so! Glaubst du, ich habe nicht bemerkt, wie du dich amüsiert hast?«

Er warf ihr einen schnellen, erstaunten Blick zu. Hatte sie neuerdings auch am Hinterkopf Augen? In Zukunft musste er wohl etwas vorsichtiger sein.

Sie parkten nahe der alten Stadtmauer.

»Hast du Kleingeld für 'nen Parkschein?«, fragte Behrends.

»Warum immer ich?«, maulte Maike. Nicht zum ersten Mal musste sie ihre Münzen zusammensuchen. »Vielleicht nimmt der Automat auch Scheine.«

»Ach komm, Maike, bitte ...«

»Ja, ja ... hier ...« Sie drückte ihm zwei Euro-Stücke in die Hand. Manchmal schien es ihr, als sei Behrends nur zu faul, seine Geldbörse aus der Tasche zu ziehen. Auf dem Weg zurück vom Ticketautomaten – Maike de Baer war schon durch den kleinen Tunnel in der Stadtmauer in Richtung Innenstadt verschwunden – hörte Behrends sein Diensthandy im Wagen klingeln und legte die letzten Schritte im Spurt zurück. Böses ahnend fummelte er das Handy aus der Mittelkonsole. Ein Blick auf das Display kündigte ihm die Staatsanwältin an. Ausgerechnet. Sie hätte auch warten können, bis er etwas in den Magen bekommen hatte. Wenn sie anrief, bestanden gute Aussichten, dass sie einem den Appetit verdarb.

Frau Wedekind klang vorwurfsvoll und fordernd. Behrends hatte nichts anderes erwartet. Wie weit sie denn mit den Ermittlungen seien. Warum ihr denn niemand etwas sage.

Weil es noch nichts zu sagen gebe, blaffte Behrends, man stehe ja erst am Anfang der Untersuchungen und die Frau Staatsanwältin wolle doch sicher keine ungedeckten Schecks entgegennehmen.

Was das denn nun wieder heiße, fragte sie. Sie gehörte nicht unbedingt zu der Sorte Mensch, die einen ironischen Vergleich sofort verstand. Behrends ließ sich herab und erklärte es ihr. Er solle gefälligst deutsch mit ihr reden und nicht in solch unpassenden Bildern. Außerdem habe sie für den Spätnachmittag eine Pressekonferenz in Northeim anberaumt, zu der er unbedingt anwesend sein müsse.

Ob das denn zu diesem Zeitpunkt wirklich schon nötig sei, fragte Behrends. Man könne doch den Journalisten noch gar nichts in ihre Blöcke diktieren.

Dann solle er dafür sorgen, dass es was zu diktieren gebe! Irgendwas, das man denen zum Fraß vorwerfen könne. Sie wolle nicht länger warten, die Pressefritzen ließen mittlerweile die Telefonleitungen glühen. Die Nachricht vom Mord habe sich ausgebreitet wie eine grassierende Seuche und das nur, weil die Lichtensteinhöhle Ort des Geschehens sei.

Und dass er ja pünktlich sei, mahnte ihn Frau Wedekind. Da legte er einfach ohne ein weiteres Wort auf. Schließlich war er kein Schuljunge, den man an seine Pflichten erinnern musste.

Fast übergangslos klingelte das Handy erneut. Diesmal kündigte das Display Kalle von den Erkennungsdienstlern an.

»Hallo Kalle, was gibt's?«, fragte Behrends mit einer gewissen Unruhe in der Stimme.

»Nicht Kalle. Ich bin's, Micha.«

»Auch gut.«

»Weiß ich nicht, ob das gut ist.«

Behrends hatte es geahnt. Das dicke Ende musste ja noch kommen!

»Na los, rück raus damit. Brauchst mich nicht zu schonen.«

»Tja, das hört sich jetzt vielleicht komisch an, aber wir waren nicht die Ersten, die das Haus von Krüger auf den Kopf gestellt haben.«

»Wie, nicht die Ersten? Wer war denn vor euch da?« Blöde Frage! Behrends wusste das, noch ehe er sie ganz ausgesprochen hatte.

»Blöde Frage – nächste Frage.« Micha und seine albernen Sprüche.

»Mann, Behrends, alles deutet darauf hin, dass hier einer was gesucht hat. Und der war bestimmt nicht von unserer Truppe.«

»Scheiße, Scheiße, Scheiße!« Behrends stapfte in Rumpelstilzchen-Manier um den Dienstwagen. »Das heißt, unser Täter hat Spuren und Hinweise beseitigt. Der Schweinehund macht keine halben Sachen.«

Er versetzte einem der Autoreifen einen kräftigen Tritt, was augenblicklich dazu führte, dass sich sein Stresspegel etwas senkte. »Na, wenigstens deutet das darauf hin, dass Opfer und Täter sich kannten und wahrscheinlich irgendwas miteinander abzumachen hatten.«

»Sofern es tatsächlich der Täter war, der hier aufgeräumt hat. Wenn nun einer bei Krüger etwas gesucht hat, der nicht sein Mörder ist, dann …«

»Dann muss der von Krügers Tod erfahren haben, obwohl wir bisher keinen Namen bekannt gegeben haben. Jedenfalls nicht offiziell. Verdammt!«

»Komm, beruhig dich, Behrends. Ist doch gar nicht sicher. Vielleicht stimmt ja deine Vermutung. Außerdem, ganz umsonst war unser Besuch nun auch wieder nicht. Es gibt eine Art Kassenbuch, einen ordentlichen Batzen Bargeld und eine Halskette. Die Sachen bereiten mir etwas Kopfzerbrechen.«

»Warum?«

»Weil sie so gut versteckt waren, dass wir sie um ein Haar übersehen hätten. Dem Einbrecher vor uns muss das wohl passiert sein. Aber wir haben sie natürlich gefunden!«

Behrends sah vor seinem geistigen Auge, wie sich Micha und Kalle gerade gegenseitig anerkennend auf die Schulter klopften. Wahrscheinlich hielten sie sich in diesem Augenblick wieder mal für die Größten.

»Und?

»Was und? Sag erstmal Danke, lieber Micha, danke lieber Kalle! Sag, dass wir toll sind!«

»Ihr seid toll«, seufzte Behrends, »trotzdem, was ist an den Sachen denn so interessant?«

»Wissen wir noch nicht. Werden wir aber noch herausfinden. Ende und Aus!«

»Warte!«, rief Behrends. Ihm war gerade etwas eingefallen.

»Was denn noch?«

»Habt ihr ein Portemonnaie gefunden? So ein durchgesessenes mit 'nem Foto drin?«

»Nö. Wieso?«

»Ach, nichts. War nur so eine Idee.«

»Komische Ideen hast du manchmal.«

Wer hatte den Namen Franz Krüger in die Weltgeschichte hinausposaunt, fragte sich Behrends, als er Maike de Baer durch den Stadtmauer-Tunnel in die Osteroder Innenstadt folgte. Seine Polizeikollegen schloss er aus, ebenso die Staatsanwältin, obwohl er ihr zugetraut hätte, Informationen ohne Rücksprache an die Öffentlichkeit zu bringen. Aber sie hatte ja eine Pressekonferenz anberaumt, was wollte sie dort noch zum Besten geben, wenn sie vorher schon wichtige Details ausplauderte? Blieben noch die Sanitäter und der Notarzt, vielleicht hatten sie vor Ort den Namen aufgeschnappt, zum Beispiel von Dr. Stein. Und Dr. Steins Familie wusste natürlich Bescheid – logisch. Aber wie hätte sich von ihnen aus die Information so schnell herumsprechen können, dass sie einen Dieb auf den Plan rufen könnte? Und, fiel ihm dann ein, er selbst hatte Katrin gegenüber den Namen erwähnt. Aber Katrin war absolut nicht der Typ Tratschweib, der losrennt und solche Sachen an die große Glocke hängt – so gut glaubte er sie schon zu kennen.

Je länger Behrends darüber nachdachte, desto sicherer war er sich, dass allein der Mörder in Krügers Haus eingedrungen sein konnte. Der Gedanke daran machte ihn auf eine absurde Weise zufrieden. Er hatte endlich einen roten Faden, an dem er sich entlanghangeln konnte.

Mit einem breiten Siegergrinsen im Gesicht durchschritt Behrends den Torbogen zur Rinne-Passage und nahm an dem erstbesten Tisch unter einem der Sonnenschirme vor der Brasserie Platz. Die Sonne hatte sich mittlerweile auf einen Nahkampf mit den Wolkenbergen eingelassen und würde diesen Kampf in nicht allzu ferner Zeit verlieren. Aber noch konnte Behrends die Pause im Freien genießen und brauchte nicht zu fürchten, vor dem drohenden Gewittersturm fliehen zu müssen.

Er bestellte einen Pott Kaffee und dazu ein Thunfischbaguette. Während er auf seine Bestellung wartete, starrte Behrends geistesabwesend durch den steinernen Rundbogen am Eingang zur Rinne-Passage. Auf dem Marktplatz herrschte das übliche Treiben. Nur wenige Menschen verliefen sich auf dem großen Platz, hasteten oder schlenderten am Torbogen vorbei, kamen in die Passage hinein oder verließen sie. Einzeln oder in kleinen Gruppen – normale Geschäftigkeit an einem normalen Werktag. Seine Gedanken aber kreisten um etwas ganz und gar Außergewöhnliches, um einen Mord.

Was war wirklich passiert in der Höhle? Ein Mörder, der keine Spuren hinterließ, handelte nicht aus dem Affekt, er hatte seine

Tat geplant, gut vorbereitet und sorgfältig durchgeführt. Wer hatte Franz Krüger im Visier gehabt? Ein gekaufter Mörder? Möglich. Aber, verdammt noch mal, wie hätte er wissen können, dass er Krüger in der Höhle erwischen würde? Denn die Entscheidung, am Lichtenstein zu übernachten, war spontan gefallen. Und es war nicht einmal vorgesehen, dass er in die Höhle einstieg.

Behrends zog sein Handy hervor und wählte die Durchwahlnummer von Dr. Stein.

»Ja, hier Behrends«, meldete er sich. »Tut mir leid, dass ich Sie nochmal stören muss, Herr Dr. Stein. Wer außer Ihnen hat eigentlich davon gewusst, dass Krüger an der Höhle übernachten wollte?«

Es dauerte einen Augenblick, ehe Dr. Stein antwortete. Er schien nachdenken zu müssen. »Niemand außer unserem Studenten. Wir haben allerdings beim Hinausgehen aus dem Landkreisgebäude in der Eingangshalle ziemlich heftig diskutiert. Krüger konnte sich wegen des Einbruchs überhaupt nicht beruhigen. Er wollte unbedingt allein an der Höhle übernachten. Ich war dagegen. Da sind wir schon etwas laut geworden. Gut möglich, dass jemand etwas aufgeschnappt hat, der zufällig vorbeigegangen ist.«

»Und der Student? Was hat der Student gesagt oder getan? Hat der sich irgendwie auffällig benommen? Was ist das denn überhaupt für einer?«, wollte Behrends wissen.

»Lukas Rakoczy? Der ist Student der klassischen Archäologie in Göttingen. Also … nein, der hat sich nicht auffällig verhalten. Er hat mir zugestimmt und auch versucht, Krüger von seinem Vorhaben abzubringen.« Behrends konnte durch sein Handy hindurch spüren, wie sich Dr. Stein mit breiter Brust für den jungen Mann stark machte. »Der Lukas, das ist ein ganz Begabter. Und wahnsinnig fleißig. Der geht in seinem Studium auf. Glauben Sie mir, Herr Behrends, von dem wird man noch viel hören.«

Behrends beendete das Gespräch, ehe Dr. Stein sich nach dem Grund für seine Fragen erkundigen konnte.

Der Student? Ein Musterknabe, wenn er das richtig verstanden hatte. Machte ihn das verdächtig? Wohl kaum. Behrends würde sich später um ihn kümmern, denn soeben gerieten Kaffee und Thunfischbaguette in sein Blickfeld. Seine Gedanken verließen von einer Sekunde zur anderen den morbiden Sumpf menschlicher Untaten und konzentrierten sich im nächsten Moment ganz auf die verlockenden Gaumenfreuden, die ihm die Kellnerin mit elegantem Schwung und einem »Guten Appetit« servierte.

»Ingo – Ingo Behrends? Ja, natürlich! Mensch, so ein Zufall!«

Behrends schrak zusammen und versuchte kauend, seine Augen auf die Frau zu fokussieren, die sich etwas links von ihm neben seinem Tisch aufgebaut hatte und ihn neugierig musterte.

Sie war groß und schlank, trug trendige, ausgewaschene Jeans und ein eng anliegendes, weinrotes Shirt mit dezenter Stickerei, das ihre überaus ansehnliche Figur betonte. Die dichten, brünetten Haare fielen ihr in leichten Wellen bis auf die Schultern. Über ihrer Stirn wurden sie von einer Sonnenbrille in Zaum gehalten, die sie aus ihrem Gesicht nach oben geschoben hatte. Vom Kopf bis zu den Füßen, die in leichten Leinensneakers steckten, strahlte sie eine unverschämte Vitalität und einen dezenten Luxus aus, verpackt in das lässige Outfit einer Frau, die sich ihrer Wirkung bewusst war.

Sie sah überwältigend aus, wie sie da stand und ihn mit ihren dunkelbraunen Augen anlächelte. Sie hieß Sabine Bruns und war eine Bekannte von Lena. Oder war sie ihre Freundin? So genau konnte er das gar nicht sagen.

Er war ihr – er kramte hastig in seinem Gedächtnis herum – genau, er war ihr zwei Mal begegnet. Beide Male auf Lenas Geburtstagsfeiern, die sie stets im selben Hotelrestaurant ausrichtete. Nie ließ sie sich von Behrends überreden, zu Hause zu feiern. Zu viel Arbeit, zu viele Umstände. Sogar das für eine Nacht gebuchte Hotelzimmer gehörte zu ihren Vorstellungen von einer gelungenen Geburtstagsfeier dazu. Sie überließ nichts dem Zufall.

Dafür hatte Behrends seine eigenen Geburtstage zu Hause gefeiert und so gestaltet, wie er es wollte. Lena hatte es ihm nie ausgeredet, sich aber auch nie an den Vorbereitungen beteiligt. Sie hatte sich als Gast gesehen, als Gast in der eigenen Wohnung.

Schon komisch – ausgerechnet an ihren Geburtstagsfeiern hatten sie schon immer ihre Eigenständigkeit demonstriert. Rückblickend betrachtet hatten sie in ihrer Beziehung das Trennende immer mehr betont als das Gemeinsame.

Behrends' erste Begegnung mit Sabine Bruns war äußerst flüchtiger Natur gewesen. Eine kurze Vorstellung durch Lena, dann hatte sie sich auch schon mit irgendeinem Typen unter die Gäste gemischt und war ihm den ganzen Abend nicht mehr über den Weg gelaufen. Die zweite Begegnung lag jetzt vier Jahre zurück. Als sie sich zu fortgeschrittener Stunde zufällig auf dem Gang zur Toilette begegnet waren, beide schon stark angeheitert, hatten sie die Gelegenheit genutzt und sich in die Hotelbar verdrückt. Sabine war an diesem Tag allein zur Feier gekommen. Sie waren die einzigen Gäste in der Bar gewesen und hatten im schummrigen Licht in einer Nische geflirtet, was das Zeug hielt.

Möglicherweise hätte diese Flirt-Episode ein Stockwerk höher im Hotelzimmer ihr Finale gefunden, wäre ihnen Lena nicht in die Quere gekommen. Aus irgendeinem unerfindlichen Grund war sie in der Bar aufgetaucht und hatte Behrends in ihrer manchmal recht zynischen und abfälligen Art gebeten, mit ihr zurück zu den Gästen zu kommen. Sabine Bruns hatte sie keines Blickes gewürdigt. Er hätte in dem Moment schwören können, dass Lena mit hellseherischen Fähigkeiten gesegnet war. Den Vorfall in der Bar hatte sie später mit keinem Wort erwähnt. Trotzdem hatte er geahnt, dass sie sauer auf ihn war und versucht, sich bei ihr für den kleinen Ausrutscher zu entschuldigen. Sie war einfach darüber hinweggegangen, hatte gar nicht erst zugehört.

»Sabine? Was, was machst du denn hier?«, stotterte Behrends hilflos. »Ich … meine Güte, ich habe dich gar nicht erkannt.«

Sie ignorierte sein Gestammel. »Darf ich?«, fragte sie und hatte sich schon auf den freien Platz ihm gegenüber gesetzt, ehe er reagieren konnte.

»Ja, klar …« Mehr brachte er nicht heraus.

Er sah sie an, schaute aber sofort irritiert zur Seite. Er fühlte sich überrumpelt, schüchtern, wie ein pubertierender 16-Jähriger bei seinem ersten Rendezvous. Es war so ganz anders, als bei ihrer letzten Begegnung an jenem Abend in der Bar. Damals hatte ihm der Alkohol die Selbstsicherheit gegeben, die ihm jetzt fehlte.

Verzweifelt suchte er nach den richtigen Worten, um ein Gespräch zu beginnen. Wollte ihr sagen, wie gut sie aussehe und dass sie sich überhaupt nicht verändert habe. Kompletter Blödsinn! Natürlich hatte sie sich verändert. Aber nur zu ihrem Vorteil. Jedenfalls äußerlich. Er wusste nicht, wie er es verpacken sollte, damit es keine Sprüche wurden, die so anregend daherkamen, wie eine Kiste Mottenkugeln. Er musste etwas tun, ehe es peinlich wurde. Am liebsten wäre er aufgestanden und gegangen, wichtiger Termin oder so. Und gleichzeitig auch wieder nicht.

»Was willst du trinken, Ingo?«, fragte Sabine augenzwinkernd. »Ich lade dich ein.«

Verkehrte Welt! Sie kam, sah und übernahm die Initiative. Einfach lächerlich! So ging das nicht! In Behrends schlummerte immer noch ein Rest der antiquierten Vorstellung, dass Männer einluden, ausgaben – einfach die Situation beherrschten. Ein Witz, sich von Sabine Bruns gängeln zu lassen! Sie war keine griechische Göttin, sondern nur eine Frau, die, zugegeben, eine Augenweide war. Aber deshalb musste man ja nicht gleich die Fassung verlieren.

»Moooment …«, sagte er gedehnt, bemüht, die Lage in den Griff zu bekommen. »Wenn hier jemand einen ausgibt, dann ich, das ist ja wohl klar. Also, was möchtest du trinken?«

Als sie ihre Bestellung – Eiskaffee für sie, Cappuccino für ihn – bei der Kellnerin aufgegeben hatten, sagte er: »Tja, Mensch, erzähl doch mal, was treibt dich denn ausgerechnet nach Osterode?«

»Die Arbeit«, antwortete sie.

»Oh, ich dachte …« Ja, was dachte er denn? »Urlaub, ich dachte, du machst hier Urlaub.«

Sie lachte. Ein Lachen, das ihn augenblicklich vier Jahre zurückversetzte und auf ihn wirkte, wie ein Aphrodisiakum. Genau, wie damals in der Bar.

»Mein Gott, Urlaub! Schön wär's. Nein, fürs Erste bin ich hier, um die Harzregion für den Fremdenverkehr fit zu machen.

Tourismus-Konzepte erarbeiten, Marketing-Strategien entwickeln und, und, und. Ich bin immer noch bei der KTF. Du weißt schon …«

»KTF?«

Er wusste nicht. Gute Güte, worüber hatten sie denn damals bloß alles geredet?

»Konzepte für Tourismus und Freizeit GmbH«, half sie ihm auf die Sprünge. »Ich hatte damals gerade die Stelle in dem Laden bekommen, erinnerst du dich?«

»Ja, doch, jetzt fällt es mir wieder ein«, log er und spürte die Röte seinen Hals hinaufkriechen.

»Und du? Machst du etwa Urlaub? Oder verfolgst du einen Verbrecher, der sich in den Harzwäldern verdünnisieren will? Wie geht es eigentlich Lena? Habt ihr endlich geheiratet?«

So viele Fragen in einem Atemzug! Das brachten nur Frauen fertig. Er beschloss, die Fragen in umgekehrter Reihenfolge zu beantworten. »Nein, wir haben nicht geheiratet. Wir haben uns getrennt. Ich dachte, das wüsstest du. Als Lenas Freundin.«

»Oh«, antwortete sie spitz, »da ist mir wohl einiges entgangen. Na ja, das mit Lenas Freundschaft hat sich wohl erledigt. Ich habe jedenfalls weder etwas von Lena gehört, noch habe ich sie gesehen, seit sie uns damals in der Bar aufgestöbert hat. Ich nehme an, sie hat es mir übel genommen, dass wir zwei …«

»Muss wohl so sein«, unterbrach er sie. Das war typisch Lena. Sie entsorgte Menschen, Tiere und Dinge, die ihr nicht mehr in den Kram passten, oder, wie in Sabines Fall, ihr die Eigentumsrechte streitig machten – zum Beispiel an ihm, Behrends.

»Wie lange seid ihr denn schon auseinander?«, hakte Sabine nach. Aus ihren Worten sprach kein Bedauern, nur Neugier.

»Seit ungefähr einem Jahr. Ich habe mich an die Polizeiinspektion in Northeim versetzen lassen und bin hierher umgezogen. Ich wohne und arbeite also hier.«

»Arbeitest? Wann denn? Nachts? Nach Arbeit sieht das hier nicht gerade aus.« Sie verzog die Mundwinkel zu einem spöttischen Lächeln.

Behrends lehnte sich in seinem Stuhl zurück:

»Ach, weißt du, sogar wir Verbrecherjäger brauchen mal eine Mittagspause.«

»Dann bin ich ja beruhigt.«

Lächeln. Eine lässige Armbewegung, um sich mit den Fingern eine Haarsträhne aus der Stirn zu wischen. Ihre Zunge huschte feucht über die leicht geöffneten, vollen Lippen. Er wusste nicht, wohin mit seinen Händen. Es war zum Verrücktwerden! Sie war zum Verrücktwerden!

Die Bedienung kam und brachte die Getränke. Behrends fummelte nervös sein Portemonnaie aus der Hosentasche und zahlte. Dann hob er seine Tasse und stieß leicht gegen Sabines Glas mit Eiskaffee. »Na dann – Prost«, sagte er, »auf unser Wiedersehen.«

Sie lächelte, nahm das Glas und nuckelte einen Augenblick am Strohhalm. Ihre Augen ließ sie dabei auf Behrends' Gesicht ruhen. Er schaffte es nicht, ihrem Blick standzuhalten und suchte verzweifelt nach einer Ablenkung in seiner Cappuccinotasse. Aber außer den Bläschen im Milchschaum, die ohne großes Aufsehen nach und nach zerplatzten, gab es nichts, was seine Aufmerksamkeit gefordert hätte.

»Und? Bist du wieder liiert?«, fragte sie nach einem Moment des Schweigens. »Mit so einer kleinen Harzer Schönheit vielleicht?« Ihre Stimme triefte vor Spott. Es schien, als übertrage sie die offensichtlichen Defizite, die der Harz im touristischen Bereich hatte, im Verhältnis eins zu eins auf die Harzer Damenwelt.

Er dachte an Katrin. Vermutlich entsprach sie genau dem Frauenbild, das Sabine vorschwebte. War er mit Katrin liiert? Nur weil sie einen Schlüssel zu seinem Haus besaß? Sie hatten keine feste Beziehung. Das entsprach der Wahrheit. Also konnte er es auch so sagen. Er wusste, dass Sabines Frage eine Falle war und er wusste im gleichen Augenblick, dass er nur zu gern hineintappte.

»Nein, keine neue Beziehung«, sagte er und fühlte sich wie ein Verräter. Zu spät. Er hatte die Schwelle überschritten. »Ich bin frei wie ein Vogel.« Er lehnte sich in seinem Stuhl zurück und sog die Luft ein. Sein Brustkorb hob sich herausfordernd. »Und du? Bist du verheiratet? Hast du einen Partner?«

Sie hob demonstrativ ihre Hände, an denen etliche Ringe prangten. Ein Ehering war nicht darunter. »Nicht verheiratet, kein fester Partner. Ich halte es wie die Börsenprofis: Einsteigen, wenn sich eine günstige Gelegenheit bietet, und rechtzeitig mit Gewinn wieder abstoßen. Das gilt für Männer genauso wie für Aktien. Bin bis jetzt ganz gut damit gefahren. Ich schleppe grundsätzlich keinen wertlosen Ballast mit mir herum. Bist du jetzt schockiert?«

Er grinste verschämt und schlug die Augen nieder. Bisher hatte ihm noch niemand gesagt, dass er als Mann nicht mehr wert sei, als eine Aktie, die man nur solange hielt, wie sie Gewinn einbrachte – wobei sich Behrends recht gut vorstellen konnte, welche Art von Gewinn Sabine meinte – und die bei drohendem Wertverlust aus dem Portfolio verbannt wurde.

Nein, ihre Worte hatten ihn nicht getroffen, stellte er erleichtert fest. Vielleicht war er ein wenig enttäuscht, weil Sabine ihm jegliche Illusion geraubt hatte, sie könne ein Mensch sein, der für eine längerfristige Beziehung taugte. Sie hatte sich verraten. Hinter ihrer so unwiderstehlich anziehenden Fassade versteckte sich eine zweite Lena. Umso besser, dachte er trotzig. Dann würde es später wenigstens keine Probleme geben, sollten sie tatsächlich das Ziel erreichen, auf das sie geradewegs zusteuerten.

»Quatsch, wieso sollte ich schockiert sein?«, gab Behrends leichtfertig zurück und setzte noch einen drauf: »Ich sehe das seit Lena ähnlich. Nur dass meine Aktien nach wie vor weiblich sind.«

»Na, dann brauchen wir zwei Vogelfreien ja keine Rücksicht auf irgendjemanden zu nehmen«, stellte Sabine Bruns fest. Das angriffslustige Funkeln in ihren Augen sprach Bände. »Ich bin noch ein paar Tage in der Gegend. Habe ein Zimmer im Burghotel. Also, wenn du heute Abend noch nichts vorhast, können wir uns ja vielleicht in das Osteroder Nachtleben stürzen, sofern es so was gibt. Und wenn nicht heute, dann vielleicht an einem der nächsten Tage. Ruf mich einfach vorher an.«

Seine ganze Unsicherheit war mit einem Mal verschwunden und jetzt war es an ihm, sie herausfordernd zu mustern: »Wenn ich deine Nummer bekomme ...«

»Kleinen Moment«, erwiderte sie, »ich gebe dir meine Karte. Meine Handynummer steht drauf.«

Sie kramte in den Untiefen ihrer Handtasche herum und förderte nach einer Weile einen Organizer zutage, dessen Seitenfach sie eine Visitenkarte entnahm. Dabei zog sie unbeabsichtigt ein weiteres Kärtchen mit heraus, das sich selbstständig machte und unter den Tisch vor seine Füße flatterte.

Behrends rückte mit seinem Stuhl etwas zurück und beugte sich zu dem Kärtchen hinunter. Als er danach griff, traf es ihn, wie ein Blitz. Reflexartig richtete er sich auf, vergaß aber, dass sich über seinem Kopf eine Tischplatte befand. Er knallte mit voller Wucht gegen die Kante der Platte und brachte den Tisch mit allem, was darauf stand, ins Schwanken. Der Schaden hielt sich in Grenzen, sah man davon ab, dass Sabine Bruns dem Rest ihres Eiskaffees nicht mehr ausweichen konnte.

»Igitt, meine Hose«, kreischte sie.

Waren zuvor schon alle Männerblicke auf sie gerichtet, so hatte Sabine mit ihrem schrillen Aufschrei jetzt die Aufmerksamkeit der gesamten Rinne-Passage auf sich gezogen. Dummerweise auch auf Behrends.

»Sorry«, sagte der und rieb sich den schmerzenden Hinterkopf, »das war so nicht geplant ...«

Er ließ ein verlegenes Lächeln folgen. Es wurde von Sabines vorwurfsvollem Blick pulverisiert.

»Hättest du nicht aufpassen können?«, fauchte sie, immer noch laut genug, dass es die heraneilende, Wischlappen schwingende Bedienung deutlich hören konnte. Die Schuldfrage war damit auch für die Kellnerin eindeutig geklärt.

»Lassen Sie mal, ich mache das«, sagte sie mit dem festgefrorenen Der-Kunde-ist-König-Lächeln im Gesicht, als Behrends etwas hilflos zwischen den Trümmern auf dem Tisch herumfuhrwerkte.

Behrends wartete, bis sie ihre Säuberungsaktion beendet hatte und sich wieder den anderen Gästen widmete. »Dies Ding da«, erklärte er dann, an Sabine gewandt und tippte auf das Visitenkärtchen, das er unter dem Tisch hervorgeholt hatte, »als ich das eben gesehen habe, war das wie eine Erleuchtung. Als würde man von einem Blitz durchzuckt. Tut mir leid. Ich bezahle natürlich die Reinigung.«

»Schon gut«, sagte Sabine versöhnlich, »vergiss das mit der Reinigung.« Sie betrachtete ihn mit einer gewissen Sorge im Blick. »Dir geht es doch gut, oder? Ich meine, was du da in der Hand hältst, ist nur die Visitenkarte meiner Heilpraktikerin. Schon komisch, dass ...« Sie zögerte und zog ahnungsvoll ihre dünn gezupften Augenbrauen hoch. »Du, du kennst sie, stimmt's? Hattet ihr was miteinander?«

Offensichtlich reduzierte sich das Leben für manche Menschen auf irgendwelche Beziehungsgeschichten. Behrends schüttelte den Kopf: »Nein, ich kenne die Dame nicht. Es war auch weniger ihr Name, als vielmehr dieses Symbol auf der Karte.«

»Ach, das Yin und Yang? Was findest du daran so außergewöhnlich? Ist doch sehr verbreitet, genau wie die chinesische Heilkunde.«

»Ja ja, schon klar«, wehrte Behrends ab. »Du, Sabine, tut mir leid, wenn ich dich jetzt hier so einfach sitzen lasse, aber ich muss sofort los. Es gibt da was, was ich klären muss.«

»Habe ich irgendwas Falsches gesagt?«, fragte Sabine. Enttäuschung und Verwunderung schwangen in ihren Worten mit.

»Quatsch! Hat mir dir gar nichts zu tun. Es geht um dieses Yin-Yang-Symbol.«

»He, Ingo! Hallo!«, tönte die helle Stimme Maike de Baers vom Torbogen her.

Behrends und Sabine blickten gleichzeitig in ihre Richtung und sahen sie winken.

»Ich verstehe«, murmelte Sabine, »das hättest du mir doch gleich sagen können. Hübsch, die Kleine.«

Hörte Behrends da etwa Eifersucht heraus? »Nicht, was du denkst. Maike de Baer ist Kriminalkommissarin. Meine Kollegin. Mehr nicht! Also, bleibt es bei deinem Angebot?«

»Na klar doch!« Sie schenkte ihm ein Lächeln, das ihn beinahe wieder auf seinen Stuhl zurücksinken ließ. Er kämpfte tapfer dagegen an.

»Also – tschüß denn …«, sagte er und riss sich los. Mit staksigen Schritten steuerte er auf seine Kollegin zu. Er blickte sich nicht mehr um. Besser, Maike de Baer anzuschauen, als der verführerischen Sabine Bruns nachzutrauern und sich mit jedem Meter, den er sich weiter entfernte, bewusst zu werden, was ihm entging.

»Haben wir inzwischen endlich mal ein Foto von unserem Toten, auf der das eingeritzte Symbol, das er auf der Stirn hat, deutlicher zu sehen ist? Nicht dieses ganze verschmierte Blut?«

Behrends stand in der Tür zum Büro der siamesischen Erkennungsdienst-Zwillinge. Micha saß an seinem Tisch und brütete über einer Akte. Kalle war nicht im Zimmer.

»Halloooo, Fotoooo«, rief Behrends ungeduldig, als Micha nicht sofort reagierte.

»Gemach, gemach, lieber Kollege«, säuselte Micha und blickte angesäuert von seinen Akten auf, »wir wollen doch hier nicht Stress und Hektik verbreiten. Das geht auch ganz manierlich. Also noch mal, Behrends, was kann ich für dich tun? Was treibt dich so?«

Behrends trat an Michas Schreibtisch und stützte sich mit beiden Händen vor ihm auf der Tischplatte ab: »Hör zu Micha, jetzt nicht. Ich habe keine Lust auf Spielchen. Was ist jetzt, haben wir so ein Foto?«

Micha richtete sich in seinem Stuhl auf. »Ja … doch … sicher«, stammelte er sichtlich erschrocken, fing sich aber sofort wieder.

»Bei den Unterlagen aus der Rechtsmedizin findest du eins. Der Bericht müsste aber schon längst auf deinem Schreibtisch liegen.«

»Gut«, schnaubte Behrends und wollte das Zimmer verlassen.

»Worum geht es denn?«, fragte Micha. »Ich meine … du kommst hier rein und machst einen Aufriss, als ginge jede Minute die Welt unter und …«

»Yin und Yang«, unterbrach ihn Behrends lakonisch und ging zur Tür.

»Halt, warte!« Micha war aufgesprungen und lief hinter ihm her. »Sagtest du Yin und Yang?«

Behrends stoppte und drehte sich um. »Genau. Das sagte ich. Warum?«

»Wir haben auch Yin und Yang«, sagte der Erkennungsdienstler und grinste unverschämt.

»Hä? Willst du mich verarschen?«

»Wir haben bei Krüger im Haus doch dieses Halskettchen gefunden. Auf dem Anhänger ist solch ein Yin-Yang-Zeichen, da du gerade davon sprichst. Ach ja, und auf der Rückseite des Anhängers waren drei Buchstaben eingraviert – Ila«, fügte Micha hinzu.

»Ila? Und was heißt das?«

»Keine Ahnung.«

»Ist vielleicht ein Name. Hast du schon mal den Namen Ila gehört?«

»Nein. Noch nie.«

»Ein Spitzname?«

Micha warf die Arme in die Luft: »Herrgott, Behrends! Ich sagte doch gerade, ich weiß es nicht!« Er zögerte kurz. »Ach ja, der linke Schenkel des dritten Buchstabens, von dem A, der war wie ein Herz um die beiden anderen Buchstaben herumgeschwungen. Kunstvolle Gravur! Muss ich schon sagen.«

»Wie denn, um die beiden Buchstaben herumgeschwungen?« Behrends konnte ihm nicht folgen.

»Schwer zu beschreiben. Am besten, du siehst es dir selber an.«

»Ja, gut, später«, blockte Behrends ab, »ich muss dir erst was zeigen. In meinem Büro.«

»Können wir nicht auf Kalle warten?«, fragte Micha. »Er will vielleicht auch …«

»Ihr Zwei müsst wohl alles gemeinsam machen, was?«, unterbrach ihn Behrends grinsend. » Mensch, Micha, jetzt komm schon. Dauert nicht lange.«

Es stellte sich heraus, dass das Mal auf Krügers Stirn tatsächlich gewisse Ähnlichkeit mit dem chinesischen Yin-Yang-Symbol aufwies. Das schien Behrends umso bemerkenswerter, als der Kettchenanhänger mit ebendiesem Symbol und den drei Buchstaben auf der Rückseite zusammen mit dem ominösen Kassenbuch und den rund viertausend Euro Bargeld gut versteckt in einem doppelzügigen Schornstein gelegen hatte. Nur einer der Züge war in Betrieb. Den anderen hatte Krüger, wie es schien, etwas umfunktioniert und im Keller eine Art Safe hineingemauert. Der Zugang war, wie beim aktiven Zug, mit einer Lüftungsklappe versehen worden. Nur solchen gewieften Schlitzohren wie Kalle und Micha hatte die Existenz des Safes auffallen können. Ein Schreiben des anthropologischen Institutes war ebenfalls unter den Fundstücken gewesen und drei ausgesprochen antik anmutende Schmuckstücke, die bestimmt aus der Bronzezeit stammten und vor Jahren noch in der Lichtensteinhöhle gelegen hatten – darauf hätte Behrends seinen Hals verwettet.

Abgesehen davon, dass die beiden Armreife und der Finger- oder Ohrring, das konnte Behrends nicht unterscheiden, wahrscheinlich auf nicht ganz rechtmäßige Weise in Krügers Besitz gelangt und es wert waren, versteckt zu werden, fand sich zunächst keine plausible Erklärung dafür, warum Krüger, neben so viel Geld, ein Kassenbuch und ein Schreiben des anthropologischen Institutes ebenfalls derart gut verstecken musste. Möglich, dass die Besucher, die Krügers Haus durchwühlt hatten, bevor Kalle und Micha ans Werk gegangen waren, es genau auf diese Dinge abgesehen hatten. Ob auch die Kette dazugehörte? Eigentlich war sie dazu nicht wertvoll genug. Aber konnte ein banales Halskettchen mit einem ebenso banalen Anhänger ein Geheimnis bergen, für das ein Mensch sterben musste? Hatte diese oder dieser ominöse Ila etwas damit zu tun?

Seit Behrends in der Brasserie bei dieser, zugegebenermaßen, ungeschickten Aktion auf das Yin-Yang-Symbol aufmerksam geworden war, wurde er das Gefühl nicht mehr los, auf eine erste wirklich heiße Spur gestoßen zu sein. Es musste doch eine Bedeutung haben, wenn dieses Symbol gleich zweimal auftauchte. Aber noch sah er keinen Anhaltspunkt, diese zu ergründen.

Maike de Baer teilte seine Einschätzung, riet Behrends aber, davon auf der anstehenden Pressekonferenz noch nichts verlauten zu lassen.

»Danke für den Tipp«, raunzte Behrends, »da wäre ich nicht von allein drauf gekommen. Aber jetzt mal ehrlich, was meinst du? Was könnte dieser Yin-Yang-Kram bedeuten?«

Sie stand da und knabberte nachdenklich am Nagel ihres Zeigefingers herum. »Hm, ich weiß nicht ... Gesetzt den Fall, wir haben es bei dem Mal auf Krügers Stirn tatsächlich mit diesem Symbol zu tun, dann will der Täter ja etwas damit sagen. Auf etwas hinweisen. Ungefähr so, wie diese Typen, die für irgendeine beschissene Sache morden und dann ein Bekennerschreiben hinterlassen. Keine Ahnung, was für eine Gesinnung sich hinter dem Symbol verbirgt. Die Gefahr, dass es für irgendwelche verqueren Theorien herhalten muss, scheint mir ziemlich groß. Möglich, dass Krüger ein Anhänger dieser Gesinnung war, was ja die Existenz des Kettchens erklären könnte. Möglich auch, dass er irgendjemandem unbequem geworden war und deshalb getötet wurde. Den eigenen Gesinnungsgenossen oder seinen Gegnern.«

»Ich hoffe, du irrst dich und es gibt doch ein konkreteres, mehr personenbezogenes Motiv«, seufzte Behrends. »Wenn hier tatsächlich eine wie auch immer geartete verquere Weltanschauung eine Rolle spielt – na, dann gute Nacht!«

»Abwarten«, beruhigte ihn Maike de Baer, »ist noch ein bisschen früh für derartige Schlussfolgerungen.«

»Sicher«, knurrte Behrends und wandte sich an Micha, der bisher teilnahmslos nahe dem Fenster an der Wand gelehnt und zugehört hatte. »Was ist denn nun mit diesem verfluchten Portemonnaie? Ist das bei Krügers Sachen nicht dabei?«

Micha verdrehte die Augen zur Decke: »Mein Gott, Behrends, wie oft denn noch? Wir haben kein Portemonnaie gefunden!«

»In seinem Haus, ich weiß«, gab Behrends gereizt zurück. »Ich will wissen, ob er es bei sich hatte. In seinen Klamotten, in irgendeiner Tasche. Oder in seinem Auto!«

»Nein, verdammt noch mal. Auch da nicht! Mensch, lass mich doch mal mit dem bescheuerten Portemonnaie in Ruhe. Ich kann es dir auch nicht herbeizaubern.«

Behrends hob die Schultern, sog tief die Luft ein und ließ sie mit aufgeblähten Wangen leise zischend aus den zusammengepressten Lippen heraus wieder entweichen: »Das gibt es doch einfach nicht, dass einer ohne Portemonnaie rumläuft.«

Micha kam langsam auf Behrends' Schreibtisch zu: »Du glaubst, da war was Wichtiges drin und der Mörder hat es ihm abgenommen?«

»Vielleicht«, erwiderte Behrends und blickte Micha herausfordernd an. »Vielleicht liegt es aber auch noch in der Höhle und ihr habt es nur übersehen.«

Micha prallte zurück. War erschüttert. Das konnte Behrends nicht im Ernst meinen!

»Unmöglich«, ereiferte er sich. »Dazu müsste er es ja aus seiner Tasche genommen haben. Wozu sollte er das tun? In einer Höhle? Hat er da eingekauft und wollte bezahlen? Als ihm der Mörder dann die Rechnung präsentiert, lässt er es vor Schreck fallen? Und wir Blindfische haben es einfach nicht entdeckt? Meinst du das?«

»So in etwa …«

In dem Augenblick ging die Tür auf und Kalle trat ein. »Da bist du ja. Ich suche dich schon überall.«

»Kalle, der Behrends sagt, wir hätten in der Höhle nicht richtig gearbeitet und so'n Scheiß-Portemonnaie übersehen.«

»Dann soll er doch hingehen und selber nachsehen«, erwiderte Kalle ungerührt, ohne Behrends auch nur eines Blickes zu würdigen. »Kommst du, Micha? Wir haben zu tun.«

»He, he, Kollegen, nun seid mal nicht eingeschnappt.« Aber Behrends konnte die beiden Erkennungsdienst-Zwillinge nicht zurückhalten. »Die spinnen doch«, regte er sich auf, kaum, dass die Tür zu seinem Büro wieder geschlossen war. »Wie die kleinen Kinder! Wie soll man denn da ruhig bleiben?«

»Lass sie«, beschwichtigte Maike de Baer ihn, »die kriegen sich schon wieder ein. Glaubst du wirklich, sie haben was übersehen?«

»Was weiß denn ich, verdammt?«

»Vergiss nicht, wir waren nach ihnen drin und haben auch nichts entdeckt«, erinnerte sie ihn.

»Wie sollst du denn in so einem engen Loch auch vernünftig arbeiten, wenn du es nicht gewohnt bist?« Behrends war aufgestanden und steuerte das Fenster an. Die schwüle Luft war unerträglich. Mit einem wütenden Ruck legte er den Hebel um und riss den Fensterflügel auf. Die Luft, die von draußen hereinströmte, war nicht viel besser. Sie brodelte heiß und stickig und erstes, schwaches Grollen in der Ferne kündigte ihr baldiges Überkochen an.

Er drehte sich zu Maike de Baer und stützte sich auf der Fensterbank ab: »Ich muss noch mal rein. Ich muss wissen, ob das Portemonnaie da irgendwo liegt.«

»Du?«, wunderte sie sich. Ihr war noch sein klaustrophobisches Verhalten vom Vortag in Erinnerung.

»Ich … schaff' das schon.« Er zwang sich zu einem Lächeln. Traute seinen eigenen Worten nicht.

»Verrennst du dich nicht ein bisschen?«, fragte sie skeptisch. »Wie soll uns dieses Portemonnaie denn weiterhelfen? Wenn es irgendetwas von Bedeutung enthielt, hat der Mörder es mitgenommen und wir werden vielleicht erst dann wissen, was darin war, wenn wir ihn schnappen. Und wenn er es eben nicht mitgenommen hat, dann war wohl auch nichts Bedeutsames darin.«

»Das wird sich rausstellen. Ich habe so eine verdammte Ahnung, dass es wichtig sein könnte.«

»Bin ich sonst nicht für Ahnungen und Gefühle zuständig? Und du bist derjenige, der mich zur Sachlichkeit ermahnt?«

Behrends zwinkerte ihr zu: »Manchmal haben Männer eben auch Gefühle …«

Die Pressekonferenz war mit genau dem Ergebnis zu Ende gegangen, das Behrends erwartet hatte. Viele Fragen, keine Antworten. Jedenfalls keine, mit denen sich aus Sicht der Journalisten etwas anfangen ließe. Lediglich den Namen des Opfers konnten sie bekannt geben und das wenige, was sie bisher über seine Person herausgefunden hatten.

Also konnte man sich darauf gefasst machen, am nächsten Tag in der Presse einen Haufen spekulatives Zeug zu lesen. Er hatte die Staatsanwältin gewarnt. Es war zu früh für Presseerklärungen. Andererseits – hätten sie geschwiegen, wäre das vielleicht sogar noch schlimmer gewesen. Wer schweigt, will etwas verbergen!

Aber sie hatten nichts zu verbergen. Sie hatten rein gar nichts! Die Recherche im Satanisten-Milieu war immer noch im Gange und hatte bisher keine brauchbaren Hinweise zutage gefördert. Die Kollegen hatten ein paar durchgeknallte Typen aufgescheucht, die gerne Rede und Antwort standen. Am Ende stellte sich aber heraus, dass sie das Milieu nur vom Hörensagen kannten und von Verbindungen zur Lichtensteinhöhle überhaupt nichts wussten. Reine Wichtigtuer, die ihre Chance, auf sich aufmerksam zu machen, beim Schopf packen wollten.

Die Kontaktaufnahme mit Krügers Liebschaften gestaltete sich als schwierig. Lediglich seine Ex-Frauen hatte man bisher ermitteln können, aber die hatten schon so lange keinen Kontakt mehr zu ihrem Verflossenen, dass ihre Aussagen nichts hergaben. Und von keiner seiner vermeintlich so zahlreichen Freundinnen hatte man bisher die Spur aufnehmen können. Entweder war er wirklich sehr diskret gewesen oder es war nicht sehr weit her mit seinen Affären. Wenn es so weiterginge, drohte Behrends eine Ermittlungspleite ersten Grades; etwas, das er sich auf gar keinen Fall leisten wollte.

»Herr Behrends, wir brauchen Ergebnisse«, sagte die Staatsanwältin, als sie den Konferenzraum nach ihrem Auftritt vor der Presse wieder verließen. »Ich kann nicht noch einmal mit derart vagen Andeutungen an die Öffentlichkeit gehen. Wenn wir wenigstens irgendwas hätten – eine Tatwaffe, nach der wir suchen oder eine Person, nach der wir fahnden. Dann könnten wir die Bevölkerung mit einbeziehen.«

Behrends fletschte in Gedanken die Zähne. Wäre der Wedekind am liebsten an die Kehle gegangen: »Ich bin kein Zauberer«, schnappte er, »soll ich mir so was aus den Rippen schneiden, nur damit die Meute was zu fressen hat? Ja, vielleicht das: Wir veröffentlichen ein Foto, worauf dieses Mal zu sehen ist, dass der Mörder dem Krüger eingeritzt hat und wir bitten die Leute, uns sofort zu informieren, wenn sie jemanden kennen oder gesehen haben, der ebenfalls so ein Mal auf der Stirn trägt. Wäre doch was, oder ...«

»Herr Behrends«, giftete die Wedekind zurück, »machen Sie sich bitte nicht lustig über mich!«

Sie drehte sich abrupt um und stöckelte mit kleinen, wütenden Schritten davon. Ein erster, heftiger Donnerschlag begleitete ihren Abgang.

Nachdem er noch zur Lagebesprechung am nächsten Morgen eingeladen hatte, beschloss Behrends, Feierabend zu machen und nach Hause zu fahren. Für heute hatte er die Nase voll und es gab im Augenblick nichts, was sich nicht auch am nächsten Tag erledigen ließe. Wenn sie allerdings nicht bald einen Hinweis fänden oder jemand aus Krügers offensichtlich sehr kleinem Bekanntenkreis ihnen weiterhelfen könnte, dann gäbe es für sie auch morgen kaum etwas Sinnvolles zu tun.

In Katlenburg hielt Behrends an, um in der Fleischerei Neidhardt für Sir Toby ein paar Rinderknochen zu kaufen. Ab und zu musste der arme Hund für seine Entbehrungen entschädigt werden. Immer nur Trockenfutter – das hielt keiner auf Dauer durch. Ihm hätte das auch nicht gefallen.

Bei dem Gedanken an Industrienahrung und dem Blick auf die verlockenden Fleisch- und Wurstwaren in der Auslage konnte Behrends nicht anders, als sich ebenfalls einige Leckereien zu gönnen. Ein Ziehen in der Magengegend erinnerte ihn daran, dass er außer einer Scheibe Frühstückstoast und dem Baguette in der Brasserie noch keine feste Nahrung zu sich genommen hatte, und er spürte, wie ihm das Wasser im Munde zusammenlief. Wahrscheinlich würde die Hälfte dessen, was er sich einpacken ließ, später in der Biotonne landen, weil es schneller vor sich hingammelte, als er es aufessen konnte, aber im Moment freute er sich einfach nur auf den Genuss, dem er sich zu Hause hingeben wollte.

»Herr Behrends?«, sprach ihn jemand an, als er sich umwandte und den Laden verlassen wollte.

»Ja?« Behrends blickte über die Schulter zurück und sah dem Mann ins Gesicht, der in der Reihe der Kunden neben ihm am Tresen gestanden hatte. Er hatte ihn kurz zuvor aus den Augenwinkeln wahrgenommen, ihm aber keine Beachtung geschenkt.

»Haben Sie einen Moment Zeit? Ich muss mit Ihnen reden«, sagte der Mann. In seinen graublauen Augen lag ein flehender Ausdruck, der Behrends dazu veranlasste, stehen zu bleiben.

Der Mann bezahlte seine Einkäufe, nahm das kleine Wurstpaket entgegen und kam auf Behrends zu. Er legte ihm beinahe kumpelhaft den Arm um die Schulter und schob ihn aus der selbstöffnenden Tür hinaus.

»Muss nicht jeder mitkriegen, was ich Ihnen sagen will«, meinte er entschuldigend und nahm seine Hand zurück.

»Was kann ich für Sie tun?«, fragte Behrends neugierig. Auf diese Art hatte er bisher auch noch keine Bekanntschaft mit einem anderen Menschen gemacht, wenngleich er meinte, den Mann schon einmal irgendwo gesehen zu haben.

»Röder ist mein Name«, er deutete ein Kopfnicken an, »Martin Röder.«

»Ja?«

Der Mann wirkte unschlüssig. Nestelte an der taubenblauen Krawatte herum, die er zu einem schlichten, grauen Hemd unter einem leinenfarbenen Sakko trug. Behrends konnte nicht verstehen, dass sich Menschen bei hochsommerlichen Temperaturen einer derartigen Kleiderordnung unterwarfen. Zugegeben, dieser Röder war eine überaus elegante Erscheinung. Darüber konnte auch die Jeans nicht hinwegtäuschen, die in ihrer verwaschenen Optik zwar der aktuellen Mode entsprach, aber dennoch alles andere als billig und zerschlissen war. Das volle, auf Streichholzlänge gestutzte eisgraue Haar und ein gepflegter Kinnbart in einem kantigen Gesicht voller Falten verliehen ihm eine konservative Eleganz und Willenskraft. Der Mann wirkte distanziert vornehm, verkörperte Stil und Bildung. Jemand, der sich nicht unter das gemeine Volk mischte und den man eher in Feinschmeckerläden vermutete, als in einer Dorf-Fleischerei.

»Wenn Sie Interesse haben, ich dachte … nun, vielleicht möchten Sie etwas über Franz Krüger erfahren. Sie ermitteln doch im Mord gegen ihn?«

Behrends klappte der Kiefer herunter. Er trat einen Schritt zurück, um den Mann in voller Größe erfassen zu können. Ein heftiger

Windstoß trieb ihm schwüle Luft ins Gesicht. Das Gewitter hatte sich immer noch nicht entschließen können, richtig loszubrechen.

»Ich, also ganz ehrlich, ... ich bin etwas verwundert«, stotterte Behrends. »Woher ... ich meine, wer hat Ihnen denn so was erzählt?«

Martin Röder lächelte. »Ach, kommen Sie, lassen Sie das. Auch wenn Sie gegenüber der Presse erst vorhin die Katze aus dem Sack gelassen haben – Sie dürfen nicht glauben, solche Dinge blieben lange geheim.«

»Na dann klären Sie mich mal auf«, knurrte Behrends. Er spürte eine gewisse Angriffslust in sich.

»Ich bin Studiendirektor am Osteroder Gymnasium. Der Filius vom Kreisarchäologen geht auf unsere Schule. Wie Sie sich bestimmt denken können, wusste der Junge heute früh einiges zu erzählen ...«

Natürlich, dachte Behrends, das war ja nicht anders zu erwarten gewesen. »Verstehe«, sagte er, »und weiter?«

»Ich war in Northeim, wollte zu Ihnen. Aber da war gerade diese Pressekonferenz.«

»Sie hätten sich an einen meiner Kollegen wenden können, wenn Sie etwas wissen.«

»Nein, nein«, wehrte Röder ab, »es ist so, dass ich es Ihnen persönlich sagen wollte, weil ... nun ja, es sind eher persönliche Eindrücke von dem Mann, also von Franz Krüger. Eigentlich nichts, was man zu Protokoll gibt.«

»Und da fangen Sie mich hier vor der Fleischerei ab?«, wunderte sich Behrends.

Röder zuckte mit den Schultern: »In Northeim sind Sie mir vor der Nase weggefahren. Da bin ich eben gefolgt und habe Sie hier halten sehen. Es war eine ganz spontane Entscheidung, Ihnen in den Laden zu folgen.«

»Ich bin jetzt allerdings nicht gesprächsbereit. Wissen Sie was, besuchen Sie mich doch einfach morgen in meinem Büro in Northeim«, schlug er vor. Er hatte keine Lust, seine freie Zeit hier vor dem Fleischerladen mit einem ihm Unbekannten und seinen vagen Andeutungen zu verbringen.

»Ich mache Ihnen einen anderen Vorschlag«, ließ Röder nicht locker, »treffen wir uns heute Abend im Schwarzen Bären. Sie wohnen ja in Förste. Ich lade Sie ein.«

»Sie wissen reichlich viel von mir«, stellte Behrends erstaunt fest. »Woher …?«

»Förste ist so etwas, wie meine zweite Heimat«, unterbrach ihn Röder und warf sich in die Brust. »Und im Schwarzen Bären verkehre ich auch recht oft. Da habe ich Sie übrigens das erste Mal gesehen. Warten Sie, das muss … ja, Anfang des Jahres gewesen sein. Ich erinnere mich, dass wir uns an der Theke zugeprostet haben. Sie saßen am anderen Ende.«

Jetzt fiel es auch Behrends wieder ein. Vielleicht war ja das eine oder andere Gläschen zu viel daran Schuld gewesen, dass Röder an jenem Abend keinen bleibenden Eindruck bei ihm hinterlassen hatte. »Aber was veranlasst Sie, mich in den Schwarzen Bären einzuladen, um mit mir über einen aktuellen Mordfall zu sprechen? Das ist sehr ungewöhnlich, finden Sie nicht?«

»Schon, ja …«, gab Röder zu, »aber ich habe von Anfang an gewusst, dass Sie anders sind, als die meisten Menschen hier. Ich spüre eine geistige Verbindung, eine Art Seelenverwandtschaft. Etwas, das man ausbauen sollte.«

»Ach ja?« Verrückt! Der Mann war komplett verrückt! Oder schwul? War das hier eine billige Anmache? Unbewusst wich Behrends einen Schritt zurück.

Röder hatte seine abwehrende Reaktion bemerkt: »Ich hoffe, Sie denken jetzt nicht, ich will Sie … so einer bin ich nicht. Ich will nur reden. Versprochen. Also, nehmen Sie meine Einladung an?«

»Na schön«, gab Behrends nach, »vielleicht komme ich. Aber ich kann es nicht versprechen. Möglich, dass Sie umsonst warten.« Er hatte nicht vor, sich mit dem Mann zu treffen. Er wollte ihn einfach nur loswerden.

»Kein Problem«, sagte Röder, »aber ich denke, Sie werden kommen.« Ein siegessicheres Lächeln huschte über sein Gesicht, und er richtete die Finger seiner rechten Hand wie eine Pistole auf Behrends' Brust. Tat, als drücke er ab. »Also dann, ist Ihnen halb acht recht?«

Behrends nickte fahrig und sah dem Mann nach, der seine Antwort gar nicht mehr abgewartet hatte, sondern bereits auf einen silbergrauen Mercedes zusteuerte, das Auto, das ihm von Northeim her gefolgt war und ihn nicht überholt hatte, als sich die Gelegenheit dazu bot. Er hatte sich einen Moment lang gefragt, warum der Wagen wohl so eisern an seiner Stoßstange hängen blieb, sich dann aber auf die Straße vor ihm konzentriert. Jetzt hatte er seine Antwort.

Gambit

Sie kamen aus der Boxschule.

Er fuhr mit Erik regelmäßig zwei Mal die Woche zum Unterricht, wartete auf einer Bank vor dem Boxring die Trainingseinheit ab und besprach auf der Rückfahrt mit ihm die Dinge, die er in seinen Augen falsch gemacht hatte. Noch immer stand der Junge mit viel zu wackeligen Beinen im Ring, ging mehr rückwärts als vorwärts und hatte nach jedem Kopftreffer durch den Gegner Tränen in den Augen. Selbst setzte er kaum Treffer, schlug Löcher in die Luft und erntete dafür das höhnische Grinsen seines Sparringspartners. Man konnte sich nur schämen für ihn. Erik war eine echte Schande für seinen Vater!

An diesem Tag riss bei ihm der Geduldsfaden.

In der Boxschule hatte er noch an sich halten können und das Gesicht gewahrt, als der Trainer ihm vorgeschlagen hatte, seinen Sohn lieber in einem Kegelklub anzumelden. Da täte es ihm nur weh, wenn ihm die Kugel auf die Füße falle.

Er hatte eine passende Erwiderung hinuntergeschluckt und nur dünn gelächelt. Im Auto jedoch fiel er über Erik her. Ganz gegen seine Gewohnheit. Er ließ alle analytische Schärfe in seinem Denken und auch seine wohlgesetzten, kalten und zerstörerischen

Worte vermissen, schrie und überschüttete Erik mit Spott und Häme. Unerwartet ging sein Sohn zum Gegenangriff über, schrie zurück und bezeichnete ihn als perversen Tyrannen. Ein Junge von gerade mal zwölf Jahren, ein Schwächling noch dazu, sagte seinem Vater solche unerhörten Frechheiten ins Gesicht!

Als er die rechte Hand vom Lenkrad nahm und zum Schlag ausholte, sah er im Augenwinkel bereits den hinter der Kurve auftauchenden PKW auf sich zukommen. Aber all seine Sinne waren auf Erik gerichtet. Seine Hand schnellte vor und traf auf die Arme seines Sohnes, die der sich blitzschnell zur Deckung vors Gesicht hielt. Offensichtlich waren die Stunden im Boxring doch nicht ganz fruchtlos gewesen. Der unerwartete Widerstand führte dazu, dass er mit der linken Hand das Lenkrad verriss und Sekundenbruchteile später die Kollision und das metallische Schrammen wahrnahm, die ihn gänzlich die Kontrolle über sein Auto verlieren ließen.

Sie durchbrachen die Leitplanke, stürzten die kleine Böschung hinunter und prallten seitlich gegen einen Baum. Erik war sofort tot. Er selbst überlebte schwer verletzt. Der Insasse des entgegenkommenden Wagens trug nur leichte Verletzungen davon, dessen Fahrzeug jedoch war schrottreif.

Als er nach Wochen das Krankenhaus verlassen konnte, war Erik bereits beigesetzt worden. Fee hatte ihn besucht, als er aus einer tagelangen Bewusstlosigkeit erwacht und wieder ansprechbar gewesen war. Den Tod seines Sohnes hatte sie ihm noch einige Tage verschwiegen, weil der Arzt ihr geraten hatte, ihn nicht zu früh mit der schockierenden Nachricht zu konfrontieren. Aber er hatte es gespürt, dass Erik, im Gegensatz zu ihm, kein Glück gehabt hatte. Er hatte es in Fees Gesicht gesehen, hatte es an ihren Augen ablesen können.

Dann stand er am Grab seines Sohnes, stumm, mit versteinerter Miene, den Arm um eine völlig gebrochene Fee gelegt, und er schwor sich, den Verantwortlichen für diesen schrecklichen Unfall vor Gericht zu bringen. Den Mörder seines Sohnes musste die ganze Härte des Gesetzes treffen!

Er vertraute sich einem Anwalt an, der den Referenzen zufolge ein ausgesprochen fähiger Jurist sein musste, der auch über die nötige Härte verfügte, ein angemessenes Strafmaß durchzusetzen. Dieser Anwalt jedoch teilte ihm nach Einsicht der Akten mit, sein Unfallgegner habe ihn zum Schuldigen an dem Unfall erklärt. Er solle auf die Fahrbahn des Mannes geraten sein und zwar, weil er durch einen Streit mit seinem Beifahrer abgelenkt gewesen sei.

Er konnte nicht glauben, was ihm sein Anwalt mitteilte. Zu ungeheuerlich war die Behauptung dieses Verbrechers, der sich durch eine niederträchtige Falschaussage aus der Verantwortung stehlen wollte.

»Sind Sie völlig sicher, dass der Mann lügt? Ist er tatsächlich auf Ihre Fahrspur geraten? War es nicht umgekehrt?«, fragte ihn der Anwalt.

Er sah den Mann mit kalten Augen an. Sein Gesicht versteinert und furchig, wie ein Gebirge: »Wessen Anwalt sind Sie?«

»Ich bin natürlich Ihr Anwalt. Aber um Ihnen vor Gericht Ihr Recht zu verschaffen, muss ich mich auf Ihre Aussage verlassen können.«

»Und was bringt Sie dann dazu, an meinen Worten zu zweifeln und diesem Mörder mehr zu glauben, als mir?«

»Mäßigen Sie sich in Ihren Worten«, wagte der Anwalt, ihn zurechtzuweisen. »Was mich an Ihren Worten zweifeln lässt? Nun, das will ich Ihnen sagen: Die polizeilichen Untersuchungen am Unfallort bestätigen die Aussage Ihres Unfallgegners, nicht Ihre.«

Er wusste einen Augenblick nicht, was er erwidern sollte. Das konnte nicht sein. Er hatte den Wagen auf sich zukommen sehen, auf seiner Spur! Es hatte einen seitlichen Aufprall gegeben und dann hatte es ihm das Lenkrad verschlagen.

»Stimmt es, dass Sie sich mit Ihrem Sohn gestritten haben, ja, sogar handgreiflich gegen ihn geworden sind? Ihr Unfallgegner will es gesehen haben und gibt diesen Sachverhalt als Grund dafür an, dass Sie unkontrolliert auf ihn zugefahren sind.«

»Wie kann der Mann das behaupten?« Seine scharfen Worte zerschnitten die vom Duft etlicher Tassen Kaffee geschwängerte

Luft im Kanzleibüro. »Wie konnte er das in diesem kurzen Augenblick überhaupt erkennen?«

»Haben Sie, oder haben Sie nicht?«

Die Augen des Anwalts durchbohrten ihn. Er saß einem ebenbürtigen Gegner gegenüber.

»Ich kann mich nicht erinnern«, sagte er.

»Sie sollten die Anklage gegen den Mann fallen lassen«, riet der Anwalt, »wenn es hart auf hart geht, werden Sie verlieren.«

»Ich kann nicht«, sagte er und dachte an Erik, »der Mann hat meinen Sohn ermordet. Er muss bestraft werden.«

»Sie wollen es also darauf ankommen lassen?«

»Ich verlasse mich auf Sie. Sie sind gut.«

»Ja, ich bin gut. Aber ich vollbringe keine Wunder.«

»Sie sollen nur gewinnen.«

Er verlor den Prozess. Sah sich am Ende sogar noch dem Verdacht der fahrlässigen Tötung ausgesetzt. Doch der Mann, den alle seinen Unfallgegner nannten, der aber nichts anderes war, als Eriks Mörder, konnte seine Behauptung, er habe ihn nach seinem Sohn schlagen sehen, nicht beweisen. So blieb es dabei, dass dem Gutachter zufolge ein Fahrfehler, für den er verantwortlich sein sollte, zu dem tragischen Unfall geführt hatte.

An diesem Tag bekam er eine Ahnung davon, wie krank die Gesellschaft wirklich war, die sich freiheitlich, demokratisch und gerecht nannte. Krank und von innen heraus verfaulend. Eine Gesellschaft, die ihre Täter schützte und die Opfer zu Tätern werden ließ. Eine Gesellschaft, die lieber den Weg des geringsten Widerstandes einschlug, als die steinige Straße der Gerechtigkeit zu gehen.

Und Fee?

Sie dämmerte nur noch vor sich hin. Wich ihm aus, wenn er sich ihr näherte. Schwieg, wenn er sie fragte, ob wenigstens sie ihm glaube. Dass er nicht schuld sei am Tod ihres gemeinsamen Sohnes. Dass er ihn gehütet habe wie seinen Augapfel.

»Du hast ihn gequält. Du hast ihn gedemütigt. Du bist schuld. Du hast ihn getötet!«, schrie ihm Fee eines Tages entgegen, sprang auf ihn zu und trommelte mit ihren Fäusten gegen seine Brust. Sie schlug, schrie und heulte weiter und immer weiter, so lange, bis sie erschöpft zusammenbrach. Er war auf diese Attacke völlig unvorbereitet gewesen. Er hatte nicht reagieren können. Wie gelähmt hatte er es geschehen lassen. Die seelischen Qualen, die sie durchlitten hatte, mussten sie dazu getrieben haben. Ihre Psyche. Fee war nicht so stark, wie er. Sie war eine Frau!

An jenem Tag hatte er ihr Tabletten besorgt. Zu einem Arzt sollte sie nicht gehen. Wozu auch? Ihre aufgewühlte Seele musste sich beruhigen, mehr nicht. Dafür brauchte sie keinen Arzt, der im Endeffekt doch nur neugierig war, Dinge zu erfahren, die ihn nichts angingen.

Bald fühlte Fee sich besser. Aber sie brauchte immer mehr von den Tabletten. Er betrachtete die Entwicklung mit Sorge, denn kaum ließ die Wirkung des Medikaments nach, verfiel sie wieder in die Depression, zunehmend gepaart mit Aggressionen. Die Wirkungsphasen der Psychopharmaka wurden immer kürzer. Sie steuerte auf direktem Weg in die Sucht. Dabei durfte er nicht zusehen. Fee musste wieder loskommen von dem Teufelszeug! Sie musste wieder normal werden. Seine Fee! Die gute Frau.

Er gab ihrem Flehen nicht nach und weigerte sich, ihr die Tabletten auszuhändigen, die sie haben wollte. Er versteckte sie an immer anderen Orten, um Fee nicht in Versuchung zu führen.

Sie wurde nicht normal. Stattdessen wurde sie noch aggressiver, verlor jegliche Hemmungen und ging immer öfter auf ihn los. Ohne Vorankündigung. Als er sie das erste Mal schlug, wusste er sich nicht mehr anders zu helfen.

7.

Die Welt war in Aufruhr.

Um Holger Diekmann tobte ein Unwetter infernalischen Aus-
maßes. Er konnte sich nicht erinnern, jemals derart entfesselte
Elemente erlebt zu haben. Der Sturm peitschte taubeneigroße
Hagelkörner gegen die Windschutzscheibe. Er schaffte es kaum
noch gegenzusteuern, wenn die Böen mit voller Wucht von
schräg links auf seinen VW-Bus prallten. Es war wohl besser, erst
einmal anzuhalten, bis sich das Wetter ein wenig beruhigt hatte.

Diekmann war auf dem Weg von Osterode zurück nach Förste
kurz hinter dem Scheitelpunkt der Anhöhe – die Landstraße führte
ab hier unter stetigem, leichten Gefälle ins Sösetal hinab – nach
rechts in den geteerten Wirtschaftsweg eingebogen. Den ganzen
Tag war er kreuz und quer durch den Landkreis gefahren, von
einem Termin zum anderen, immer im Hinterkopf, dass er pünktlich zur Pressekonferenz in Northeim sein musste. Und dann hatte
er es doch irgendwie geschafft, diesen wichtigsten Termin der
Woche zu verpassen. Alles nur, weil der Marketingmensch des
Autohauses entgegen der Absprache den Zeitplan über den Haufen geworfen hatte. Was hätte er machen sollen? Er konnte es sich
nicht leisten, einen seiner besten Kunden zu vergraulen. Leider
war auch niemand sonst zur Stelle, den er hätte schicken können.
Keinen seiner drei Mitstreiter hatte er erreichen können. Musste
er sich eben die Informationen zum Höhlenmord direkt bei Ingo
Behrends holen. War vielleicht sogar ergiebiger, als das Herum-
geeiere auf den offiziellen Veranstaltungen, die oft nur zur Beruhigung der Öffentlichkeit abgehalten wurden, aber selten Handfestes zu bieten hatten.

Holger Diekmann war selbstständig. Er verdiente als Program-
mierer gutes Geld mit einigen einträglichen Programmentwick-
lungen, die ihm darüber hinaus sogar noch viel Zeit ließen, seiner
angeborenen Neugier nachzugeben: Vor fast drei Jahren hatte er
seine beruflichen Erfahrungen und seinen Hang zum Journa-
lismus in einem Internet-Magazin für den Landkreis Osterode

am Harz gebündelt. Seitdem belieferte er mit seinem »Burgblick« die vernetzte Landkreis-Leserschaft mit täglich neuen Nachrichten aus der Region. Er machte sich ausgesprochen gut als selbsternannter Berichterstatter und konnte darüber hinaus nach Lust und Laune fotografieren und so ein weiteres Hobby in höchst sinnvoller Weise für den »Burgblick« einsetzen. Alles in allem bot sein unkonventioneller Stil des Internet-Journalismus eine erfrischende Ergänzung zur alteingesessenen Tageszeitung, dem Osteroder Tageblatt.

Diekmann fuhr so weit an den Wegrand, dass er mit seinem Bus zur Hälfte auf dem grasbewachsenen Seitenstreifen zum Stehen kam.

Eine Weile hatte er, zurückgelehnt in seinem Fahrersitz, dem Prasseln auf dem Autodach gelauscht und fasziniert auf die Silhouetten des Dorfes im Tal und des Westerhöfer Waldes am westlichen Horizont geblickt, wie sie in kurzer Folge im kalten, weißen Licht der Blitze geisterhaft aus der Nacht aufgetaucht waren, um Sekundenbruchteile später wieder im konturlosen Dunkel zu versinken, gefolgt von krachendem Donner.

Er hatte sich gerade soweit auf das Naturschauspiel eingelassen, dass er es genießen konnte, als Autoscheinwerfer aus der Dunkelheit vor ihm auftauchten und auf ihn zukamen. Im Schein des nächsten Blitzes erkannte er die schemenhaften Umrisse eines Autos, das wenige Meter, bevor es ihn erreicht hatte, nach links in einen Wiesenweg abbog. In diesem Augenblick ließ ein weiterer Blitz aus dem Auto einen Mercedes werden – einen Mercedes, den er, ebenso wie seinen Besitzer, zu kennen glaubte. Der Wagen holperte über den Weg hin zum Wäldchen am lange schon stillgelegten und renaturierten Förster Gipsbruch. Neugierig verfolgte Diekmann die Lichtkegel, die sich langsam vorwärts bewegten. Nach etwa zweihundert Metern bog der Wagen nach rechts ab und war gleich darauf zwischen den Bäumen verschwunden.

Dort, wo das Wäldchen soeben den Mercedes aufgesogen hatte, befand sich zwischen den Bäumen eine kleine, uneinsehbare Lichtung, auf der eine recht imposante Blockhütte stand. Fast jeder der Alteingesessenen im Dorf kannte sie. Auch Diekmann. Geschichten von ausschweifenden Feiern rankten sich darum. Sie stammten aus einer Zeit, als hier noch Gips abgebaut wurde. Den Eigentümern des alten Steinbruchs gehörte auch die Hütte. Deren Kinder hatten hier, so gingen die Gerüchte, manche drogenschwangere Orgie gefeiert. Wem sie heute gehörte, konnte Diekmann nicht sagen. Aus Förste jedenfalls niemandem, das wiederum hätte er gewusst.

Blieb die Frage, ob es tatsächlich Röders Mercedes war, den er da eben hatte entlangfahren sehen. Und wenn ja, was wollte der Mann dort? Ausgerechnet bei diesem Wetter, um diese Zeit? Verirrt hatte er sich bestimmt nicht hierher, ebenso wenig, wie er wohl in dem Wäldchen Schutz vor dem Wetter suchte.

Diekmann startete den Motor und legte den ersten Gang ein. Ohne die Scheinwerfer einzuschalten, ließ er seinen VW-Bus langsam auf die Stelle zurollen, an der der Wiesenweg abzweigte.

Ihm wollte keine vernünftige Erklärung für Röders Auftauchen einfallen. Nun gut, vielleicht war er ja der Eigentümer und er hatte dort etwas zu schaffen, was ihn, Diekmann, nicht das Geringste anging. Vielleicht sollte er sich tatsächlich den Kopf über wichtigere Dinge zerbrechen. Aber warum, zum Teufel, überfiel ihn das untrügliche Gefühl, dass dieser Röder – ob Eigentümer oder nicht – etwas im Schilde führte? Zuzutrauen war es ihm. Er hatte den Mann noch nie gemocht! Nur zu gut erinnerte er sich an einen lange zurückliegenden Anruf Röders. Der einzige persönliche Kontakt, den sie miteinander gehabt hatten, der aber alles andere als angenehm gewesen war.

Ein paar Meter hinter der Einmündung des Wiesenweges hielt Diekmann an und stellte den Motor wieder aus. Er konnte jetzt frontal auf die Bäume in Höhe der Lichtung blicken. Mit zusammengekniffenen Augen versuchte er, bei jedem Blitz von seinem Standort aus etwas zwischen den Bäumen zu erkennen. Vergebens.

Er spielte für einen Moment mit dem Gedanken, zur Hütte zu fahren und nachzusehen. Aber sofort ließ er von dem Vorhaben wieder ab. Die Gefahr, den Bus mit den nahezu profillosen Reifen auf dem aufgeweichten Untergrund des Wiesenweges festzufah-

ren, war recht groß. Außerdem bliebe sein Auftauchen kaum un-
entdeckt und stürzte ihn bestenfalls in Erklärungsnöte. An das
»Schlimmstenfalls« dachte er lieber erst gar nicht.

Und wofür das Ganze? Was hoffte er denn, zu entdecken? Wahrscheinlich waren seine dumpfen Ahnungen von der unheimlichen
Atmosphäre des Unwetters ausgelöst worden. Bei Sonnenlicht
besehen, hätte ihn wohl nicht mal ein Hubschrauber gestört, wäre
er auf der Lichtung gelandet.

Diekmann startete erneut den Motor und schaltete diesmal die
Scheinwerfer an. Der Hagel war in Regen übergegangen und hatte
insgesamt etwas nachgelassen. Er lenkte den VW-Bus den Weg
hinunter, dem Dorf entgegen. Es war heute nicht der Tag, um
irgendwelchen Hirngespinsten nachzujagen. Man musste wissen,
wann man aufzuhören hatte.

Behrends sah sich einem Meer von rot blinkenden Lämpchen
gegenüber, kaum dass er sich vor dem tobenden Unwetter in den
Schutz seiner heimischen vier Wände gerettet hatte.

Das war das Tückische an den Segnungen moderner Technik:
Wurde elektrischen Geräten kurzfristig der Lebenssaft entzogen,
reagierten einige von ihnen beleidigt, sobald sie wieder unter
Strom standen. Sie blinkten unhablässig vor sich hin und ver-
langten nach neuer Justierung.

Es gab mehrere dieser sensiblen Geräte in Behrends' Haushalt.
Sein Privathandy und sein Anrufbeantworter gehörten aber eindeutig nicht dazu. Das nervende Zucken ihrer Leuchtdioden
sandte andere Botschaften aus: Jemand hat dich angerufen, aber
du warst natürlich nicht da! Und was sein Handy anging, zusätzlich die Botschaft: Du verdammter Idiot hast mich mal wieder zu
Hause vergessen! Es war schon ein Kreuz, sich mit Dienst- und
Privathandy herumplagen zu müssen. Eins davon blieb fast immer irgendwo liegen.

Behrends ignorierte mit verächtlich nach unten gezogenen
Mundwinkeln das verlangende Blinken von Handy und Anrufbeantworter und tapste auf Zehen ins Bad. Die wenigen Meter
vom Carport zu seiner Haustür hatte er durch den Regen laufen

müssen, der nicht in Tropfen, sondern gleich kübelweise vom Himmel fiel. Jetzt war er nass bis auf die Haut und musste sich etwas Trockenes anziehen, bevor er sich um andere Dinge kümmern konnte. Wenigstens hatte der Hagel erst eingesetzt, als er gerade das Haus betreten hatte.

Sir Toby stand schwanzwedelnd vor der Tür, als Behrends das Bad einigermaßen trocken wieder verließ. Die Geste des Hundes war eindeutig.

»Später, Toby«, sagte Behrends mit Blick zur Haustür, »du kannst nicht von mir erwarten, dass wir bei diesem Sauwetter Gassi gehen. Aber ich habe dir was Feines mitgebracht.«

Während der Hund sich im Flur mit einem frischen Rinderknochen beschäftigte und darüber das Pinkeln vergaß, brachte er sämtliche Geräte wieder ins Lot, deren Einstellungen durch den kurzfristigen Stromausfall durcheinandergeraten waren.

Erst zum Schluss kümmerte er sich um Handy und Anrufbeantworter. Die beiden entgangenen Anrufe bereiteten ihm keine Kopfschmerzen. Seine Mutter hatte versucht, ihn zu erreichen. Er überlegte kurz und stellte fest, dass bereits wieder zwei Monate vergangen waren, seit seinem letzten Besuch bei ihr in Goslar. Sie lebte dort im Haus seiner Schwester. Wahrscheinlich hatte sie ihn nur daran erinnern wollen, dass er doch mal wieder zum Mittagessen vorbeikommen könne. Er nahm sich vor, sie später am Abend zurückzurufen.

Katrin hatte ebenfalls angerufen. Die Nummer kannte er mittlerweile auswendig. Ihre Anrufe gehörten schon fast zur täglichen Regel. Er legte das Handy zurück auf den Couchtisch. Sie würde sich wieder melden, wenn es etwas Wichtiges zu besprechen gab.

Blieb noch der Anrufbeantworter. Aus irgendeinem unerfindlichen Grund hoffte er, dass Sabine Bruns ihm eine Nachricht hinterlassen hatte. Nachdem er ihr heute Mittag begegnet war, musste sie sich unbemerkt in dem Hinterstübchen seines Gedächtnisses eingenistet haben, wo er für gewöhnlich seine unerfüllten Wünsche und Sehnsüchte parkte und verstauben ließ, wenn sie sich nicht von selbst wieder meldeten.

Voller Erwartung drückte Behrends den Abspielknopf – und

wurde enttäuscht. Es war nicht Sabine. Lediglich Katrin verkündete ihm ihre Neuigkeiten, die sie offensichtlich nicht hatte für sich behalten können, bis sie ihn persönlich erreichte. Der Enttäuschung sollte das Entsetzen folgen, als er nach und nach begriff, was für eine Nachricht sie ihm mit beinahe schmerzhaft spürbarer Begeisterung auf den Anrufbeantworter gesprochen hatte.

»Hallo Ingo, ich habe uns beide heute im Café ES in Osterode für ein Seminar angemeldet.« Die Stimme machte eine kleine Pause, damit der erste Teil der Nachricht seine Wirkung entfalten konnte. Behrends überlegte und erinnerte sich, dass Katrin schon immer mal mit ihm zum Frühstück in dieses Café gehen wollte. Aber ein Seminar? Was denn für ein …? Weiter kam er nicht, denn schon kürzte der zweite Teil ihrer Nachricht seine Grübeleien ab und zertrümmerte alles, was ihm an diesem Tag noch an guter Laune verblieben war.

»Wir beide machen im August eine Wildkräuterwanderung mit und anschließend einen Kochkurs im Café, also in dem Restaurant. Das ES ist nämlich beides – Café und Restaurant, weißt du. Du glaubst ja gar nicht, was man aus Brennnesseln alles kochen und backen kann!«

Behrends warf sich in den nur einen Schritt entfernt stehenden Sessel. Wie war Katrin denn auf diese blödsinnige Idee gekommen? Wie konnte sie bloß annehmen, dass er auch nur das leiseste Interesse an solch einem bescheuerten Kursus hatte? Na klar, das war ihre idiotische Gesundheitsmacke, die sie zu solch hirnlosen Handlungen trieb. Und er sollte wieder als Versuchskarnickel herhalten!

Behrends sah sich schon inmitten leicht verwelkter Damen, allesamt auf Öko getrimmt und mit diesem fatalistisch-verklärten Blick im ungeschminkten Gesicht, durch die heimische Flora stiefeln und Unkraut ins Körbchen sammeln. Er sah sich mit verbissener Miene grüne Gesinnung heucheln, peinlichst darauf bedacht, sich politisch korrekt zu verhalten, um nicht im Reißwolf ideologischer Wahnvorstellungen zu landen.

Nie und nimmer! An solch einem Höllenkommando sollte teilnehmen, wer wollte! Er nicht!

Behrends kochte. Drückte sich explosiv aus dem Sessel hoch und stapfte wütend durchs Wohnzimmer, suchte nach irgendetwas, woran er seine aufgestaute Wut auslassen konnte und landete im Keller. Dort steuerte er zielsicher die Bierkiste an. Mit einer Halbliterflasche Köstritzer Schwarzbier kam er wieder nach oben, ging in die Küche, kramte aus einer Schublade den Flaschenöffner hervor und riss den Kronkorken ab. Alle Energie legte er in diese kurze, an und für sich harmlose Hebelbewegung. Der Korken flog durch die halbe Küche und landete vor dem Geschirrspüler. Behrends ließ ihn unbeachtet liegen, sollte Katrin ihn doch finden. Ohne abzusetzen, trank er in tiefen Zügen, bis er die Flasche zur Hälfte geleert hatte. Dann ließ er ein zufriedenes »Aaaah'« folgen.

Er würde dem Spuk ein Ende bereiten, schwor er sich mit Blick auf das Flaschenetikett. Soweit durfte es nicht kommen, dass Katrin sich in seinem Leben breitmachte und seine Freizeit verplante. Der Tanz um die paar Flaschen Bier, die er sich genehmigte, war schon eine Farce und er fragte sich, warum er das alberne Spiel immer noch mitspielte, anstatt auf sein Recht auf Selbstbestimmung zu pochen. Wenn er seinen Körper ruinieren wollte, war das ganz allein seine Sache – als ob das eine oder andere Bier seiner Leber den Knock-out versetzte!

Automatisch glitt seine Hand in die Hosentasche und förderte eine leicht zerknitterte Visitenkarte zutage. Er studierte einen Moment lang die darauf vermerkte Handynummer und seine aufgestaute Wut räumte sämtliche Barrieren aus dem Weg. Ich bin niemandem Rechenschaft schuldig, dachte er, ich brauche Katrin gegenüber kein schlechtes Gewissen haben, ob ich nun Bier trinke, ungesundes Schweinefleisch esse, anstelle von Brennnesselsuppe, oder nach Osterode fahre, um mit Sabine Bruns einen netten Abend zu verbringen. Wer will mir das verbieten? Und wenn mehr dabei herausspringt, als nur ein nettes Schwätzchen, warum nicht? Zumindest käme Sabine danach nicht auf die Idee, sich zusammen mit mir zu einem Töpferkurs bei der Volkshochschule anzumelden.

Ich will meine Freiheit behalten, dachte Behrends weiter, und wenn das Katrin nicht gefällt, kann sie gerne gehen. Ich brauche keine Aufpasserin!

Sein Entschluss stand fest. Er griff nach seinem Handy, um Sabines Nummer zu wählen. Doch Sir Toby machte ihm einen Strich durch die Rechnung. Er konnte seine dringenden Bedürfnisse offenbar nicht länger zurückhalten und rannte jaulend immer wieder zur Tür. Behrends wusste, wenn er nicht augenblicklich mit Sir Toby Gassi ginge, endete das in einer Katastrophe, die er dann aus dem Hausflur entfernen musste. Allein der Gedanke daran verursachte ihm einen Würgereiz. Schön, Sabine konnte er auch noch in einer Viertelstunde anrufen. Länger brauchten er und Sir Toby nicht für eine schnelle Runde um den Block.

Kurz nach 19 Uhr betrat Behrends den Schwarzen Bären. Die Runde mit Sir Toby hatte kein Ende nehmen wollen. Trotz seines dringenden Bedürfnisses war dem Hund kein Fleckchen Erde für sein Geschäft recht gewesen. Jeden Grashalm hatte er beschnüffelt, mehrmals in eindeutiger Haltung gezeigt, nun endlich zur Tat schreiten zu wollen, um dann doch unverrichteter Dinge auf den Weg zurückzuspringen. Sir Toby war ein Schönwetterhund. Ein Plätzchen zu finden, wo ihm kein nasser Grashalm den Hintern streichelte, war in dem immer noch unnachgiebig herabprasselnden Regen fast aussichtslos. Trotzdem hatte er seinem Drang irgendwann nachgeben müssen.

Der Regen hatte letztendlich auch Behrends' Gemüt soweit heruntergekühlt, dass ihm die Lust auf ein Treffen mit Sabine vergangen war. Er hatte sich heiß geduscht und beschlossen, den Abend als Eremit bei den Neidhardt-Schnitzeln, Bier und Fernsehen zu verbringen. Während er aß, hatte sich dieser merkwürdige Röder wieder in sein Bewusstsein geschoben. Irgendwie war es ihm bis dahin gelungen, die Begegnung mit dem Mann völlig zu verdrängen und er hatte sich gefragt, ob er von ihm wirklich etwas erfahren konnte, was ihn im Mordfall Franz Krüger weiterbrachte. Warum es nicht ausprobieren, sagte er sich, als er das Haus verließ.

»Hallo Ingo«, rief ihm Marina Hegenscheidt, die Chefin des

»Bären« aus dem Durchgang zur Küche entgegen, kaum dass er die Eingangstür passiert hatte. »Und? Alles fit im Schritt?«

»Na, na …«, erwiderte Behrends in gespielter Entrüstung und wedelte drohend mit dem Zeigefinger. Erstaunlich, wie ordinär Marina manchmal sein konnte. Er fragte sich, ob das die unausweichlichen Folgen waren, wenn man eine Dorfkneipe betrieb. Auch wenn die Hegenscheidts einen anderen Anspruch an ihre Gastwirtschaft hatten und lieber in einer Liga mit den guten und gut besuchten Speiserestaurants gespielt hätten, so sprach die Realität eine ganz andere Sprache. Das Tagesgeschäft konzentrierte sich im Wesentlichen auf die Handvoll der immer gleichen Verdächtigen, die die Theke des Schwarzen Bären und die drei Bistrotische in unmittelbarer Nähe des Zapfhahns als ihr Zuhause auserkoren hatten und ihre angestammten Plätze wahrscheinlich erst räumen würden, wenn man sie im Sarg zum Nienstedter Friedhof karrte.

Heute war noch weniger Betrieb im Bären, als sonst an den Tagen zwischen den Wochenenden. Ungewöhnlich nach dem gestrigen Ruhetag. Behrends schob sich auf einen der Hocker an der Theke und bestellte ein Köstritzer Schwarzbier, was sonst?

»Und? Was gibt es Neues?«, fragte er.

Der Schwarze Bär rangierte als Nachrichtenumschlagsplatz auf Augenhöhe mit Sviklis' Discount am westlichen Dorfende und mit Lina, der beinahe achtzigjährigen, radelnden Gerüchteküche. Lediglich die Themen unterschieden sich und boten ein erfrischendes Gegenstück zu dem, was hauptsächlich von den Frauen des Dorfes als wichtig empfunden wurde. Meist wurden im Bären die aktuellen Ergebnisse der regionalen Fußballligen mit besonderem Blick auf die 1. Mannschaft des heimischen SV diskutiert. Aber auch andere elementare Themen des täglichen Männerlebens, hauptsächlich aus den Bereichen Auto, Sport, Politik und Wirtschaft, standen zur Debatte.

Schorse, das muffelige Urgestein hinter der Theke des Schwarzen Bären, zuckte gelangweilt mit den Schultern:

»Was Neues? Das könnte ich dich fragen. Euer Toter da aus der Höhle ist das Einzige, worüber im Dorf geredet wird. Aber nix

Genaues weiß man ja nicht. Ihr von der Kripo macht doch ein Staatsgeheimnis daraus. Und dann kommst du und fragst, was es Neues gibt.«

»Wenn wir uns bedeckt halten, dann hat das Gründe«, erwiderte Behrends, »Ermittlungstaktik, verstehst du?«

»Ach nee!«

»Hast du den Franz Krüger gekannt?«

»Ich? Wieso?«

»War er nie hier?«

»Weiß nicht ... ab und zu vielleicht.«

Schon unter normalen Umständen vermittelte Schorse mit seinem knautschigen Gesicht den Anschein, als sei er die personifizierte Enttäuschung. Erstaunlich, wie radikal sich dieser Eindruck noch verstärkte, wenn er wirklich beleidigt war. Er wandte sich von Behrends ab und widmete sich verbissen schweigend dem Zapfhahn.

Es hatte kaum Zweck, Schorse weiter zu löchern. Er besaß das dicke Fell eines Elefanten und konnte die Gäste mit seiner Einsilbigkeit zur Verzweiflung treiben. Also beschränkte sich Behrends darauf, sein Bierglas anzustarren und auf das zu warten, was der Abend noch an Überraschungen bereithielt.

Nach und nach trudelten die Stammkunden im Bären ein, die Behrends schon viel früher erwartet hatte.

»Guten Abend.« Der spärliche Gruß, dazu ein kurzes Klopfen mit den Fingerknöcheln der geballten Faust auf die Holzplatte des Tresens, dann zogen sie sich auf ihre angestammten Plätze zurück und bestellten ihre Biere. Behrends hatte befürchtet, sie würden ihn mit Fragen bombardieren, kaum dass sie ihn sahen. Auch wenn man sich nicht persönlich kannte, so konnten sie sich doch an fünf Fingern abzählen, dass er als Kriminalbeamter im Höhlenmordfall ermittelte. Jetzt musste er feststellen, dass sich ihre Neugier, vielleicht sogar das Interesse an dem, was geschehen war, in Grenzen hielt. Jedenfalls gaben sie sich den Anschein, und er musste sich insgeheim eingestehen, dass ihn das Verhalten der Männer enttäuschte.

Allmählich füllte das Murmeln ihrer Gespräche den kleinen Thekenraum, während sich in der großen Gaststube links vom

Eingangsbereich nur ein Pärchen und eine Dreiergruppe Jugendlicher eingefunden hatte.

Röder war pünktlich. Auf die Minute genau um halb acht tauchte er in der Tür auf, orientierte sich kurz und erblickte ihn sofort: »Guten Abend, Herr Behrends. Ich habe es gewusst. Sie konnten meiner Einladung nicht widerstehen«, freute sich der Mann und strahlte wie ein Kind kurz vor der Weihnachtsbescherung.

»Sind Sie Hellseher?«, fragte Behrends, ohne den Gruß zu erwidern.

»Ach was!« Röder machte eine abwehrende Handbewegung. »Einfach nur gesunder Menschenverstand. Wirf einem Kriminalisten einen Knochen hin, und er schnappt zu, garantiert.«

»Da wäre ich mir nicht so sicher.« Der Mann gab sich eine Spur zu überheblich, fand Behrends und schüttete verärgert den Rest Bier aus seinem Glas in sich hinein.

»Ach kommen Sie«, lachte Röder, »Sie brauchen jeden Hinweis zum Mord an Franz Krüger, der Ihnen weiterhilft. Von mir bekommen Sie Informationen.«

»Von denen ich noch nicht einmal weiß, ob sie was taugen«, konterte Behrends. »Ich bin hier, um das zu testen. Wenn ich mir von Ihnen ernsthafte Hinweise erhoffen könnte, würde ich Sie in mein Büro vorladen. Der Tresen einer Dorfkneipe ist dafür jedenfalls ein denkbar ungeeigneter Ort.«

Er warf einen Blick auf Schorse, der, ganz Ohr, den Zapfbetrieb eingestellt hatte. Auch die anderen Gäste an der Theke und den Bistrotischen hatten ihre Gespräche unterbrochen. Offensichtlich waren sie doch nicht so desinteressiert, wie es zunächst den Anschein gehabt hatte.

»Na schön«, ruderte Röder kleinlaut zurück, »reden wir einfach ein wenig miteinander! Nichts, was Sie hochoffiziell zu Protokoll nehmen müssten, sondern einfach so. Über Gott und die Welt und den Menschen Franz Krüger.«

Was wollte der Mann? Behrends fragte sich, was Maike zu dieser merkwürdigen Bekanntschaft gesagt hätte. Welche Signale hätte ihr Gefühl ausgesandt? In diesem Augenblick vermisste er seine Kollegin und ihre weibliche Intuition. »Von mir aus«, gab er sich geschlagen, »aber dann lassen Sie uns drüben in der Gaststube an einen Tisch gehen.«

»Wollte ich auch gerade vorschlagen.« Röder nickte und ging ihm voraus.

Sie setzten sich an einen der kleineren Tische an der Fensterseite, wo sie einigermaßen ungestört reden konnten. Schorse folgte ihnen, um die Bestellung aufzunehmen. Ein Vorgang, der gegen alle Regeln verstieß, die er sich selbst verordnet hatte. Sein Platz war hinter der Theke. Auch wenn sich außer ihm gerade niemand um die Gäste abseits seines Thekenreiches kümmern konnte, rührte er sich normalerweise nie von seinem Zapfhahn weg. Eher ließ er die Leute verdursten. Behrends stellte amüsiert fest, dass eine ausgeprägte Neugier sogar den stursten Esel zum Laufen bringen konnte.

»Was darf ich den Herren denn bringen?«, fragte Schorse scheinheilig.

Sie bestellten Bier und verstummten wieder. Schorse blieb noch einen Moment an ihrem Tisch stehen, tat, als kritzele er umständlich die Bestellung auf seinen Block, nestelte hier und nestelte da, bis er schließlich mit mürrischer Miene wieder abzog.

»Also, Herr Röder«, sagte Behrends gedehnt, als er sicher war, dass Schorse wieder hinter seiner Theke stand, »Sie wollten mir etwas über Franz Krüger erzählen. Mir ist allerdings immer noch nicht klar, warum Sie das nicht ganz offiziell in Northeim in meinem Büro hätten machen können.«

»Hatte ich das nicht bereits gesagt?«, fragte Röder und ließ dabei einen Anflug von Ungeduld erkennen. »Ich habe Ihnen nichts mitzuteilen, was unmittelbar mit dieser grausamen Tat zusammenhängt. Ich dachte einfach, es könnte für Sie von Interesse sein, den Menschen Krüger kennenzulernen. In Ihrem Büro wird er nur allzu schnell wieder zum *Fall Krüger*. Verstehen Sie, was ich damit sagen will?«

Behrends musterte ihn. Sah ihm direkt in die Augen. Röder hielt seinem Blick stand. Behrends versuchte, die Gedankengänge des Mannes zu verstehen, blieb aber schon im Ansatz stecken:

»Ich tue mich schwer, Ihre Absicht zu erkennen«, gab er unumwunden zu.

»Wissen Sie was«, entgegnete Röder, »lassen Sie mich einfach erzählen. Vielleicht wird Ihnen dann klar, was ich meine.«

»Gut. Schießen Sie los.«

Röder blickte aus dem Fenster, schien einen Moment woanders, war aber schon im nächsten Augenblick wieder bei der Sache. »Franz Krüger war ein guter Freund meiner Frau, müssen Sie wissen. Und damit auch mein Freund. Sie können sich vielleicht vorstellen, wie erschüttert ich war, als ich von seinem Tod erfuhr.«

»Ihr Freund?«, unterbrach ihn Behrends. »Krüger soll zurückgezogen gelebt haben. Nach allem, was wir gehört haben, gab es in Krügers Leben keine engeren Freunde, jedenfalls nicht in den letzten Jahren.«

»Nun ja, das mag schon stimmen«, bestätigte Röder, »und es mag Sie vielleicht verwundern, aber auch unsere Freundschaft zeichnete sich nicht dadurch aus, dass wir uns ständig trafen oder etwas zusammen unternahmen. Ganz im Gegenteil – wir sahen uns kaum einmal und hörten nur noch selten voneinander. Und trotzdem waren wir immer durch dieses feste, unsichtbare Band miteinander verbunden. Ob Sie es glauben oder nicht – an dem Abend, als er ermordet wurde, hatte ich so ein quälendes Gefühl, dass irgendetwas nicht in Ordnung war mit ihm. Ist das nicht komisch? Ich wollte ihn anrufen, habe es aber nicht getan. Vielleicht hätte mein Anruf ihn davon abgehalten, in die Höhle zu gehen. Vielleicht wäre er dann nicht seinem Mörder begegnet, der ihn so bestialisch abgeschlachtet hat.«

»Wie kommen Sie darauf, dass Franz Krüger abgeschlachtet wurde?«

Röder zögerte eine flüchtige Sekunde. Ein schwaches Zucken seiner Augenlider. Kaum wahrnehmbar. »Oh, ja, natürlich, wie konnte ich nur ... also, der Junge, der Sohn vom Archäologen, hat eine sehr blumige Fantasie, müssen Sie wissen. Ich habe mich wohl hinreißen lassen und mir seine Schilderung des Mordes zu eigen gemacht. Ohne den Wahrheitsgehalt zu überprüfen. Mein Fehler. Entschuldigen Sie.«

»Schon gut«, wehrte Behrends ab. »Aber um Sie zu beruhigen –
auch wenn Sie Franz Krüger angerufen hätten, wäre er wohl kaum
von seinem Vorhaben abzuhalten gewesen. Krüger war nicht zum
Vergnügen an der Höhle, sondern um sie zu bewachen, weil in
der Nacht zuvor dort eingebrochen wurde.«

»Wirklich? Ja, wenn das so ist ... Das wusste ich nicht.« Er blickte
auf und verstummte. Schorse stand wieder an ihrem Tisch und
brachte ihnen die Biere. Er ließ sich erneut viel Zeit und verzog
sich erst nach einer etwas drohenden Geste von Behrends.

»Wie auch immer«, nahm Röder den Faden wieder auf, »ins
Leben zurückholen kann ich ihn nicht mehr. Bleibt mir nur noch,
dafür Sorge zu tragen, dass sein Ansehen nicht posthum be-
schmutzt wird.«

»Was bringt Sie auf die Idee, jemand könnte sein Ansehen beschmutzen?« Behrends Interesse erwachte . Vielleicht war es doch
keine so schlechte Idee gewesen, sich mit dem Mann zu treffen.

»Zum Wohl«, sagte Röder, »Sie sind mein Gast.« Dann nahm er
einen Schluck und wischte sich den Schaum vom Mund.

»Wie soll ich es Ihnen erklären? Sie haben natürlich längst begonnen, in Franz Krügers Leben zu recherchieren und es würde
mich nicht wundern, wenn das, was Sie über ihn herausgefunden
haben, kein besonders gutes Licht auf ihn wirft.«

Wie wahr, dachte Behrends, verzog aber keine Miene.

»Vordergründig mag Krügers Leben das eines Taugenichts
gewesen sein«, fuhr Röder fort, »ohne Moral, ohne Gewissen, ohne
Anstand. Geliebte, eheliche und uneheliche Kinder – das erweckt
nicht gerade den Eindruck eines redlichen Mannes.«

»Und Sie wollen mir jetzt erklären, dass das Gegenteil zutrifft«,
stichelte Behrends.

»Genau so ist es«, entgegnete Röder, ohne auf die kleine Provokation zu reagieren. »Krüger war ein schwacher, verletzlicher
und schüchterner Mensch. Immer auf der Suche nach Anerkennung und daher natürlich auch manchen Verlockungen erle-
gen.«

»Besonders den Verlockungen des Weibes, nehme ich an.«

»Nicht nur. Aber natürlich fühlte er sich hauptsächlich durch seine, nennen wir es ruhig Eroberungen, in seinem Selbstwertgefühl bestätigt.«

»Ist das nicht sehr egoistisch, wenn man um der eigenen Bestätigung willen eine Spur seelischer Verwüstung hinterlässt? Oder glauben Sie, die betroffenen Frauen oder seine drei Kinder haben keine Schäden davongetragen?«

»Doch, ganz sicher«, gab Röder zu. »Ich will Franz Krüger auch nicht heiligsprechen, möchte nur nicht, dass sich Ihr Bild von ihm darauf reduziert. Es gab nämlich auch eine andere Seite, und von der zeigte er sich zuverlässig, selbstlos und immer zur Stelle, wenn es darauf ankam. Er konnte sich in die Menschen einfühlen, konnte mit ihnen mitfühlen. Sie sogar trösten. Möglich, dass ihm die Frauen deshalb hinterhergelaufen sind.«

»Ja, möglich«, bestätigte Behrends und starrte in sein Bierglas. Ihm war absolut nicht klar, was er mit dem Krüger-Bild anfangen sollte, das Röder ihm malte. Es brachte ihn im Zusammenhang mit dem Mord keinen Zentimeter weiter. »Haben Sie eine Idee, wer ihn umgebracht hat?«, fragte er daher ganz direkt. »Wenn er Ihr Freund war, wissen Sie vielleicht etwas aus seinem Leben, das irgendjemandem ein Motiv zu der Tat gegeben hätte.«

»Der Höhlenraub?«

»Was? Ich verstehe nicht …«

»Sie wissen von dem Einbruch in die Höhle Anfang der neunziger Jahre?«

»Habe davon gehört«, blieb Behrends vage.

»Franz hat das ziemlich persönlich genommen. Er war wie versessen darauf, die Einbrecher zu finden. Es hat ihn maßlos gewurmt, als man die Sache auf sich beruhen lassen hat, nachdem ein Großteil der gestohlenen Gegenstände aus der Höhle wieder aufgetaucht war.«

»Wie kann man so etwas persönlich nehmen?«, fragte Behrends, obwohl er von Dr. Stein bereits wusste, welch merkwürdiges Verhältnis Franz Krüger zu der Höhle gepflegt hatte.

»Weil Franz sich als Höhlenentdecker gesehen und daraus einen, zugegeben, einigermaßen skurrilen Eigentumsanspruch abgeleitet hat. Der Einbruch war für ihn wie eine persönliche Beleidigung und er hat all die Jahre nach Genugtuung gegiert.« Röder machte eine Pause und wartete ab, wie Behrends seine Worte aufnahm.

»Sie gehörten nicht zufällig zu den Kumpels, die er bei der Entdeckung der Höhle, entschuldigen Sie, wenn ich das so direkt sage, beschissen hat?«, fragte Behrends.

»Ich verstehe nicht ...«

»Nun«, Behrends lehnte sich zurück und verschränkte die Arme vor der Brust, »soweit ich weiß, war er ja nicht allein im Lichtenstein, als er auf die Höhle gestoßen ist. Seinen Begleitern hat er seine Entdeckung aber verschwiegen und den Ruhm für sich allein in Anspruch genommen. So was kann den einen oder anderen schon mächtig ärgern. Und es gibt auch sehr nachtragende Menschen, aus denen der Zorn, den sie jahrelang in sich genährt haben, erst sehr spät hervorbricht.«

Röder lächelte dünn: »Nein, im Gegensatz zu Franz und seinen damaligen Freunden hat mich diese Höhle nie sonderlich interessiert. Er hat mich mit dem Thema auch weitgehend in Ruhe gelassen. Bei meiner Frau ist er damit auf mehr Gehör gestoßen.«

»Bei Ihrer Frau?«

»Ja, genau. Durch sie habe ich den Franz ja erst kennengelernt. Sie gehörte auch zu seinem damaligen Freundeskreis, den Krüger immer wieder mit *seiner* Höhle genervt hat.«

»Also ist er auch bei seinen Freunden mit dem Thema auf Ablehnung gestoßen?«

»Schon möglich«, entgegnete Röder nachdenklich. »Trotzdem, ich glaube, es war doch ein großes Interesse an der Höhle vorhanden. Wenn meine Frau davon sprach, klang sie jedenfalls nicht gerade gelangweilt.«

Es konnte sein, dass er sich irrte. Aber plötzlich beschlich Behrends eine Ahnung, dass er dem Mörder von Franz Krüger nur auf die Spur käme, wenn er dem Redefluss dieses Röder freien Lauf ließ. Eine innere Stimme sagte ihm, dass das Motiv zu der Tat sich genauso in der Vergangenheit finden ließ, wie der Täter selbst.

»Also hatte Krüger doch Freunde? Wer außer Ihrer Frau gehörte denn noch dazu? Kennen Sie jemanden aus diesem Kreis?«

Bevor Röder antworten konnte, wurde er von Marina Hegenscheidt unterbrochen, die ihre leeren Gläser bemerkt hatte: »Noch mal dasselbe?«

»Nein, für mich eine Apfelschorle. Und für Sie, Herr Behrends?«

»Eigentlich sollte ich …« Katrin tauchte wie ein Hologramm auf seiner Netzhaut auf und spielte schlechtes Gewissen. Er verdrängte das Bild sofort wieder in sein Unterbewusstsein. Nicht heute. Nicht jetzt! »Also gut. Noch ein Köstritzer, Marina.«

Röder nahm den Faden Ihrer Unterhaltung wieder auf: »Sie haben mich nach Franz' Freunden aus der damaligen Zeit gefragt. Also dieser Herr Hildebrandt fällt mir da ganz spontan ein, Sie wissen schon, der, den man als Nachfahre der Bronzezeitmenschen entdeckt hat.«

Behrends nickte.

»Dann war da noch der Uwe Rensick, wenn ich mich recht entsinne …«

Behrends horchte auf. Er kannte nur einen Rensick – Katrins Chef: »Rensick? Dr. Rensick? Der Arzt?«

»Ja, genau der«, bestätigte Röder, »außerdem fällt mir noch der Klaus Hartung ein. Was aus dem geworden ist, kann ich Ihnen leider nicht sagen. Die Vier waren damals jedenfalls der, hm … ja, man kann wohl sagen, der harte Kern.«

»Und Sie haben nicht beim harten Kern mitgemischt?«, fragte Behrends.

»Nein, ich habe Franz ja nur durch meine Frau kennengelernt. Und wie ich schon sagte, unsere Freundschaft spielte sich auf einer anderen Ebene ab. Das hatte mit dieser Clique nichts zu tun.«

»Aber Ihre Frau, die gehörte dazu?«

»Nicht zu dem harten Kern. Sie wissen doch, wie das bei diesen kleinen, eingeschworenen Gemeinschaften so ist, in ihrem Gravitationsfeld, mal näher dran, mal weiter entfernt kreisen etliche weitere Freunde und Bekannte.«

»Und Ihre Frau kreiste?«, nahm Behrends spöttisch den Vergleich auf.

»Genau. Sie kreiste.« Auch Röder konnte sich ein Grinsen nicht verkneifen. »Allerdings hörte das auf, kurz, nachdem wir uns kennenlernten. Das ist nun mal so. Wenn Menschen sich in Beziehungen fest binden, zerbrechen oft frühere Freundeskreise.«

Behrends nickte und wurde wieder ernst: »Ich würde gern mit Ihrer Frau sprechen, Herr Röder. Können Sie sie vielleicht bitten, sich mit mir in Verbindung zu setzen?«

Röder machte ein bedrücktes Gesicht. »Das wird nicht möglich sein. Meine Frau hat mich vorletztes Jahr im Oktober verlassen.«

»Oh, tut mir leid. – Und wo lebt sie jetzt? Haben Sie eine Adresse?«

Röder schwieg. Er hatte sich abgewandt und starrte zum Fenster hinaus. Es schien, als suche er dort draußen die Antwort. Es war eigentlich eine ganz einfache Frage und Behrends wunderte sich, was plötzlich in dem Mann vorging. Er wagte es nicht, in ihn zu dringen, sondern wartete ab.

»Niemand weiß, wo sie ist«, sagte Röder nach einer Weile. Seine Stimme klang brüchig und seine Hände zitterten, als er zu seinem Bierglas griff und den kleinen Rest trank, der sich noch darin befand. »Sie ist einfach verschwunden. Ohne Erklärung, ohne Abschiedsbrief. Einfach weg, als ich auf einer zweitägigen Schulung in Hannover war. Als ich zurückgekommen bin, war sie verschwunden. Ich habe natürlich alle nur möglichen Leute angerufen. Niemand wusste etwas Genaues. In Göttingen am Bahnhof verliert sich jede Spur von ihr.«

»Und ihre Familie? Sie hatte doch Angehörige, oder?«

»Ihre Familie? Angehörige? Ah ja, ich verstehe.« Er lachte bitter auf. »Sie hatte schon lange keinen Kontakt mehr zu ihrer Familie!«

»War sie ·...« Behrends schluckte die Frage hinunter. Er spürte, er würde keine Antwort darauf bekommen. Stattdessen fragte er: »Aber woher wussten Sie dann, dass sie in Göttingen am Bahnhof war?«

»Einer meiner ehemaligen Kollegen, ein wirklich lieber Kerl, leider schon im letzten Jahr verstorben, kam an dem Tag gerade in Göttingen an und hat sie auf dem Bahnsteig gegenüber gesehen, kurz bevor der ICE Richtung Frankfurt einfuhr. Er hat es mir dann erzählt, als sich herumgesprochen hatte, dass Anne mich verlassen hat.«

»Haben Sie Ihre Frau nicht suchen lassen? Bei der Polizei als vermisst gemeldet?«, fragte Behrends.

Röder schüttelte traurig den Kopf: »Wozu? Es war doch offensichtlich, dass sie nicht mehr mit mir leben wollte. Anne war etwas ganz Besonderes. Ich musste ihre Entscheidung akzeptieren. Jede andere Frau hätte wahrscheinlich Spuren hinterlassen, breiter als eine Autobahn, und wäre dann in Form eines anwaltlichen Schreibens irgendwann wieder aufgetaucht. Das passte nicht zu Anne, zumal sie sich seit dem Tod unseres Sohnes verändert hatte. Sie war verschlossen, in sich gekehrt. Ich denke, sie ist nie darüber hinweggekommen.«

»Sie haben ... hatten einen Sohn?«

Röder nickte. Sein Blick blieb mit der Tischplatte verhaftet.

»Was ist passiert?«

»Erik ... es war ein Autounfall ... Jemand hat meinen Wagen gerammt. Von dem Tag an ...«

»Das tut mir sehr leid. Wie ist ...«

»Entschuldigen Sie, Herr Behrends, ich will nicht unhöflich sein. Aber bitte, lassen Sie uns über etwas anderes reden.« Röder blickte fahrig zur Seite, suchte irgendeinen neutralen Punkt auf dem Tisch.

Behrends wand sich unruhig auf seinem Stuhl. Er fürchtete Situationen, die sein Bedauern und Mitgefühl erfordert hätten. Er fürchtete, Röder stand kurz davor, in Tränen auszubrechen. Damit konnte er nicht umgehen, und bei Männern empfand er es als besonders schlimm.

Marina Hegenscheidt rettete die Situation. Sie brachte genau im richtigen Augenblick die Getränke.

»Ich möchte dann auch gleich zahlen.« Röder hatte sich wieder im Griff und schenkte Marina ein charmantes Lächeln. »Alles zusammen, bitte.«

Als Marina die Zeche, aufgestockt um ein ordentliches Trinkgeld einkassiert und den Tisch wieder verlassen hatte, trank Röder fast sein ganzes Glas hastig in einem Zug leer. »Ich glaube, es wird Zeit für mich«, sagte er, als er das Glas abstellte und einen schnellen Blick auf seine Armbanduhr warf. »Ich muss los. Ich habe noch etwas Dringendes zu erledigen. Tut mir leid. Ich hätte mich gern noch weiter mit Ihnen unterhalten.«

»Ich mich auch«, sagte Behrends automatisch.

»Spielen Sie Schach?«

»Was?«

»Schach, Sie kennen doch Schach?«

Behrends war irritiert: »Ja … ja, natürlich kenne ich Schach. Ich habe es vor Ewigkeiten ab und zu mal gespielt. Ich weiß schon gar nicht mehr, wie es richtig geht.«

Röder winkte ab: »Kein Problem. Da kommen Sie schnell wieder rein. Ich brauche mal wieder einen richtigen Gegner. Immer mit sich selbst zu spielen, ist auf Dauer etwas ermüdend. Wie ist es, haben Sie Lust, mich auf eine Partie zu besuchen? Ich würde mich freuen.«

Behrends war überrascht. Er hatte nicht mit einer Einladung gerechnet.

»Außerdem macht es mir Spaß, mich mit Ihnen zu unterhalten. Sie können zuhören, Sie haben Verstand. Mit Ihnen bei einer Schachpartie über das Leben zu philosophieren, das muss Spaß machen. Gönnen Sie mir den Spaß?« Röder sah Behrends bittend an.

»Gut, ich werde es mir überlegen«, sagte Behrends. Er fühlte sich geschmeichelt und überrumpelt zugleich.

»Morgen Abend?«

»Moment, ich kann Ihnen nichts versprechen. Wenn die Ermittlungen es erfordern …«

»Kein Problem. Ich rufe Sie an. In Ordnung?« Röder wartete die Antwort gar nicht mehr ab. »Also dann. Auf Wiedersehen, Herr Behrends«, sagte er und sprang von seinem Stuhl hoch. »Ich freue mich auf unsere Schachpartie.«

Behrends blieb nichts weiter übrig, als dem Mann verwundert hinterherzublicken. Er schüttelte den Kopf. Dann wandte er sich seinem Köstritzer zu und trank einen Schluck. Nachdenklich pulte er am Bierdeckel herum.

Ein erstaunlicher Mensch, dieser Röder. Widerwillig musste sich Behrends eingestehen, dass er ihn neugierig gemacht hatte.

Auch wenn er instinktiv spürte, dass seine Informationen zum Mordfall Franz Krüger nur ein Lockmittel waren, um mit ihm ins Gespräch zu kommen. Das hatte Röder geschafft. Behrends hatte den Köder geschluckt und angebissen. Und er verspürte kein Interesse, den Angelhaken schnell wieder loszuwerden.

8.

Behrends verließ kurz nach Röder den Schwarzen Bären.

Die Luft war nach dem reinigenden Gewitter klar und frisch. Am wolkenfreien Himmel hingen die ersten, schwach strahlenden Sterne vor der von Osten aufziehenden Dunkelheit, während sich im Westen ein schmaler Streifen wie eine rötlich schimmernde Korona über den Horizont zog.

Gemächlich schlenderte Behrends zur Mühlenstraße hinüber. Dort stellte er sich ans Brückengeländer und blickte gedankenverloren in das leise dahinplätschernde Wasser der drei Bäche, die sich hier zum Mühlengraben vereinten.

Am Zusammenfluss der Bäche überzog üppiger Rasen zwei kleine Landzungen. Ein paar alte Weiden standen darauf und auch einige Sträucher. Es war ein wirklich malerischer Fleck, eine romantische Oase mitten im Dorf. Seit jeher wurde diese kleine Idylle von den Förstern *Die Insel* genannt, hatte Behrends sich sagen lassen.

Er beobachtete einige Stockenten, die sich im Uferbereich im Gras niedergelassen hatten und schliefen. Im schwachen Dämmerlicht konnte er im seichten Wasser die dichten Fäden des Mooses erkennen. Sie wogten in der sanften Strömung über die Kiesel und erinnerten ihn an die lange zurückliegenden Jahre, als er noch in kurzen Hosen und mit Gummistiefeln an den Füßen durch das Wasser der Bäche in seinem Heimatort in der Lüneburger Heide gewatet war und Stichlinge gefangen hatte. Alle Jungen, die er kannte, hatten damals Stichlinge gefangen und sie dann in Einmachgläsern gehalten, bis sie schon einen Tag später aus Mangel an Sauerstoff elend zugrunde gegangen waren. Hier, in Förste, war es früher bestimmt nicht anders gewesen.

Er kniff die Augen zusammen und beugte sich über das Geländer, hoffte, ein paar Stichlinge zu entdecken, die durch das schimmernde Wasser huschten. Vergebens. Statt der Stichlinge sah Behrends Franz Krügers Gesicht, wie es sich auf der im gerade aufgeflammten Laternenlicht glitzernden Wasseroberfläche materialisierte.

Auch am Ende dieses zweiten Ermittlungstages waren ihm die Tat und das Opfer ein Rätsel. Welches Geheimnis umgab den Mann, den offensichtlich kaum jemand richtig kannte und der, zumindest Röders Schilderung zufolge, ein äußerst labiler Charakter war, der am Tropf der Anerkennung durch andere Menschen hing. War ihm diese Wesensart zum Verhängnis geworden, indem er mit seiner Profilierungssucht einen anderen Menschen derart gedemütigt hatte, dass der zum Mörder geworden war? Oder war er tatsächlich den Raubgräbern auf die Schliche gekommen, die er angeblich seit dem Höhlenraub vor mehr als sechzehn Jahren verfolgte? Hatte er die Räuber enttarnt und war ihnen so gefährlich geworden, dass er sterben musste?

Röder hatte ihm die Möglichkeit zwar schmackhaft machen wollen, aber Behrends konnte sich nicht vorstellen, dass das als Grund ausreichen sollte, jemanden umzubringen. Nun ja – es waren schon Menschen aus weit geringerem Anlass getötet worden. Aber die Vorgehensweise von Krügers Mörder ließ auf eine längerfristig geplante und durchorganisierte Tat schließen. Kaum vorstellbar, dass ein Einzelner oder eine Gruppe Raubgräber bewusst einen Mord planten, um eine weit harmlosere Straftat zu vertuschen. Es sei denn, es gab mehr zu vertuschen, als den Einbruch in eine kleine Höhle am Harzrand.

Was war eigentlich mit diesen Freunden von damals? Den Namen Hildebrandt hatte er im Gespräch mit Röder nicht das erste Mal gehört. Auch Dr. Stein hatte ihn erwähnt und es waren Andeutungen gefallen, denen man entnehmen konnte, dass das Verhältnis zwischen Krüger und Hildebrandt zu irgendeinem Zeitpunkt Schaden genommen hatte. Ein Schaden, der zum Zerwürfnis wurde und in einem Mord gemündet war? Hildebrandt – der Name schob sich nach vorn, drängte alle anderen Überlegungen in den Hintergrund. Es war höchste Zeit, mit dem Mann ein Gespräch zu führen! Hildebrandt, der Nachfahre dreitausend Jahre alter Bronzezeitmenschen. Was machte das Wissen um eine solche Abstammung aus einem Menschen? In Behrends Phantasie ließ es das Bild eines Mannes entstehen, der, tief verwoben mit dem Vermächtnis seiner Ahnen, nach wie vor deren Kulten anhing und deren Riten praktizierte. Ritualmord in der Lichtensteinhöhle – der Stoff, aus dem Horrorstreifen gestrickt werden! Behrends schüttelte heftig seinen Kopf, um diesen geistigen Unfug loszuwerden.

»He, Ingo! Willst du dich ins Wasser stürzen?«

Behrends war so tief in seinen Gedanken versunken, dass er Holger Diekmann nicht bemerkt hatte. Erschrocken fuhr er herum. »Mensch, musst du dich so anschleichen, verdammt noch mal?«, japste er. »Willst du, dass ich an 'nem Herzinfarkt krepiere, noch bevor ich in die Fluten springen kann?«

»Ach komm, stell dich nicht so an! Was stehst du da überhaupt und stierst ins Wasser?«

»Ich denke nach.«

»Oh, na klar … hier, mitten im Dorf. Worüber denn? Ob du noch auf ein Bier in den Bären gehst?«

»Da komme ich gerade her.«

»Zu viel getrunken? Musst du dich übergeben?«

»Red nicht so einen Schwachsinn, Diekmann!«, knurrte Behrends.

Holger Diekmann war einer der Stammtischbrüder, mit dem Behrends in lockerer Freundschaft verbunden war, seit sie sich an jenem verhängnisvollen Abend auf äußerst bierselige Art und Weise bei Grünkohl und Bregenwurst miteinander vertraut gemacht hatten.

»Na gut, dann im Ernst«, packte Diekmann die unerwartete Begegnung mit Behrends beim Schopf, »ich habe leider eure Pressekonferenz heute Nachmittag verpasst. Kannst du mir mal eben zwischen Brücke und Kneipentür ein paar heiße Infos in den Block diktieren, damit ich meine Burgblick-Leser nicht dumm sterben lassen muss? Der Tote ist Franz Krüger, richtig? Oder ist das nur ein Gerücht?«

»Nein, das stimmt schon. Und alles Weitere steht auf unserer Presseseite«, wehrte Behrends ab. Er war absolut nicht in der Stimmung, seinen Vortrag vom Nachmittag zu wiederholen. »Damit bist du doch vertraut.«

»Ingo, ich bitte dich! Was soll das denn?« Diekmann setzte eine enttäuschte Miene auf. »Ich möchte von dir ein paar Sachen unter der Hand erfahren. Ein paar Details und nicht diesen nichtssagenden Quatsch. Komm schon, Hauptkommissar Behrends, du kennst mich. Ich gehe vorsichtig mit Informationen um. Ich bringe dich nicht in Schwierigkeiten.«

Behrends seufzte: »Hör zu, Holger, ich weiß wirklich nicht mehr als das, was auf der Pressekonferenz gesagt wurde. Außerdem, wenn ich etwas wüsste, behielte ich es für mich. Das geht nicht gegen dich. Aber du dürftest es doch sowieso nicht bringen, also wäre es wertlos. Und brächtest du es, käme ich tatsächlich in Schwierigkeiten. Ob es dir nun gefällt oder nicht, es geht um Mord. Das ist was anderes, als ein Taschendiebstahl. Und dieser Fall scheint besonders undurchsichtig – das kann ich dir zumindest sagen. Mehr nicht.«

»Hm …«, brummte Diekmann enttäuscht und rieb sich das Kinn. Er schien an Behrends' Aufrichtigkeit zu zweifeln. Doch dann nickte er: »Ich verstehe. Aber wenn es etwas gibt, was du rauslassen darfst, dann will ich der Erste sein, der es erfährt, versprochen?«

»Versprochen«, stimmte Behrends zu. »Ach, übrigens, kennst du einen Martin Röder? Der ist Studiendirektor am Gymnasium in Osterode.«

»Röder? Kennen ist vielleicht zu viel gesagt«, erwiderte Diekmann, »habe ihn mal im Rahmen einer Veranstaltung im Gymnasium erlebt. Ansonsten ist er mir meist in Förste im Vorübergehen begegnet … was hast du denn mit dem zu schaffen?«

»Eigentlich nichts. Ich bin ihm mehr oder weniger in die Arme

gelaufen. In Katlenburg, in dieser Fleischerei vorn an der Haupt-
straße ...«

»Neidhardt? Da kaufen wir auch gern unsere Wurst ein. Aber das
erklärt jetzt nicht wirklich, was du mit dem Röder zu schaffen
hast.« Diekmann schob lauernd seinen Kopf vor.

Behrends blickte zur Gaststätte hinüber: »Na ja, seitdem läuft er
mir hinterher, wie ein junger Hund. Hat mich sogar überredet,
mich mit ihm im Bären zu treffen. Bis vor 'ner knappen halben
Stunde haben wir noch da drinnen zusammengesessen.«

»Was will denn einer wie der Röder von dir?«, wunderte sich
Diekmann.

»Da bin ich mir selbst nicht so ganz drüber im Klaren. Erst
dachte ich, er hätte mir ein paar handfeste Informationen zu unserem Mordopfer zu bieten, weil er den Franz Krüger zu seinen
besten Freunden zählte, wie er sagte. Aber irgendwie werde ich
das Gefühl nicht los, dass er mir etwas ganz anderes mitteilen
wollte. Ich weiß nur noch nicht, was.«

Diekmann stellte sich neben Behrends und lehnte sich mit dem
Rücken an das Brückengeländer, den Blick ebenfalls zum Schwar-
zen Bären hin gerichtet: »Tja, das kann ich dir auch nicht sagen.
Keine Ahnung, was der Mann von dir will. Soll ich ehrlich sein?
Mir ist er reichlich unsympathisch. Ein komischer Kauz, wenn du
mich fragst.«

»Kanntest du seine Frau? Anne heißt die ... stammt die nicht
aus Förste?« Er schaute Diekmann an. Als der nickte, fuhr er fort:
»Sie hat ihn verlassen, behauptet der Röder. Er hat angeblich nie
wieder was von ihr gehört. Soll untergetaucht sein. Spurlos verschwunden. Wie er sagt, habe er die Polizei damals nicht eingeschaltet, weil er nicht davon ausgegangen sei, ihr könne etwas
zugestoßen sein. Weißt du was darüber?«

»Nicht viel. Eigentlich nur das, was du von ihm erfahren hast.
Allerdings muss man nicht sehr helle sein, um auf die Idee zu
kommen, dass sie möglicherweise Selbstmord begangen hat. Anne
war meiner Meinung nach psychisch voll durch den Wind. Also,
mich würde es nicht wundern, wenn die abgehauen ist, um sich
irgendwo das Leben zu nehmen. Ich denke, es ist nur eine Frage

der Zeit, bis irgendjemand ihre Leiche oder … na ja, nach fast zwei Jahren wohl eher ihr Skelett findet.«

»Wieso glaubst du, dass sie ein psychisches Problem hatte? Ich meine, der Röder hat zwar angedeutet, dass sie den Tod ihres Sohnes nicht verkraftet hat, aber …«

Diekmann lächelte. Es war ein wissendes Lächeln, und gleichzeitig voll Verachtung und Resignation: »Muss ich dir das erklären? Du weißt doch am besten, dass die Welt eine große Bühne ist. Jeder schauspielert dem anderen etwas vor. Und Annegret, wie sie übrigens richtig heißt, hat geschauspielert. Mehr, als gut ist. Sie war nur noch eine wandelnde Marionette, statisch, mit einem maskenhaften Grinsen im Gesicht. Wer das nicht erkannt hat, wollte es nicht sehen oder er war zu blöd dazu. Ich könnte mir vorstellen, dass sie starke Psychopharmaka genommen hat.«

»Das heißt … sie hat sich in der Öffentlichkeit gezeigt und nicht zu Hause vor sich hingedämmert?«, wunderte sich Behrends.

»Zu Hause vor sich hingedämmert? Im Gegenteil! Sie hat sich den Anschein gegeben, als sei alles wie immer. Ist überall aufgetaucht. Manchmal mit ihrem Mann, meist allein. Und immer diese aufgesetzte Fröhlichkeit. Aber mir macht keiner was vor. In meinen Augen war sie einen Tick zu aufgedreht, gab sich zu betont locker. Das war sie aber ganz und gar nicht!«

»Glaubst du auch, dass der Tod ihres Sohnes sie umgehauen hat?«

»Mit Sicherheit. Während Röder selbst den harten Mann markiert hat, jedenfalls soweit ich das beurteilen kann bei den wenigen Malen, die ich ihn gesehen habe, frei nach dem Motto: Ein Indianer kennt keinen Schmerz, muss sie an dem Unglück zerbrochen sein. Kam ja noch dazu, dass ein anderer den Unfall verschuldet haben soll. Angeblich hat man damals Spuren vertuscht oder ist ihnen nicht genau genug nachgegangen, sodass der Unfallverursacher im Prozess freigesprochen wurde. Aber ich traue der Sache bis heute nicht. Das war anders, als Röder das immer dargestellt hat. Da wette ich meine letzte Unterhose drauf!«

Behrends verzog angewidert das Gesicht: »Ne, muss ja nicht sein … Übrigens, hast du zufällig ein Foto von dieser Annegret?«

Behrends wollte sich gern selbst ein Bild von der Frau machen. Vielleicht gelang ihm das anhand eines Fotos. Schließlich hatte er den geschulten Blick für das, was sich hinter den Fassaden verbarg. Es war sein Job, Lüge von Wahrheit zu trennen.

Darüber hinaus beschäftigten ihn plötzlich einige Fragen: Sollte Diekmann mit seiner Einschätzung richtig liegen, wieso hatte Röder dann dem Leiden seiner Frau so passiv gegenübergestanden? Hatte er gewusst, wie es in ihr aussah? Hatte er um ihre Gesundheit gekämpft? Hatte er resigniert aufgegeben, oder hatte es ihn vielleicht gar nicht interessiert? War es Röder egal gewesen, dass es mit ihr immer weiter bergab ging? Wie hatte Röder gesagt? Nach dem Tod seines Sohnes hatte sich alles verändert. Sicher auch die Beziehung zu seiner Frau. War Röder sogar froh gewesen, als sie aus seinem Leben verschwand? Wie hatte er eigentlich selbst den Tod seines Sohnes verwunden? Und die letzte, wahrscheinlich wichtigste Frage: Wieso interessierte ihn, Behrends, das eigentlich alles?

»Ich glaube, ich habe tatsächlich ein Foto von Anne Röder«, riss Diekmann ihn aus seinen Gedanken, »das habe ich ungefähr drei Monate vor ihrem Verschwinden geschossen. Auf den 3 freundlichen Tagen in Osterode.«

Die 3 freundlichen Tage – das jährlich stattfindende Osteroder Altstadtfest hatte Behrends in diesem Jahr das erste Mal besucht, das lag noch gar nicht lange zurück. Eine eher beschauliche Angelegenheit, verglich man sie mit ähnlichen Veranstaltungen andernorts. Weniger Geschiebe und Gedränge. Stattdessen gemütliches Zusammensitzen an etlichen Biertischgarnituren auf dem weitläufigen Marktplatz im Schatten der St.-Aegidien-Kirche oder auf dem Platz zwischen dem historischen Kornmagazin und der alten Stadtmauer. Dazu gute Musik auf den beiden Bühnen und die üblichen Stände mit Essen und Trinken. Ein Fest mit beinahe familiärem Charakter ohne große Höhepunkte. Trotzdem, Behrends hatte es gefallen. Sehr gut sogar!

»Ich bewundere dein Gedächtnis«, sagte Behrends, »wie kann man sich nach zwei Jahren noch an ein einzelnes Foto erinnern?«

»Schuld ist Röder«, erklärte Diekmann. »Ich weiß es deshalb noch so genau, weil der mich einen Tag, nachdem ich das Bild im

Burgblick veröffentlicht habe, anrief und verlangte, das Foto umgehend wieder zu entfernen. Ich habe mir schließlich nicht die Freigabe für die Veröffentlichung eingeholt, was ja wohl bei Portraitaufnahmen sein müsse. Ob Anne das Bild denn auch entfernt haben wolle, habe ich ihn gefragt. Das stehe nicht zur Debatte, hat er geantwortet. Ich solle einfach seinem Wunsch nachkommen, sonst werde er mich mit seinem Anwalt bekannt machen. Wenn du mich fragst, der Mann ist ein Arschloch.«

»Du hast das Bild noch in deinem Archiv?« Diekmanns Urteil über Röder ließ er unkommentiert stehen.

»Bestimmt. Ich lösche selten mal eins von meinen Fotos. Jedenfalls keins von den Guten. Ich schicke es dir per Mail.«

»Heute noch?«

Diekmann blickte erst auf seine Uhr, dann wieder zum Schwarzen Bären: »In Ordnung«, sagte er, »in ungefähr zwei Stunden hast du es.«

Diekmann hielt Wort. Die Mail mit dem Foto traf gegen 23 Uhr ein. Zuvor hatte Behrends seine Mutter angerufen und wie immer ein recht langes und äußerst nervenaufreibendes Gespräch mit ihr geführt. Der eigentliche Anlass des Gesprächs, nämlich die Einladung zum Mittagessen war schnell abgehandelt gewesen. Er hatte seiner Mutter versprochen, sie am Sonntag zu besuchen, und sich gewünscht, sie möge doch mal wieder einen ihrer leckeren Eintöpfe kochen.

Eintopf werde sie auf keinen Fall kochen, hatte sie gesagt. Nicht an einem Sonntag! Sie hatten sich also auf Schweinerollbraten im Rahmen ihres üblichen sonntäglichen 3-Gänge-Menüs geeinigt, bestehend aus einer Vorsuppe, dem Hauptgericht und einem Früchtekompott.

Nach den Formalitäten war seine Mutter schnell auf ihr Lieblingsthema gekommen und hatte ihn mit ihren unvermeidlichen Fragen nach seinem Liebesleben gequält: »Was ist eigentlich mit Katrin? Seid ihr noch zusammen?«

Lieber Gott, hatte er gedacht, konntest du mir das nicht ersparen? Wenigstens einmal?

»Wie, zusammen?«, wollte er wissen, obwohl er natürlich genau verstanden hatte.

»Willst du sie heiraten?«

»Sie ist nur eine gute Freundin, Mama. Mehr nicht!«

»Ja, na klar. Ich bin zwar alt, aber nicht blöd! Ihr geht doch zusammen ins Bett, oder? Aber ihr jungen Leute wollt ja alle nur euren Spaß! Von Verantwortung haltet ihr nichts!«

Jung! Oh ja, mit seinen vierundvierzig Jahren war er natürlich noch ein sehr junger Hüpfer!

Seine Mutter hatte sich nicht in ihrem Redefluss unterbrechen lassen. »Ich verstehe sowieso nicht, warum du dich von Lena trennen musstest und deine schöne Stelle aufgegeben hast und in dieses … Kaff gezogen bist. Du hättest Lena schon vor Jahren heiraten sollen! Stattdessen diese komische wilde Ehe! Das hat Papa das Herz gebrochen, weißt du das? Er hat sich so sehr Enkelkinder gewünscht …«

Immer dieselben vorwurfsvollen Worte, mit dem immer gleichen Ergebnis, nämlich, dass er sich mitschuldig am Tod seines Vaters fühlte, obwohl er genau wusste, dass allein der übermäßige Zigarettenkonsum für dessen Krebs verantwortlich gewesen war. Und seine Bitterkeit … diese selbstzerstörerische Ohnmacht dem Leben gegenüber!

Irgendwann hatte Behrends sich zu müde gefühlt, ihr weiter zuzuhören und das fruchtlose Gespräch einfach beendet. Auf seinem Diensthandy gehe gerade ein Notruf ein, hatte er gesagt. Er müsse sofort auflegen. Bis nächsten Sonntag also, und dass er sich schon freue, und so weiter, und so weiter …

Ein Anruf war keine zwei Minuten später tatsächlich eingegangen. Allerdings ein ziemlich unerwarteter. Behrends hatte für einen Moment das Gefühl gehabt, als wolle ihm jemand mit aller Macht den Abend verderben. Als der Anrufer sich jedoch als der Kreisarchäologe Dr. Stein gemeldet hatte, war er ganz Ohr gewesen.

Der Archäologe habe sich, seinen eigenen Worten zufolge, in seinem Büro eingesperrt gefühlt, wie in einem Käfig. Nach Hause fahren habe er auch nicht wollen, dort wäre es ihm nicht besser gegangen. Er habe also überlegt, was er Sinnvolles tun könne und sei auf die Idee gekommen, noch einmal in die Höhle zu kriechen. Er habe sich ohnehin vorgenommen, nach dem Rechten zu sehen, nachdem sich die Reparatur der Eingangstür verzögern sollte, auch wenn die Überwachung der Höhle durch die Osteroder Polizei gesichert gewesen sei.

»Was wollten Sie denn in der Höhle?«, hatte Behrends gefragt.

»Krügers Portemonnaie. Sie erinnern sich? Sie haben mich danach gefragt. Es hat mir keine Ruhe gelassen, dass es einfach so verschwunden sein sollte. Und da bin ich auf die Idee gekommen, dass es vielleicht noch in der Höhle liegen könnte.« Es hatte ein unüberhörbarer Triumph in Dr. Steins Stimme gelegen. Er hatte sich aufgekratzt angehört, ganz anders, als noch am Vormittag.

»Und? Haben Sie es gefunden?«, hatte Behrends gefragt.

»In einer waagerechten Steinspalte. Sie oder Ihre Männer hätten es sicher nie gefunden. Als Archäologe ist man in so einer Höhle natürlich zu Hause und weiß also auch, wo man vielleicht noch suchen könnte. Sie müssen sich das so vorstellen, dass …«

Behrends hatte es sich nicht vorstellen wollen und Dr. Stein unterbrochen: »Haben Sie das Portemonnaie mit bloßen Fingern angefasst? Oder es geöffnet?« Dr. Stein war schließlich kein Kriminalist und hatte demzufolge bei der Bergung des Portemonnaies wahrscheinlich nicht daran gedacht, keine Fingerabdrücke oder andere Spuren zu hinterlassen. Doch wieder hatte ihn der Archäologe überrascht.

»Herr Behrends, es ist Ihnen vielleicht nicht so bewusst, aber unser Beruf hat vieles mit Ihrer Arbeit gemein. Wir müssen mindestens genauso umsichtig vorgehen wie Sie, um keine Spuren zu zerstören. Sie können also beruhigt sein. Ich habe mich natürlich nicht mit meinen Fingern auf dem Portemonnaie verewigt und geöffnet habe ich es auch nicht. Es liegt gut aufbewahrt bei mir zu Hause in einem Plastikbeutel im Kühlschrank.«

»Kühlschrank? Wieso denn im Kühlschrank?«, hatte sich Behrends gewundert.

Dr. Stein war nun doch etwas irritiert gewesen: »Ich … habe gedacht … also, Kälte konserviert ja bekanntlich … Soll ich heute noch zu Ihnen kommen und das Portemonnaie übergeben?«

Behrends hatte Dr. Stein dazu überreden können, es am nächsten Tag ins Kommissariat nach Northeim zu bringen, wo es dann gleich den Kriminaltechnikern überlassen werden konnte. Er hatte einfach keine Lust gehabt, sich möglicherweise noch bis tief in die Nacht hinein dem offensichtlichen Mitteilungsbedürfnis des Archäologen auszusetzen.

Behrends öffnete die Mail von Diekmann – »Hier das gewünschte Bild. Gruß Holger.« – und schaute sich das angehängte Foto an.

Es war nicht nötig, das Bild auf seine volle Größe zu skalieren. Er sah es auch so und ihm war klar, dass Diekmann Recht gehabt hatte. Die Frau, die mit leeren Augen direkt in die Kamera blickte, wirkte auf ihn wie eine Puppe, ein starres Grinsen ins leblose Gesicht geschnitzt.

Annegret Röder sah aus, als säße eine menschliche Hülle an dem Tisch. Eine äußerst attraktive Hülle – gepflegt, die braunen Haare kurz und dem Trend entsprechend leicht verwegen durcheinander frisiert, die Bluse ein wenig zu aufreizend aufgeknöpft, um den schlanken Hals eine schlichte Goldkette mit Perlenanhänger. Ebenmäßige Züge, hohe Wangenknochen, schmale Nase. Doch es war kein Leben in der Frau.

Vor Annegret Röder lag eine Zigarettenschachtel auf dem Tisch und darauf ein kleines, schlankes Teil, das in der Sonne blitzte. Ein Feuerzeug vielleicht. Behrends schenkte diesen Details keine weitere Beachtung. Vielmehr fühlte er sich von dem Gesicht der Frau angezogen und abgestoßen zugleich. Was mochte in diesem Moment in ihrem Kopf vorgegangen sein? Hatte sie hinter der Fassade aufgesetzter Fröhlichkeit bereits ihren Plan geschmiedet und ihren Entschluss gefasst? Wusste sie schon, dass sie aus dem Leben scheiden wollte – falls sie sich überhaupt umgebracht hatte? Oder hatte sie beschlossen, unterzutauchen und irgendwo unerkannt weiterzuleben, wie ihr Mann vermutete?

Er war nicht in der Lage, etwas aus dem Foto herauszulesen, was seine Vermutungen bestätigt oder ihn zu neuen Fragen inspiriert hätte. Aber irgendwie beunruhigte es ihn. Es war nur ein vages Gefühl, eine schwache Ahnung. Seine feinen Instinkte waren alarmiert. Etwas stimmte nicht. Aber was immer es sein mochte, er kam nicht darauf.

9.

Dr. Uwe Rensick saß am Schreibtisch in einem seiner beiden Behandlungszimmer und wartete. Auf einen neuen Kunden. Ein Mann, den er bisher nicht kannte. Seinen Namen hatte er am Telefon nicht nennen wollen und seine Rufnummer war auf dem Display nicht angezeigt worden. Ein vorsichtiger Mann, der seine Identität nicht vorzeitig hatte preisgeben wollen.

Rensick war sich nicht sicher gewesen, ob er dem Anrufer trauen konnte, und hatte rundweg geleugnet, ihm die gewünschten Medikamente beschaffen zu können. Das seien Drogen. Illegal. Wie er denn bloß darauf komme, dass er, Dr. Rensick, mit ihm solche verbrecherischen Geschäfte machen wolle. Er sei ein einfacher Hausarzt, der kein Interesse daran habe, im Gefängnis zu landen und darüber hinaus seine Zulassung zu verlieren.

Der Mann hatte nur leise gelacht. Gefährlich hatte dieses Lachen geklungen. Beinahe unheimlich. Dann hatte der Fremde ihm Fakten genannt, die er nur aus dem kleinen Kreis seiner besten Kunden erhalten haben konnte. Also anscheinend doch keiner, der ihm in die Suppe spucken wollte. Ein Polizeispitzel etwa, der ihn auf einen bloßen Verdacht hin zu dem Geschäft überreden wollte, um ihn auszutricksen und bei Übergabe der Medikamente aus dem Verkehr zu ziehen.

Er hatte in den Deal eingewilligt, obwohl er keineswegs beruhigt gewesen war. Aber so war nun mal das Geschäft. Ein gewisses Risiko war nicht auszuschließen, und man musste immer damit rechnen, von jemandem aufs Kreuz gelegt zu werden.

Andererseits, wenn man wusste, wo die Gefahr lauerte, konnte man das Risiko minimieren. Viel schlimmer waren unvorhersehbare Ereignisse, die einen völlig unvorbereitet treffen konnten. Wie diese idiotische Geschichte, in die er und die anderen drei damals hineingeraten waren. Und alles nur, weil Franz sich nicht hatte beherrschen können! Franz und seine Höhle! Musste sich unbedingt mit dem Typ anlegen, nur weil der behauptet hatte, vor etlichen Jahren die Höhle ausgeraubt zu haben!

Vielleicht hätten sie Franz in die Schranken weisen sollen, anstatt ihn zu unterstützen. Aber sie waren ja alle so besoffen gewesen und hatten nicht mehr gewusst, was sie taten. Und dafür ließ er sie dann büßen, dieser Schweinehund, der nichts anderes im Sinn gehabt hatte, als aus dem Tod des eigenen Bruders Profit zu schlagen!

Vielleicht hätten sie sich von vornherein seinen Forderungen verweigern sollen. Vielleicht hatte der Typ ja nur geblufft und er wusste genau, dass niemand auf seine fadenscheinigen Beweise angesprungen wäre. Doch was, wenn er ernst gemacht hätte? Wenn die Presse wirklich Wind von der Sache bekommen hätte? Zumindest für ihn, Dr. Uwe Rensick, wäre das der berufliche Todesstoß gewesen. Und damit auch das Ende seiner lukrativen Nebengeschäfte. In einer ländlichen Gegend verzeiht man solche Entgleisungen nicht. Einmal einem falschen Verdacht ausgesetzt, bleibt für immer und ewig was hängen. Kein Patient hätte je wieder einen Fuß in seine Praxis gesetzt.

Also hingen sie bis heute an der Leine dieses miesen Hundes und tanzten nach seiner Pfeife, immer in der Angst, er würde es sich eines Tages vielleicht doch noch anders überlegen und sie alle auffliegen lassen.

Und jetzt war Krüger tot. Ermordet! Rensick hatte nur einen Moment lang Trauer und Betroffenheit empfunden. Seine freundschaftlichen Gefühle für Krüger hatten sich in den letzten Jahren etwas abgekühlt. Aber er hatte sich schnell gefragt, wer Krüger wohl ins Jenseits geschickt haben mochte, zu seinen längst verblichenen Bronzezeit-Kollegen aus der Höhle. Ein leichtes Unbehagen beschlich ihn auch jetzt wieder bei dem Gedanken, ihr langjähriger Peiniger könnte Krüger getötet haben. Nur warum hätte er das tun sollen? Es hatte doch nie Probleme mit ihm gegeben.

All die Jahre nicht! Was hatte er davon, einen von ihnen zu ermorden? Oder vielleicht alle?

Dr. Uwe Rensick lehnte sich seufzend in seinem bequemen Schreibtischstuhl zurück und verschränkte die Arme hinter seinem Kopf. Wahrscheinlich hatte der Mord gar nichts mit dieser Geschichte zu tun. Er sollte sich besser nicht so viele Gedanken machen. Dumme Gedanken obendrein! Er musste einen klaren Kopf behalten. In zehn Minuten erwartete er einen neuen Kunden.

Er blickte zu den beiden Fenstern. Vor den Milchglasscheiben waren die Außenjalousien herabgelassen. Sie waren nicht vollständig geschlossen, sondern ließen durch die schmalen Ritzen das Licht der Schreibtischlampe nach draußen dringen, wo die Nacht nur noch von den Straßenlampen erhellt wurde.

Rensick hatte sich nie den Anschein gegeben, als habe er etwas zu verbergen. Wen interessierte schon, was er abends noch in seiner Praxis trieb? Auch wenn Osterode nur eine Kleinstadt war, so konnte man hier wesentlich unbehelligter seinen Geschäften nachgehen, als es in einem Dorf je möglich gewesen wäre. Genau aus diesem Grund hatte er vor Jahren seine Praxis in diesen Flachbau verlegt, der ehemals einen Elektromarkt beherbergte. Weg aus Förste, weg von den neugierigen Augen der Nachbarn. Die sahen jetzt nur noch seine weiße Weste, wenn er, wie jeder anständige Bürger, samstags hinter seinem Wohnhaus im Förster Oberdorf den Rasen mähte.

Das Gebäude, in dem seine Praxis jetzt untergebracht war, teilte er sich mit einem Unternehmen für Solartechnik, das die hinteren Räume als Lager benutzte und mit einer von diesen jungen IT-Firmen, deren vordere Büroräume allerdings seit knapp einem Monat verwaist waren. Geschäftsaufgabe, hatte er gehört. Eine weitere Hoffnung, die an den schlechten Zeiten zerbrochen war. Im näheren Umfeld befanden sich ein Supermarkt, historische Industriegebäude, die Sportanlagen und der alte jüdische Friedhof. Natürlich auch einige Wohnhäuser, aber deren Einwohner zeigten nicht das geringste Interesse an ihm und seinem Tun. Und das war gut so!

Er betrachtete in erwartungsvoller Spannung die rotleuchtenden Ziffern des kleinen Digitalweckers auf seinem Schreibtisch.

Wenn sein Kunde pünktlich war, musste er jeden Augenblick an die Tür des Behandlungszimmers klopfen. Er hatte ihm am Telefon beschrieben, hinter welcher Tür er auf ihn warten wollte. Die Haustür sei unverschlossen, ebenso die Praxistür am Ende des Hausflures. Er hatte sich nie die Mühe gemacht, irgendwelche Sicherheitsvorkehrungen zu treffen. Er wusste stets vorher, wer um diese Tageszeit zu ihm kam. Immer waren es Personen, die ihren Besuch telefonisch angekündigt hatten. Außerdem bedurfte es seiner Meinung nach einer gewissen Leichtsinnigkeit, um das Leben genießen zu können.

Dann passierte es!

Erst fiel der Strom aus. Die alte Schreibtischlampe ohne Licht, der Digitalwecker schlagartig ohne Leben. Die Sicherung? War der Glühfaden in der Birne gerissen und hatte einen Kurzschluss verursacht? Er benutzte noch immer diese konventionellen Glühbirnen, die er dem ganzen Energiespar-Quatsch vorzog. Er wollte aufstehen, um zum Sicherungskasten zu sehen. Um sich im schwachen Licht, das jetzt von den Straßenlaternen draußen durch die Ritzen der Jalousien nach innen drang, durch das Zimmer zu tasten.

Dann ein kaum hörbares Klicken, das ihn alarmierte. Es warf ihn in seinen Bürostuhl zurück. Ließ ihn erstarren. Seine Sinne waren plötzlich aufs Äußerste gespannt und geschärft. Besonders seine Ohren. War es nur ein zufälliges Geräusch gewesen, ein letztes Lebenszeichen eines der elektrischen Geräte im Haus? Nein, er kannte das Klicken, das wurde ihm augenblicklich bewusst. Es kam von der sich öffnenden oder schließenden Tür seines Behandlungszimmers. Nur hörte es sich normalerweise viel lauter an.

Er wagte nicht, sich zu rühren. Er spürte, wie sich ihm eine Person in seinem Rücken durch das Dunkel näherte. Er brauchte sie nicht zu sehen. Jetzt stand sie direkt hinter ihm. Fremder Atem traf seine Wange. Zog an seiner Nase vorbei. Nur ein feuchtwarmer Hauch. Eine Mischung aus Minze und Melissengeist. Klinisch. Antiseptisch.

Er wollte seinen Besucher ansehen. Es gelang ihm nicht, seinen Kopf zur Seite zu drehen. Die aufkommende Angst legte sich wie ein eisernes Korsett um ihn. Er schaffte es gerade noch, die Lippen ein wenig zu bewegen und brüchige Worte zu formen: »Ich ... habe alles ... für Sie ... vor ... vorbereitet ...«

Der Besucher antwortete nicht. Atmete jetzt stoßweise. Lauter. Zwischen Minze und Melissengeist plötzlich noch eine andere Nuance. Lust, Gier? Nein, Hass!

Rensick spürte den Druck in seinem Magen, das Vibrieren seiner Schenkel. Keine Chance, sich dem Besucher zuzuwenden: »Was ... wollen Sie ...?«

Das Atmen in seinem Rücken wurde zum leisen Stöhnen. Er spürte die Feuchtigkeit zwischen seinen Schenkeln. Das warme Rinnsal, das an seinem Bein hinunterlief. Auf den blank polierten Fliesen seines Behandlungszimmers zur Pfütze anwuchs. Dann die kräftige Hand, die sich auf seine Schulter legte, sich schmerzhaft in sein Fleisch krallte, ihn hochriss. Zu sich herumriss. Ihn in den gleißenden Lichtkegel einer plötzlich aufflammenden Taschenlampe blicken ließ. Die Lampe blendete ihn. Der Mann dahinter war nicht zu erkennen. Die Hand schob ihn um den Schreibtisch herum, schubste ihn. Er stolperte rückwärts durch das Zimmer. Auf die Pritsche zu, die tagsüber seinen Patienten vorbehalten war, nachts jedoch gelegentlich dazu diente, seine sexuellen Fantasien auszuleben. Das, was in diesem Augenblick passierte, war in seinem Fantasiespektrum jedoch nicht vorgesehen.

»Nein! Bitte nicht!« Rensick hatte seine Stimme wiedergefunden. Quiekte wie ein Schwein.

Der Fremde ließ sich nicht beeindrucken. Nicht von seinem Quieken und nicht von dem Gestank, der sich unterhalb seiner Gürtellinie um ihn ausbreitete. Drückte ihn gnadenlos auf die Pritsche. Er trug eine schwarze Kutte. Wie ein Mönch. Die Kapuze tief ins Gesicht gezogen.

Plötzlich ging alles sehr schnell. Die behandschuhte Hand um die Kehle hielt ihn auf der Pritsche. Ein Knie des Fremden auf seinen Beinen. Wie eine Bleiplatte. Dann ließ der Fremde die Lampe neben ihn auf die Pritsche fallen. Nur ein Wimpernschlag. Aber Zeit genug, in das Gesicht zu blicken und den Fremden zu erkennen.

Unmöglich! Das konnte nicht sein! Sie hatten doch so aufgepasst. Er konnte es nicht wissen! Und dennoch war er da. Hatte ihn gefunden. Er fragte nicht. Brauchte keine Bestätigung. Er wusste es einfach! Und er war gnadenlos!

Rensick hätte am liebsten laut aufgelacht. Genau in diesem Moment, in dem ihm bewusst wurde, dass sein Leben hier und jetzt enden würde. Nicht seine dunklen Geschäfte waren ihm zum Verhängnis geworden. Stattdessen brach ihm ein längst vergessenes Verhältnis das Genick. Welche Ironie des Schicksals!

Das Messer fuhr ihm kalt und präzise in die Brust. Ein chirurgischer Eingriff. Mitten ins Herz. Keine Zeit und Gelegenheit zu einem langen, dramatischen Todeskampf. Kurzer Stich und aus! Was der Mann in der Kutte danach mit ihm anstellte – davon bekam er nichts mehr mit.

10.

Behrends war früher als sonst in seinem Büro aufgetaucht. Er hatte unruhig geschlafen, war immer wieder aufgewacht. Das hatte zum Teil an Sir Toby gelegen, der offensichtlich mal wieder irgendeine verdorbene Leckerei aus dem Eimer gefischt hatte, dessen Inhalt eigentlich für die Biotonne vorgesehen war. Die ganze Nacht über hatte der Hund mit den Folgen zu kämpfen gehabt, was auch an seinem Herrchen nicht spurlos vorübergegangen war.

Jetzt saß Behrends unausgeschlafen an seinem Schreibtisch und machte sich gerade daran, das weitere Vorgehen im Mordfall Krüger zu planen, um in etwa einer Stunde die Mitglieder der Soko »Höhlenzauber« über seine Vorstellungen zu unterrichten und die Aufgaben für den Tag zu verteilen. Natürlich interessierte ihn brennend, ob die Kolleginnen und Kollegen im Rahmen ihrer Arbeit neue Erkenntnisse gewonnen hatten, die sie der Runde mitteilen konnten und die seine Planungen möglicherweise über den Haufen warfen. Und natürlich wartete er gespannt auf Dr. Stein und das Portemonnaie, das der in der Lichtensteinhöhle gefunden hatte. Enthielt die Geldbörse Dinge oder Hinweise, die vielleicht das Rätselraten beendeten und ihnen endlich den Durchbruch bescherten? Oder hatte sich Behrends verrannt, indem er sich so sehr auf dieses Portemonnaie fixierte? Spielte es überhaupt eine Rolle?

»Himmelherrgott, es muss doch endlich mal was passieren, damit wir vorankommen«, stöhnte er leise vor sich hin. Er nahm den Kuli, der vor ihm auf dem Schreibtisch lag, und warf ihn in Richtung Aktenstapel ihm gegenüber am Ende der Tischplatte. Über dem Stapel ragte in gefährlicher Schieflage die bronzene Skulptur einer Büchereule auf. Er hatte sich nie von dem hässlichen Monstrum trennen können, das er zum Eintritt in den Polizeidienst geschenkt bekommen hatte und das ihm mittlerweile als Aktenbeschwerer diente. Dem Aufprall des Kulis hielt die Eule unbeeindruckt stand.

Sein Handy sonderte Dudeltöne ab. Also war es das Privathandy und nicht das dienstliche mit seinem schlichten, einfallslosen Klingelton. Wer mochte das sein, so früh am Morgen, hatte Privates, verdammt noch mal, nicht Zeit bis heute Abend?

Er kannte die Nummer nicht, die sich ihm auf dem Display offenbarte. Die Vorwahl allerdings wies auf einen Osteroder Anschluss hin.

Behrends zuckte zusammen, als er am anderen Ende Katrins tränenersticktes Schluchzen vernahm:

»Ingo … komm schnell! Bitte! Dr. … Dr. Rensick … ist … tot!«

»Dr. Rensick, dein Chef?«, fragte er erschrocken. »Was ist passiert?«

»Ermordet, Ingo!«, schrie Katrin verzweifelt.

Ermordet! Dieses eine Wort setzte in Behrends sofort eine Routine in Gang, die wie von selbst ablief. Die Frage, warum Katrin ihn angerufen und nicht die Notrufnummer gewählt hatte, erübrigte sich.

»Wo bist du? Wo hast du ihn gefunden?«

»Er ... er ... liegt in seiner Praxis«, hörte Behrends zwischen Schluchzen und Schniefen heraus, »auf der Pritsche ... überall Blut ... so viel Blut ...!«

»Bleib, wo du bist! Und fass nichts an, hörst du?«, ermahnte er Katrin hastig und mit scharfer Stimme.

Zwar kannte er noch keine Einzelheiten, konnte sich aber denken, wie alles abgelaufen war. Katrin war für gewöhnlich die Erste, die morgens in die Praxis kam. Noch vor ihren Kolleginnen und dem Arzt selbst. Dieses Mal allerdings musste Dr. Rensick schon vor ihr dort gewesen sein, genau wie sein Mörder – wenn Katrin tatsächlich Recht hatte.

Ohne zu zögern, leitete Behrends die ersten Ermittlungen in die Wege, ehe er sich Maike de Baer schnappte, die gerade hereinkam, und mit ihr nach Osterode fuhr.

Der Täter hatte wieder zugeschlagen. Nach Franz Krüger nun das zweite Opfer, das die unverkennbare Unterschrift des Mörders trug: das in die Stirn eingeritzte Yin-Yang-Symbol. Also doch ein Serientäter? Ein Psychopath? Keine Höhle diesmal, sondern ein Bau mit Flachdach, ein graues, nichtssagendes Geschäftshaus. Eine Arztpraxis mit ihren Räumen links des Flures, rechts davon zwei weitere Firmen, so war es jedenfalls dem Edelstahlschild unter dem Praxisschild an der Eingangstür zu entnehmen. Gab es da noch eine Verbindung zu der Höhle und den Raubgräbern? Vielleicht mussten sie nach einem neuen Ansatzpunkt suchen?

Dr. Rensick war mit einiger Sicherheit schon am Vorabend ermordet worden, konstatierte der Arzt vage, der zum Tatort beordert worden und nur knapp zwanzig Minuten nach ihnen angekommen war. Wann genau, da mochte er sich nicht festlegen und verwies auf die nachfolgenden Untersuchungen im rechtsmedizinischen Institut. Das bedeutete natürlich, dass Rensick sich noch in seiner Praxis befunden hatte, wo er seinem Mörder begegnet sein musste. Es bedeutete aber auch, dass er ihn eingelassen hatte, denn nichts ließ vermuten, dass jemand durch die Haustür oder eine der anderen Türen gewaltsam in die Praxis eingebrochen war.

Behrends fand Katrin zusammengesunken auf einem der Stühle im Wartezimmer, den Kopf in ihre Hände gestützt. Sie wimmerte leise vor sich hin, er wartete mit der Befragung, bis sie sich halbwegs beruhigt hatte. »Ich war gestern Abend die Letzte, die die Praxis verlassen hat. Dr. Rensick ist gut eine Stunde vor mir gegangen.«

»Das heißt, er muss später noch einmal zurückgekommen sein«, schloss Behrends. »Kannst du dir vorstellen, warum?«

»Er kommt ab und zu noch mal in die Praxis zurück. Das ist nichts Besonderes.« Katrin wurde von einem neuerlichen Weinkrampf geschüttelt. Es dauerte einige Augenblicke, ehe sie sich wieder soweit im Griff hatte, dass sie Behrends antworten konnte. »Er ... zum Quartalsende saß er abends manchmal nach Praxisschluss noch hier ... wegen der ... um die Abrechnungen zu machen ... aber was er gestern ... ich weiß nicht, was er hier ... sonst noch macht. Irgendwas mit Sportlern. Medizinische Betreuung, glaube ich. Ich ... keine Ahnung.«

»Und heute Morgen?«, bohrte Behrends weiter. Er konnte keine Rücksicht auf Katrins Zustand nehmen. Die Zeit drängte. Er würde es ihr später erklären und sich bei ihr entschuldigen. »Was ist mit diesen beiden Firmen hier im Haus? Waren von denen schon Mitarbeiter da?«

»Nein ... ich weiß nicht ... Ich ... mein Gott, Uwes ... Dr. Rensicks Auto stand vor der Praxis ... Sonst bin ich immer vor ihm ... Ich ... ich habe mich gewundert ... mir aber nichts weiter dabei gedacht.« Sie machte wieder eine Pause, holte tief Luft. »Die Tür war nicht verschlossen. Da war mir klar, dass er schon da sein musste und drinnen war. Ich habe ihn gerufen, bin ins Behandlungszimmer und dann ...«

Als sie sich das Bild erneut in Erinnerung rief, brachen bei Katrin alle Dämme. Sie weiter zu befragen, war unmöglich, zum jetzigen Zeitpunkt allerdings auch nicht nötig. Vielleicht hätte Behrends sich selbst um sie kümmern und versuchen sollen, sie zu trösten. Etwas, das er schon bei anderen Betroffenen nicht konnte. Bei Katrin erst recht nicht. Außerdem – dazu war er nicht hier, redete er sich ein. Als leitender Ermittler konnte er nicht noch seelsorgerische Aufgaben übernehmen.

Er blickte sich hilfesuchend um. Maike de Baer kam ihm wie gerufen. »Ich kümmere mich um sie. Geh du mal vor die Tür. Die Kollegen haben eine Nachbarin gefunden, die was gesehen haben will.«

Die Frau, die mit einem von Behrends' Kollegen auf dem Parkplatz vor dem Flachdachbau stand, wohnte wenige Meter links von der Praxis in einem etwas heruntergekommenen Haus, an dem die graue Farbe der Fassadenbretter abzublättern begann. Sie trug eine schlabberige, rosa Jogginghose und ein verwaschenes T-Shirt und hatte sich eine Jacke über die Schultern geworfen. Die Haare standen ihr wirr vom Kopf ab. In der Hand hielt sie eine Zigarette, an der sie in kurzen Abständen nervös paffte. Alles in allem wirkte sie auf Behrends ziemlich heruntergekommen, und das lag sicher nicht nur daran, dass seine Kollegen sie mit ihrem Klingeln aus dem Bett geworfen hatten.

»Guten Morgen«, begrüßte Behrends die Frau, »Sie sind …?«

»Frau Bierwirth«, sagte die Frau und reichte ihm ihre blasse, knöcherne Hand, auf der die bläulichen Linien der Adern deutlich hervortraten. Sie zitterte, obwohl es schon wieder ausgesprochen warm war.

»Meine Kollegin sagte mir, Sie hätten etwas beobachtet.«

Sie nickte und zog wieder an ihrer Zigarette. Gleich darauf warf sie sie zu Boden und trat sie mit dem rechten Fuß aus, der in einem pinkfarbenen Frotteelatschen steckte.

»Ist er tot? Hat jemand den Doktor umgebracht?«, fragte Frau Bierwirth. Eine andere Möglichkeit kam für sie bei dem Polizeiaufgebot offensichtlich nicht in Betracht. Sie wirkte kein bisschen erschüttert oder betroffen. Stattdessen blitzten Neugier und Sensationslust in ihren Augen auf.

Behrends ging nicht auf ihre Fragen ein. »Frau Bierwirth, was genau haben Sie gesehen? Bitte denken Sie nach! Jedes Detail ist wichtig.«

Die Frau blickte sich zaghaft um und sah die Augenpaare auch anderer Polizisten auf sich gerichtet. Der Umstand, im Mittelpunkt des Interesses zu stehen, schien ihr zu gefallen. Sie verschränkte die Arme vor der Brust und hob herausfordernd den

Kopf. »Gibt es eine Belohnung? Ich meine, die gibt es doch immer für Hinweise auf den Täter. Wie viel ist es denn?«

Behrends klappte vor Überraschung der Unterkiefer herab. Soweit er sich erinnern konnte, war es ihm in seiner bisherigen Laufbahn noch nicht passiert, dass jemand über Geld verhandeln wollte, ehe er seine Aussage machte. Doch nach ein paar Sekunden ungläubigen Staunens hatte er sich wieder gefangen. »Nein, Frau Bierwirth«, sagte er ruhig, »mit einer Belohnung dürfen Sie wohl kaum rechnen.«

Er bemerkte, dass die Frau sich umgehend in ihr Schneckenhaus zurückzog, und fügte hastig an: »Allerdings sollten Sie mir trotzdem sagen, was Sie wissen. Wenn Sie Informationen zurückhalten, die für die Aufklärung wichtig sind, machen Sie sich strafbar.«

Das Argument schien sie zu beeindrucken. Sie ließ ihre Arme zur Seite fallen und schob ihre rechte Hand in die Jackentasche, um ihr eine Schachtel Zigaretten zu entnehmen. Während sie sich einen Glimmstängel anzündete und die ersten Züge tief inhalierte, entwickelte sich auf ihrem gelblich-blassen Gesicht ein lebhaftes Mienenspiel, und sie gab sich den Anschein, als denke sie angestrengt nach.

»Also gut«, sagte sie schließlich und dehnte die Worte in einer Weise, als wolle sie Behrends Gelegenheit geben, noch einmal über ihre Forderung nach einer Belohnung nachzudenken, »das war so: Gestern Abend ist der Doktor in seine Praxis gekommen. Das habe ich zufällig gesehen, als ich in der Küche vor dem offenen Fenster stand und eine geraucht habe. Ich fand es komisch, als der Doktor da plötzlich angerauscht kam.«

»Wieso fanden Sie es komisch?«, wollte Behrends wissen. »Kam der Doktor sonst nie nach Feierabend in seine Praxis?«

Hatte sich Katrin geirrt in ihrer Annahme, der Arzt sei öfter nach Feierabend noch einmal zurückgekommen?

»Oh doch, der Doktor kam schon oft in seine Praxis«, sagte Frau Bierwirth, »dann hielt er sich da ein paar Stunden auf und ist wieder gefahren.«

»Und was war nun gestern Abend so merkwürdig?«

»Merkwürdig fand ich, dass es beinahe Mitternacht war, als der Doktor kam. Ich konnte nicht schlafen. Darum stand ich zu der Zeit am Fenster. Da habe ich mich natürlich gefragt: Was will der Mann denn um diese Tageszeit noch hier? Sonst ist er doch immer früher dran. Na, und dann bin ich eben noch stehen geblieben und habe abgewartet, ob was passiert.«

»Und? Ist was passiert?«, fragte Behrends lauernd.

»Ungefähr eine Viertelstunde nach dem Doktor ist noch jemand gekommen. Der ist dann auch rein in die Praxis.«

»Und wer war das? Haben Sie ihn erkannt?«

Frau Bierwirth sog an ihrer Zigarette, inhalierte tief und blies mit gespitzten Lippen bedächtig den Qualm aus. Dabei schüttelte sie leicht den Kopf: »Nein. Dazu reicht das Licht von der Straßenlaterne nicht aus. Außerdem war der Mann in so eine schwarze Kutte gehüllt, die ihm fast bis zu den Schuhen reichte. Die Kapuze hatte er über den Kopf gezogen. Ganz tief ins Gesicht. Ich dachte erst, dass es einer von diesen Typen ist, die nachts manchmal bei den Juden da herumkriechen.« Sie machte eine verächtliche Kopfbewegung zum alten Judenfriedhof hin, der sich an der Einfahrt zum Rotemühlenweg befand. »Diese Radikalen. Die haben ja auch so schwarze Pullover mit Kapuzen an. Aber dann habe ich gesehen, dass es ein Mönch war.«

»Ein Mönch«, murmelte Behrends und rieb sich nachdenklich das Kinn. »Und Sie sind sich sicher, dass es ein Mann war? Hätte es nicht auch eine Frau sein können?«

»Ich … nein … es war …«, stotterte Frau Bierwirth unsicher, »… verdammt, Sie bringen mich ja ganz durcheinander!«

»Bitte, Frau Bierwirth, konzentrieren Sie sich«, drängte Behrends, »woran haben Sie erkannt, dass es ein Mann war?«

»So was weiß man«, antwortete sie, »man spürt das einfach. Außerdem war er ziemlich groß und er ist so … na ja … mit großen Schritten gegangen, wie es nur ein Mann macht.«

»Gut«, seufzte Behrends, »lassen wir es erst einmal dabei. Und dieser Mann, der ist zu Fuß gekommen? Kein Auto, das er irgendwo in der Straße geparkt hat?«

»Nein. Er ist zu Fuß gekommen. Von da.« Sie zeigte in die Richtung, wo die Schnellstraße den Rotemühlenweg überquerte. »Ein Auto habe ich nicht gesehen.«

»Also kann es sein, dass der Mörder gar nicht weit von hier wohnt«, überlegte Behrends.

»Seien Sie doch nicht so voreilig«, sagte eine Stimme in Behrends' Rücken. »Vielleicht hat er sein Auto irgendwo in der Nähe abgestellt. Das halte ich für wahrscheinlicher.«

Er fuhr herum und sah sich Staatsanwältin Wedekind gegenüber, die sich unbemerkt genähert hatte. Mit ihr hatte Behrends nicht gerechnet und erfreut war er über ihr Erscheinen schon gar nicht. Wenn es gut ging, beließ sie es dabei, seine Vor-Ort-Ermittlung mit kritischem Schweigen zu begleiten. Im schlechtesten Falle riss sie das Kommando an sich und degradierte ihn zum Deppen. Er beschloss für sich, den schlechtesten Fall anzunehmen. Besser, als von ihr überrumpelt zu werden, ohne jede Möglichkeit zur Gegenwehr.

»Guten Morgen, Frau Wedekind«, säuselte er in kriecherischer Freundlichkeit, »was machen Sie denn hier in aller Herrgottsfrühe? Das war doch nicht nötig, dass Sie sich selbst herbemühen. Ich hätte Sie umgehend in Kenntnis gesetzt.«

»Natürlich, ich weiß«, erwiderte sie herablassend, »aber seien Sie beruhigt, ich bin Frühaufsteher. Also dann …« Sie wandte sich der Zeugin zu. »Sie haben keine Ahnung, wer diese Person gewesen sein kann, die dem Arzt in seine Praxis gefolgt ist?«

»Nein, ich hatte leider keine Gelegenheit, den Herrn nach dem Namen zu fragen«, giftete Frau Bierwirth mit flackernden Augenlidern. Durch das Auftauchen der Staatsanwältin sah sie sich plötzlich zwei Fragestellern gegenüber, ein Umstand, durch den sie sich offensichtlich bedrängt fühlte und der sie wütend machte.

»Wenn ich das richtig verstanden habe, sind Sie recht gut über das Kommen und Gehen des Doktors im Bilde. Nach Feierabend, meine ich. Wissen Sie, ob dieser Dr. Rensick häufiger Besuch bekam, wenn er abends in seiner Praxis war?«

Die Wedekind musste schon ein paar Minuten im Hintergrund gestanden und unbemerkt gelauscht haben, vermutete Behrends.

Wie sie sich allerdings jetzt einmischte und die Zeugin von oben herab befragte, gefiel ihm gar nicht.

Frau Bierwirth blickte verunsichert auf Behrends, als suche sie Hilfe bei dem Polizisten.

»Bitte beantworten Sie meine Frage«, forderte die Staatsanwältin mit Nachdruck.

»Na ja … doch, schon …«, antwortete Frau Bierwirth zögerlich.

»Und wer? Kannten Sie die Leute? Oder wenigstens den einen oder anderen?«, nahm Behrends der Staatsanwältin die Frage aus dem Mund und warf ihr gleichzeitig einen Blick zu, der ihr zu verstehen geben sollte, dass sie zwar zuhören, aber sich bitte nicht in seine Arbeit einmischen solle. Die Wedekind ließ ein schwaches Nicken erkennen und bedeutete ihm, weiterzumachen.

»Die meisten kenne ich natürlich nicht! Jedenfalls nicht persönlich. Aber ich glaube, viele von denen sind Sportler.«

»Sportler?«

»Ja, genau. Sportler.«

»Woher wollen Sie das denn wissen?«

»Na ja, die machen Leichtathletik, hinten im Jahn-Stadion. Ich sehe sie da manchmal, wenn ich mit Benno da spazieren gehe.«

»Ihr Mann?«

»Wer?«

»Benno.«

»Nee, mein Hund. Ein Cocker …«

Behrends verdrehte die Augen. »Und diese Leichtathleten haben Sie abends nach Praxisschluss bei Dr. Rensick gesehen.«

»Sagte ich doch. Die hatten dann noch ihre Sporttaschen dabei. Ein paar von denen kamen regelmäßig.«

»Und was glauben Sie, was die bei ihm wollten?«

»Keine Ahnung. Meine Nichte sagt, er macht so sportmedizinische Untersuchungen. Atteste und so … Gesundheitschecks vor Wettkämpfen.«

»Ihre Nichte?«

»Jaaha!«, echote Frau Bierwirth. »Die ist eine Super-Läuferin. Kommt demnächst in so einen Leistungskader. Was die in ihrem

166

Alter schon für Zeiten auf die Bahn bringt … na, jedenfalls geht die auch zu Dr. Rensick. Sogar aus Göttingen kommen die guten Sportler zu ihm und lassen sich behandeln, sagt meine Nichte.«

»Dann muss er ja ein wahrer Wunderdoktor gewesen sein. Ein herber Verlust für den hiesigen Spitzensport«, resümierte Behrends. Seine Stimme triefte dabei vor Ironie.

»Ja, das war er wohl«, bestätigte Frau Bierwirth, die seinen Unterton nicht verstanden hatte, »obwohl … manchmal habe ich schon gedacht, man hört ja so viel im Fernsehen, von den Rennradfahrern und so … Aber nee, doch nicht in Osterode!«

»Gut, Frau Bierwirth. Kamen außer den Sportlern noch andere Personen zum Doktor?«

»Ja, schon …«

»Und bei diesem ganzen Kommen und Gehen ist Ihnen nie etwas aufgefallen? Jemand, der sich verdächtig verhalten hat? Jemand, den Sie kennen und dort nach Praxisschluss nicht erwartet haben?«

Frau Bierwirth dachte kurz nach. »Nein, eigentlich nicht …« Plötzlich ein hartes, verächtliches Lachen. »Doch, natürlich! Die Hella Rak…«, kurze Unterbrechung, »Hella Schwarze, die feine Dame! Die kenne ich!«

Behrends horchte auf: »Rak … Schwarze?«

»Schwarze ist ihr Mädchenname. Jetzt heißt sie anders. Ich weiß nicht – Rakowitsch, Ragozzi, Sarkozy, keine Ahnung.«

»Was wissen Sie über die Frau? Wieso sagten Sie *feine Dame*?«

»Weil sie immer so tat – früher. Im *Cartoon* hinten am Südbahnhof«, gab Frau Bierwirth ihrer Einschätzung Nachdruck. »Da haben wir manchmal zusammen gequatscht. Die war sich doch immer zu fein fürs Landleben. Konnte gar nicht schnell genug wegkommen aus ihrem Dorf, ich glaub in Förste hat sie gewohnt. Na ja, sie hat dann ja auch ihren Fabrikbesitzer geheiratet. Nur, in die große, weite Welt hat sie es nicht geschafft, wie sie immer wollte. Ist nicht in Berlin, Hamburg, Paris oder Rom gelandet, sondern in Göttingen hängengeblieben, soweit ich weiß. Ich hatte sie jahrelang nicht mehr gesehen.«

»Und doch wiedererkannt?«

»Allerdings!«, triumphierte Frau Bierwirth. »Kam mit so 'nem Nobelschlitten vorgefahren. So'n weißer Sportwagen, wo nur zwei Leute drin Platz haben. Da könnten wir gar nicht unseren Benno mitnehmen. – Hat dick und breit vor der Praxis geparkt, dass es ja alle sehen. Ich glaube, das war so ein BMW Z3.«

»Sie kennen sich wohl gut mit Autos aus?«, wunderte sich Behrends.

»Mein Mann schwärmt für den Wagen. Hat ihn mir schon mindestens tausendmal gezeigt. Aber so was kommt für uns ja nicht in Frage.«

Behrends glaubte ihr aufs Wort. »Und was hatte diese Frau Schwarze mit Dr. Rensick zu schaffen? Haben Sie irgendeine Ahnung, was sie von ihm wollte? Ist sie auch Sportlerin?«

»Die? Ganz und gar nicht! Ich habe mich selbst gewundert, sie hier zu sehen. Wenn sie in seine Sprechstunde wollte, dann hatte sie sich jedenfalls gründlich in der Zeit vertan. Andererseits – sie ist da einfach reinmarschiert. Es sah aus, als seien sie verabredet gewesen.«

»Etwas Privates vielleicht?«

»Möglich ...« tat Frau Bierwirth geheimnisvoll. »Der Doktor soll ja ein ganz passabler Stecher gewesen sein. Wer weiß, vielleicht war es der Hella auf Dauer zu langweilig mit ihrem Fabrikbesitzer und sie hat was nachholen wollen, hat sich vielleicht an früher erinnert, an die wilden Zeiten. Da hat sie sich ja so vornehm zurückgehalten, während die anderen wie wild drauflos gevögelt haben ...«

Behrends wusste nicht, welchen Wert er dieser Information beimessen sollte. Schäferstündchen in der Arztpraxis? »Kam das sonst nie vor, dass der Doktor abends Damenbesuch bekam?«

»Doch, schon, hin und wieder, aber die anderen kannte ich ja nicht.«

»Wann genau ist denn diese ... Hella Schwarze bei dem Doktor aufgetaucht?«, fragte Behrends. »Können Sie sich noch daran erinnern?«

»Na klar!«, tönte Frau Bierwirth. »Das war im Sommer vor zwei Jahren.«

»Wie, so lange ist das schon her?« Behrends sah seine Hoffnungen auf eine brauchbare Spur im Zusammenhang mit den beiden Morden schwinden. »Und nach diesem Besuch haben Sie die Frau nicht mehr bei dem Doktor gesehen?«

Frau Bierwirth schüttelte den Kopf: »Nein. Kein einziges Mal. Aber ich habe natürlich auch nicht auf der Lauer gelegen, um zu sehen, was bei dem Doktor so vor sich ging.«

»Verstehe«, sagte Behrends, obwohl er sicher war, dass sie genau das ständig getan hatte. Dann machte er einen letzten Versuch, dem fruchtlos gewordenen Gespräch doch noch einen brauchbaren Hinweis abzupressen: »Wissen Sie noch, wann der Kapuzenmann die Praxis wieder verlassen hat?«

»Gestern Abend?«, fügte die Staatsanwältin hinzu.

Augenblicklich fuhr Frau Bierwirth wieder ihre Krallen aus: »Heute Nacht meinen Sie wohl?«, giftete sie und wandte sich dann an Behrends: »Nein. Jedenfalls nicht, solange ich am Fenster gestanden habe.«

»Und wie lange war das?« Die Wedekind ließ sich nicht einschüchtern.

»Na, so lange, wie es braucht, eine Zigarette zu rauchen. So drei, vier Minuten. Weiß ja nicht, wie lange das bei Ihnen so dauert ...«

Behrends beeilte sich, die nächste Frage zu stellen, er hatte genug von dem Gezänk der Weiber. »Haben Sie vielleicht irgendetwas gehört?«

»Nein, nichts.«

Die Staatsanwältin verdrehte kapitulierend die Augen: »Na schön, das war's dann fürs Erste.« Sie nickte einem der uniformierten Beamten zu. »Der Kollege wird Ihre Personalien aufnehmen, für den Fall, dass wir noch einmal auf Sie zurückkommen müssen.« Dann wandte sie sich abrupt von der Zeugin ab, ergriff Behrends am Arm und zog ihn ein Stück mit sich aus der Hörweite der Umstehenden. »Was halten Sie von der Sache, Behrends?«

Er schob seine Hände in die Hosentaschen und starrte zur Praxis hinüber: »Ich weiß nicht.« Er presste für einen Moment die Lippen aufeinander und mahlte nachdenklich mit seinen Kiefern.

»Ich mache mir Sorgen. Irgendwas sagt mir, dass dieser Kapuzenmann noch nicht am Ziel angelangt ist. Wenn wir ihm nicht zuvorkommen, wird er wieder zuschlagen. – Möglicherweise kann diese Frau Schwarze uns ja weiterhelfen, vielleicht weiß sie, was abends in der Praxis vor sich gegangen ist. Mein Instinkt sagt mir …«

»Ganz schön viel Gefühle und Ahnungen, Herr Behrends«, erwiderte die Staatsanwältin mit einem Anflug von Spott in der Stimme. »Vielleicht sollten Sie doch mehr auf Fakten und Beweise setzen, anstatt sich in Kaffeesatzleserei zu ergehen.«

»Ja, natürlich, Frau Wedekind, Sie haben sicher Recht«, gab Behrends zu. »So, und jetzt entschuldigen Sie mich bitte, ich will mir schnell noch einen Überblick über die anderen Räume in der Praxis verschaffen. Mal sehen, was das Haus mir zu erzählen hat.«

An der Tür zur Praxis kamen ihm Kalle und Micha entgegen. »Wir sind fertig, Behrends«, sagte Micha, »der Tatort gehört wieder dir.«

»Und, habt ihr irgendwelche Hinweise gefunden, die ein anderes Tatmotiv begründen? Raubmord, zum Beispiel?« Behrends blickte ihm hoffnungsvoll in die Augen.

»Leider nicht. Tut mir leid für dich, Behrends«, gab Micha treuherzig zurück. »Nichts aufgebrochen oder beschädigt.«

»Maike?«, fragte Behrends.

»Ist noch im Wartezimmer und kümmert sich um diese Frau, die den Doktor gefunden hat.«

Behrends nickte und wandte sich der Haustür zu. »Na dann, ich sehe mich drinnen noch mal ein bisschen um. Wir treffen uns nachher in Northeim.«

Noch ehe er seine Worte in die Tat umsetzen konnte, klingelte sein Handy – das dienstliche dieses Mal, nicht das private: »Wie weit sind Sie?«, fragte die Stimme des Kollegen Bosse. »Brauchen Sie noch lange?«

Behrends hatte ihn federführend damit beauftragt, die Sachen zu untersuchen, die sie in Krügers Haus in Herzberg zusammengetragen hatten. Er warf einen schnellen Blick auf seine Armbanduhr. »Eine halbe Stunde vielleicht. Warum? Haben Sie was gefunden?«

»Ich denke schon!« Bosses Stimme bewegte sich am Rande zum Triumphgeheul. Jedenfalls klang es in Behrends' Ohren so. »Sie sollten sich das auf jeden Fall schnellstens ansehen!«

Mittelspiel

Tag für Tag verlor sie die Beherrschung. Hatte sich einfach nicht mehr unter Kontrolle.

»Ich hasse dich!«, schrie sie ihm ins Gesicht. »Du hast meinen Sohn umgebracht!«

Er schlug sie. Immer wieder. Er konnte nicht zulassen, dass sie das sagte! Erik war auch sein Sohn gewesen. Und er hatte ihn geliebt! Auch wenn er nicht von seinem Geiste schien. Noch nicht! Er hatte sein Werk nicht mehr vollenden können, weil ein wahnsinniger Raser seinen Sohn ermordet hatte und mit dem Segen des Gerichtes davongekommen war. An des Mörders statt hatte er selbst die Schuld an Eriks Tod auf sich nehmen müssen. So lautete das Urteil. Welch eine Verhöhnung des Rechts!

Fee glaubte dem Gericht und den Meinungsmachern, nicht ihm. Sie war labil und leicht zu beeinflussen. Sie sog die falschen Anschuldigungen in sich auf und wandelte sie in Hass um – in Hass gegen ihn.

Sie schrie, und er schlug. Dann floh sie vor ihm, und er hörte sie hinter verschlossener Tür in ihrem Zimmer wimmern. Das Zimmer hatte er ihr gleich zu Beginn ihrer Ehe eingerichtet. Sein Haus war groß genug, und sie hatte es sich so sehr gewünscht. Eine Schlafcouch stand auch darin. Nach Eriks Tod hatte sie das gemeinsame Ehebett verlassen und verbrachte auch die Nächte in diesem Zimmer.

Nach Stunden kam Fee wieder zum Vorschein. Die Augen rot umrändert, das Gesicht eingefallen, der Körper gebeugt. Sie lebten stumm nebeneinander her, manchmal nahm Fee ihren Autoschlüssel und verschwand für weitere Stunden, ohne ein Wort zu sagen. Er fragte sie nicht, wohin sie fuhr, wollte den vorübergehenden Waffenstillstand nicht brechen. Er hoffte, dass sie sich nur in den Schoß ihrer Familie flüchtete, und fürchtete sich gleichzeitig davor. Ihre Familie hatte ihn nie akzeptiert, es gab so gut wie keinen Kontakt. Würden sie sich solch eine Gelegenheit entgehen lassen? Würden sie Fee nicht gegen ihn aufhetzen?

Die Ungewissheit quälte ihn, und wenn sie zurückkehrte, gab er vor, sich Sorgen gemacht zu haben, und überschüttete sie mit Vorwürfen. Fee hatte nur Verachtung und abfällige Bemerkungen für ihn übrig. Wieder schlug er zu und das Spiel begann von Neuem.

Dann, von einem Tag auf den anderen, verwandelte sich Fee. Das Leben kehrte in sie zurück. Sie redete und lachte, nahm wieder teil am Geschehen um sie herum. Er spürte die Erleichterung, die ihn durchwehte, wie der erste laue Frühlingswind nach einem langen, kalten Winter. Trotzdem wurde zunächst nichts so, wie es vorher war. Fee hielt es kaum noch zu Hause aus. Wann immer sich die Gelegenheit bot, wollte sie etwas unternehmen.

»Ich muss unter die Leute«, sagte sie, »ich will vergessen.«

Er wollte nur zu gern glauben, dass ihr Ablenkung half und sie vergessen ließ. Vielleicht wurde sie doch wieder die Fee, die er gekannt hatte, bevor alles zusammengebrochen war. Er hätte sie sich selbst überlassen können, aber solange noch eine Chance bestand, die Fee, die gute Frau, die sie gewesen war, zurückzubekommen, musste er bei ihr sein. Zu groß war die Gefahr, dass sie sonst in falsche Gesellschaft geriet. Sie war noch immer zu labil. Also ging er mit ihr, so oft wie möglich und wohin immer sie gehen wollte, doch nur, um sie im Auge zu behalten, nie um selbst zu vergessen.

Er konnte und wollte nicht vergessen. Nach jedem ihrer gemeinsamen Ausflüge in die Welt, die er verachtete, zog er sich zurück in die kleine Krypta unter seinem Haus, von der Fee nichts ahnte. Hier, in der Dunkelheit, Kälte und Abgeschiedenheit auf kaum mehr als sechs oder sieben Quadratmetern konnte er in sich gehen und seinen Geist und seine Seele vom Schmutz der Welt reinigen. Hier bewahrte er die Reliquien auf, die ihn erinnerten, ihn stärkten, ihm Orientierung gaben.

Fees Verwandlung verfolgte er weiter misstrauisch. Angespannt lauernd beobachtete er sie. Nichts entging ihm. Ihr Lachen war maskenhaft, ihr Reden zu oberflächlich, zu viele Worte kamen ihr zu hastig über die Lippen. Ihre Augen ließen die einstige Tiefe vermissen, in der er so gerne versunken war. Es war eine Unruhe in ihr, die er sich nicht erklären konnte. Seine Hoffnung, mit dem Überwinden der Depression ließe sie auch wieder seine Nähe zu, wurde enttäuscht. Sie öffnete weder ihre Arme für ihn, noch kehrte sie zurück ins Ehebett.

»Lass mir noch etwas Zeit«, wehrte sie sein Drängen stets ab. »Irgendwann bin ich wieder bei dir wie früher.«

Ihr Versuch, ein fröhliches Lächeln aufzusetzen, misslang und geriet ihr zur Grimasse. Er wusste, dass er noch viel Geduld beweisen musste.

Dann kam der Tag, der sein Interesse auf die Lichtensteinhöhle lenkte. Ganz zu Anfang seiner Bekanntschaft mit Fee war hin und wieder die Rede von der Höhle gewesen, als sich ihre Gedanken noch um ihren alten Freundeskreis drehten. Für einige ihrer damaligen Bekannten schienen die Ausgrabungen und Knochenfunde in der Höhle mehr zu sein, als nur eine Randnotiz in der Flut täglicher Nachrichten. Er hatte dem Treiben seinerzeit keine Beachtung geschenkt. Sein Augenmerk war auf andere, wichtigere Dinge gerichtet gewesen.

Der Aufruf zu einer Speichelprobe mit dem Ziel, mögliche Nachfahren der Bronzezeitmenschen aus der Lichtensteinhöhle zu finden, weckte jedoch seine Fantasie. Auch seine Familie hatte ihre Ursprünge im Sösetal, auch wenn niemand von ihnen je in Förste gewohnt hatte. Aber Förste war ja auch nur einer der Orte im Einzugsbereich des Lichtensteins.

Konnte es sein, dass das Genmaterial der Bronzezeitmenschen identische Merkmale mit seinen Genen aufwies? Und damit auch mit Eriks Genen? Wenn es nun möglich wäre, nicht nur die DNA aus seinem Speichel zu analysieren, sondern auch die DNA seines Sohnes, dessen ersten Milchzahn er in einem Glasgefäß wie eine Reliquie aufbewahrte? Eine verrückte Idee, zugegeben, aber auch eine Möglichkeit, Eriks Andenken auf ganz besondere Weise in Ehren zu halten.

Fee hatte den Zahn längst vergessen gehabt. Als er ihr von seiner Idee erzählte, wich sie mit vor Entsetzen geweiteten Augen vor ihm zurück. Musste sich mit beiden Händen an der Stuhllehne festhalten, um nicht ins Wanken zu geraten.

»Das kannst du nicht tun.« Ihre Worte waren nur ein Flüstern, ein Hauch, ein angstvolles Ausatmen in der nächtlichen Finsternis eines verfluchten Waldes. »Warum willst du ihn nicht in Ruhe lassen?«

Weil ich es nicht kann, hätte er ihr am liebsten entgegengeschrien. Weil er da ist! Immer! Jeden Tag ist er bei mir, steht er vor mir. Ich sehe ihn und ich werde von Fragen gequält, auf die ich keine Antwort bekomme. Er antwortet mir nicht. Er sieht mich nur an. Er ist es, der mir keine Ruhe lässt!

»Bitte geh nicht zu diesem Termin!« Sie warf sich ihm in die Arme. So unerwartet, dass er strauchelte. Er drückte sie an sich. Fest und mit pochendem Herzen. Ihre Haut. Ihr Atem. Wie lange hatte er das nicht mehr gespürt. Wie hatte er sie vermisst! Seine Fee!

»Und wenn ich ohne Eriks Zahn gehe? Er hat ja meine Gene. Es muss nicht untersucht werden. Ist das in Ordnung?« Er war bereit, Zugeständnisse zu machen. Als Gegenleistung für ihre Nähe.

Sie schob sich wieder von ihm weg. Ließ den Traum zerplatzen. Der Hoffnungsschimmer verblasste, so schnell, wie er am Horizont aufgeleuchtet war. »Wenn du unbedingt musst ... ja, das ist in Ordnung«, murmelte sie.

Fee war einen Moment lang unachtsam gewesen. Hatte ihre Handtasche offen an der Garderobe im Flur stehen lassen. Die Tablettenpackung ragte nur ein kleines Stück zwischen verschiedenen anderen Utensilien hervor. Er sah sie, nahm sie mit zu Fee in die Küche. Er machte einen Satz auf sie zu. Packte sie an der Schulter und riss sie zu sich herum. Hielt ihr die Tabletten unter die Nase: »Was soll das?«

»Gib her!«, kreischte sie erschrocken. »Gib mir das sofort zurück!«

»Woher hast du die?« Sein Blick fraß sich hart und kalt in ihr Gesicht, glitt über die zuckenden Mundwinkel, die flackernden Augenlider, die bebenden, weißen Nasenflügel, setzte alles zusammen zu einer abstoßenden Fratze.

»Das geht dich gar nichts an!« Ihre Stimme, schrill und hoch, fraß sich in seine Ohren. »Gib sie wieder her! Sie gehören mir!«

»Woher?«

Im Haus konnte sie die Tabletten nicht gefunden haben. Er hatte alle Restbestände, die an verschiedenen Plätzen versteckt gewesen waren, entsorgt, ohne auch nur eine einzige Tablette zu vergessen. Von wem also bekam sie die Medikamente? Wer besaß die Skrupellosigkeit, ihr diese verfluchten Psychopharmaka zu besorgen?

Ihm wurden endlich die Zusammenhänge klar: Ihr ganzes Verhalten, ihre scheinbare Fröhlichkeit, ihre Lust auf Unterhaltung – alles war der Wirkung der Tabletten zuzuschreiben. Alles Fassade, alles aufgesetzt! Nur ihre konsequente Weigerung, sich ihm wieder zu nähern, war echt. Das musste ein Ende haben! Er rannte durchs Haus, durchwühlte Fees Sachen, wo er ihrer habhaft wurde, nach weiteren Tabletten, wollte in ihr Zimmer eindringen. Sie weigerte sich, den Schlüssel herauszugeben.

»Den Schlüssel!«

»Nein!«

»Den Schlüssel. Sofort!«

»Niemals! Nur über meine Leiche!«

Er schlug zu: »Nie wieder wirst du dieses Teufelszeug nehmen, ist das klar? Wenn doch, dann gnade dir Gott!«

11.

Holger Diekmann hing in einem Gefühlschaos fest. Es gab diese Tage, da schien ihm komplett die Kontrolle zu entgleiten. Heute war wieder so ein Tag – schon beim Aufstehen hatte er es gewusst. Der Schlaf hatte ihm nicht ausgereicht.

Lange nach Mitternacht war er erst ins Bett gekommen. Er hatte die polizeilichen Pressemitteilungen zum Mord in der Lichtenstein-höhle ins Burgblick-Magazin eingestellt, zusammen mit dem Aufruf an die Bevölkerung, sich umgehend unter einer Sondernummer bei der Polizei zu melden, falls jemand zur vermeintlichen Tatzeit eine verdächtige Person am oder im Lichtenstein bemerkt hatte.

Diekmann hatte sich in diebischer Vorfreude die Hände gerieben. Mit Sicherheit würden schon in den Morgenstunden, wenn die ersten Frühaufsteher den Burgblick auf Neuigkeiten durchforstet hatten, die Telefondrähte glühen. Beste Gelegenheit für Denunzianten, falsche Verdächtigungen auszusprechen oder alte Rechnungen zu begleichen.

Ja, man habe zur fraglichen Zeit jemanden am Lichtenstein gesehen, der sich dort sonst nie herumtrieb. Nein, genau habe man ihn nicht erkannt und man wolle ja auch niemanden verdächtigen. Aber es sei schon möglich, dass es der Herr oder die Frau Sowieso gewesen sei. Zuzutrauen sei es ihm oder ihr schon, etwas mit der Sache zu tun zu haben. Aber beschwören könne man das natürlich nicht! Gott bewahre!

Diekmann selbst hatte noch einen allgemeinen Kommentar zu dem Verbrechen verfasst und seine Erschütterung über die Tat ausgedrückt. Nun müsse auch dem Letzten klar sein, dass man sich in Förste leider nicht auf einer Insel der Glückseligkeit befinde und der Arm des Bösen noch bis in den letzten Winkel der Welt reiche. Danach war er einigermaßen zufrieden mit sich und der bösen Welt zu Bett gegangen, nur um in aller Herrgottsfrühe – es war erst halb neun, also mitten in der Nacht – von seiner Frau Birgit aus den Federn geworfen zu werden und sich einem absolut beschissenen Tag gegenüberzusehen.

War der erzwungene Schlafabbruch schon Grund genug, jeden Anflug von guter Laune zusammen mit dem Morgengeschäft die Toilette hinunterzuspülen, so zerrte die Nachricht, mit der ihn Birgit am Frühstückstisch begrüßte, zusätzlich an seinen bereits sehr tief hängenden Mundwinkeln. Einer seiner Kunden, sein ganz spezielles Sorgenkind, kam zum x-ten Mal nicht mit der Software klar, die er ihm für dessen ganz spezielle Lagerhaltung geschrieben hatte. Der Mann hatte schon um halb sieben angerufen und am Telefon den üblichen Wirbel entfacht, mit Zahlungseinstellung und allerlei anderen Konsequenzen gedroht, solle Diekmann die Software nicht umgehend zum Laufen bringen. Denn der Fehler konnte natürlich nur an einer schlampigen Programmierung liegen.

Diekmann wusste, was das bedeutete – knapp eine Stunde Fahrt quer durch den Harz zum Kunden. Und alles nur, um festzustellen, dass der Mann in seiner grenzenlosen Blödheit mal wieder einen seiner individuellen Bedienungsfehler gemacht hatte, trotz mehrfacher intensiver Einweisung in das Programm. Natürlich konnte Diekmann nicht damit rechnen, seinen Einsatz entlohnt zu bekommen. Immerhin, der Mann war einer seiner besten Kunden – auch wenn der ihn die letzten Nerven kostete. Also würde er die Angelegenheit wie so oft zähneknirschend als kostenlose Serviceleistung verbuchen.

Diekmann hatte sich gerade mit dem Unvermeidlichen arrangiert, es mit einem Schluck kochend heißen Kaffee begossen und sich dabei Zunge und Gaumen verbrannt, als das Telefon klingelte. Seine Frau sprang von ihrem Stuhl auf, ehe er reagieren konnte. Wenige Augenblicke später stand sie, bleich und beinahe ebenso durchscheinend wie ein Schlossgespenst wieder in der Küchentür.

»Uwe Rensick ist tot«, flüsterte Birgit tonlos, »ermordet. Von einem Mönch.«

»Hä?« Diekmann glitt die Brötchenhälfte mit dem Akazienhonig aus der Hand und fiel ihm, Murphys Gesetz folgend, mit der klebrigen Honigseite auf den Oberschenkel, also auf seine neue Jeans. »Wer sagt denn so was?«

»Eine Frau Bierwirth hat angerufen …« Birgit standen Tränen in den Augen. Zeitlupenhaft bewegte sie sich auf ihn zu, den Blick auf einen Punkt im Endlosen gerichtet. Sie und Holger kannten Uwe Rensick gut. Waren, solange sie denken konnten, seine Patienten. Waren ihm treu geblieben, auch als er seine Praxis nach Osterode verlegt hatte.

»Bierwirth? Kenne ich nicht.« Diekmann tat sich etwas schwer, Ordnung in sein gedankliches Personenregister zu bringen.

»Sie wohnt neben der Praxis«, erklärte sie tonlos, »hat alles mitbekommen. Die Polizei hat sie befragt. Jetzt dachte sie, dass du das erfahren musst. Damit du es im Burgblick veröffentlichen kannst.«

»Ja, klar doch! Und diese Bierwirth behauptet, ein Mönch hat … Uwe Rensick ermordet? Ein Mönch! Was für eine Quatsch.«

»Aber, so was denkt sich doch keiner aus!«

»Warte mal, das haben wir gleich.«

Er ging zum Telefon, nahm das Mobilteil aus der Ladeschale und drückte die Kurzwahltaste. Die Nummer des Arztes hatte er, wie alle wichtigen Telefonnummern, im Telefonspeicher abgelegt. Es meldete sich niemand. Lediglich die freundliche Stimme von Katrin Kühne teilte ihm per Anrufbeantworter mit, dass die Praxis zurzeit nicht besetzt sei. Diekmann legte auf und betrachtete nachdenklich das Telefon, ehe er eine weitere Nummer aus dem Verzeichnis anwählte. »Hallo Carola, grüß dich«, sagte er betont locker. Er wollte sich nicht den Anschein eines aufgeregten Hobby-Journalisten geben, der unprofessionell auf jedes Gerücht oder jede Parole hereinfiel, die an ihn herangetragen wurde. »Sag mal, hast du irgendwas gehört? Irgendwas, das ich vielleicht wissen sollte? Mich hat eben jemand angerufen und gesagt, dass Uwe Rensick …«

Weiter kam er nicht. Carola Dietzel, freie Mitarbeiterin des Osteroder Tageblatts, unterbrach ihn und bestätigte, was er bis zu diesem Augenblick nicht hatte glauben wollen. Schweigend hörte er ihr einige Minuten zu.

»Danke, Carola«, sagte er schließlich leise und legte auf.

Das Telefon in der Hand, schlurfte er zurück in die Küche, ging wie durch einen Tunnel zum Fenster und sah nach draußen.

»Was ist?«, fragte Birgit von weit her.

»Es stimmt, Uwe wurde ermordet«, antwortete er mit brüchiger Stimme.

Mehr sagte er nicht und starrte weiter aus dem Fenster. Es hatte zu regnen begonnen. Das monotone Rauschen des typischen Landregens aus einer gleichförmig grauen Wolkendecke – nicht zu heftig, dafür aber länger anhaltend und nicht nur ein kurzer Schauer. Wie es aussah, war das Ende der Sonnentage fürs Erste besiegelt, und die fast schon traditionelle sommerliche Schlechtwetterperiode hatte ihren Anfang genommen.

Der zweite Mord innerhalb von drei Tagen! Diesmal an einem von ihnen! An einem Mann aus Förste!

Diekmann hörte schon die Fragen, die jetzt laut würden und die er sich selbst auch stellte: Warum musste nach Krüger auch der Doktor sterben? Wer hatte ihn ermordet? War es einer aus dem Dorf? Lebte unter ihnen ein Mörder? Ging auch der Höhlenmord auf sein Konto? Zwei Tote in wenigen Tagen! Ein und derselbe Täter? War es das, oder kam da noch mehr? Wer war der Nächste? Wann und wo würde der Killer wieder zuschlagen?

Ein leiser Schauer zog ihm über den Rücken und seine Nackenhaare richteten sich auf. Zu den wild tanzenden Gedanken gesellte sich die Sorge um die Einwohner des Dorfes, um seine Freunde und Bekannten. Er wusste nur zu gut, wie schnell Verleumdungen und Verdächtigungen eine scheinbar verschworene Gemeinschaft aushebeln konnten. Und er war sicher, die anstehenden Ermittlungen würden Risse ins Dorf treiben und Misstrauen säen, das sich zum offenen Hass auswachsen konnte, je länger es dauerte, den Täter zu fassen. Und plötzlich, wie aus dem Nichts, quetschte sich überflüssigerweise auch noch ein wohliger Grusel in seine Gefühlsachterbahn, gepaart mit der lustvollen Neugier des Berichterstatters an der Sensation!

»Ich fahre dann mal«, murmelte Diekmann. Er hauchte Birgit einen Kuss auf die Stirn und wandte sich zum Gehen.

»Wann kommst du wieder?«

Er zuckte mit den Schultern: »Keine Ahnung. Kann dauern.« Nach einem Abstecher ins Schlafzimmer und danach in sein Büro, verschwand er mit einer Aktentasche in der einen und einer Kamera in der anderen Hand ohne weiteren Gruß aus der Haustür.

»Liebst du Katrin?«

Behrends drehte sich mit einem Ruck zu Maike de Baer um und starrte sie entgeistert an.

Sie standen auf dem Parkplatz vor der Praxis, wo sie ihren Dienst-BMW unter den ausladenden Ästen der Laubbäume abgestellt hatten, die den Parkplatz zur Straße hin abgrenzten. Gerade wollten sie zurück nach Northeim fahren. Das heißt, Behrends wollte. Maike hingegen hatte gezögert. Er hatte sie regelrecht von Katrin losreißen müssen, die nach wie vor benommen im Wartezimmer auf ihrem Stuhl saß, aber behauptete, dass es ihr gut gehe.

»Was?«

»Du hast schon richtig gehört: Liebst du sie?«

»Hm ...«, brummte er und starrte verlegen auf seine Fußspitzen. »Ich ... also ... ja, ich denke schon. Warum fragst du?«

»Du solltest dich um sie kümmern. Sie braucht dich. Die Sache hat sie völlig fertiggemacht. Ich glaube, sie hat ihren Chef sehr gemocht.«

»Ich weiß. Aber ... Katrin packt das allein, da bin ich mir sicher. Du hast sie doch gehört. Es geht ihr gut. Und wenn sie jemand zum Ausheulen braucht – sie hat Freundinnen.«

»Das ist nicht dein Ernst, oder?«

Er warf einen schnellen Blick zur Seite. »Mir ist nicht nach Witzen zumute. Mensch Maike, jetzt sieh mich nicht so vorwurfsvoll an! Ich kann mich nicht auf die Ermittlungen konzentrieren und gleichzeitig den Seelentröster spielen! Wie soll das denn gehen? Tut mir leid, ich bin Kriminalbeamter und kein Psychologe!«

»Sag mal, Behrends, bist du so schwer von Begriff, oder tust du nur so?« Ihr Ton hatte an Schärfe zugenommen. »Katrin braucht keinen Psychologen! Sie braucht dich!«Sie ließ eine Pause folgen, die angefüllt war mit dem leisen Rauschen des Regens, der vor wenigen Minuten eingesetzt hatte. Unter dem Blätterdach der Bäume standen sie einigermaßen geschützt. »Wenn du sie nicht über kurz oder lang verlieren willst, solltest du dich mehr um sie kümmern. Am besten, sofort«, fügte sie leise hinzu.

»Sofort! Was für eine blendende Idee«, brauste Behrends auf. »Verrat mir mal, wie das gehen soll? Schon vergessen? Wir haben zwei Morde aufzuklären, eine äußerst nervende Staatsanwältin am Hacken und die Presse hält auch nicht mehr lange still. Und du redest von sofort!«

»Genau. Ich fahre allein zurück nach Northeim. Und du nimmst dir Katrin, setzt sie in ihr Auto und fährst sie nach Hause. Lass dir Zeit. Tröste sie. Und wenn du das Gefühl hast, sie ist soweit okay, dann kommst du mit deinem Auto nach.«

Behrends glotzte Maike an, als habe sie ihm soeben erklärt, dass sie von ihm schwanger sei: »Das willst du doch nicht wirklich?«

»Doch, will ich.« Sie hielt ihm den Zeigefinger unter die Nase. »Und versuch erst gar nicht, mit mir zu diskutieren. Ich warne dich!«

Auch wenn sie lächelte – Behrends wusste, dass sie es ernst meinte. »Aber die Ermittlungen«, wagte er einen letzten, hilflosen Einwand, »die Zeit läuft uns davon.«

»Behrends, hör auf! Du musst nicht alles selbst machen. Du hast ein Superteam um dich. Deine Leute sind Spitze und zudem hoch motiviert. Du bist der Boss, gut. Aber niemand von uns braucht dich zum Händchenhalten. Wir können schon alleine gehen und wir wissen, was zu tun ist.«

»Na, wenn das so ist …« Behrends bemühte sich, beleidigt zu klingen, »dann werde ich ja nicht mehr gebraucht.«

»Idiot!«

Behrends wurde von Bosse vor der Tür zu seinem Büro abgefangen. »Kommen Sie, Herr Hauptkommissar, das müssen Sie sich anschauen. Ich glaube, ich bin da auf etwas gestoßen. Ich habe schon mit Frau de Baer darüber gesprochen und sie meinte, ich solle Sie umgehend in Kenntnis setzen, sobald Sie zurück sind.«

»Sie haben was?« Einmal mehr wusste er, warum er und Bosse sich immer noch siezten. Zu dem Mann würde er nie die Nähe aufbauen können, die ein persönliches »Du« rechtfertigte. Der

Kerl war in seinen Augen ein intriganter Kotzbrocken, all seiner ermittlerischen Fähigkeiten zum Trotz! »Hätten Sie nicht warten können, bis ich da bin? Ich hätte schon gern vorher gewusst, was Sie herausgefunden haben. Ich leite immerhin die Ermittlungen, nicht Frau de Baer!«

Bosse baute sich mit verschränkten Armen vor ihm auf. Alles an ihm verriet Ablehnung und Widerstand. »Ich glaube, in diesem Fall war Eile dringend geboten. Und da Frau de Baer bereits da war, Sie aber nicht, habe ich mit ihr meine Erkenntnisse schon mal durchgesprochen.«

»Ach? Haben Sie das?«

Bosse hatte nichts Falsches gemacht. Und Behrends hatte ihn völlig zu Unrecht gerüffelt. Er war sich darüber im Klaren, aber er war einfach sauer! Besonders auf Maike! Sie hatte ihn dazu überredet, Katrin in ihrem Wagen nach Hause zu fahren. Die hatte auf der Fahrt nach Förste geschwiegen und auch bei sich zu Hause hatte sie kaum auf sein hilfloses Gestammel reagiert. Noch nicht einmal, als er sich tatsächlich ein ungeschicktes »Ich liebe dich« abgerungen hatte. Wie ein Idiot war er sich vorgekommen. Er hatte das Gefühl gehabt, dass sie jeden anderen Menschen lieber um sich gehabt hätte als ihn. Schließlich hatte er sie allein zurück gelassen. Sie hatte nicht gewollt, dass er jemanden anruft, der sich um sie kümmert. Sie sei nicht behindert, hatte sie gemeint.

Er hatte sich ihr Fahrrad ausgeliehen, war zu sich nach Hause geradelt und, nach einer kurzen Gassi-Runde mit Sir Toby, wieder mal mit seinem Privatwagen nach Northeim gefahren. Er würde die Frauen nie verstehen! Was man auch tat, um es ihnen recht zu machen – es ging in die Hose!

Und jetzt auch noch dieser niederträchtige Bosse! Diese scheinheilige Zecke!

»Oh, Entschuldigung. Ich habe nicht gewusst, dass ich Ihnen damit auf den Schlips trete, wenn ich mich bemühe, die Ermittlungen voranzubringen. Also, was ist jetzt? Wollen wir?« Bosse hatte die Arme sinken lassen und blickte ihn gespielt arglos an.

Behrends atmete tief ein und ließ die Luft zischend wieder entweichen. »Also gut, zeigen Sie mir, was Sie haben.«

Bosse präsentierte ihm, in Klarsichtbeutel eingetütet und ausgebreitet auf einem Abstelltisch in seinem Büro, einen Stapel Geldscheine, das Kassenbuch, von dem Erkennungsdienst-Micha bereits gesprochen hatte, einen stark ausgeblichenen und an den Knickfalten unleserlichen Zeitungsausschnitt, ein zerknittertes Foto – höchstwahrscheinlich das Foto, das Dr. Stein erwähnt hatte, ein abgewetztes Lederportemonnaie, ein paar Münzen, drei Tankquittungen und zwei Kettchen mit Yin-Yang-Anhänger.

»Moment, wo kommt denn das zweite Kettchen her?«

»Ich wusste, dass Sie das fragen würden«, freute sich Bosse.

»Und?« Behrends hätte ihn am liebsten sonst wohin getreten. Aber er konnte sich ja beherrschen!

»Das lag in dem Portemonnaie, das dieser Dr. Stein bei mir abgegeben hat. Ich habe mir den Inhalt des Portemonnaies schon mal ein wenig angeschaut.«

»Das dachte ich mir«, antwortete Behrends. »Sie sollten die Sachen aber schnellstens zur Untersuchung geben.«

»Ich weiß«, schnappte Bosse beleidigt, »ich bin ja nicht erst seit gestern in dem Geschäft. Und das werde ich auch gleich erledigen. Vorher möchte ich Sie aber bitten, sich anzuhören, welche Überlegungen ich angestellt habe, im Zusammenhang mit dem Zeitungsausschnitt. Wie Sie sehen, handelt es sich um eine Todesanzeige.«

Behrends griff sich das Beutelchen mit der Anzeige und musterte sie abwesend von allen Seiten, ohne den Trauer-Text zu lesen oder dem Bild des Mannes neben dem Text größere Beachtung zu schenken. »Ach ja? Dann klären Sie mich bitte auf.«

Er war nicht sonderlich an Bosses Erörterungen interessiert. Seine Gedanken kreisten stattdessen um dieses zweite Yin-Yang-Kettchen. Schon wieder das ominöse Symbol! Was hatte das Kettchen in Krügers Portemonnaie verloren? Gehörte es ebenfalls ihm oder einer anderen Person? Dem toten Dr. Rensick vielleicht? Es gab eine Verbindung zwischen den beiden Männern. Das auf der Stirn eingeritzte Symbol bei beiden Toten war eindeutiger Beleg dafür! Es *musste* eine Verbindung geben!

»Die Traueranzeige ist einem gewissen Heiner Seidel gewidmet, wie Sie unschwer erkennen können. Und es ist schon ein paar Tage her, seit der Mann gestorben ist. Genau gesagt, neun Jahre. Da habe ich mich natürlich gefragt, wie kommt diese Anzeige in das Portemonnaie von Franz Krüger. Was hat er mit dem Mann zu tun gehabt.«

»Ein Verwandter oder ein guter Freund vielleicht?«, schlug Behrends beiläufig vor. Sein eigentliches Interesse galt weiterhin den Kettchen.

»Wäre eine Möglichkeit«, bestätigte Bosse. »Daran habe ich auch zuerst gedacht. Aber ich fand die Erklärung zu einfach. Frau de Baer übrigens auch.«

Frau de Baer übrigens auch, äffte Behrends Bosse in Gedanken nach. Laut sagte er: »Ach, wirklich? Manchmal sind die Dinge eben nicht so kompliziert, wie wir es immer vermuten.«

»Mag sein«, entgegnete Bosse aufmüpfig, »uns kam es jedenfalls komisch vor. Also haben wir beschlossen, der Sache nachzugehen. Es muss doch einen Grund haben, wenn einer eine Todesanzeige über die Jahre mit sich herumschleppt.«

»Sehe ich nicht so«, erwiderte Behrends lakonisch.

»Und nun raten Sie mal, was ich dabei herausgefunden habe«, ließ sich Bosse nicht beirren.

»Keine Ahnung. Was denn?«

»Nichts!«

Behrends platzte der Kragen. »Nichts? Bosse, wollen Sie mich verarschen?«

»Oh nein«, wehrte Bosse ab, »Sie doch nicht, Herr Hauptkommissar! Ich will damit nur sagen, dass es ganz offensichtlich keine wie auch immer gearteten verwandtschaftlichen oder freundschaftlichen Beziehungen zwischen Krüger und diesem Seidel gibt oder gegeben hat.«

»Na super«, seufzte Behrends, »und was sagt uns das jetzt? Verraten Sie mir doch bitte, was das Ganze mit unseren Mordfällen zu tun hat. Wenn Sie das können, dann finde ich die Geschichte sicher genauso interessant wie Sie.«

Bosse drückte sein Hinterteil gegen die Kante seines Schreibtisches, stützte sich mit den Händen auf der Tischplatte ab und streckte seine Beine übergeschlagen von sich. Er demonstrierte

Lässigkeit. Behrends begegnete dem überheblichen Grinsen seines Gegenübers mit ausdruckslosem Blick, ließ sich keine Gemütsregung anmerken, wollte die Runde noch nicht verloren geben, war selbst ganz Pokerface.

»Wie ich schon sagte, die Traueranzeige befand sich in Krügers Portemonnaie«, erklärte Bosse noch einmal. »Ich bin nicht so naiv zu glauben, dass unser Ermordeter den Fetzen aus reiner Sentimentalität aufgehoben hat, in Gedenken an einen Verwandten oder Freund. Da steckt etwas anderes dahinter. Etwas, das durchaus mit dem Mord an Krüger zu tun haben könnte. Frau de Baer sieht das genauso.«

Behrends trat so dicht wie möglich an Bosse heran, durchbohrte ihn mit seinem Blick. »Na schön, Herr Bosse, dann werde ich Frau de Baer wohl nach ihrer Sichtweise befragen müssen. Und Sie, Herr Kollege, haben Sie nichts zu tun?«

Bosse hatte es plötzlich eilig, aus Behrends' Blickfeld zu verschwinden.

Die Zeit lief ihnen davon. Darüber waren sich alle Mitglieder der Soko »Höhlenzauber« im Klaren. Dementsprechend angespannt und ernst verlief die Zusammenkunft.

Es gab besorgniserregende Indizien, aus denen man schließen konnte, dass Dr. Rensick nicht das letzte Opfer eines gesichtslosen Mörders gewesen war. Dummerweise war die einzig belegte Gemeinsamkeit bisher aber das Yin-Yang-Symbol auf der Stirn der Ermordeten, das sich auch auf den Anhängern der Kettchen befand, die man bei Krüger gefunden hatte.

Diese Kettchen wiesen nicht nur eine vollkommene Identität in Form, Farbgebung, Ausgestaltung und vom Material her auf – auf der Rückseite der Anhänger fand sich auch in filigraner Schrift das gleiche mysteriöse Wort mit der darum herumgeschwungenen Herzkontur eingraviert: »Ila«. Sofern Krüger nicht homosexuell veranlagt gewesen war, wovon man mit einiger Sicherheit ausgehen konnte, stammten die Kettchen von einer Frau – als sichtbarer Beweis ihrer Liebe. Eine Frau mit dem Namen Ila? Oder mit dem Spitznamen Ila? Wer aber war die Unbekannte?

Oder handelte es sich bei den drei Großbuchstaben vielleicht gar nicht um einen Namen?

Aber gehörten wirklich beide Kettchen Krüger? Und wenn ja, warum hatte er eins zu Hause im hintersten Winkel versteckt, während er das andere in seinem Portemonnaie bei sich trug? Hatte er das versteckte Kettchen vielleicht zu irgendeiner Zeit verloren geglaubt und von der geliebten Frau ein neues, identisches bekommen?

Alle in der Soko unterstützten Behrends' Vermutung, dass die beiden Kettchen wohl unterschiedlichen Eigentümern zuzuordnen seien, woraus sich augenblicklich die Frage ergab, wie denn Krüger wohl in den Besitz des zweiten Kettchens gekommen war.

»Ich habe da noch was«, meldete sich plötzlich Maike de Baer zu Wort. Sie hatte sich bisher, ebenso wie Bosse auch, kaum an dem Gespräch beteiligt.

Behrends seinerseits hatte Maike ganz bewusst ignoriert. Jetzt konnte er jedoch nicht mehr so tun, als sei sie nicht im Raum. Er wusste, was kam. »Ja, Maike?«

»Vielleicht gibt es ja noch eine andere Spur. Eine, von der bisher noch gar nicht die Rede war.«

»Da bin ich jetzt aber neugierig«, säuselte Behrends spöttisch.

Maike sparte sich eine schnippische Erwiderung. Stattdessen sagte sie: »Kollege Bosse und ich haben mal die Sachen etwas genauer unter die Lupe genommen, die Kalle und Micha in Krügers Haus gefunden haben. Zusammen mit der Todesanzeige, die sich neben dem zweiten Kettchen in Krügers Portemonnaie befand, ergibt sich …«

»Ja, Maike, vielen Dank«, fuhr ihr Behrends ins Wort, »der Kollege Bosse hat mich vor unserer Zusammenkunft schon ins Bild gesetzt. Ich kann da absolut keine brauchbare Spur erkennen. Also verplempern wir nicht unsere Zeit, sondern gehen lieber den Erfolg versprechenden Hinweisen nach.«

»Aber ich …«

»Ende der Diskussion«, blaffte Behrends.

Maike de Baer blieben die Worte im Halse stecken. Was war denn in Behrends gefahren? Hatte er sie eben tatsächlich vor versammelter Mannschaft heruntergeputzt? Ihr Partner? Ihr Vertrauter? Sie versuchte, den Kloß in ihrem Hals hinunterzuschlucken und die aufsteigenden Tränen zurückzudrängen. Das konnte er nicht mit ihr machen! Was glaubte er eigentlich, wer er war?

Sie warf einen verstohlenen Blick zu Bosse, dem ein unverschämtes Grinsen um die Mundwinkel spielte. Na klar – Bosse! Er freute sich über ihre Auseinandersetzung. Hatte er sie vielleicht sogar angezettelt? Trotzig das Kinn nach vorn gereckt, verfolgte sie nun schweigend den Rest der Sitzung.

Ein Name drängte sich während der Diskussion um das weitere Vorgehen immer wieder in den Vordergrund: Gerhard Hildebrandt, der »Nachfahre«. Der Mann, der laut Dr. Steins Aussage mit Franz Krüger befreundet war, bis sie sich irgendwann zerstritten hatten. Konnte es sein, dass eins der beiden Kettchen Gerhard Hildebrandt gehörte? Eine Frau, zwei Geliebte, die voneinander erfahren hatten? Und einer von ihnen musste sterben? Wie passte dann der Doktor ins Bild? Ein weiterer Geliebter? Gab es etwa noch ein drittes Kettchen? Sie würden in Rensicks Wohnung gezielt danach suchen müssen.

Gab es wirklich keine weiteren Ansatzpunkte für ihre Ermittlungen? Behrends fiel wieder diese Hella Schwarze ein, von der Frau Bierwirth gesprochen hatte. Vielleicht konnte sie Hinweise darauf geben, was Rensick außerhalb der Sprechzeiten getrieben hatte. Vielleicht würden sie dann eine Verbindung zu Krüger finden. Aber es war mittlerweile zwei Jahre her, dass Hella Schwarze in ihrem BMW vor der Arztpraxis aufgetaucht war. Falsch – die Zeugin Bierwirth hatte sie nur zu jenem Zeitpunkt das letzte Mal vor der Praxis gesehen. Nicht mehr und nicht weniger. Was in der Zwischenzeit passiert war, wusste niemand. Außerdem hieß Hella Schwarze nicht mehr »Schwarze«. Sie war verheiratet. Mit einem Fabrikbesitzer, dessen Namen es galt, herauszufinden.

Zum Schluss verteilte Behrends die Aufgaben. Kalle und Micha durften sich das Wohnhaus Dr. Rensicks in Förste vornehmen. Er hatte dort allein gelebt. War nie verheiratet gewesen oder hatte in einer festen Beziehung gelebt. Bosse sollte diese Hella Schwarze ausfindig machen und befragen. Dann war noch die Herkunft der Kettchen zu klären. Diese Aufgabe übertrug er Maike de Baer, die nach der vorherigen Abfuhr nicht erwartet hatte, auch noch eine derartige Sisyphusarbeit erledigen zu müssen.

»Was soll das denn bringen?«, begehrte sie auf. »Soll ich etwa alle Juweliere Südniedersachsens abklappern, bei denen die Kettchen möglicherweise gekauft worden sind?«

»Zum Beispiel«, antwortete Behrends lakonisch, »aus dem Supermarkt sind sie sicher nicht. Es ist immerhin echtes Gold und es gibt diese Gravuren. Und wahrscheinlich hat jemand mindestens zwei Stück davon bestellt oder gekauft. So etwas sollte dem betroffenen Juwelier eigentlich in Erinnerung geblieben sein.« Er wandte sich von Maike ab und blickte in die Runde: »So, Herrschaften, das war's. Ende der Veranstaltung und auf ins Vergnügen.«

Stühlerücken, Gemurmel. Der Raum leerte sich. Nur Maike blieb sitzen.

»Ist noch was?« tat Behrends verwundert.

»Ingo, was soll das?« Ihre Stimme zitterte. Sie hatte Mühe, sich zu beherrschen.

»Was soll was?«

»Was ist los mit dir? Hast du es nötig, mich so vor allen bloßzustellen? Was habe ich dir denn getan?«

Behrends baute sich vor Maike auf, stemmte die Hände in die Hüften. »Was habe ich dir denn getan?« äffte er sie nach. »Maike, wir haben einen Mord aufzuklären! Das ist harte Arbeit. Da ist kein Platz für persönliche Animositäten!«

»Haha!« Sie warf den Kopf zurück, lachte kurz und verbittert auf. »Das sagst ausgerechnet du! Wer pflegt denn hier persönliche Animositäten? Es ist doch wegen Bosse, dass du so bescheuert reagiert hast. Du hast mir doch noch nicht mal Gelegenheit gegeben, zu sagen, was ich herausgefunden habe!«

Behrends gab sich einen Ruck. Stapfte wütend ans Ende des Raumes. Kam zu ihr zurück. »Okay. Jetzt hast du die Gelegenheit«, schnappte er.

Maike zögerte. Musste sich konzentrieren. Ihren Groll hinunterschlucken. »Ich habe mir die Todesanzeige und dieses Kassenbuch mal etwas genauer angesehen. In dem Kassenbuch sind monatliche Geldeingänge verzeichnet, die Krüger, immer um zwei, drei Tage versetzt, wieder als Ausgänge eingetragen hat. Einnahmen und Ausgaben, sozusagen. Die Einnahmen ergaben sich aus vier Beträgen, immer die gleichen, drei gleich große und ein höherer, alle mit einem Buchstaben versehen. Der Ausgangsbetrag entsprach exakt dem Eingang.«

»Wie schön«, grunzte Behrends ungeduldig, »und was schließt du daraus?«

»Daraus noch gar nichts. Interessant wird es erst, wenn man den Zeitpunkt der ersten Eintragungen mit dem Datum der Todesanzeige abgleicht. Die Ein- und Ausgänge beginnen nur knapp zwei Wochen nach dem Todestag dieses Heiner Seidel aus der Todesanzeige.«

»Mhm ...« Behrends rieb sich das Kinn.

Maike musterte ihn, sah, dass er nachdenklich geworden war. »Noch was hat mich stutzig gemacht. Seit zwei Monaten sind keine Ausgänge eingetragen, nur Eingänge, und die entsprechen genau der Geldsumme, die Kalle und Micha in Krügers Haus gefunden haben.«

Behrends seufzte. Blickte auf Maike und grinste schief. »Und du glaubst, damit hast du eine Spur zu Krügers Mörder gefunden?«

»Na ja, noch sehe ich keine konkreten Zusammenhänge«, gab Maike zu. »Riecht aber ein bisschen nach Erpressung, findest du nicht? Ich denke, wir sollten der Sache nachgehen.«

»Und ich denke, du verzettelst dich«, gab Behrends schroff zurück.

»Verdammt Behrends, warum bist du denn bloß so stur?«, brauste Maike auf. »Siehst du denn nicht, dass da etwas nicht stimmt?«

»Nein. Ich sehe nur, dass jemand über seine Geldeinnahmen und – ausgaben Buch geführt hat. Dafür gibt es viele Gründe. Zufall, dass die Eintragungen am Todestag dieses Seidel beginnen. Und die Todesanzeige kann er in seinem Portemonnaie aufbewahrt haben, vielleicht weil er sie jemandem zeigen wollte. Und später hat er dann vergessen, sie wegzuwerfen. Was glaubst du, wie viele uralte Kassenzettel ich in meiner Brieftasche herumschleppe. Die müsste ich auch mal entsorgen. Ach, und das Bargeld – mancher versteckt es eben lieber im Schornstein, als es zur Bank zu bringen.«

Maike zog verächtlich die Mundwinkel nach unten. »Du bist so ein Ignorant!«

»Nein, Maike, ich bin dein Boss! Und als der sage ich dir, dass du dich in erster Linie um die Kettchen kümmerst und dich nicht an kalten Spuren festbeißt, klar?«

Maike stand mit einem Ruck von ihrem Stuhl auf und verließ den Konferenzraum, ohne ihn noch eines Blickes zu würdigen.

»Und ich werde mich dann mal um unseren Freund Hildebrandt kümmern«, sagte er zu sich selbst, während er seiner Kollegin nachblickte.

Du hättest dich nicht mit Bosse zusammentun dürfen!, schickte er Maike einen letzten, wütenden Gedanken hinterher. Dann sammelte er seine Unterlagen zusammen und folgte ihr.

Als Behrends zu seinem Gespräch mit Gerhard Hildebrandt aufbrach, war es fast fünfzehn Uhr. Ihm blieb mehr als eine Stunde Zeit. Vorher sei ihr Mann nicht zu Hause, hatte Hildebrandts Frau ihm am Telefon mitgeteilt.

Behrends hatte also noch genug Luft, um sich unterwegs ein belegtes Brötchen und einen Becher Kaffee zu genehmigen. Er spürte den Hunger schmerzhaft in sich nagen. Ein schneller Happen zwischendurch musste aber reichen. Wieder mal. Den Weg der geregelten Mahlzeiten hatte Behrends schon vor längerer Zeit verlassen, und es gab niemanden, der ihn darauf hätte zurückführen können. Katrin vielleicht. Die Idee war ihm schon öfter gekommen. Etwa, wenn sein Hunger ihn halluzinieren ließ und ihm Bilder von früher und von Mutters deftigen Mittagsmahlzeiten vorgaukelte. Er hatte den Gedanken daran allerdings immer sofort weit von sich geschoben, weil er ihm nicht gefiel. Katrin bekäme dadurch zu viel Einfluss auf sein Leben. Etwas, das er auf keinen Fall wollte. Eine Liebhaberin, ja, aber kein Hausmütterchen, das ihn bekochte! Dann lieber mit seinen Essgewohnheiten jeden Ernährungswissenschaftler das Fürchten lehren.

Auf halber Strecke nach Förste gab es im Rewe-Markt am Ortsausgang von Katlenburg ein Stehcafé und die Fleischereiabteilung bot täglich ein Mittagsmenü an. Einige Male hatte er dort schon einen Zwischenstopp eingelegt. Da konnte er auch jetzt kurz anhalten. Danach wollte er Holger Diekmann einen schnellen Besuch abstatten. Er hatte auf einem Datenstick zwei Fotos des Yin-Yang-Kettchens dabei, eins mit der Vorder-, das andere mit der Rückseite des Anhängers, dazu eine Textbeschreibung des Mannes, der wie ein Mönch ausgesehen haben sollte, ergänzt durch die stilisierte, gesichtslose Zeichnung einer solchen Figur, wie sie im Internet zu Tausenden zu finden war. Die Unterlagen waren natürlich an die regionalen Tageszeitungen des gesamten südlichen Niedersachsen gegeben worden. Aber Diekmann hatte die Möglichkeit, Bilder und Text umgehend in seinem Online-Portal zu veröffentlichen und um Hinweise aus der Bevölkerung zu bitten. Wer kannte das Kettchen? Wer hatte schon einmal so ein Schmuckstück gesehen? War gestern Abend oder an sonst einem Tag jemandem eine Person aufgefallen, die wie ein Mönch herumlief? Nachdem die Befragung der Anwohner in den Straßenzügen um die Arztpraxis, die die uniformierten Kollegen noch heute Morgen durchgeführt hatten, weder einen Hinweis auf einen Mann in Mönchskutte erbracht hatte noch auf andere Auffälligkeiten in der Nähe der Praxis, bot der Weg über Diekmanns Burgblick im Internet eine hoffnungsvolle Möglichkeit, auch diejenigen zu erreichen, die man heute Morgen vor Ort nicht angetroffen hatte.

Diekmanns alter VW-Bus stand nicht vor dem Haus. Trotzdem hielt Behrends und stieg aus. Er sprang schnell die paar Schritte durch den immer noch anhaltenden Regen zur Haustür hinüber und klingelte.

Es dauerte eine Weile, und er wollte schon wieder kehrtmachen, als sich im Hausinneren etwas regte. Wenige Sekunden später riss Birgit, Diekmanns Frau, die Tür auf und schluckte gleichzeitig die Worte hinunter, die sie ihm entgegenschleudern wollte. Jedenfalls sah alles an ihr so aus, als sei sie nicht darauf vorbereitet gewesen, denjenigen, der geklingelt hatte, freundlich zu empfangen. Ganz im Gegenteil! Offensichtlich hatte sie jemand anderen erwartet. Sie blickte ihn verdutzt an. »Ach, du bist das, Ingo. Ich dachte ...«, sie bemühte sich um ein freundliches Lächeln, »... Holger hätte mal wieder seinen Haustürschlüssel vergessen.«

»Das heißt, er ist nicht zu Hause«, folgerte Behrends.

»Ist schon den ganzen Tag unterwegs. Glaubst du, der ruft zwischendurch mal an und sagt, wo er sich rumtreibt und wann er nach Hause kommt?«

»Schade, ich habe ein paar wichtige Informationen zu dem Mord am Doktor, von denen ich gehofft hatte, er könne sie gleich im Burgblick online schalten.«

»Der Doktor, ja ...«, murmelte sie und binnen Sekundenbruchteilen spiegelte ihr Gesicht die ganze Bedrückung wider, die sie angesichts des Verbrechens überfallen hatte. »Komm doch erstmal rein. Vielleicht kann ich dir ja weiterhelfen. Etwas kenne ich mich auch aus mit dem System.«

»Das wäre echt klasse«, freute sich Behrends und schob sich an ihr vorbei ins Haus.

»Willst du 'nen Kaffee?«

Behrends sah aus den Augenwinkeln einen Teller mit Keksen auf dem Wohnzimmertisch stehen. Das Brötchen im Rewe-Markt hatte seinen Hunger nur kurzfristig gestillt. Und die Kekse sahen verlockend aus. »Ja, gerne. Danke«, sagte er und setzte sich auf einen der Stühle am Tisch.

Birgit verschwand in der Küche und stellte die Kaffeemaschine an, dann kam sie zurück und setzte sich zu ihm. »Dauert einen Moment«, sagte sie entschuldigend.

»Kein Problem«, meinte Behrends, »wo ist Holger denn hin? Termine?«

»Einer unserer Kunden hat Schwierigkeiten mit seiner Software. Ich glaube, zu dem wollte er fahren. Aber was er sonst noch vorhatte – frag mich nicht! – Ich glaube, der Kaffee ist durch.« Sie sprang von ihrem Stuhl auf. »Moment, bin gleich wieder da. Willst du Milch? Zucker?«

»Nur etwas Milch«, rief Behrends ihr hinterher.

»Was soll ich denn nun im Burgblick veröffentlichen?«, fragte Birgit kurze Zeit später und stellte Behrends einen Pott Kaffee hin. »Bediene dich ruhig von den Keksen, wenn du willst.«

Na endlich! Dankbar griff Behrends zu. »Ich habe ein paar Bilder und einen kurzen Text«, sagte er kauend, »hier auf dem Stick. Die kannst du vielleicht schnell auf den Rechner überspielen. Dann kannst du das Ganze in Ruhe einstellen. Mich brauchst du dazu ja nicht. Ich muss nämlich weiter.« Er blickte zur Uhr. Viel Zeit blieb ihm nicht mehr bis zu seinem Treffen mit Hildebrandt.

»Okay«, sagte Birgit. »Und? Habt ihr schon eine Spur? Oder einen Verdächtigen?«

»Leider nichts Konkretes. Aber vielleicht ergibt sich ja was, wenn die Leute die Bilder im Burgblick sehen. Ach übrigens …«, er griff in seine Tasche und zog zwei Abzüge heraus, die er zusätzlich von den Bildern auf dem Stick gemacht hatte, »wirf doch gleich mal einen Blick auf diese Bilder. Kennst du das Kettchen? Hast du schon mal diese Gravur gesehen, irgendwas von einer Ila gehört?«

Sie nahm ihm die Bilder aus der Hand, betrachtete sie einen Augenblick und schüttelte dann den Kopf. »Tut mir leid, Ingo. Nie gesehen. Und eine Ila kenne ich auch nicht.« Sie seufzte. »Es ist einfach schrecklich. Wer so etwas tut, muss eine Bestie sein.«

»Die Bestie steckt in uns allen. Es ist eigentlich nur die Frage, ob sie irgendwann mal freikommt.«

»Bei mir auch?«

»Bei dir wohl eher nicht«, sagte er tröstend, aber wenig überzeugt. Er hatte es sich längst abgewöhnt, für irgendjemanden die Hand ins Feuer zu legen. Sein Beruf hatte ihn gelehrt, bei allem Guten, das der Mensch in sich trug, zuerst den Blick auf das Schlechte zu richten. Seine Arbeit fußte auf Straftaten und nicht auf Werken der Barmherzigkeit.

»Wo willst du denn jetzt hin? Geht es um den Mord am Doktor?«, fragte Birgit, um sich sofort selbst zu korrigieren. »Ja, natürlich geht es darum. Dumme Frage von mir.«

»Ich habe einen Termin mit Gerhard Hildebrandt, eurem *Nachfahren*.«

»Oh, aber klar! Hätte ich mir denken können«, bemerkte Birgit spitz und zog die Augenbrauen hoch.

Ihre Reaktion und die Art, wie sie das sagt, ließ Behrends aufhorchen. »Warum hättest du dir das denken können?«

»Weil ... ja, weil der Hildebrandt ...« Sie schien sich über ihre spontane Reaktion selbst nicht ganz im Klaren zu sein. Sie suchte nach den richtigen Worten, um ihre Gefühlsäußerung zu erklären. »Also, die waren doch immer ganz dicke miteinander, der Doktor, der Krüger und der Hildebrandt. Der Hildebrandt, also das ist ja ein ganz Komischer. Nicht gerade ein umgänglicher Mensch. Ich mag ihn überhaupt nicht. Der tut immer so abweisend und von oben herab, wenn du mal versuchst, mit ihm ins Gespräch zu kommen. Ich glaube, wenn dem einer querkommt, dann fackelt er nicht lange. Ja, und als du eben gesagt hast, du willst zum Hildebrandt, da dachte ich ... er steht unter Verdacht und du willst ihn verhören.«

Behrends, der schon aufgestanden war, setzte sich wieder auf den Stuhl. »Jetzt hast du mich aber neugierig gemacht. Was weißt du über die drei? Den Krüger, den Doktor und Hildebrandt, meine ich.« Er erinnerte sich plötzlich an Röders Worte. »Das habe ich schon mal gehört – also, dass sie eine Clique gebildet haben.«

»Genau. Der gehörten etliche Leute an. Aber den harten Kern bildeten die drei ... nein, halt, da gehörte noch der Klaus Hartung dazu. Der ist allerdings später aus Förste weggezogen. Gut, das ist jetzt schon etliche Jahre her. Wie so was eben ist, wenn man noch jung ist und keine Familie hat. Irgendwann hat sich das Ganze dann auch in Wohlgefallen aufgelöst. Aber Krüger, Hildebrandt und Rensick, die haben sich immer mal wieder getroffen und so richtig was losgemacht. Meist bei irgendwelchen Festen. Das letzte Mal, da kann ich mich noch gut dran erinnern, da ist die ganze Sache sogar in eine wilde Prügelei ausgeartet.«

Behrends beugte sich neugierig vor. »Erzähl mal. Wann war das denn?«

»Während des vorletzten Schützenfestes ist das passiert, also vor neun Jahren. Das sind so Ereignisse, die bleiben hängen. Ich meine, das muss man sich mal vorstellen, der Hausarzt Dr. Rensick prügelt sich! So was macht in einem Dorf wie Förste natürlich die Runde. Auch noch nach Jahren! Aber wen sie da am Wickel hatten, kann ich dir nicht sagen. War jedenfalls niemand aus dem Dorf. Ich war ja selbst auch gar nicht dabei. Habe es mir später nur erzählen lassen. Muss während des großen Festumzuges gewesen sein. Hinten, wo es zum Kiesteich rausgeht. Da sind sie wohl mit 'nem Fremden aneinander geraten, der schon reichlich besoffen war und sich ziemlich dicke getan hat. Dann sind die drei auf ihn los und wollten ihn zum Dorf rausjagen, hieß es.«

»Worum es bei dem Streit ging, kannst du mir nicht zufällig sagen, oder?«, wollte Behrends wissen.

»Na, du weißt ja, wie das ist, hinterher wird immer viel erzählt. Und mit jedem, der es weiterträgt, ändert sich die Geschichte. Also, angeblich soll es um die Knochen aus der Lichtensteinhöhle gegangen sein, die vor etlichen Jahren mal geklaut worden sind. Aber ganz ehrlich, ich glaube eher, die haben einfach nur Spaß daran gehabt, sich zu prügeln. Ein Grund ist dann immer schnell gefunden. Besonders, wenn Alkohol im Spiel ist. Ich kann mir übrigens gut vorstellen, dass der Hildebrandt die ganze Sache angezettelt hat, damals. Der ist so einer!« Sie zögerte einen Augenblick, ehe sie anfügte: »Frag doch mal deine Katrin. Die kann dir vielleicht mehr sagen. Soweit ich weiß, war die auch an dieser Schlägerei beteiligt.«

Behrends riss die Augen auf und blickte sie überrascht an. Dann schüttelte er den Kopf und lachte: »Katrin? Du machst Witze, Birgit. Katrin und andere Leute verprügeln? Nee, wirklich! Das kannst du mir nicht erzählen! Ich wusste ja nicht mal, dass sie überhaupt zu dieser ... dieser Clique gehörte. Du sagtest doch, nur die drei Männer ...«

»Ich sagte, dass zur Clique weit mehr Leute gehörten, als nur der harte Kern«, antwortete Birgit. Es klang keineswegs so, als wolle sie ihn auf den Arm nehmen. »Aber keine Sorge, Ingo, soweit ich gehört habe, wollte Katrin den Streit schlichten und nicht prügeln.«

Behrends hatte bisher geglaubt, Katrin ganz gut zu kennen. Ein Irrtum, wie sich gerade wieder herausstellte. Aber was hatte er denn erwartet? Konnte man nach kaum einem Jahr einen Menschen wirklich schon richtig kennen? Konnte man das überhaupt jemals?

Bei dem Gedanken fiel ihm Anne Röder wieder ein. Hatte ihr Mann gewusst, was in ihr vorging? Die Gründe gekannt, warum sie ihn verlassen, oder, wie Holger vermutete, sich das Leben genommen hatte?

»Sag mal, Birgit, diese Anne Röder, die verschwunden ist, kennst du die?«

»Ja, sicher. Wie kommst du denn jetzt auf die?«

»War die eigentlich damals auch in der Clique um Krüger, Rensick, Hartung und Hildebrandt?«

»Na klar!« Birgit Diekmann bestätigte ihre Antwort mit einem heftigen Nicken. »Jedenfalls solange sie noch Schwarze hieß und nicht verheiratet war.«

Schwarze? Behrends hatte sich von Birgit Diekmann verabschiedet und saß wieder hinter dem Steuer seines Dienstwagens. Er zögerte, den Wagen zu starten. Schwarze … nicht gerade ein seltener Name. Nur eine zufällige Namensgleichheit? Behrends wollte nicht daran glauben. Er zog sein Handy aus der Tasche.

»Hallo, Herr Bosse. Sie sind doch gerade an dieser Hella Schwarze dran, richtig? Was …? Nein, jetzt nicht. Die Einzelheiten können Sie mir später erzählen. Überprüfen Sie doch mal, ob diese Hella … wie heißt die jetzt? Rakoczy? Prüfen Sie mal, ob die eine Schwester hat. Ja … was? Ja, verdammt, es ist wichtig! ... Nein, ich will Ihre Meinung jetzt nicht hören. Tun Sie einfach, was ich Ihnen gesagt habe. Wir müssen auf jeden Fall mit der Frau sprechen!«

Stiller Zug

Er war noch einmal zurückgekehrt. Hatte ein wichtiges Dokument vergessen. Ihre Stimme drang leise aus der Tür zum Wohnzimmer, die nur angelehnt war.

Als er sie reden hörte, verharrte er in der Bewegung. Sie telefonierte, klang nervös. Warum sprach sie nicht ganz normal? Warum flüsterte sie, als fühle sie sich belauscht? Sie konnte nicht wissen, dass er im Haus war. Oder war es der Inhalt des Gespräches selbst, der sie zu diesem Verhalten zwang?

Er hatte bereits die Hand an der Türklinke gehabt. Zog sie zurück und hielt den Atem an. Konzentrierte sich ganz auf Fees gepresste Stimme.

»Du bist dir sicher, dass die sich nicht geirrt haben? Er ist wirklich so ein … XX-Mann? … Mein Gott!«, hörte er sie sagen.

Mit wem sprach sie?

»Und das steht auch bestimmt nicht in dem Ergebnis, das ihm diese Anthropologen schicken werden? … Nur, dass seine DNA keine Übereinstimmung mit der von den Bronzezeitknochen aufweist? … Gott sei Dank! Glaub mir, das wäre sonst eine Katastrophe!«

XX-Mann? Keine Übereinstimmung? Katastrophe? Was war passiert?

»… Was? Nein, habe ich nicht … Moment, ich notiere mir deine Nummer … ja, gut … danke.«

In wenigen Augenblicken würde sie das Gespräch beenden. Er huschte zur Haustür zurück. Schnell, ohne ein Geräusch zu verursachen. Drückte sich nach draußen. Wartete einige Minuten.

Als er erneut durch die Haustür nach drinnen trat, hörte er gerade noch ihre Schritte auf den letzten Stufen zum Obergeschoss leiser werden. Es schien, als sei sie in Eile.

Er huschte unbemerkt ins Wohnzimmer. Griff zum Telefonhörer. Aktivierte die Anzeige der eingegangenen Anrufe. Der aktuellste Eintrag lag einen Tag zurück. Fee war vorsichtig. Sie hatte die Nummer des letzten Anrufers gelöscht. Aber hatte sie sich die Nummer nicht notiert? Womöglich auf dem kleinen Schreibblock, der neben dem Telefon für Notizen bereitlag?

Tatsächlich konnte er darauf die schwachen Abdrücke des Stiftes erkennen, mit dem sie die Nummer aufgeschrieben hatte. Er steckte sich den Block in die Seitentasche seines Sakkos und ging in sein Büro, gleich neben dem Wohnzimmer. Das vergessene Dokument lag auf dem Schreibtisch. Er lauschte in die Stille des Hauses hinein. Hörte im Obergeschoss leise Schritte. Fee hantierte in ihrem Zimmer herum. Zeit genug für ihn.

Er nahm einen Bleistift, legte die Grafitspitze flach auf das oberste Blatt des Notizblockes und wischte mit leichten Bewegungen über die eingedrückten Stellen. Die Ziffern wurden deutlich lesbar. Eine Handynummer. Er notierte sie vorsichtshalber mit einem Kugelschreiber noch einmal darunter. Riss das Blatt ab und ließ es in seiner Hosentasche verschwinden. Verharrte noch einmal kurz und lauschte. Stille.

Zurück im Wohnzimmer legte er den Block zurück. Verließ das Zimmer wieder. Im Flur pralle er mit Fee zusammen. Erschrocken wich sie vor ihm zurück: »Wo … wo kommst du denn her …?«

Er hielt das Dokument hoch: »Ich habe das hier vergessen. Tut mir leid, wenn ich dich erschreckt habe. Ich dachte, du wärest nicht zu Hause, weil ich dich gar nicht gehört habe.«

»Ja, schon gut.« Sie war verwirrt. Wich seinem Blick aus. »Ich war oben … in meinem Zimmer.«

Er nickte. Hatte es plötzlich eilig. »Ich muss wieder. Meine Klasse wartet.«

XX-Mann. Was, um alles in der Welt, war ein XX-Mann?

Er konnte die Pause nicht abwarten, entließ die Klasse fünf Minuten vor der Zeit. Seine Schüler dankten es ihm mit lautem, freudigem Stimmengewirr. Mathe war nach wie vor ein verhasstes Fach. Er musste sie zur Ruhe ermahnen.

Der Computer spuckte Unmengen von Einträgen zum Thema XX-Mann aus. Er brauchte nicht lange zu suchen, dann hatte er Gewissheit. Gen-Defekt! Zwei X-Chromosomen. Erscheinungsbild entspricht dem Klinefelter-Syndrom, jedoch ohne den typischen Großwuchs. Keine Auswirkungen auf ein normales Leben. Allerdings ist mit dem Gen-Defekt zwangsläufig eine Sterilität verbunden.

Sterilität! Das hieß nichts anderes als Zeugungsunfähigkeit. Es bedurfte keiner großen Kombinationsgabe, um die Zusammenhänge zu erkennen. Man hatte bei der Untersuchung seiner Speichelprobe entdeckt, dass er krank war. Dass seine Gene nicht die vorgeschriebene Struktur aufwiesen. Dass er kein richtiger Mann war. Nur ein zeugungsunfähiger Krüppel!

Erik! Sein Erik! Seine Hoffnung! Zerborsten an einem Chausseebaum. In diesem Moment starb er zum zweiten Mal. Einen endgültigen Tod! Erik war der Sohn eines anderen! Nicht sein Kind. Nur Fees Kind! Gezeugt mit einem Fremden, um es ihm dann als sein eigenes Fleisch und Blut zu verkaufen!

Fees Werk! Das Werk einer Schlange! Ihre Angst davor, dass er zusammen mit seiner Speichelprobe auch Eriks DNA untersuchen lassen wollte. Natürlich – dann hätte er das vernichtende Ergebnis irgendwann schwarz auf weiß in Händen gehalten, das musste ihr sofort bewusst gewesen sein.

Wer hatte der Schlange die Nachricht überbracht? Wer war der Helfer im Hintergrund? Mit unterdrückter Nummer seines eigenen Handys wählte er die Rufnummer des Unbekannten. Die Nummer vom Notizblock. Er glaubte die Stimme zu kennen, die sich kurz darauf mit einem knappen »Ja?«, meldete. Er schwieg, ließ dem anderen noch ein paar Momente Zeit, um zunehmend gereizt nach der Identität des stummen Anrufers zu fragen. Dann war er gewiss und drückte die Taste mit dem roten Hörer-Symbol. Es genügte. Er wusste jetzt, mit wem er es zu tun hatte. Hatte es beinahe erwartet.

Für den Rest seines Arbeitstages nahm er sich frei. Er fühle sich nicht wohl, sagte er zur Entschuldigung. Es war keine Lüge. Es stimmte, wie nur selten etwas stimmte in einer Welt, in der zu leben er verdammt war, zusammen mit einer Schlange, die ihn von ihrer ersten Begegnung an betrogen hatte.

Er fuhr in der Gegend herum. Ohne Ziel. Die Straße vor ihm glich einem Tunnel aus grauen Schemen. Düster. Ohne Konturen.

Nebel. Alles verschwamm. Er fuhr blind. Weiter. Immer weiter. Fluchtpunkt Unendlichkeit! Wildes Hupen schreckte ihn auf. Holte ihn zurück aus dem grenzenlosen Nichts.

Auf einem Parkplatz irgendwo südlich von Göttingen hielt er an. Schwer atmend. In kaltem Schweiß gebadet. Er schloss die Augen und spürte, wie er nach einigen Minuten zur Ruhe kam. Der Nebel verzog sich. Er sah das Ziel. Es lag direkt vor seinen Augen. So klar und deutlich, dass es wehtat. Er wusste endlich, wer sie war. Und damit wusste er auch, was zu tun war. Er musste der Schlange den Kopf abschlagen!

Es war so einfach gewesen!

»Ich muss dich dringend treffen!«, hatte er getextet. »In einer Stunde am Gänseliesel in Göttingen. Bitte komm!« Unterschrieben hatte er mit Fees Namen, dem Namen der Schlange. Er hatte mit sich gewettet, dass der Junge nur die SMS las und nicht auf die Idee kam, sich der Identität des Absenders zu vergewissern.

Die Antwort ließ nicht lange auf sich warten: »In Ordnung. In einer Stunde. Bis dann!«

Er war früher vor Ort gewesen. Hatte vor einer Eisdiele an einem Tisch im Schatten eines Sonnenschirms gesessen und den Gänselieselbrunnen beobachtet. Als der Junge aufgetaucht war, hatte er seinen Kaffee gezahlt, war aufgestanden und hatte sich ihm von hinten genähert. Die Überraschung war perfekt gewesen.

Er hatte ihn am Kragen gepackt, wie man es mit einem räudigen Hund macht, und ihn mit seinen Ahnungen konfrontiert. Hatte so getan, als wisse er über alles Bescheid, nur nicht darüber, wie solche brisanten Informationen die Wände des anthropologischen Institutes hatten verlassen können. Er müsse sich überlegen, ob er nicht Anzeige gegen die Institutsleitung erstatte.

Der Junge war sofort eingeknickt, hatte gebettelt, er möge das nicht tun, sonst sei die Karriere seiner Freundin zu Ende, noch ehe sie begonnen habe. Er hatte geplappert wie ein Papagei, hatte beteuert, die kleine Biologie-Studentin, die er seine Freundin nannte und die an der Auswertung der Speichelproben mitgearbeitet habe, sei nur neugierig gewesen, als sie die Gen-Abnor-

mität entdeckt habe. Sie sei in den Computer des Chefs eingedrungen und habe sich die zur Probe gehörenden Namensdaten
verschafft. Das sei illegal – ja! Das wisse er selbst. Aber die Daten
seien ja nicht in falsche Hände gelangt!

Nein, sie seien schon in die richtigen Hände gelangt, hatte er
gesagt. Trotzdem sei das Ganze eine Straftat gewesen. Den Vorschlag, er solle mit Fee in Kontakt bleiben und ihn ab sofort über
alles informieren, was sie hinter seinem Rücken tat, hatte der Junge dankbar akzeptiert. Er hatte ihm nicht nur versprochen, im
Gegenzug auf eine Anzeige zu verzichten, sondern ihm darüber
hinaus auch noch eine anständige Summe Geld auf sein Konto
überwiesen.

In der Folgezeit gab er sich arglos. Wahrte den Schein der Norma-
lität. Dank seiner Koalition mit dem Jungen konnte er gelassen
abwarten. Er hatte Zeit.

12.

Gerhard Hildebrandt stand vor der Terrassentür, die Hände in
den Hosentaschen vergraben. Er starrte zur Wolkenlücke hinauf,
durch die sich einige Sonnenstrahlen gekämpft hatten und die
hohen Bäume in seinem parkähnlichen Garten, gleich einem Hei-
ligenschein, in ein mystisches Zwielicht tauchten. Hildebrandt
mochte diesen himmlischen Schimmer jedoch nicht als gutes Zeichen werten, einen Hinweis göttlicher Allmacht etwa, von der
man sich wohl behütet fühlen durfte. Einige Atemzüge später hatte
sich die Lücke auch schon wieder geschlossen und ließ den Garten, wie zuvor, im trüben, dunstigen Grau versinken. Es begann
von Neuem zu regnen.

Dieser Behrends war immer noch nicht erschienen. Vor einer
Viertelstunde hatte er schon bei ihm sein wollen. Als Hildebrandt

nach Hause gekommen war, hatte er von seiner Frau erfahren, dass der Kriminalbeamte ihn sprechen wollte. Er kannte ihn nicht persönlich, obwohl er schon seit gut einem Jahr zur Förster Dorfgemeinschaft zählte, daher konnte er sich nicht vorstellen, was auf ihn zukommen würde. Mehr als ein paar allgemeine Fragen zu den Mordfällen konnten es eigentlich nicht sein. Etwa zu seinem Verhältnis zu Krüger. Auch seine Bekanntschaft zum Doktor warf vielleicht Fragen auf, war aber sicher schnell als ein ganz normales Verhältnis zu Menschen zu erklären, wie man es auf einem kleinen Dorf wie Förste eben miteinander pflegte.

Sicher war er, Hildebrandt, nicht der Einzige, den man im Laufe der Ermittlungen zu den Morden befragen würde. Und sicher käme dabei so manches kleine Geheimnis ans Tageslicht. Die Dinge jedoch, die Hildebrandt möglicherweise in Schwierigkeiten bringen könnten, würden im Dunkeln bleiben. Dafür hatte er gesorgt. Direkt, nachdem Katrin wieder gegangen war, hatte er mit Rensick gesprochen und in Übereinstimmung mit dem Doktor einen alten »Geschäftspartner« einen kleinen Auftrag erledigen lassen. Damit war dessen offene Schuld getilgt und sie waren nun quitt. Wahrscheinlich würden sie sich nie wieder begegnen und niemand konnte eine Verbindung zwischen ihnen herstellen. Vor allen Dingen befand sich in Krügers Wohnung nichts mehr, was die Polizei auf dumme Gedanken bringen könnte. Sein »Geschäftspartner« hatte gründliche Arbeit geleistet.

Einzig um Katrin machte sich Hildebrandt ein wenig Sorgen. Eben noch war sie bei ihm gewesen, war unerwartet aufgetaucht. Ein völlig konfuses Nervenbündel, das er mit einiger Mühe wieder hatte beruhigen und nach Hause schicken können. Insofern war es vielleicht sogar ein Segen gewesen, dass dieser Behrends nicht pünktlich gekommen war und unerwartet seine Freundin bei ihm angetroffen hatte.

Trotzdem, Katrin hing in der Sache mit drin. Wenn auch nur ganz am Rande. Sie hatte ihm zwar versichert, dass Behrends nichts von ihrer Verbindung zu Franz Krüger ahnte. Aber sie war die langjährige Sprechstundenhilfe von Rensick gewesen. Unvermeidlich, dass die Polizei sie vernehmen würde. Und dann? Sie wusste über alles Bescheid, und Hildebrandt war sich nicht sicher, ob sie die Nerven behielte, wenn »ihr« Kommissar ihr die falschen, oder vielleicht auch die richtigen Fragen stellte. Katrin hatte Angst. Das hatte er gerade wieder erkennen müssen. Keine gute Voraussetzung, um bedachtsam zu bleiben.

Hildebrandt hatte nie auch nur im Traum daran gedacht, zur Polizei zu gehen und sich zu stellen. Lieber hatte er sich, wie die anderen auch, eine Sicherheit erkauft, die auf äußerst wackeligen Beinen stand. Aber als sie einmal diesen Weg eingeschlagen hatten, hatte es kein Zurück mehr gegeben. Sie mussten den Weg weitergehen. Monat für Monat.

Bisher war immer alles gut gegangen. Niemand hatte Verdacht geschöpft. Und Katrin hatte sich immer brav den Entscheidungen der drei Männer gefügt. Aber jetzt? Jetzt waren Krüger und Rensick tot!

In seinem Inneren verfluchte er Krüger. Wie er es schon so oft getan hatte. Der Mann war ein besessener Idiot gewesen. Einer, der es nicht hatte lassen können, mit »seiner« Höhle zu prahlen. Vor jedermann. Ob er ihn kannte oder nicht. Ha, *seine* Höhle! Hätte er nur einmal zur richtigen Zeit die Klappe gehalten und stattdessen einfach nur sein Bier getrunken, nichts wäre passiert und sie hätten sich nicht jahrelang im Würgegriff dieses Bastards befunden.

Überhaupt, wie sollte es denn nur weitergehen? Sollte er vielleicht die Zeche allein bezahlen? Jetzt, wo Krüger und Rensick ausfielen. Das konnte er nicht! Auch nicht zusammen mit Katrin. Es würde nicht reichen. Nie!

Er stöhnte. Das erste Mal seit ewigen Zeiten spürte er leise Verzweiflung in sich aufkeimen. Plötzlich, ganz unerwartet, war das mühsam errichtete Kartenhaus in sich zusammengebrochen.

Krüger und Rensick hatten es gut, dachte er sarkastisch, denen konnte es egal sein, wie es weiterginge. Die waren tot. Manchmal konnte der Tod auch eine Erlösung sein.

Und dann ließ sich die Frage nicht mehr unterdrücken, die er so gern verdrängt hätte: Warum waren Krüger und Rensick überhaupt umgebracht worden? Beide innerhalb so kurzer Zeit! Wer war ihr Mörder? Und vor allem: Hatte er auch ihn schon im Visier? Musste er sich schützen? Konnte er sich schützen?

Hildebrandts Gedanken waren in Aufruhr, gebärdeten sich wie sturmgepeitschte Wellen an einer Felsenküste. Er sog tief die regenfeuchte Luft ein und versuchte, seine Nerven wieder etwas in den Griff zu bekommen. Du siehst schon Gespenster, schalt er sich stumm. Bloß nicht in Panik verfallen! Jetzt brauchst du erst einmal einen klaren Kopf für das Gespräch, das dir gleich bevorsteht.

»Entschuldigen Sie bitte meine Verspätung«, sagte Behrends, als er eine halbe Stunde nach der vereinbarten Zeit von Hildebrandt an der Haustür empfangen wurde, »ich wurde aufgehalten.«

Hildebrandt lächelte dünn. »Kein Problem, Herr Kommissar, ich hatte sowieso nichts Besonderes vor. Kommen Sie rein.«

»Na dann, danke.« Behrends unterließ es, Hildebrandt auf seine korrekte Dienstbezeichnung hinzuweisen. Es war ihm relativ egal, wie ihn die Leute ansprachen. Solange sie ihm nicht dumm kamen.

Sie gingen ins Wohnzimmer. Hildebrandt bot ihm einen Platz auf der Ledercouch an. Behrends sah sich kurz um, ehe er sich setzte. Der Raum wirkte dunkel. Rotbraune Kirschbaummöbel, rostroter Teppichboden und dunkelbraune Lederpolster. Sogar die cremefarbene Textiltapete konnte dem Zimmer keine freundliche Note verleihen. Die Rußspuren, dort, wo das Ofenrohr des schwarzen, gusseisernen Kaminofens in die Wand führte, verstärkten das düstere Bild zusätzlich auf erdrückende Weise. Auf Behrends wirkte das Zimmer sehr deprimierend.

Hildebrandt blieb unschlüssig neben dem Couchtisch stehen: »Schlimme Sache, das mit Krüger und dem Doktor.«

»Haben die Morde Sie sehr mitgenommen?« Behrends forschender Blick ruhte auf Hildebrandts Gesicht.

»Sicher«, bestätigte Hildebrandt und setzte sich schließlich ihm gegenüber in einen der beiden tiefen Sessel. »Nennen Sie mir einen einzigen Menschen aus Förste, den diese schrecklichen Verbrechen kalt gelassen hätten.«

»Dazu fühle ich mich nicht in der Lage. So lange wohne ich ja noch nicht hier.«

»Lange genug, um zu wissen, dass in so einem kleinen Dorf noch jeder am Schicksal des anderen teilnimmt, Herr Kommissar. Aber das gilt sicher auch für andere Dörfer. Ist eben noch persönlicher alles als in der Stadt.«

»Kann ich Ihnen irgendwas anbieten? Kaffee vielleicht?«

Behrends fuhr herum. Hildebrandts Frau stand hinter der Couch und lächelte ihn freundlich an.

»Oh, guten Tag. Frau Hildebrandt, nehme ich an?« Er drückte sich umständlich aus den Polstern hoch und reichte ihr die Hand.

»Richtig, Herr Kommissar. Wir haben miteinander telefoniert. Also, soll ich Ihnen einen Kaffee kochen?«

»Besser nicht«, Behrends hob abwehrend die Hände. »Kaffee hatte ich gerade erst.«

»Dann vielleicht was Kaltes? Orangensaft? Wasser?«

»Ein Wasser wäre nicht schlecht.« Behrends wandte sich wieder Hildebrandt zu: »Wenn die Umstände auch alles andere als erfreulich sind, ich freue mich, dass wir uns mal kennenlernen. Ich habe ja schon einiges über Sie gehört, Sie sind gewissermaßen eine Berühmtheit.«

»Also, ich weiß nicht ...«, Hildebrandt lächelte gequält, fühlte sich aber auch ein wenig geschmeichelt, »wenn Sie die Nachfahren-Geschichte meinen, sicher, das hat schon einige Wellen geschlagen.«

»Na, ich bitte Sie. Presse, Fernsehen, das volle Programm. Die müssen Sie doch regelrecht belagert haben. Sie waren weltweit in den Medien präsent, soweit ich mich erinnere.«

Hildebrandt lachte bitter auf: »Ja, klar. Da waren schon etliche, die haben um ein Interview nachgefragt. Ein paar von denen sind auch tatsächlich bei mir erschienen, haben fotografiert, gefilmt und mich mit dummen Fragen gelöchert. Aber glauben Sie mir, das, was ich mir davon erwartet habe, ist nicht passiert.«

»Was haben Sie sich denn erwartet?«

Hildebrandt beugte sich in seinem Sessel nach vorn und knetete seine Hände: »Tja ... wie soll ich sagen – Nachhaltigkeit vielleicht? Ich meine, so eine Sache hat doch nicht nur mit einem selbst zu tun. Das ist Menschheitsgeschichte zum Anfassen. Das verdient es eigentlich, dass man noch in Jahren davon spricht – seht her, da ist einer, der kennt seine dreitausend Jahre alten Vorfahren sozusagen persönlich. Aber das Thema ist durch. Fast schon vergessen. Im Höhlen-Museum in Bad Grund ist zwar immer ordentlich was los, aber es könnte ruhig mehr sein. Na ja, wahrscheinlich könnte es immer mehr sein. Der Mensch ist selten zufrieden.«

Hildebrandt tastete mit seinen Augen gedankenverloren die gegenüberliegende Zimmerwand ab, dann wandte er sich wieder Behrends zu. »Ab und zu kommt noch mal eine Anfrage. Von irgendwelchen historisch interessierten Personen oder Gruppen. Bei denen halte ich dann mal ein Referat oder begleite sie durch das Museum. Aber insgesamt bin ich enttäuscht. Dabei hätten wir gemeinsam viel bewegen können. Für Förste, für die ganze Region. Aber es ist immer schwer, alle unter einen Hut zu bekommen.«

Behrends nickte zustimmend und trank einen Schluck Mineralwasser. Dann bediente er sich an den gesalzenen Mini-Brezeln.

»Ich verschwinde mal nach oben«, sagte Hildebrandts Frau, die in der Zimmertür gestanden und den Männern zugehört hatte. »Oder brauchen Sie mich noch?«

»Nein, ich denke, nicht«, antwortete Behrends.

»Sie malt«, erklärte Hildebrandt, als sie verschwunden war, »in Öl. Landschaftsbilder. Da geht sie voll drin auf.«

»Schön«, sagte Behrends knapp und blickte ihr hinterher. Er wunderte sich, dass die Frau sich überhaupt nicht für das zu interessieren schien, was er mit ihrem Mann zu besprechen hatte. Hildebrandt sollte von ihm zu zwei Mordfällen befragt werden! Aber seine Frau zog es vor, Landschaften in Öl zu verewigen.

»Franz Krüger war auch bei dem Speicheltest. Wussten Sie das?«

»Äh … nein, das … das war mir nicht bekannt«, entgegnete Hildebrandt zögernd.

»Aber Sie kannten Franz Krüger doch, richtig?« Behrends blickte sein Gegenüber ruhig an, registrierte jede seiner Regungen.

Hildebrandt zögerte. Er wirkte plötzlich nervös. Rote Flecken zeichneten sich auf seinem Hals ab.

»Also, Herr Hildebrandt, dann erzählen Sie doch mal ein bisschen von Ihrer berühmten Clique. Sie gehörten ja wohl zum harten Kern.«

»Berühmte Clique?«

»Herr Hildebrandt, bitte!« Behrends hatte keine Lust auf Spielchen.

»Also gut«, gab sich Hildebrandt geschlagen, »ja, wir waren mal dick befreundet. Haben alles zusammen gemacht. Aber wie das so ist – irgendwann geht jeder seine eigenen Wege, man trifft sich immer seltener, bis man sich ganz aus den Augen verloren hat.«

»Sie wollen mir sagen, dass Sie zuletzt keinen Kontakt mehr miteinander hatten?«

Hildebrandt lächelte schwach: »Na ja … nein. Wir haben uns schon noch getroffen. Aber sehr selten.«

»Und Sie haben sich immer noch gut verstanden? Kein Streit? Keine Feindschaft?«

»Nein! Wieso glauben Sie das?«

»Ach, nur so eine Idee, weil Krüger Sie und Dr. Rensick bei der Entdeckung der Höhle übers Ohr gehauen hat.«

Hildebrandt lachte auf. »So ein Quatsch! So war er eben, der Franz! Ja, vielleicht waren wir damals sauer auf ihn. Aber wir haben uns schnell wieder miteinander vertragen, haben ihn sogar getröstet, als später Stimmen aufkamen, die behaupteten, er sei gar nicht der wahre Höhlenentdecker.« Plötzlich hielt Hildebrandt inne. Kniff die Augen zusammen. Schien den Sinn hinter Behrends' Frage zu begreifen: »Sagen Sie mal, worauf wollen Sie eigentlich hinaus? Ist das ein Verhör? Bin ich etwa tatverdächtig?«

Behrends streckte die Arme zur Seite aus, legte sie auf die Rückenlehne der Couch und lächelte. »Herr Hildebrandt, ich bitte Sie! Das ist kein Verhör. Ich habe lediglich ein paar Fragen an Sie im Zusammenhang mit den Morden an Franz Krüger und dem Doktor. Ist das denn so unnatürlich? Wir befragen jeden, der etwas wissen könnte. Also fast das halbe Dorf und noch einige mehr.« Behrends fand es nicht schlimm, ein bisschen zu übertreiben. »Das ist schlicht und einfach polizeiliche Routinearbeit.«

Hildebrandt schnaubte erleichtert. Hatte er sich also nicht getäuscht. Alles halb so schlimm. Kein Grund, in Hektik zu verfallen und Dinge preiszugeben, die er später vielleicht bereute.

»Wie war das eigentlich mit den Frauen? Damals in den Sturm- und Drangzeiten Ihrer Clique?«, raunte Behrends verschwörerisch. »Da ging es doch sicher manchmal heiß her.«

Hildebrandt bekam einen verträumten Gesichtsausdruck. »Oh ja, das kann man wohl sagen. Wir waren schon ein wilder Haufen, damals!«

»Zumindest vor neun Jahren, beim Schützenfest, da waren Sie es noch, habe ich Recht? Ordentliche Prügelei. Noch mal so richtig zeigen, was in einem steckt …«

Auf Hildebrandts Stirn hatten sich Schweißperlen gebildet. Von einer Sekunde auf die andere. »Sie … Sie wissen …?« Der Kommissar war im Bilde! Das Spiel war aus. Jetzt musste er den Schaden begrenzen, sich kooperativ zeigen. »Ich, ich glaube, ich muss ein Geständnis ablegen.«

Doch Behrends winkte ab: »Lassen Sie mal, Herr Hildebrandt. Sie müssen mir das nicht im Detail erzählen.«

»Äh … nicht?«

»Nein. Nun sehen Sie mich nicht so an. Was ist denn schon bei einer Prügelei dabei?«

»Ja, da ist … nichts dabei, natürlich«, stammelte er, »nur eine … harmlose … Rauferei.«

»Na also.« Behrends nickte lächelnd. »Und was war mit den Frauen? Wie lange ging es da so wild zu?«, er hob entschuldigend die Hände. »Ich weiß, Herr Hildebrandt, Sie sind verheiratet. Aber wie war das mit Krüger und Dr. Rensick. Wissen Sie da irgendwas? Haben die Ihnen mal was im Vertrauen gebeichtet?«

Hildebrandt schüttelte den Kopf: »Nein. Keine Ahnung. Mir ist klar, worauf Sie hinaus wollen – Franz war früher ein notorischer Schürzenjäger, aber seine letzte Frau hat ihn gezähmt. Und Dr. Rensick, na ja ich weiß nicht. Er war ja immer solo. Und wenn er mal eine Beziehung gehabt hat … erzählt hat er niemandem davon, zumindest nicht mir. Tut mir leid, Herr Kommissar. Aber da kann ich Ihnen überhaupt nicht weiterhelfen.«

»Schade! – Ja, Herr Hildebrandt, das war es dann auch schon ...
Nein, nicht ganz«, das Bild von Anne Röder war wieder vor seinem geistigen Auge aufgetaucht. »Sie kannten Anne Röder?«

»Ja, sicher. Wieso?«

»Sie gehörte doch zu Ihrer Clique, und Sie haben bestimmt von ihrem Verschwinden gehört. Sie soll ihren Mann verlassen haben. Können Sie sich denken, warum?«

»Nein!« Hildebrandts Antwort kam schnell und hart. »Wenn Sie auf Spekulationen aus sind, dann fragen Sie andere im Dorf. Ich beteilige mich nicht daran.«

»Aber Sie werden doch eine Meinung dazu haben.«

»Nein. Habe ich nicht.«

»Na schön, Herr Hildebrandt. Dann will ich mal wieder los.«

Behrends stand auf und wandte sich der Wohnungstür zu. Bevor er das Zimmer verließ, drehte er sich aber noch einmal um. »Ach, Herr Hildebrandt, ist Ihnen in den letzten Tagen ein Mönch aufgefallen?«

»Was?« Auf Hildebrandts Gesicht spiegelten sich deutliche Zweifel am Geisteszustand des Kommissars wider. »Wollen Sie mich verschei ... ich meine, was soll die Frage?«

»Herr Hildebrandt, ich würde Ihnen diese Frage nicht stellen, wenn sie für unsere Ermittlungen keine Bedeutung hätte. Also, ist Ihnen ein Mönch begegnet? Ja, oder nein?«

»Nein, wirklich nicht. Daran würde ich mich erinnern.«

»Gut, das war's dann. Auf Wiedersehen, Herr Hildebrandt.«

»Ich bringe Sie noch zur Tür.«

Sie hatten die Haustür fast erreicht, als Behrends sich noch ein letztes Mal umdrehte und langsam eine Hand in die Innentasche seiner Jacke schob. »Beinahe hätte ich es vergessen: Kennen Sie eine gewisse Ila?«

»Ila? Nein. Wer soll das sein?« Hildebrandt schüttelte entschieden den Kopf.

Behrends hatte zwei Fotos hervorgezogen und hielt sie Hildebrandt hin: »Haben Sie dieses Kettchen schon einmal gesehen?« Er kniff die Augen zusammen und beobachtete lauernd sein Gegenüber. Trotz aller Bemühungen Hildebrandts, sich nichts anmerken zu lassen, sah Behrends, wie die Hände des Mannes zu zittern begannen, und ihm entging auch nicht, dass ihm alle Farbe aus dem Gesicht gewichen war.

»Nun, kennen Sie das Kettchen? Ist übrigens das chinesische Yin-Yang-Symbol auf der Vorderseite. Was allerdings dieses in ein Herz gefasste Ila auf der Rückseite bedeutet, weiß ich nicht. Ein Kosename? Vielleicht können Sie mir damit ja doch weiterhelfen?«

Hildebrandt blickte von den Bildern auf. Beinahe kam es Behrends so vor, als könne er durch die flackernden Augen des Mannes in dessen Kopf blicken, wo sich die Gedanken auf einer rasenden Achterbahnfahrt zwischen Himmel und Hölle zu befinden schienen.

Es dauerte einen Moment, ehe es Hildebrandt gelang, die Worte zu formen, die sich dann, begleitet von einem heftigen Räuspern, brüchig aus seiner rauen Kehle quälten: »Tut mir leid, Herr Kommissar, nie gesehen.«

»Nicht? Na ja, wäre auch zu schön gewesen.« Behrends schenkte Hildebrandt einen bedauernden Augenaufschlag. »Also, das war es dann aber wirklich. Auf Wiedersehen.«

Er schlug die Haustür hinter sich zu in dem Wissen, dass Hildebrandt gelogen hatte. Zumindest als er seine letzte Frage beantwortet hatte. Möglicherweise aber nicht nur da.

Hildebrandt kannte das Kettchen, das war sicher! Der Anblick der Bilder hatte ihm einen Schock versetzt. Aber warum? Vor allen Dingen aber, warum hatte er gelogen? Was für ein Geheimnis barg dieses Kettchen in sich? Es spielte eine wichtige Rolle, das hatte für Behrends schon vor seinem Besuch bei Hildebrandt festgestanden. Jetzt allerdings fragte er sich, ob es nicht die alles entscheidende Rolle spielte. Nur – welche?

Auf dem kurzen Weg durch das Dorf zu sich nach Hause verdichtete sich in ihm eine Theorie, die allerdings, so ehrlich war er zu sich selbst, auf recht wackeligen Beinen stand. Es gab zwei Kettchen, zwei Männer und eine Ila. Wie auch immer beide Kettchen in Krügers Besitz gelangt waren – zumindest eins davon könnte Hildebrandt gehört haben? Krügers Nebenbuhler um diese Ila? Krügers Mörder?

Wie passte das zusammen? Krüger und Rensick waren offensichtlich demselben Mörder zum Opfer gefallen. Aber warum sollte Hildebrandt den Hausarzt umgebracht haben? Dafür gab es keine Anhaltspunkte. Und als Hildebrandt von dem Mönch gehört hatte, war er ehrlich überrascht gewesen. Wenn er aber nicht Täter sein sollte, war er dann möglicherweise selbst das nächste Opfer des Mönchs?

Vielleicht war es ja auch falsch, davon auszugehen, die Morde seien wegen dieser ominösen Ila begangen worden? Warum konnte nicht diese Ila selbst die Mörderin sein? Eine Frau, einst zur Clique zugehörig, von den Männern im Suff missbraucht, nimmt Rache zu einem Zeitpunkt, als sich niemand mehr erinnern kann oder will. Zieht los in Mönchskutte und schlachtet ihre einstigen Peiniger ab, einen nach dem anderen. Aber wer war Ila, verdammt? Niemand wollte je etwas von ihr gehört haben. Jemand musste sie doch kennen! Warum taten alle so ahnungslos? Schauten weg? Wen deckten sie? Und warum, zum Kuckuck, hatte diese Zeugin in Osterode steif und fest behauptet, unter der Mönchskutte habe ein Mann gesteckt?

Behrends fuhr unter das Carport und stieg aus. Es regnete immer noch, und er musste mit Sir Toby Gassi gehen. Keine rosigen Aussichten.

Er suchte nach seinem Haustürschlüssel, da klingelte das Handy.

Positionsspiel

Bei ihrem Aufeinandertreffen am Göttinger Gänseliesel war es ganz sicher der Schreck gewesen, der den Jungen veranlasst hatte, auf ihr kleines Geschäft einzugehen. Vielleicht hatte er im ersten Moment tatsächlich Angst um sich und seine Freundin gehabt.

Mittlerweile hätte er aber wohl seine eigene Schwester verraten und seine Großmutter gleich dazu, wenn er nur genug dabei herausschlagen konnte. Also waren sie jetzt Partner. Der Junge lieferte ihm die Informationen, die er haben wollte und er zahlte gut dafür. Mag sein, dass der geldgierige Idiot ihm die Geschichte tatsächlich glaubte, die er ihm als Grund aufgetischt hatte, warum er über jeden Schritt informiert werden wollte, den Fee tat. Möglich, dass er ahnte, wozu seine Informationen wirklich dienten. Wahrscheinlicher war allerdings, dass er sich bei alledem gar nichts dachte und einfach nur auf das Geld schielte. Wie auch immer – er war auf Gedeih und Verderb mit ihm verbunden, ganz gleich, wie die Sache enden würde.

Der Junge leistete wirklich gute Arbeit. Fee besuchte auffallend häufig ihre Familie in Göttingen. Schon bald kristallisierte sich heraus, was sie vorhatte. Sie traf eindeutig Fluchtvorbereitungen. Mithilfe ihrer Schwester plante sie, sich abzusetzen und im Ausland neu anzufangen, sich ihrer gerechten Strafe zu entziehen. Es würde ihr nicht gelingen.

Hinter seinem Rücken schaffte Fee, die Schlange, ihre kleinen Geheimnisse aus dem Haus. Nichts sollte ihm in die Hände fallen, wenn sie das Weite gesucht hatte. Sie ahnte nicht, dass ihre Bemühungen ins Leere liefen.

13.

Den ganzen Tag über waren Diekmanns Gedanken um die Hütte oberhalb des alten Steinbruchs gekreist. Er war nicht von der Idee losgekommen, Röder könne sie für irgendein schmutziges Treiben nutzen. Er konnte es förmlich spüren, dass mit dem Mann etwas faul war. Von dessen Biedermann-Fassade ließ er sich jedenfalls nicht blenden! Vielleicht war die Hütte Depot oder Umschlagplatz »heißer« Waren, oder sie barg andere Geheimnisse, die für einiges Aufsehen sorgen würden, wenn man sie lüftete.

Die alte, ungenutzte Industriehalle in Osterode, in unmittelbarer Nachbarschaft des Campingplatzes Eulenburg, war ihm in den Sinn gekommen. Die war ja auch, unbemerkt von der Öffentlichkeit, zu einem perfekt ausgestatteten Gewächshaus umgebaut worden, um empfindlichen Hanfpflanzen den idealen Lebensraum zu verschaffen. Eher zufällig hatte man die Plantage entdeckt und den Betreibern das äußerst lukrative Geschäft mit dem Rohstoff für die Haschischproduktion verdorben. Das wäre so eine Story nach seinem Geschmack gewesen! Vielleicht hätte er sich damals etwas intensiver mit der Geschichte befassen sollen, hätte für eine spannende Reportage in der regionalen Drogenszene recherchieren sollen, anstatt sich mit dem zu begnügen, was ihm die Pressestelle der Polizei zur Verfügung gestellt hatte. Diese Pressemitteilungen waren in seinen Augen nur der zweite Aufguss, aus dem man die wirklich interessanten Details vorher herausgefiltert hatte.

Mit dem, was er im Sinn hatte, würde sich das möglicherweise ändern. Einmal wollte er der Erste sein. Der Entdecker, der Aufdecker, der Exklusivberichterstatter. Die Röder'sche Hütte als Zentrum illegalen Treibens? Drogen- oder Medikamentenhandel vielleicht! Am besten mit mafiösen Strukturen. Das wäre es!

Diekmann hatte sich regelrecht in die Vorstellung verbissen, er könne derjenige sein, der dem Verbrechen auf die Spur käme, was ihm und seinem Burgblick in der Folge ungeahnte Popularität verschaffen würde. Er wusste selbst, dass sein Traum vom journalistischen Ruhm allein von einem Fahrzeug ausging, das er im Gewittersturm über den kurzen Wiesenweg zu der Hütte fahren gesehen hatte. Höchstwahrscheinlich sogar der Mercedes des Hütteneigentümers. Röders Mercedes. Nicht gerade ein starkes Verdachtsmoment. Wenn es wenigstens ein fremdes Fahrzeug gewesen wäre – ein schwerer, schwarzer Geländewagen etwa. Dennoch, allein mit dieser Hoffnung auf die große Schlagzeile, auf die Sensationsstory, die er ganz unabhängig vom Tropf der Polizei-Pressestelle schreiben würde, hatte er den Tag überlebt. Er hatte seinen quengelnden, begriffsstutzigen Kunden beruhigt und ihm mit Engelsgeduld zum tausendsten Mal die Funktion seiner Software erklärt. Danach hatte er weitere langweilige und nervtötende Pflichttermine wahrgenommen, unterwegs zwei Hamburger und ein großes Glas Cola verputzt und vergessen, zu Hause anzurufen und seiner Frau ein Lebenszeichen zu geben. Wahrscheinlich musste er sich wieder ein paar vorwurfsvolle Sätze gefallen lassen, wenn er zurückkam.

Jetzt stand er mit laufendem Motor am Rand des geteerten Feldweges, der nach Förste hinabführte, genau an der Einmündung des Grasweges, und starrte durch den wieder kräftiger gewordenen Dauerregen zu der Barriere aus Sträuchern und Bäumen, hinter der sich die Blockhütte verbarg. Er rang mit sich, stemmte sich gegen die Zweifel, ob es richtig sei, auf einen fadenscheinigen Verdacht hin ein fremdes Grundstück zu betreten. Schließlich war er nicht die Polizei, und von Gefahr im Verzug konnte ebenfalls nicht die Rede sein. Aber das Grundstück war nicht eingezäunt und soviel er wusste, stand nirgends ein Schild, das ein Betreten des Grundstücks untersagte. Was war also dabei, wenn er an dem Haus vorbeiging und dabei ganz zufällig einen Blick durch die Fenster warf? Das hatten andere vor ihm sicher auch schon gemacht, beruhigte er sein Gewissen.

Sollte er dabei tatsächlich etwas Verdächtiges entdecken, dann konnte er ja … wenn die Tür nicht abgeschlossen war … Nein, auch das gab ihm nicht das Recht, das Haus zu betreten. Außerdem war es reichlich naiv, zu glauben, er würde eine unverschlossene Hütte vorfinden. Was träumte er sich da nur zusammen?

Diekmann seufzte leise in das stockende Brummen des leerlaufenden VW-Bus-Motors hinein. Er sollte vielleicht doch besser weiterfahren, nach Hause zurückkehren. Birgit wartete sicher schon auf ihn. Nein, er konnte nicht! Er musste sich die Hütte ansehen. Wenigstens einen kurzen Blick darauf werfen. Seine Neugier war einfach zu groß.

Er gab sich einen Ruck. Wozu noch warten? Er ließ den Bus einige hundert Meter weiter die Straße hinabrollen, bis er ihn in der Einmündung eines abzweigenden Weges unter den überhängenden Zweigen eines mächtigen Holunderstrauches parkte. Niemand würde seinem Wagen Beachtung schenken, da war er ganz sicher. Falls überhaupt jemand vorbeikäme, bei dem Sauwetter. Natürlich wäre er lieber bis direkt vor die Hütte gefahren. Aber noch immer war der Wiesenweg ein schlechter Untergrund und noch immer fuhr er mit profillosen Reifen. Dazu das Risiko, dass er während seiner »Nachforschungen« Besuch bekäme und der VW-Bus seine Anwesenheit sofort verriete. Besser, er nahm den unangenehmen Weg zu Fuß durch den Regen und abseits des geteerten Hauptweges in Kauf.

Er steckte die kleine, kompakte Kamera in die Tasche seiner wetterfesten Outdoor-Jacke und schob sich aus dem Bus, die Nase witternd in die feuchte Abendluft gesteckt, knallte achtlos die Fahrertür zu und stapfte los, ohne den Wagen abzuschließen. Wie immer vertraute er darauf, dass sich niemand an einer solch alten Rostlaube vergreifen würde. Seine Kameras, das Einzige von Wert, ließ er ohnehin nie im Wagen liegen.

Etwa zehn Minuten später hatte er die Hütte erreicht. Das Wasser tropfte ihm aus den Haaren und von der Jacke, seine Hosenbeine waren an den Oberschenkeln und um die Knöchel durchnässt. Auch seine grobstolligen Halbschuhe waren, wenngleich aus robustem Leder, nicht dafür geeignet, durch triefnasses Wiesengras zu streifen. Aber das alles störte ihn nicht. Sein Jagdfieber verdrängte das unangenehme Feuchtegefühl.

Er blieb stehen und atmete tief und schnell. Die verbrauchte Atemluft kam stoßweise in kleinen, weißen Wölkchen aus seinem Mund. Der kurze Weg hatte ihn mehr angestrengt, als vermutet.

Einen Augenblick musterte er aus sicherer Distanz die vor ihm stehende Hütte. Sie lag verlassen da. Alles war ruhig. Es schien sich weder jemand darinnen noch irgendwo in der Nähe aufzuhalten. Auch ein Auto konnte er nirgends entdecken.

Vorsichtig näherte er sich dem Holzhaus. Mit unruhigem, aber aufmerksamem Blick suchte er die umliegenden Sträucher und Baumstämme ab, zwischen denen überraschend doch ein unerschrockener Spaziergänger hervorkommen könnte. Aber seine Sorge war unbegründet. Er war allein.

Langsam legte sich seine Anspannung. Direkt vor der Hütte blieb er stehen. Die Läden vor den Fenstern waren verschlossen und mit eisernen Riegeln gesichert. Im direkten Umfeld der Hütte befand sich nichts, was verdächtig aussah. Grund genug, umzudrehen und zum Auto zurückzugehen. Stattdessen stieg er die Stufen zu der schmalen, überdachten Terrasse vor der Eingangstür hinauf. Mit einem Griff auf die Klinke erkannte er, dass die Tür ebenfalls abgesperrt war. Natürlich! Wie hätte es auch anders sein sollen? Sein Verstand sagte ihm, dass es nun wirklich Zeit war, das Grundstück zu verlassen. Aber er konnte nicht. Irgendetwas hielt ihn zurück, wollte, dass er wider alle Vernunft blieb und versuchte, in die Hütte zu gelangen.

Die geballten Fäuste gegeneinanderstoßend stapfte er grübelnd auf der schmalen Terrasse hin und her. Es musste einen Weg geben, es gab immer einen Weg! Zum Beispiel den, die Tür ganz normal aufzuschließen! Die Menschen neigten dazu, vor allem eher unwichtige Schlüssel an versteckten Orten zu deponieren. Unter einem Stein, in einer Nische oder an anderer Stelle, von der man annahm, dass niemand das Versteck entdeckte. Warum sollte Röder sich anders verhalten?

Diekmann sah plötzlich eine gute Chance, ohne Gewaltanwendung in das Holzhaus zu gelangen und machte sich sofort auf die Suche. Er umrundete die Hütte einige Male, zwängte seine Hände ohne Erfolg in verschiedene Hohlräume, geriet mit den Fingern in Mäusekot und anderen Unrat und war schon nahe daran aufzugeben. Da hörte er plötzlich Motorengeräusche. Er erstarrte und lauschte. Alle Fasern seines Körpers aufs Äußerste angespannt. Er atmete kaum merklich und schloss die Augen, als helfe ihm das, noch besser zu hören und jedes noch so leise Wispern wahrzunehmen.

Und nun, entfernte sich das Auto? Wurden die Geräusche nicht leiser? Nein, er irrte sich. Sofort waren sie wieder da, lauter und deutlicher als zuvor. Und sie kamen näher. Sehr schnell. In kurzen Wellen heulte der Motor auf, ein Zeichen, dass der Wagen über sehr unebenes Gelände fuhr – über den Wiesenweg. Dann verstummte das Geräusch mit einem schwachen Gurgeln. Zweimal hintereinander hörte er, wie eine Autotür geöffnet und wieder zugeschlagen wurde. Diekmann hatte nichts sehen können. Alles geschah, seinen Blicken entzogen, auf der anderen Seite der Hütte. Fast zu spät erwachte er aus seiner Schreckstarre. Was dann kam, war nur noch eine Abfolge instinktiven Handelns. Er stürzte sich eilig seitlich in das Dickicht und hastete im Schutz der tiefhängenden Fichtenzweige weiter, bis er sich in Sicherheit glaubte. Im Schutz von Sträuchern ging er in die Hocke und schaute zurück.

Trotz der Dämmerung erkannte er Röder sofort, der gerade auf seinen Mercedes zusteuerte. Er hob etwas aus dem Kofferraum und schleppte es zur Hütte. Stellte es auf der Terrasse ab und ging zurück zum Auto. Diekmann kniff die Augen zusammen. Waren das …? Ja klar, das waren Propangasflaschen! Zwei? Nein, gerade stellte er noch eine dritte dazu. Wozu brauchte Röder die denn? Wollte er damit einen Gasgrill betreiben? Für eine Mega-Grillparty? Moment, was holte er denn da noch aus dem Auto? Kanister? Jetzt verschwand er aus seinem Blickfeld. Was, um alles in der Welt, hatte der Mann vor?

Bevor Diekmann sich die Frage vielleicht hätte selbst beantworten können, hörte er ein Knacken. Unmittelbar danach traf ihn ein Schlag am Hinterkopf, der ihn von den Beinen riss. Er rutschte eine kleine Böschung hinunter. In einer Senke blieb er liegen. Ihm schwanden für einen kurzen Augenblick die Sinne. Nur ein paar Sekunden. Vielleicht auch ein paar Minuten. Höchstens.

Höllische Schmerzen strahlten von seinem Hinterkopf aus, und eine warme Feuchtigkeit kroch ihm den Hals hinunter in seinen Hemdkragen. Er richtete sich etwas auf. Mit einer Hand stützte er sich am Waldboden ab, mit der anderen griff er sich in den Nacken, um sie sich gleich darauf vors Gesicht zu halten. Umfangen vom dichten Kokon tropfender Fichtenzweige erkannte er im schwachen Dämmerlicht nur mit Mühe das Blut, das er sich mit den Fingern vom Hals gewischt hatte. Er traute sich nicht, sich nun an den Kopf zu fassen und das, was er nicht sehen konnte, zu ertasten. Allein der Gedanke weckte Ekel in ihm. Aber er wusste auch so, dass der Schlag, womit auch immer, zumindest eine stark blutende Wunde hinterlassen hatte. Und die musste schnellstens versorgt werden. Er konnte hier nicht liegen bleiben. Vorsichtig prüfte er, ob auch irgendwelche Gliedmaßen in Mitleidenschaft gezogen waren. Zu seiner Erleichterung stellte er fest, dass alles wie gewohnt funktionierte.

Langsam kroch Diekmann die Böschung hinauf, verharrte immer wieder und lauschte. In seiner unmittelbaren Nähe herrschte Stille. Er blickte sich um, sah den morschen Ast, den er vorher nicht bemerkt hatte. Der musste ihm beim Herabfallen den Knock-out verpasst haben. Mit so etwas musste man eben rechnen in einem Wäldchen, das weitgehend unbewirtschaftet in seinem Urzustand belassen wurde. Das war schon in früheren Zeiten so gewesen, als das Wäldchen noch ein richtiger Wald gewesen war. Pech gehabt!

Diekmann drückte vorsichtig die Sträucher zur Seite, blickte über die Lichtung. Röder war immer noch da. Aber ihm war gründlich die Lust daran vergangen, dem Mann bei seinem Treiben zuzusehen. Er wollte nur noch nach Hause!

Seine Ortskenntnis und sein relativ guter Orientierungssinn führten ihn recht schnell aus dem Wäldchen. Klatschnass, verdreckt und blutbesudelt erreichte er den Wagen und quälte sich hinter das Lenkrad. Er fummelte den Autoschlüssel aus seiner Hosentasche und schob ihn ins Zündschloss.

Was hat das nun alles gebracht, fragte er sich, während er den Gang einlegte und den Wagen langsam auf den Weg zurücklenkte. Einen eingedellten Schädel, mehr nicht! Drei Propangasflaschen und ein paar Kanister unbekannten Inhalts waren jedenfalls nichts, woraus sich eine Story stricken ließ.

Zu Hause hatte die Wunde schon fast zu bluten aufgehört, und so konnte er Birgit davon abhalten, einen Notarzt herbeizurufen. Diekmann hasste es, aus dem Verkehr gezogen zu werden. Er konnte es sich nicht leisten, krank im Bett zu liegen. Die Welt drehte sich weiter und mit ihr die Nachrichten, die ihm aus den Augen gerieten, wenn er zu Hause oder bei irgendeinem Arzt hockte und sich wehklagend mit einer kleinen Platzwunde am Kopf beschäftigte.

Nein, schon morgen würde er sich wieder in die Arbeit stürzen. Vielleicht tat es dann ja ein Pflaster auf der Wunde, und er musste nicht mit diesem albernen Turban herumlaufen, den ihm seine Frau fachgerecht um den Schädel gewickelt hatte. Und dann würde er sich die Hütte noch einmal vornehmen. Dieses Mal besser ausgerüstet. Kein Gedanke mehr daran, etwas Ungesetzliches zu tun. Seine Skrupel waren wie weggeblasen. Das Jagdfieber hatte ihn gepackt. Je länger er nämlich über die Kanister und die Gasflaschen nachdachte, desto mehr verfestigte sich in ihm die Idee, Röder könne alles für einen längeren Aufenthalt in der Hütte vorbereiten. Aber für wen? Für sich? Für andere, die von der Bildfläche verschwinden mussten? Verdammt, die Sache stank … sogar ganz gewaltig! Aber er, Diekmann, würde dahinterkommen, soviel stand mal fest!

Mit dieser Erkenntnis drehte er sich zufrieden schmatzend in seinem Bett auf die Seite, rollte sich zusammen wie ein Baby und war nur wenige Minuten später eingeschlafen.

Begleitet vom anhaltenden Klingeln seines Handys ging er auf die Haustür zu.

»Verdammt, Maike, was willst du …?« stöhnte er und griff in seine Jackentasche. Es konnte nur Maike sein. Er wusste es einfach.

»Ja, was ist …«, blaffte er.

»Hör zu, Behrends, ich will nicht mit dir streiten. Ich will nur, dass wir dieses Schwein so schnell wie möglich fassen. Ich habe mir noch mal die Todesanzeige aus Krügers Portemonnaie vorgenommen …«

»Ich habe dir gesagt, du sollst …«, brauste Behrends auf, aber Maike ließ ihn nicht ausreden.

»Menschenskinder, Behrends, hör mir wenigstens erstmal zu! Der Brandes, dieser Grabungshelfer, den Dr. Stein erwähnt hat, weißt du, wer das ist? Das ist der Sohn des Mannes aus der Todesanzeige!«

»Da siehst du, dass du auf dem Holzweg bist. Der Mann in der Anzeige hieß nicht Brandes, sondern Seidel, wie mein alter Lehrer.« Behrends blickte zur Uhr. Wegen Maikes Hirngespinsten würde er noch zu spät zu seiner Verabredung kommen.

»Brandes ist verheiratet. Hat den Namen seiner Frau angenommen, deshalb!« fauchte Maike erregt.

»Gut, das heißt, dass Bosse sich geirrt hat und dass Krüger und dieser Seidel sich vielleicht doch kannten, möglicherweise sogar gut kannten, deshalb hat er die Todesanzeige mit sich geschleppt. Und sein Sohn, der Brandes, ist auf Krügers Empfehlung hin ins Grabungsteam gekommen«, entgegnete Behrends lahm.

»Was?« Maike konnte ihren Ärger nur schwer unterdrücken. Ihre Stimme vibrierte. »Verdammt, Behrends, die beiden konnten sich nicht riechen! Warum ignorierst du denn die offensichtlichen Zusammenhänge bloß?«

»Weil die offensichtlichen Zusammenhänge ganz offensichtlich nichts mit unserem Fall zu tun haben, darum«, schnauzte Behrends. »Hast du schon was über die Kettchen herausbekommen?«

Resigniertes Stöhnen: »Nein.«

»Dann hängst du dich jetzt endlich mal dahinter!« Etwas versöhnlicher fügte er hinzu: »Bitte! – Maike, ich muss Schluss machen. Habe eine Verabredung. Tschüß.«

Er ließ das Handy in seiner Jacke verschwinden. Es wurde höchste Zeit. Der Mann wartete sicher nicht gern.

Behrends grübelte über dem nächsten Zug. Und er schwitzte. Nicht etwa wegen der Hitze. Mit dem einsetzenden Regenwetter waren auch die Temperaturen empfindlich zurückgegangen.

Seine Schweißausbrüche waren in erster Linie ein seelisches Problem, das wurde ihm einmal mehr unangenehm bewusst. Im

Laufe der Jahre war er zu der Überzeugung gekommen, dass er mit diffusen Platzängsten zu kämpfen hatte. Mehr als einmal hatte er sich geschworen, irgendwann etwas dagegen zu tun. Es gab genug Seelenklempner, und einer von denen hätte sein Problem sicher schnell in den Griff bekommen. Doch bisher war es bei dem unbestimmten »Irgendwann« geblieben.

Er wandte seine Aufmerksamkeit der Konstellation auf dem Schachbrett zu. Versuchte, den richtigen Zug zu finden. Einen höchst einfachen Zug übrigens, wie ihm sein Gegner, Martin Röder, eben noch süffisant schmunzelnd versichert hatte. Aber unter den aufmerksam beobachtenden Augen seines Gastgebers fühlte er sich in die Ecke gedrängt und seine Gedanken bastelten an Strategien zur Schweißeindämmung herum, anstatt einfach nur den Weg zu erkennen, den sein Springer gehen musste, damit er nicht nach wenigen Zügen zum zweiten Mal schachmatt war.

Er hätte Röders Drängen nicht nachgeben sollen! Zu Hause hätte er bleiben und sich mit Katrin treffen sollen, um zu sehen, ob es ihr wieder besser ging. Er hätte auch noch einmal nach Northeim fahren, einige Anrufe machen oder etwas anderes Sinnvolles tun können.

Vielleicht hätte er auch einfach nur einen längeren Spaziergang machen sollen, um den Kopf freizubekommen. Mit Sir Toby. Auch wenn der ein verwöhnter Schönwetterhund war. Scheiß auf das bisschen Regen! Zum Lichtenstein hätte er gehen können. Zur Höhle vielleicht. Zum Tatort des ersten Mordes. Ohne besondere Absicht. Einfach nur so. Noch einmal die eigentümliche Atmosphäre schnuppern, die so ein Tatort ausstrahlte. Manchmal fielen einem die Lösungen zu, wenn man nicht krampfhaft danach suchte.

Stattdessen brütete er schwitzend vor einem Schachbrett, versuchte sich nach Jahren der Schach-Abstinenz gegen einen Mann, der das Spiel meisterhaft beherrschte, und blamierte sich dabei bis auf die Knochen.

Wie hatte Röder am Telefon zu ihm gesagt? Als Kriminalist solle er das Spiel der Könige wieder öfter pflegen! Präzises, strategisches Denken und vorausschauendes Handeln seien doch sicher die Grundlagen für eine erfolgreiche Verbrecherjagd. Den nächsten Schritt des Gegners ahnen und ihn gezielt in die Falle locken. All diese Eigenschaften wohnten auch der hohen Kunst des Schachspiels inne. Ganz abgesehen davon könne man dabei auch einer stilvollen Konversation nachgehen.

Röder hatte ihn mit seinen Worten regelrecht eingewickelt, hatte ihn an seinem Intellekt gepackt. Irgendetwas hatte dieser Mann an sich, das Behrends in den Bann zog und ihn Dinge tun ließ, an die er sonst nicht mal im Traum gedacht hätte. Schach spielen, zum Beispiel.

»Wie halten Sie es eigentlich mit der Ehe?«, fragte Röder, nachdem Behrends endlich den richtigen Zug gemacht hatte und sich erleichtert und wie beiläufig mit dem Handrücken den Schweiß von der Stirn wischte.

Hatten sie die erste Partie noch unter belanglosem Geplauder über Gott und die Welt gespielt, so wirkte diese Frage beinahe wie eine kalte Dusche. Sie kam so unvermittelt und mit einer Schärfe in Röders Stimme, dass er erschrocken zusammenzuckte.

»Ich … mit der Ehe?«, fragte Behrends irritiert.

»Ja, ja, Sie haben mich schon richtig verstanden«, bestätigte Röder ungeduldig. »Wie stehen Sie dazu?«

»Nun … also … ich bin nicht verheiratet.« Behrends war, als sezierten Röders forschende Augen seine Gedanken.

»Das weiß ich, Herr Behrends«, antwortete Röder schroff, »ich will wissen, was Sie grundsätzlich von der Ehe halten. Als Institution.«

Röder wirkte wie verwandelt. Auf einmal umgab ihn eine eisige Aura. Was war mit ihm passiert? Mit wem hatte er es plötzlich zu tun? Wer war dieser Mann, dem es gelang, ihn, den Kriminalhauptkommissar, einerseits für sich einzunehmen und ihm beinahe gleichzeitig das Blut in den Adern gefrieren zu lassen?

»Nun, um ehrlich zu sein«, versuchte Behrends eine Antwort, die sein Gegenüber befriedigte, »ich habe mir nie tiefschürfende Gedanken darüber gemacht.«

Röder ließ sich in einer Geste gespielter Fassungslosigkeit in seinem Stuhl zurückfallen und seufzte. »Herr Behrends, weichen Sie mir doch nicht aus! Oder sind Sie etwa auch einer von den Menschen, die sich davor drücken, Position zu beziehen? Hat mich meine Menschenkenntnis bei Ihnen etwa im Stich gelassen? Ich möchte eine klare Antwort haben.«

Behrends musterte ihn mit leicht zusammengekniffenen Augen. Was wollte der Mann? Ihn herausfordern? Ihn provozieren?

»Gut, dann gebe ich Ihnen jetzt meine Antwort.« Behrends hatte die Herausforderung angenommen. »Ich halte die Ehe für eine überholte Institution. Sie stellt ein moralisches Korsett dar, das so löchrig ist wie ein Schweizer Käse und das den heute vorherrschenden Vorstellungen in keiner Weise mehr entspricht. Abgesehen davon sehe ich keine ökonomischen Vorteile mehr in einer Eheschließung.«

Röder zog erstaunt die Augenbrauen hoch und pfiff leise, ehe er sagte: »Respekt! So eine deutliche Ansage hätte ich jetzt allerdings nicht erwartet.«

»Sondern?«

»Nun ja, da Sie meine Meinung dazu noch nicht kennen, hätte ich mit einer etwas diplomatischeren Formulierung gerechnet, vielleicht, weil Sie mich nicht versehentlich verletzen wollten.«

»Sie haben schließlich eine klare Ansage provoziert.«

»Auch wieder richtig. Sie begreifen schnell.«

»Eine schnelle Auffassungsgabe gehört zu den Tugenden eines Polizisten«, konterte Behrends und drehte augenblicklich den Spieß um: »Aber nun zu Ihnen. Was sollte die Frage überhaupt?«

»Nun …«, setzt Röder gedehnt zu einer Antwort an, »vielleicht will ich Sie einfach nur genauer kennenlernen. Vielleicht will ich wissen, was für ein Mensch Sie sind.«

»Warum ich?«, fragte Behrends. »Mir scheint fast, Sie haben es auf mich abgesehen. Was hat Sie wirklich bewogen, mich anzusprechen? In Katlenburg, vor der Fleischerei?«

»Das wissen Sie«, antwortete Röder ausweichend, »mein Interesse an Ihnen als Schach- und Gesprächspartner ist tatsächlich erst bei unserem Treffen im Schwarzen Bären erwacht.«

Behrends glaubte ihm kein Wort. »Und um mich genauer einschätzen zu können, fragen Sie mich nach meiner Einstellung zur Ehe?«

»Natürlich. Daran, wie jemand über die Ehe denkt, ist so viel abzulesen, was den Menschen in seinem Wesen charakterisiert. Eigentlich bedarf es kaum noch weiterer Fragen, wenn man wissen will, mit wem man es zu tun hat.«

»Nun, dann wissen Sie ja jetzt, wen Sie sich da zum Schachspiel eingeladen haben«, brummte Behrends sarkastisch. »Versuchen wir es zur Abwechslung einfach mal anders herum. Schließlich möchte auch ich wissen, wer mir wirklich gegenübersitzt. Also: Wie halten Sie es mit der Ehe?«

»Die Ehe ist heilig«, kam die Antwort ernst und ohne Zögern. Röders Züge hatten sich unmerklich verhärtet und er hatte auf seinem Stuhl eine steife, aufrechte Haltung eingenommen. »Und es heißt: Bis dass der Tod euch scheidet. Für mich gilt die Institution Ehe nach wie vor mit allen Konsequenzen«, fuhr Röder eifernd fort. »Sie ist nicht etwa überholt, weil sich die vorherrschenden Ansichten geändert haben, wie Sie es glauben. Die Ehe ist meiner Ansicht nach so etwas, wie ein letzter standfester Leuchtturm in einer zunehmend ziellosen und gleichgültigen Gesellschaft.«

»Herr Röder, die Welt hat sich gewandelt. Die alten Werte waren nicht immer gut und die neuen sind nicht durchweg schlecht. Bis dass der Tod euch scheidet, zum Beispiel. Eine Formel, die uns im schlimmsten Fall in lebenslange Haft nimmt, wenn man sich daran hält …«, er zögerte kurz, ehe er den nächsten Gedanken aussprach, »oder gezwungen wird, sich daran zu halten.«

»In lebenslange Haft nehmen! Aber das Eheversprechen erfolgt doch freiwillig. Schlimm nur, wenn ein Partner das Versprechen ernst nimmt, der andere aber nicht. Dann ist der Betrug vorprogrammiert. Ein Straftatbestand, der dadurch noch an Schwere gewinnt, dass er menschliches Leben zerstören kann. Die Seele des Betrogenen stirbt.«

Behrends Muskeln zogen sich zusammen. Unwillkürlich spannte sich sein Körper. »Sie reden von sich, habe ich Recht?«, fragte er. »Ihre Frau hat Sie verlassen. Sie haben es mir im Schwarzen Bären erzählt.«

Röder reagierte nicht auf die Frage. Seine Augen blickten starr an Behrends vorbei. »Seinen Ehepartner zu verlassen, ist eine Form des Ehebruchs. Aber du sollst nicht ehebrechen, sagt das Gottesgesetz. Dagegen zu verstoßen, verdient die Todesstrafe. Eine gerechte Strafe.«

»Übertreiben Sie jetzt nicht maßlos?«

»Maßlos übertreiben? Ich?« Röder beugte sich zu Behrends vor. Wenig mehr als eine Handbreit trennte ihre Köpfe voneinander. »Die Menschen in ihren Begierden, ihrer Tabulosigkeit und Ignoranz sind maßlos! Nicht ich bin es!«

Der Mann ist irre, schoss es Behrends durch den Kopf, versuchte aber, ihn zu beschwichtigen: »Ich kann Ihre Verbitterung verstehen.«

Röder schreckte zusammen. Blickte Behrends erstaunt an, antwortete beinahe sanftmütig: »Ich? Verbittert? Oh, nein, ganz und gar nicht! Vielleicht …«, er presste die Lippen zusammen, schluckte und hatte offensichtlich Mühe, die nächsten Worte zu formulieren, »… ja, eine Zeit lang war ich tatsächlich an der Seele verletzt. Aber die Wunden sind längst verheilt. Es lässt sich nicht mehr ändern. Meine Frau ist gestorben.« Ein zufriedenes Lächeln huschte über sein Gesicht. »Zumindest für mich«, fügte er hinzu.

Behrends fühlte sich zunehmend unwohl in seiner Haut. Leise Ahnungen stiegen in ihm hoch. »Hat Ihre Frau Sie vielleicht nicht nur verlassen, sondern auch betrogen?«

»Wenn es so war – was spielt das noch für eine Rolle?« Röders Stimme kam von weit her. Plötzlich gab er sich einen Ruck und blickte beinahe überrascht auf das Schachbrett. »Oh, jetzt habe ich doch fast vergessen, dass ich am Zug bin! Da rede und rede ich …« Er schob fast beiläufig seinen Läufer in eine für Behrends bedrohliche Position. »Schach …«, sagte er mit den leuchtenden Augen eines Lausbuben, dem ein Streich gelungen ist.

Behrends' Hand zuckte vor. Wollte nach einer Figur greifen, um sie schützend vor seinen König zu bringen. Krügers Läufer zu schlagen, war nicht möglich. Er musste ein Opfer bringen, machte einen halbherzigen Zug. »Und was ist mit Krüger?«, fragte er. »Der hat doch Ihre Vorstellungen von der Ehe völlig auf den Kopf gestellt. Sind Sie nicht froh, dass Sie ihn endlich los sind? Dass auch er für Sie endlich gestorben ist?«

»Franz Krüger ... ja, der arme Franz!« Ein versonnenes Schimmern lag in Röders Augen und schien Erinnerungen an vergangene Zeiten widerzuspiegeln. »Franz war krank. Süchtig.«

»Süchtig? Wonach? Nach Sex?«

Röder ging nicht auf die Frage ein. »Er hat mir leid getan«, sagte er stattdessen. »Aber nun ist er ja von seinem Leid erlöst. Er konnte seinem Schicksal nicht entrinnen.«

»Wollen Sie mir damit zu verstehen geben, dass Sie wussten, was mit ihm passiert?«

Röder kam für einen Moment zurück in die Gegenwart. »Ich habe damit gerechnet. Es gibt eine Justiz, die nicht von dieser Welt ist.«

Behrends fühlte die kalte Wut in sich hochsteigen. »Franz Krüger ist einem ganz und gar irdischen Verbrechen zum Opfer gefallen.«

»Jede höhere Macht hat ihre irdischen Helfer, denke ich.«

»An Krüger wurde also Ihrer Meinung nach ein Gottesurteil vollzogen?«

Röder wiegte seinen Kopf, schien einen Moment zu überlegen. »Ja, ich denke, so ist es.«

»Es war Mord!«, widersprach Behrends erneut und mit einer ungewohnten Schärfe. »Wir haben ein funktionierendes Rechtssystem, Herr Röder! Nur das ist für Urteile und ihre Vollstreckung zuständig, keine ... Götter!«

Röder ließ sich nicht beirren. »Ein lächerliches Rechtssystem, das die Täter hofiert und die Opfer im Stich lässt. Ach, vergessen Sie es. Ich lasse mich manchmal zu Aussagen hinreißen ...«. Er blickte amüsiert auf das Schachbrett. »Übrigens, Sie sind schachmatt. Wir sollten öfter miteinander spielen. Vielleicht besiegen Sie mich irgendwann einmal.«

Röder erhob sich von seinem Stuhl. Seine Geste machte deutlich, dass er Behrends verabschieden wollte. Der hatte verstanden und war froh, gehen zu können, ohne selbst die Initiative ergreifen zu müssen. Er fühlte sich, als wehe ihm eine frische Brise entgegen, kurz bevor er erstickt wäre.

Noch im Aufstehen fragte er: »Herr Röder, sehen Sie sich als irdischen Helfer einer höheren, archaischen Macht? Haben Sie Franz Krüger getötet?«

Röder lächelte dünn, sagte aber nichts. Stattdessen wies er mit den Händen zur Tür: »Ich bringe Sie hinaus. Es war ein sehr interessanter Abend. Wie ich es Ihnen versprochen hatte.«

Behrends zögerte: »Kennen Sie Dr. Rensick? Gerhard Hildebrandt?«

»Flüchtig, Herr Behrends, ganz flüchtig.«

Behrends folgte Röder zur Flurgarderobe und griff nach seiner Jacke. »Ich frage Sie noch mal, Herr Röder, haben Sie Franz Krüger ermordet?«

Röder blickte ihn offen an. Unverschämt offen. Direkt in die Augen. Es war keine Unsicherheit in seinem Blick zu entdecken. »Finden Sie es heraus, Herr Behrends. Sie sind am Zug. Setzen Sie mich matt, wenn Sie können.«

14.

»Und du glaubst tatsächlich, er war es? Du bist sicher, dass er dich nicht komplett verarscht hat?«

Maike de Baer war wieder ganz die Alte. Die Abfuhr am Handy, vor gerade mal drei Stunden, schien vergessen.

»Du hättest ihn erleben sollen«, sagte Behrends. Er war immer noch sehr aufgewühlt. »Du warst ja nicht dabei. Ich bin überzeugt, dass der Mann wahnsinnig ist. Wahnsinnig genug, um es getan zu haben.«

Auf der ganzen Fahrt zurück hatte er sich wie von Dämonen verfolgt gefühlt. Von dem Moment an, als er Röders Anwesen im Osten von Osterode eilig verlassen hatte, waren sie hinter ihm her gewesen. Sie hatten ihn die Scheerenberger Straße hinuntergejagt, nachdem er, in Gedanken versunken, an dem Zubringer zur Schnellstraße vorbeigefahren war. Über den Mauern des Friedhofs unterhalb der alten Burgruine hatten sie ihm frech ins Gesicht gegrinst. Jeder Schatten, jeder Lichtreflex entlang des Innenstadtrings hatten ihn zusammenzucken lassen. Er hatte sich zwingen müssen, nicht das Gaspedal durchzutreten und mit überhöhter Geschwindigkeit einer Polizeistreife in die Fänge zu geraten, die möglicherweise in der Bushaltebucht in Höhe der Stadthalle lauerte. Hätte er den Kollegen sagen sollen, er stehe immer noch unter dem Eindruck der Begegnung mit einem Irren?

Erst als das Hövestal hinter ihm lag und er nach der kurzen Fahrt durch die nächtliche, baumlose Ebene auf die Landstraße nach Förste eingebogen war, hatten sich die Geister seiner Kindheit weitgehend in Luft aufgelöst. Nie im Leben hätte er geglaubt, noch einmal die Ängste durchleben zu müssen, die ihn so oft durch die Nächte begleitet hatten, als er Kind gewesen war. Als ihn die Furcht vor dem Strafgericht gequält hatte, das ihm von seinem Vater immer dann angedroht wurde, wenn er etwas ausgefressen hatte.

Eine Tracht Prügel, Stubenarrest, oder was es auch immer an realen Sanktionen gab – alles wäre ihm lieber gewesen, als auf das lodernde Feuer eines zornigen Gottes warten zu müssen, das seine Seele eines Tages verzehren würde. Doch sein Vater hatte nie die Hand gegen ihn erhoben, ihm nie ein Verbot erteilt. Stattdessen hatte er ihn abends vor dem Schlafengehen zu sich gerufen, ihm mit tieftrauriger Miene zu verstehen gegeben, wie sehr er sich für dessen Vergehen schäme und ihm dann die Strafe durch einen Gott angekündigt, dem nichts entgehe und der auch noch die kleinste Sünde in seinem goldenen Buch vermerke.

Vor diesen übermächtigen Gott müsse er eines Tages treten und sich rechtfertigen, hatte sein Vater gesagt. Danach hatte der kleine, beinahe zerbrechlich wirkende, gottesfürchtige Mann sich von ihm abgewendet und ihn mit seinen Ängsten allein gelassen. Eine schlimmere Strafe hätte er ihm nicht auferlegen können.

Behrends war geradezu glücklich gewesen, als er Maike de Baer in ihrem Auto vor seinem Haus hatte stehen sehen. Niemanden sonst hätte er in diesem Moment ertragen können. Auch ihr hätte er seine ganz persönlichen Erinnerungen an die Vergangenheit nicht anvertrauen mögen. Aber er hatte gewusst, Maike de Baer war nicht gekommen, um in seiner Seele herumzuwühlen, um danach mit ihm die Schrecken seiner Kindheit zu verjagen. Sie war vielmehr der Garant dafür, dass er sehr schnell aus den Tiefen seiner Albträume zurück an die Oberfläche ihres aktuellen Falles kommen würde. Denn aus keinem anderen Grund hatte sie dort vor seinem Haus gestanden und auf ihn gewartet.

»Verdammt, du Idiot, warum hast du denn dein blödes Handy ausgeschaltet?«, waren ihre ersten, wütenden Worte gewesen, als sie aus dem Auto gestiegen war. »Dann hätte ich mir den Weg und die beschissene Warterei sparen können!«

Die Worte waren wie eine Befreiung für ihn gewesen und er hatte lauthals aufgelacht, was Maike de Baer mit einem verständnislosen Kopfschütteln und einer wegwerfenden Handbewegung quittiert hatte.

Jetzt saßen sie zusammen bei einer Flasche Köstritzer aus seinem geheimen Kellerlager, zu der sie sich gerne hatte überreden lassen. Die ersten Schlucke Bier hatte er wie ein Verdurstender gierig aus der Flasche getrunken.

»Was ist mit Hildebrandt? Warst du nicht heute bei dem? Ich erinnere mich, dass Dr. Stein gesagt hat, Krüger hat Hildebrandt mit der Höhle beschissen.«

Behrends schüttelte den Kopf: »Rensick hat er ebenso beschissen. Und der ist ebenfalls ermordet worden. Nee, Hildebrandt hat Krüger nicht getötet. Auch wenn ich das kurzfristig ebenfalls gedacht habe. Nein, Röder ist unser Mann, das kannst du mir glauben.«

»Aber du hast nichts, woran du deine Vermutung festmachen kannst«, widersprach ihm Maike de Baer, »außer seinem blöden Gefasel, mit dem er sich selbst ins Abseits stellt.«

»Und einer Bemerkung, die er gemacht hat, als ich mich mit ihm im Schwarzen Bären getroffen habe«, ergänzte Behrends, dem nun die verfängliche Formulierung wieder einfiel, zu der sich Röder hatte hinreißen lassen.

»Was für eine Bemerkung?«

»Er war entsetzt über den Mord an seinem angeblichen Freund Krüger, oder zumindest tat er so. Und dabei hat er von abschlachten geredet. Jemand habe Krüger abgeschlachtet. Er hätte auch erschossen sagen können, oder ganz allgemein umgebracht. Er konnte zu dem Zeitpunkt aber gar nicht wissen, wie Krüger umgebracht wurde. Als ich nachgehakt habe, hat er sich ziemlich hastig korrigiert und alles auf seine blühende Fantasie geschoben.«

»Es reicht trotzdem nicht«, stellte Maike de Baer nüchtern fest. »Wenn du glaubst, er hat den Krüger umgebracht, dann brauchst du Beweise.«

»Ich weiß, die haben wir nicht«, seufzte Behrends, »leider. Trotzdem bin ich mir sicher, der Mann redet nicht nur. Diese zynische Aufforderung, ich solle ihn mattsetzen, wenn ich kann. Er ist sich seiner Sache anscheinend sehr sicher, dass mir das nicht möglich ist. Aber ich kriege ihn! Er hat es getan!«

Behrends redete sich immer mehr in Rage. Die Vorstellung, von Röder in einem makaberen Spiel benutzt zu werden und dabei eine lächerliche Figur abzugeben, machte ihn verrückt.

»Und seine Frau hat ihn möglicherweise gar nicht verlassen, sondern er hat sie beseitigt. *Sie ist gestorben.* Genau das waren seine Worte. Und dann hat er sich sofort korrigiert und gesagt: Für mich ist sie gestorben. Weißt du, was ich glaube, Maike? Die ist nicht nur sinnbildlich für ihn gestorben, sondern die ist tatsächlich tot.«

Maike de Baer wiegte nachdenklich den Kopf. »Vielleicht. Vielleicht auch nicht. Wir werden sehen. Aber willst du mich nicht endlich mal fragen, warum ich überhaupt zu dir gekommen bin? Warum ich am späten Abend vor deinem Haus in meinem Auto herumgelungert und auf dich gewartet habe? Warum ich dich für dein Scheiß-Verhalten mir gegenüber nicht einfach links liegen lasse? Bist du nicht auf die Idee gekommen, dass es mit unserem Fall zu tun hat und wichtig sein könnte?«

Behrends blickte sie überrascht an. Sie hatte Recht. Er war tatsächlich so mit sich und dem zurückliegenden Besuch bei Röder beschäftigt gewesen, dass es ihm gar nicht in den Sinn gekommen war, sich über ihre Anwesenheit zu wundern.

»Oh, entschuldige, liebe Maike«, flötete er übertrieben sanft, »ich hatte tatsächlich geglaubt, du wolltest dich bei mir entschuldigen und eine heiße Nacht mit mir verbringen.« Vergnügt warf er ihr einen herausfordernden Blick zu.

»Träum von was anderem«, konterte sie lachend, um sofort wieder ernst zu werden. »Aber jetzt mal zur Sache – wir haben ein paar Dinge herausgefunden, die du nicht erst morgen im Kommissariat erfahren solltest.«

Behrends beugte sich in angespannter Erwartung vor. »Ich höre.«

»Ich habe in Göttingen einen Juwelier gefunden, bei dem vor etwas mehr als zwei Jahren eine Kundin noch einmal solch ein Yin-Yang-Kettchen bestellen wollte, wie sie vor langer Zeit schon einmal gekauft hatte. Die jetzige Inhaberin wusste zwar nichts davon, aber ihr Vater, der das Geschäft erst vor kurzem an seine Tochter und seinen Schwiegersohn abgegeben hat, der konnte sich wieder daran erinnern, weil sie drei Stück mit der gleichen Inschrift auf der Rückseite gravieren lassen hatte. Und genauso eines hat sie dann ein viertes Mal bekommen.«

»Vier insgesamt? Konnte sie die Kundin denn beschreiben?«

Maike de Baer sog die Luft ein. »Leider nur recht vage, also genau genommen, unbrauchbar. Das einzige, woran sie sich gut erinnern konnte, war die Kette der Frau. Sie ist halt Juwelierin, hat sie gemeint. Da schaut man besonders auf den Schmuck, den die Kunden tragen. Jedenfalls hatte die Frau eine eng anliegende Goldkette mit Perlenanhänger um den Hals. Ein sehr schönes, teures Stück. Nichts Alltägliches, sagt die Juwelierin.«

»Goldkette mit Perlenanhänger?« In Behrends' Hinterstübchen begann es zu rumoren.

»Ja, genau. Die Inhaberin meinte übrigens noch, sie würde die Frau auf einem Foto sicher wiedererkennen.«

»Mal sehen …«, sagte Behrends mehr zu sich, als zu Maike de Baer.

»Wie – mal sehen?« wunderte sich Maike.

»Später. Erst mal weiter. Wenn ich dich so ansehe, war das noch nicht alles, was du an Neuigkeiten hast.«

»Gut beobachtet. Die Kollegen haben nach Hella Schwarze geforscht ...«

»Und?«

»... haben sie gefunden.«

»Wo?«

»In Göttingen.«

»Ja, klar.« Er erinnerte sich an die Aussage der Zeugin vor der Praxis von Dr. Rensick. Die Frau schien ihren Verstand und ihr Gedächtnis offensichtlich noch nicht ganz versoffen zu haben. »Und wie heißt sie jetzt? Schwarze war ja wohl ihr Mädchenname.«

»Rakoczy. Hella Rakoczy. Industriellengattin.«

Rakoczy? Behrends stutzte. Wo war ihm der Name schon einmal untergekommen?

»Sag mal, kommt dir der Name nicht auch irgendwie bekannt vor?«

Maike de Baer blickte ihn erstaunt an und zog die Stirn kraus. »Rakoczy? Nee, wüsste ich jetzt nicht ...«

»Na gut, egal«, schob Behrends den Gedanken beiseite. »Und? Hat sie eine Schwester?«

»Hat sie. Ihr Mann hat das bestätigt. Leider konnten die Kollegen die Rakoczy nicht selbst sprechen. Sie soll erst heute Abend oder Nacht von einer Reise zurückkehren.«

»Ist das alles zur Schwester, mehr habt ihr nicht?«

»Nein, sie heißt Annegret, auch Anne genannt, und ist tatsächlich die untergetauchte Frau von deinem Röder.« Maike de Baer machte eine kleine Pause, nahm einen Schluck von ihrem Bier.

Behrends trommelte ungeduldig mit den Fingerkuppen auf die Tischplatte. »Weiter. Was hat er noch gesagt? Über seinen Schwager, über den Besuch seiner Frau bei unserem Doktor ...«

»Nichts. Er konnte nichts sagen. Seine Frau führt mehr oder weniger ein Eigenleben, hat er gemeint. Sie ist passionierte Schwimmerin und geht ganz in ihrem Schwimmklub auf. Da trainiert sie den Nachwuchs, wenn ich das richtig verstanden habe.

Gerade war sie mit den Jugendlichen wieder in einem Trainings-camp.«

»Und was ist mit ihm?«

»Er ist als Unternehmer wohl mit seiner Firma verheiratet. Wie seine Frau ihre Zeit verbringt, scheint ihn nicht sonderlich zu interessieren, fanden die Kollegen.«

»Was hat er denn zu Rensick gesagt?«

»Kennt er nicht. Und er ist auch überzeugt, dass seine Frau ihn ebenso wenig kennt.«

»Weil er und seine Frau ja all ihre kleinen Geheimnisse mitein-ander teilen«, ergänzte Behrends sarkastisch. »Wusste er denn wenigstens was über das Verschwinden seiner Schwägerin?«

»Na ja, das ist schon komisch. Er wusste wohl, dass die ihren Mann verlassen hat und sich in irgendein Land absetzen wollte, wo es warm ist. Soweit er sich erinnern konnte, nach Spanien. Sie hatte da angeblich schon einige Zeit vor ihrem Verschwinden was für sich organisiert. Über einen Immobilienmakler, den sie mal kennengelernt hat. Ob irgendetwas sie dazu bewogen hat oder ob sie einfach die Auswanderungslust gepackt hat, wusste er nicht. Um die Privatangelegenheiten seiner Schwägerin habe er sich nie gekümmert. Wie Männer eben so sind ...« Sie warf Behrends einen lauernden Blick zu, aber der nahm den Ball nicht auf.

»Zwangsläufig mitbekommen hat er dann aber, dass seine Schwägerin sich nicht, wie vereinbart, gemeldet hat, nachdem sie Deutschland verlassen hatte. Alle möglichen Hebel hat Hella Rakoczy wohl in Bewegung gesetzt, als auch Wochen später kein Lebenszeichen gekommen ist. Das hat ihren Mann anscheinend furchtbar aufgeregt, weil sie von nichts anderem mehr gespro-chen habe, er aber der Überzeugung gewesen sei, seine Schwäge-rin habe einfach alle Zelte hinter sich abgebrochen, einschließlich dem Kontakt zu ihrer Schwester. Die jedoch ging von einem Ver-brechen aus. Nicht hier, sondern in Spanien.«

»Womit eines klar ist: Sie ist davon überzeugt, dass ihre Schwes-ter in der ausländischen Stadt ihrer Träume angekommen ist«, folgerte Behrends.

»Ja, das ist sicher so gewesen, denn sie soll dann sogar die spanische Polizei eingeschaltet haben. Die hat sich allerdings wohl nicht sehr kooperativ gezeigt. Dieser Rakoczy vermutet, dass seine Frau hinter seinem Rücken immer noch nach ihrer Schwester forscht, womit er natürlich nicht einverstanden ist. Sie solle endlich Ruhe geben, meint er, und sich an den Gedanken gewöhnen, dass Anne keinen Kontakt nach Deutschland mehr haben wolle. Zu niemandem.«

»Reichlich naiv, der Mann«, fand Behrends.

»Oder es interessiert ihn nicht und er will damit einfach nichts zu tun haben.«

»Hat er sich zu seinem Schwager geäußert?«

»Röder stand wohl lange Zeit bei der Familie nicht hoch im Kurs. Rakoczy und seine Frau hatten kaum Kontakt zu ihm. Ob es dafür einen bestimmten Grund gab oder ob sie sich nur nicht sympathisch waren, hat der Mann den Kollegen nicht verraten.«

Behrends erhob sich. »Gut«, sagte er, »dann versuchst du jetzt bitte, diese Frau Rakoczy zu erreichen. Vielleicht ist sie schon zu Hause. Ich will sie besuchen. In der Zwischenzeit befrage ich mal eben meinen Computer. Ich glaube, ich habe da was.«

»Du willst nach Göttingen? Jetzt noch? Weißt du eigentlich, wie spät es ist?«

Behrends zögerte und warf einen flüchtigen Blick auf seine Armbanduhr. Dann nickte seiner Kollegin zu. »Ja, ich weiß, es ist sicher nicht der ideale Zeitpunkt. Trotzdem, ich muss sofort mit der Frau reden. Hast du ein Problem damit?«

»Ich nicht. Aber sie vielleicht …«

»Das ist mir egal. Wir dürfen keine Zeit verlieren! Ich habe plötzlich ein verdammtes Scheiß-Gefühl bei der Sache.«

»Gefühle sind meine Angelegenheit«, bemerkte Maike de Baer spöttisch.

Behrends wurde noch eine Spur ernster. »Für dumme Sprüche ist nun wirklich kein Platz.«

»Schon gut, Chef …«

»Übrigens fällt mir wieder ein, wo mir der Name Rakoczy schon mal untergekommen ist.«

»Und wo?«

»Dieser Student, der dem Archäologen in diesem Jahr bei seinen Ausgrabungen geholfen hat, von dem man bestimmt noch hören wird, du erinnerst dich? Hieß der nicht auch Rakoczy? Wenn es ein Allerweltsname gewesen wäre, wie Meier, Müller, Schulze. Aber Rakoczy ...?«

»Ein Verwandter? Vielleicht der Sohnemann?«, überlegte Maike de Baer laut.

»Ich dachte, das könntest du mir sagen«, entgegnete Behrends mit vorwurfsvollem Unterton.

»Nein, kann ich nicht. Wie auch? Wir stehen ja noch ganz am Anfang unserer Recherchen zu dieser Familie.«

»Ja, schon klar, jetzt sieh aber zu, dass du die Rakoczy erreichst, ich bin gleich wieder da.« Damit verschwand er ein Stockwerk höher in sein Arbeitszimmer.

Kaum hatte er das Bild von Anne Röder mit seinem Bildbearbeitungsprogramm geöffnet, fiel sein Blick auf die Kette um ihren Hals, auf den Perlenanhänger. Ja, es war möglich! Anne Röder konnte Ila sein! Behrends ballte die Faust. Es war nur ein kurzes Triumphgefühl. Wenn Ila und Anne Röder identisch waren, wie passte sie zu den Morden? Sie konnte nichts damit zu tun haben. Sie war seit zwei Jahren verschwunden!

Plötzlich stutzte er. Den Handballen auf der Tischplatte aufgestützt, umfassten Daumen und Mittelfinger der Frau die seitlichen Kanten einer Zigarettenschachtel, auf der ein silbriges Feuerzeug in der Sonne aufblitzte. Eilig vergrößerte er diesen Ausschnitt, sodass er ihn bildschirmfüllend vor sich sah. Die Kamera, mit der Diekmann das Foto gemacht hatte, war wirklich ein ausgesprochen guter Apparat mit einer enormen Auflösung. Jeder der roten Buchstaben auf dem Feuerzeug war exakt zu erkennen:

Wenn es um Ihr Recht geht, fangen wir Feuer.

Genau das stand auch auf dem Feuerzeug aus dem alten Steinbruch, das Sir Toby erschnüffelt und verbellt hatte! Hatte er es wieder weggeworfen? Nein, in seine Jackentasche hatte er es gesteckt. Wegen des amüsanten Werbespruches. Vielleicht war es nur Zufall, aber daran mochte er nicht so recht glauben. Feuerzeuge wie dieses kursierten nicht in Massen. Jedenfalls hatte er zuvor noch nie ein silbern gefärbtes Einwegfeuerzeug mit einem solchen Spruch in der Hand von irgendjemandem gesehen.

Behrends wartete ungeduldig, bis der Drucker das Foto endlich ausgespuckt hatte, dann schaltete er den Computer aus und polterte die Treppe hinunter. Er wusste nicht mehr genau, welche Jacke er auf seinem Spaziergang mit Sir Toby getragen hatte. Daher musste er in einigen Taschen graben, ehe er endlich fündig wurde und das Feuerzeug zurück ans Tageslicht beförderte.

Das kleine Ding stolz in die Höhe haltend, stürzte er zurück ins Wohnzimmer. Maike de Baer blickte ihm verwundert entgegen. »Was ist denn mit dir los? Bist du auf Öl gestoßen?«

»Nee, aber auf das hier …« Er reichte ihr zuerst das Bild. »Fällt dir was auf?«

Maike de Baer sah die Kette sofort. »Ich bin ja nicht blöd! Verdammt, wer ist das?«

»Darf ich vorstellen – Annegret Röder, auch Anne genannt. Verschwundene Frau von Martin Röder! Holger Diekmann hat es mir überlassen. Du weißt schon – Diekmann, Burgblick, rasender Lokalreporter …«

»Ich werd' verrückt«, murmelte Maike. »Du glaubst, Anne Röder könnte die Frau sein, die die Ila-Kettchen gekauft hat?«

»Durchaus möglich, aber lass die Juwelierin sie identifizieren. Dann wissen wir mehr.« Behrends drückte ihr das Feuerzeug in die Hand. »Und jetzt habe ich noch das hier für dich!«

Maike brauchte nicht lange, um zu erkennen, dass es sich um das Feuerzeug handelte, das Anne Röder auf dem Foto in der Hand hielt: »Wo hast du das her?«

»Oben, im alten Steinbruch Richtung Osterode gefunden. Kennst du den Steinbruch? Ist jetzt Renaturierungsgebiet. Wildromantisch.«

»Keine Ahnung. Kenne ich nicht … aber das bedeutet dann ja …«

»Das bedeutet, dass ich möglicherweise weiß, wo wir Anne Röder finden können – wenn das Feuerzeug ihr gehört hat und meine Schlussfolgerung stimmt. Aber dazu kann uns vielleicht ihre Schwester etwas sagen. Hast du sie erreicht?«

Maike de Baer nickte. »Sie war nicht begeistert, aber wir dürfen kommen. Wenn es nicht zu lange dauert. Sie ist ziemlich müde von der Reise und möchte möglichst schnell zu Bett gehen.«

»Dann wollen wir uns mal beeilen. Auf geht's!«

»Warum fährst du jetzt nach links?«, fragte Behrends an der Ampel in der Ortsmitte von Katlenburg, wo die beiden Bundesstraßen wie ein T aufeinanderstießen und die Ortschaft in drei große Blöcke zerlegten. Nach rechts führte die Straße nach Northeim. Diese Richtung würde er einschlagen, denn von dort erreichte man Göttingen über die B3.

»Wir fahren hintenrum«, erwiderte Maike de Baer lakonisch.

»Wie … hintenrum?«

»Die Rakoczys wohnen in Geismar. Wenn wir über Gillersheim und Ebergötzen fahren, müssen wir nicht durch ganz Göttingen. Das ist kürzer. Und schneller.«

»Ah … ja.« Behrends war noch nicht lange genug in der Gegend zu Hause, um alle Schleichwege zu kennen. Er vertraute darauf, dass seine Kollegin wusste, was sie tat. Zu spät erkannte er, dass das vielleicht ein Fehler gewesen war.

Sie bogen am Fuße des Katlenburger Burgbergs nach rechts ab und durchquerten wenige hundert Meter später das kleine Dorf Wachenhausen. Von dort führte die kurvenreiche Straße hinab nach Gillersheim, und Behrends bekam zum ersten Mal auf dieser Fahrt einen Eindruck davon, was Maike de Baer unter »schneller« verstand.

Die ebenso kurvenreiche, dafür aber in äußerst schlechtem Zustand befindliche Straße durch den Wald hinauf nach Holzerode glich einem Höllenritt. Immer wieder kamen die Bäume im Scheinwerferlicht in rasender Geschwindigkeit auf sie zu, ehe es Maike im letzten Augenblick gelang, den Wagen doch noch um die Kurve zu lenken. Behrends krallte sich in den Sitzpolstern fest und biss die Zähne aufeinander. Er würde ihr die Meinung sagen. So was von zusammenstauchen würde er sie, sollten sie Göttingen lebend erreichen und sollte der Krampf in seinen Kaumuskeln sich wieder lösen!

Einem kurzen Durchatmen auf der Höhe hinter Holzerode folgte die Schussfahrt hinab nach Ebergötzen. Kurvig zwar auch, aber auf gut ausgebauter Straße. Dann eine längere Erholungsphase auf der B27, ehe Maike einen Links-Rechts-Schlenker machte und über die Herzberger Landstraße nach Göttingen einfuhr. Behrends durchlebte die letzten adrenalingeschwängerten Panikattacken, dann hatten sie den Göttinger Stadtteil Geismar erreicht.

»Was ist? Fühlst du dich nicht wohl?« Maike de Baer hatte sein leises Stöhnen gehört. Sie zwinkerte ihm herausfordernd zu.

»Kannst du mir sagen, was das sollte?«, giftete er sie an.

»Was …?«

»Deine Raserei!«

»Du wolltest doch so schnell wie möglich am späten Abend noch nach Göttingen. Ich bin nur zügig gefahren. Seit wann stört dich das?«

»Seit ich dein Beifahrer bin. Das ist was anderes.«

»Ach – ist es das?«

»Ja, verdammt! Ich wusste ja nicht … Mach das nicht noch mal!«

»Ich überleg's mir. Wenigstens weißt du jetzt, wie ich mich manchmal neben dir fühle.«

»Ich rase nicht.«

»Nein, großer Meister. Du natürlich nicht!«

»Sind wir bald da?« Behrends begann das Geplänkel zu nerven. Es würde zu nichts führen, außer vielleicht zu einem handfesten Streit. Etwas, worauf er gerade überhaupt keine Lust verspürte.

»Nächste Straße rechts, zweites Haus linke Seite«, erwiderte Maike mit monotoner Stimme und bog auch schon in die Straße ein. »Sie haben Ihr Ziel erreicht.«

Behrends konnte es immer noch nicht glauben. Ihm gegenüber saß eine Frau, die ihrer Schwester so verdammt ähnlich sah, dass man denken musste, sie seien Zwillinge. Dabei war Hella Rakoczy drei Jahre älter, als ihre Schwester Annegret.

Zusammengekauert hockte sie in den schweren, cremefarbenen Lederpolstern, die Arme auf ihren Oberschenkeln. Mit ihren Händen umfasste sie eine Tasse mit Kräutertee. Ihr Mann hatte das Zimmer verlassen. Er empfand die späte Störung als lästig und hatte sogleich erklärt, er könne im Fall der beiden Morde nicht viel Erhellendes beisteuern. Seine Einschätzung wurde schon nach wenigen Sätzen von Behrends und Maike de Baer geteilt, und sie ließen ihn ziehen.

Vor Hella Rakoczy lagen das Foto ihrer Schwester und das Feuerzeug auf dem flachen Couchtisch aus massivem Buchenholz.

»Und Sie glauben wirklich, Anne hat es gar nicht bis Spanien geschafft? Sie ist … da in diesem Steinbruch getötet worden?«

»Wir wissen es nicht«, antwortete Behrends, »bis jetzt haben wir nur das Feuerzeug, von dem wir annehmen, dass es Ihrer Schwester gehört haben könnte.«

»Doch, doch … es ist ihres …«, antwortete Hella Rakoczy mit stockender, tränenunterdrückter Stimme, »sie hat es von mir. Ich habe es aus dieser Kanzlei mitgenommen, weil ich den Spruch darauf so lustig fand. Ich kenne einen der Anwälte dort und habe Anne an ihn verwiesen, als sie eine Zeitlang über Scheidung nachgedacht hat. Sie hat sich dann aber doch entschieden, Deutschland und somit auch ihren Mann einfach zu verlassen. Mit unbekanntem Aufenthaltsort, irgendwo in Spanien. Auch mir wollte sie ihn nicht verraten, damit ich guten Gewissens zu Martin sagen könne: Ich weiß nicht, wo Anne ist.«

»Dann hätte Ihr Gatte ja Recht, wenn er glaubt, Ihre Schwester wollte alle Brücken hinter sich einreißen«, folgerte Maike de Baer.

»Schon. Aber Anne wollte sich bei mir melden. Sie hatte ja noch eine Kiste mit ihren lieb gewordenen Erinnerungen bei mir deponiert, die sie später einmal abholen wollte. Wenn sie wenigstens ein Lebenszeichen von sich gegeben hätte, dass es ihr gut geht. Mehr nicht. Das hätte mir fürs Erste genügt. Ich hätte gewusst, dass sie in Sicherheit ist. Aber es kam nicht. Es kam gar nichts! Ich habe mir Sorgen gemacht, verstehen Sie?«

»Natürlich«, sagte Behrends, »aber vielleicht kommen wir ja ein Stück weiter, wenn Sie uns die ganze Geschichte erzählen. Wir möchten gern die Gründe für ihr Verhalten verstehen können.«

Hella Rakoczy holte tief Luft. »Das ist eine lange Geschichte … « Sie blickte von Behrends zu Maike de Baer und zurück.

»Kein Problem. Wir haben Zeit«, antwortete Behrends und ignorierte Maikes raschen Fingerzeig zu ihrer Armbanduhr, ein deutliches Signal an ihn, die Sache nicht zu sehr in die Länge zu ziehen.

Hella Rakoczy richtete sich etwas auf, stellte die Teetasse auf der Tischplatte neben dem Feuerzeug ihrer Schwester ab. »Also, das ganze Unglück begann an dem Tag, als sie Erik, ihren Sohn, verlor. Ihr Mann hatte einen Unfall. Er ist mit dem Wagen in einer Kurve von der Straße abgekommen und gegen einen Baum geprallt. Erik saß mit im Auto. Annes Mann hat den Unfall schwer verletzt überlebt, ihr Sohn war auf der Stelle tot. Martin hat immer behauptet, er sei gegen ein entgegenkommendes Fahrzeug geprallt, das auf seine Fahrbahn geraten sei. Nur hat es außer dem Fahrer des anderen Wagens keine Zeugen für den Vorfall gegeben, und der hat ausgesagt, Martin sei ihm auf seiner Spur ins Auto gefahren. Und das, weil er mit Erik eine handgreifliche Auseinandersetzung gehabt habe. Martin hat das immer bestritten. Ja, er hat sogar gegen den Fahrer des anderen Wagens einen Prozess angestrengt. Wegen Mordes an seinem Sohn! Das müssen Sie sich mal vorstellen. Dabei hat das Sachverständigengutachten eindeutig Martins Schuld an dem Unfall nachgewiesen. Er ist mit überhöhter Geschwindigkeit in das Auto des anderen gerast.«

»Und was war mit den Handgreiflichkeiten seinem Sohn gegenüber?«, fragte Maike de Baer.

»Martin hat das immer geleugnet. Beweise gab es nicht dafür. Also stand Aussage gegen Aussage. Der Prozess wurde schließlich eingestellt.«

»Und danach?« Behrends beugte sich etwas vor. Es passte perfekt in das Bild, das er sich erst vor Kurzem von Röder machen konnte.

»Anne ist mit dem Tod ihres Sohnes nicht fertiggeworden. Auf ärztliches Anraten sollte sie sich in therapeutische Behandlung begeben. Martin wollte das nicht. Natürlich hat sie auch versucht, ihren Mann zu einem Eingeständnis seiner Schuld zu bewegen. Das hätte ihr wahrscheinlich mehr geholfen, als jede Therapie. Und Martin ebenfalls. Stattdessen beharrte er auf Fremdverschulden und entwickelte einen tiefen Hass auf jene, die seiner Meinung nach ihn zum Täter machen wollten, obwohl er sich doch als Opfer fühlte. Anne stellte er mit Psychopharmaka ruhig, die er sich irgendwo besorgt hatte. Irgendwann bekam er wohl Angst, dass Anne süchtig werden könnte, und nahm ihr die Medikamente wieder weg. Das hat Anne den Rest gegeben und sie hat sich manchmal nicht mehr im Griff gehabt. Daraufhin hat er angefangen, sie zu schlagen, und ihr mit allerlei kleinen Quälereien das Leben schwer gemacht. Martin hat irgendwie gar nicht richtig um Erik getrauert. Ihm war nur wichtig, sich als gepeinigtes Opfer darzustellen.«

Hella Rakoczy machte eine kleine Pause und nahm einen Schluck Tee.

»Ihre Ehe war endgültig kaputt. Schon, als Martin sie das erste Mal geschlagen hat. Sie wollte sich scheiden lassen, hat aber dann den Entschluss gefasst, ihn zu verlassen. Die Scheidung hätte ihr einfach zu lange gedauert, und die konnte sie ja immer noch nachholen. Und die Idee mit Spanien, ich glaube daran hat ein Mann Schuld, der sie in Osterode in einem Café angesprochen hat. Sie war … ist ja ziemlich attraktiv … Der Spanier hat sie ihn immer nur genannt. Ich weiß aber nicht, ob er tatsächlich Spanier war. Na, egal. Nach dieser ersten Begegnung haben sie sich noch öfter getroffen. Vielleicht war es nicht nur eine kurze Affäre und sie wollte mit ihm in Spanien zusammenleben. Das ist aber nur eine Vermutung von mir, gesagt hat sie es nicht.«

»Wissen Sie noch, wann sie angefangen hat, diese Pläne zu schmieden?«

»Geredet hatte sie schon länger davon, konkret wurde es aber erst etwa ein halbes Jahr, nachdem es diese freiwillige Speichelprobenaktion gegeben hat, Sie wissen schon, wegen der Bronzezeitknochen in der Lichtensteinhöhle bei Ihnen da in Förste …?«

»Ja, wir wissen Bescheid«, schnitt ihr Maike de Baer das Wort ab. Sie hatte keine Lust auf überflüssige Erklärungen.

»Martin hat seinen Speichel ebenfalls abgegeben. Und dann wollte er partout auch den ersten Milchzahn testen lassen, der Erik ausgefallen war und den Martin in einem Marmeladenglas aufbewahrt hatte. Dagegen hat Anne sich gewehrt. Als sie mir das erzählte, wusste ich erst nicht, was sie dagegen einzuwenden hatte. Aber Anne ist nicht dumm. Sie muss wohl geahnt haben, dass bei der Auswertung Dinge ans Tageslicht kommen konnten, durch die sie erst recht in Teufels Küche gekommen wäre.«

Behrends und Maike de Baer rutschten beinahe gleichzeitig ein paar Zentimeter auf ihren Sesseln nach vorn und starrten Hella Rakoczy lauernd an. Sie ahnten instinktiv, dass die Frau ihnen in wenigen Augenblicken ein bislang wohlgehütetes Geheimnis preisgeben würde.

»Um es kurz zu machen, Martin ist nicht der Vater von Erik, Annes Sohn. Aber noch schlimmer – Martin Röder hat nie Kinder zeugen können. Er ist zeugungsunfähig, weil er unter einem seltenen Gen-Defekt leidet. Er ist ein sogenannter XX-Mann.«

»Ein … was?« Maike de Baer hatte die Augen weit aufgerissen. Die Überraschung war Hella Rakoczy gelungen.

»Ein XX-Mann. Ihm fehlt also das männliche Y-Chromosom, oder zumindest ist es degeneriert. Stattdessen verfügt er über zwei X-Chromosomen. Man merkt so etwas nicht, weil ein solcher Mann sonst im Prinzip völlig normal ist. Geschlechtstrieb, alles. Also überhaupt nicht auffällig.«

»Und darüber ist er vom Institut, das die Speichelproben ausgewertet hat, informiert worden?«, fragte Behrends. Wenn das nicht auf ein erstklassiges Mordmotiv hinauslaufen würde …!

Hella Rakoczy schüttelte heftig den Kopf. »Nein, nein! Gar nicht auszudenken, was passiert wäre, wenn sie das getan hätten!«, rief sie mit schriller Stimme. »So was dürfen die gar nicht!« Sie zögerte, blickte fragend auf Behrends. »Oder doch …?«

Behrends zuckte mit den Achseln. »Tut mir leid, da bin ich überfragt.«

»Nein, dass Anne es wusste, aber Martin nicht, hat sie meinem Sohn zu verdanken«, fuhr Hella Rakoczy fort. Sie hatte sich wieder beruhigt.

»Sie haben einen Sohn?«, unterbrach Behrends. »Archäologie-Student? Hilft ab und an bei Ausgrabungen, wie letztens in der Lichtensteinhöhle?«

»Richtig. Woher wissen Sie …?«

»Oh, Ermittlungsarbeit. Franz Krüger wurde in der Höhle ermordet.«

»Ja ... ja, natürlich«, sagte sie leise und senkte den Kopf.

»Erzählen Sie uns, was Ihre Schwester Ihrem Sohn zu verdanken hat?«

»Seine Freundin ist Biologiestudentin und hat in dem Team des Professors gearbeitet, der die Speichelproben ausgewertet hat. Und Lukas, das wissen Sie ja, studiert Archäologie und war ganz begeistert von der Speichelproben-Aktion. Er wollte das Ergebnis von Röder so schnell wie möglich kennen. Ein Mitglied unserer Familie, wenn auch nicht blutsverwandt, als Nachfahre der Höhlenmenschen, das wäre eine Sensation gewesen. Deshalb hat er seine Freundin gedrängt, für ihn nachzuschauen. Ja, und die ist dann auf den Gen-Defekt gestoßen und hat es ihm natürlich erzählt.«

»Was ist danach passiert?« Behrends wurde zunehmend unruhiger.

»Nun, es scheint, als sei das ein zufälliges Ergebnis gewesen, das man den Probanden nicht weitergeben würde. Aber Anne hatte große Sorge, Martin könne doch irgendwann von seiner Krankheit erfahren. Also hat sie heimlich ihre Flucht vorbereitet. Wer weiß, was passiert wäre, wenn er etwas von ihren Plänen erfahren hätte. Sie hat zuerst alle verräterischen Unterlagen vernichtet. Außer ihren Tagebüchern und noch ein paar anderen Sachen. Die hat sie in eine Kiste verstaut und zu mir gebracht. Ich solle sie aufbewahren, hat sie gesagt. Es seien Erinnerungsstücke, die sie behalten wolle. Wenn sie sich in Spanien eingerichtet habe, werde sie die Dinge nachholen. Ich solle gut darauf aufpassen.«

»Und wer ist Eriks Vater?«, unterbrach Behrends sie. »Hat sie das auch in ihren Tagebüchern aufgeschrieben?«

»Woher soll ich das wissen? Ich habe sie nicht gelesen!«, entrüstete sich Hella Rakoczy. »So etwas macht man doch nicht!«

»Nein, so etwas macht man nicht«, bestätigte Maike.

Behrends hielt sich mit einem Kommentar zurück. Er glaubte der Frau kein Wort. Unvorstellbar, dass sie nicht einmal einen

Blick hineingeworfen hatte. Stattdessen fragte er: »Hätte Anne die Bücher nicht normalerweise mitgenommen? Nach Spanien? Warum hat sie ihre intimsten Geheimnisse Ihnen anvertraut?«

»Ich sagte schon, sie wollte die Kiste mit den Erinnerungsstücken nachholen. Später. Sie ist ja ohne großes Gepäck gereist, aus Angst aufzufallen. Hatte nur ein kleines Handgepäck. Ich war ihre einzige Vertraute. Deshalb hat sie die Kiste bei mir deponiert.«

»Hm …«, brummte Behrends nachdenklich. Er musste wissen, was in den Tagebüchern stand. »Frau Rakoczy, würde es Ihnen etwas ausmachen, uns die Bücher zu überlassen?«

Ihre Augen weiteten sich vor Entsetzen. »Das … das kann ich nicht tun! Ich habe ihr versprochen …«

»Frau Rakoczy«, beruhigte Behrends sie, »von uns erfährt niemand etwas. Aber möglicherweise steht etwas darin, das uns hilft, Ihre Schwester zu finden. Sie wollen doch, dass wir sie finden?«

»Ja, natürlich!« Hella Rakoczy rieb sich verzweifelt die Hände. »Hoffentlich ist ihr nichts zugestoßen …« Sie blickte flehend auf. »Sie glauben, dass sie tot ist, richtig?«, fragte sie, als Behrends und Maike schwiegen.

»Tut uns leid, Frau Rakoczy«, erwiderte Maike, »wir wissen es nicht, noch nicht. Aber wir würden das wirklich gerne klären. Geben Sie uns die Tagebücher?«

Hella Rakoczy senkte den Kopf, gab durch ein schwaches Nicken zu verstehen, dass sie einverstanden war. »Ich hole sie. Das kann aber eine Weile dauern.«

»Ja, sicher, kein Problem«, versicherte Behrends ihr und lehnte sich entspannt zurück um zu warten. Schaute sich im Raum um, dann auf die Uhr, schließlich zu Maike. Die zuckte nur ratlos mit den Schultern. Er stand auf, studierte das Bild über dem Kamin, ein Original, aber sicher nicht von einem bekannten Künstler. Eigentlich konnte er das gar nicht beurteilen, musste er sich eingestehen. Ein weiterer Blick auf die Uhr begann, ihn nervös zu machen: »Was macht die denn so lange?«

»Frag mich nicht!«

Er öffnete die Tür, sah in den Flur, rief hinein: »Frau Rakoczy?«

Nichts passierte. Resigniert setzte er sich wieder, musste dann aber nicht mehr lange warten.

»Entschuldigen Sie bitte, ich war davon überzeugt, sie zusammen mit der Kiste in meinem Fitnessraum im Keller weggepackt zu haben. Aber der Karton befand sich doch schon auf dem Dachboden. Ich musste die Tagebücher erst einmal zwischen all den anderen Sachen hervorsuchen.« Mit diesen Worten überreichte sie ihm einen kleinen Bücherstapel.

»Danke«, sagte Behrends und hielt ihr gleichzeitig die beiden Fotos mit dem Ila-Kettchen hin, die er nach wie vor bei sich trug. »Haben Sie das schon mal gesehen?«

Ein kurzer Blick genügte Frau Rakoczy. »Das hat sie ihrem Spanier geschenkt, kurz nachdem sie ihn kennengelernt hat. Sie war ganz aus dem Häuschen und hat mir das Kettchen vorher gezeigt. Na ja, sie war halt frisch verliebt.«

»Wissen Sie, was Ila bedeutet?«, fragte Maike. »Ist das ein Kosename?«

Frau Rakoczy lachte auf. »Kosename? Nein. Ila steht für: In Liebe, Anne. Ich finde es ja ziemlich albern. Habe ich ihr auch gesagt. Aber so ist sie – wenn sie verliebt ist, benimmt sie sich wie ein Teenager.«

»Hat ihr Mann auch so ein Kettchen von ihr bekommen?« fragte Behrends sofort.

Offensichtlich war Hella Rakoczy von der Frage überrascht. Sie zögerte, schien zu überlegen. »Martin …? Keine Ahnung … aber, nein … nein, ich glaube, nicht.«

»Warum?«

»Ich kann das nicht begründen, es ist nur so ein Gefühl. Ich weiß jedenfalls nur von diesem einen Kettchen.«

»Und von den Tagebüchern wusste Martin Röder auch nichts«, unterstellte Behrends.

»Nein, nein! Auf gar keinen Fall! Sie hat mich regelrecht beschworen, die Bücher unbedingt vor Martin geheimzuhalten.«

»Na schön«, seufzte Behrends und warf einen schnellen Blick auf Maike de Baer, die nur mühsam ein Gähnen unterdrückte. »Eins interessiert mich aber doch noch: Als Ihre Schwester nach

Spanien aufgebrochen ist, wo war denn ihr Mann zu der Zeit? Hat er gar nichts bemerkt?«

»Martin war auf einer zweitägigen Fortbildung, soweit ich mich erinnere. Ich glaube in Hannover ... ja, genau.«

»Wissen Sie noch, wo in Hannover?«

»Tut mir leid, das kann ich Ihnen nicht sagen. Es muss irgendein Tagungshotel gewesen sein.«

»Und Ihre Schwester hat die Gelegenheit beim Schopf gepackt.«

»Sie hat darauf hingeplant. Der Termin für die Fortbildung stand ja schon Wochen vorher fest.«

»Bitte erzählen Sie mir, wie sie ihre Reise genau geplant hat.«

»Sie wollte mit der Bahn fahren, weil sie fürchtete, die Vorbereitung der Einfuhrformalitäten für ihr Auto würde vielleicht nicht unbemerkt bleiben. Nur bis Göttingen wollte sie ihren Wagen benutzen. Aber der war dann wieder einmal kaputt, stand hier in Göttingen in einer Spezial-Werkstatt für Oldtimer. Sie hat ein altes Käfer-Cabrio, wissen Sie. Ein richtiges Schmuckstück. Hat sie von Martin geschenkt bekommen.« Hella Rakoczy machte eine wegwerfende Handbewegung. »Aber der Wagen hatte dauernd irgendeine Macke. Kurz und gut, ich habe sie aus Osterode abgeholt und zum Bahnhof gefahren, habe sie aber davor abgesetzt und bin sofort wieder weg. Anne mochte keine langen Abschiedsszenen.«

»Und das Cabrio? Was ist aus dem geworden?«, fragte Behrends.

»Oh, das hat Martin meinem Sohn überlassen.«

»Das war aber großzügig.«

»Ehrlich gesagt, mein Mann und ich haben uns auch gewundert. Er war plötzlich so ... gönnerhaft. Als ob er an meinem Sohn etwas gutmachen wollte, was er an Anne verbockt hatte. Jedenfalls meinte er, der Lukas könne das Cabrio gut gebrauchen. Er als armer Student habe doch sicher kein Geld für ein eigenes Auto. Na ja, er hätte schon genug Geld haben können – die Firma meines Mannes läuft sehr gut. Aber wir dachten, es ist nicht in Ordnung, wenn der Junge sich nicht selbst etwas erarbeitet. Martin hat unsere Erziehung da etwas unterlaufen ... ach, egal. Er hat es ja nur gut gemeint.«

Behrends reckte sich in seinem Sessel. »Na schön, Frau Rakoczy. Ich denke, das wäre es. Vielen Dank, dass Sie sich zu so später Stunde für uns Zeit genommen haben.« Er wandte sich seiner Kollegin zu. »Oder hast du noch eine Frage?«

Maike de Baer war unmerklich in sich zusammengesunken und für einen Sekundenbruchteil weggedämmert. Als Behrends sie ansprach, schreckte sie hoch. »Äh … ich, nein … doch!«, kam ihr ein spontaner Gedanke. »Waren Sie in der Vergangenheit ab und zu mal bei Dr. Rensick in Osterode?«

»Dem Arzt, der auch ermordet wurde?«

»Genau der.«

»Nein. Ich weiß nur durch Anne von ihm. Persönlich kenne ich ihn nicht. Wieso sollte ich dort gewesen sein?«

»Weil Sie gesehen wurden. Was fahren Sie für ein Auto?«

»Einen BMW Z3.«

»Weiß?«

»Ja. Wieso?«

»Eine Zeugin hat Sie mit dem Auto vor der Praxis des Doktors gesehen. Das war an einem Abend, wenige Wochen, bevor Ihre Schwester verschwunden ist.«

Plötzlich hellte sich das Gesicht von Hella Rakoczy auf, und sie lachte erleichtert. »Das war bestimmt Anne. Ich habe ihr immer mal wieder meinen Wagen geliehen, wenn ihrer, wie so häufig, in der Werkstatt war und sie dringend ein Auto brauchte. Martins Wagen hätte sie ja nie bekommen. Und Sie haben ja selbst schon bemerkt, wie ähnlich meine Schwester und ich uns sehen. Da wird uns jemand verwechselt haben.«

»Wahrscheinlich«, bestätigte Behrends. »Was meinen Sie, was kann Ihre Schwester bei Dr. Rensick gewollt haben?«

»Tabletten.«

»Tabletten?«

»Ja. Sie brauchte das Zeug, nachdem Martin sie abhängig gemacht hatte, ihr aber nichts mehr gab. Also ist sie heimlich zu Dr. Rensick. Sie kannten sich ja recht gut.«

»Ja, natürlich«, seufzte Behrends. Was für ein stinkiger Sumpf, in dem er da herumwatete! Er gab Maike de Baer mit einer flüchtigen Geste das Zeichen zum Aufbruch. »Also dann, noch mal vielen Dank für Ihre Zeit. Bitte bleiben Sie sitzen. Wir finden allein hinaus. Auf Wiedersehen.«

Er reichte Hella Rakoczy, die sich dankbar zurück in die Polster fallen ließ, über den Tisch hinweg die Hand. Seine Kollegin beließ es bei einem flüchtigen Wink.

Als Behrends und Maike de Baer vor der Haustür der mondänen Dreißiger-Jahre-Villa standen, kam ihnen ein Audi TT Cabriolet über das Kopfsteinpflaster der Garagenzufahrt entgegen und hielt neben ihrem Wagen. Mit elegantem Schwung entstieg ein etwa fünfundzwanzig Jahre alter Mann dem Cabrio und sprang ihnen mit raumgreifenden, dynamischen Sätzen entgegen.

»Hallo«, rief er.

»Hallo«, entgegnete Behrends. »Sie sind ...?«

»Na, hören Sie mal, ich wohne hier, ich sollte Sie das fragen.«

»Demnach sind Sie Lukas Rakoczy. Ich bin Kriminalhauptkommissar Behrends und das ist Kriminalkommissarin de Baer.«

Augenblicklich verdüsterte sich das Gesicht von Lukas Rakoczy, und alle Dynamik schien von einem Moment auf den anderen aus seinem Körper gewichen. »Und? Was wollen Sie von uns?«

»Wir ermitteln in der Mordsache Krüger und Rensick. Und wir hatten ein paar Fragen an Ihre Mutter. Sie kannten den Franz Krüger doch auch, richtig? Haben mit ihm zusammen an der Lichtensteinhöhle gegraben.«

»Ja ... ja, na klar«, stammelte der junge Rakoczy, »er war ein toller Typ. Habe mich prima mit ihm verstanden. Schlimm, was mit ihm passiert ist ... wirklich schlimm.« Er wirkte trotz seiner bedauernden Worte nicht sonderlich betroffen. »Aber was hat denn meine Mutter damit zu tun?«

»Fragen Sie sie«, antwortete Behrends knapp und deutete mit dem Kopf zu dem Audi hin. »Ein schöner Wagen übrigens. Ihrer? Nicht mehr Käfer-Cabrio?«

Lukas Rakoczy stutzte. »Woher wissen Sie ...?«

»Ihre Mutter war so freundlich.«

»Oh ... ja, verstehe. Ich habe das Cabrio zurückgegeben. Mein Onkel hängt sehr daran.«

»Und Sie haben ja adäquaten Ersatz, wie ich sehe. Sicher teuer. Sie studieren doch, richtig?«

»Ich arbeite nebenbei. In Höhlen zum Beispiel«, sagte Rakoczy schnippisch.

»Und das reicht? Oder klebt da irgendwo der Schriftzug *Sponsored by Papa* am Auto?« Behrends konnte sich die Bemerkung einfach nicht verkneifen. Er hasste diese verzogenen Söhnchen reicher Eltern. Insbesondere, wenn sie ihn verarschen wollten.

»Ohne meinen Anwalt sage ich nichts«, konterte Rakoczy herablassend und verschwand ohne Gruß im Haus.

»Touché«, flötete Maike de Baer vergnügt und schritt in übertrieben grazilen Bewegungen die Stufen hinunter.

Behrends stapfte ihr hinterher. »So viel zum Thema feines Kerlchen, von dem man noch viel hören wird.«

Sie hatten den Straßentunnel bei Bovenden durchquert und näherten sich Nörten-Hardenberg. Behrends hatte sich durchgesetzt und saß jetzt am Steuer. Aus den Autolautsprechern dudelten die üblichen Klassik-Rock-Hits auf *Radio 21*, durchsetzt mit der einen oder anderen musikalischen Merkwürdigkeit, frei nach dem Sender-Motto: Wir spielen, was wir wollen.

Maike de Baer hatte mehrmals versucht, einen Sender zu wählen, der ihrem Musikgeschmack mehr entsprach, doch am Ende hatte Behrends das Gefecht für sich entschieden. Er war der Chef und sie hatte sich schmollend von Behrends abgewandt, ihren Kopf gegen die Kopfstütze gelehnt und die Augen geschlossen. So waren sie eine Weile schweigend unter einem sternenklaren Nachthimmel entlanggefahren, ohne ein Wort über ihren zurückliegenden Besuch zu verlieren.

Schließlich brach Behrends das Schweigen. »Ich frage mich, was in den Tagebüchern steht. Willst du nicht schon mal nachsehen?«

»Och nööö, das hat doch Zeit bis morgen.«

»Soll ich dir sagen, was wir darin finden werden?«

»Wenn es unbedingt sein muss«, maulte Maike schläfrig.

»Drei Namen, vermute ich, nein, ich weiß es: Krüger, Rensick und Hildebrandt! Und alle waren Annes Liebhaber. Dazu die Geschichte von drei Ila-Kettchen, lässt man mal das aktuelle für den Spanier beiseite.«

»Bist du Hellseher?«

»Nee, ich habe nachgedacht. Und jetzt frage ich mich, wo der nächste Mord passieren wird«, gab Behrends zurück.

»Du bist also sicher, dass unser Mann noch einmal zuschlägt?«

»Ganz sicher. Hildebrandt fehlt noch in Röders Sammlung. Erst wenn der erledigt ist, hat er das Spiel beendet und sich für die erlittene Niederlage revanchiert.«

»Du bist also nach wie vor überzeugt, dass Röder der Mörder ist?«

»Wer sonst?«, wunderte sich Behrends über die Zweifel seiner Kollegin.

»Was ist mit Lukas Rakoczy?«

»Wieso denn der?« Hatte Maike de Baer etwa wieder eines ihrer Bauchgefühle?

»Weil er gewisse Dinge wusste. Zum Beispiel war er es, der als Erster von dieser XX-Mann-Geschichte erfahren hat. Also war ihm klar, dass seine Tante ihren Mann nach Strich und Faden betrogen und ihm sogar das Kind eines anderen untergeschoben hat. Er kannte Krüger, hat sogar mit ihm zusammengearbeitet. Er kennt sich in der Lichtensteinhöhle aus, war, wenn ich mich recht an die Worte von Dr. Stein erinnere, sogar dabei, als Krüger sich für die Bewachung der Höhle aufgedrängt hat.«

»Aber was für ein Motiv hätte er denn haben sollen?«, fragte Behrends.

»Vielleicht hat er sein Wissen über seine Tante und ihren Mann dazu genutzt, um ihre Liebhaber zu erpressen und die wollten sich wehren.«

»Aber um die Zusammenhänge zwischen Röder, Krüger, Rensick und Hildebrandt herzustellen, hätte er den Inhalt der Tagebücher kennen müssen. Und das hat er nicht.«

»Und wenn doch?«

Behrends verstummte. Aber nur für wenige Sekunden. »Dann hat er vielleicht sein Wissen an den lieben Onkel weitergegeben. Und Röder hat seinen Rachefeldzug begonnen. Aber bevor wir noch lange spekulieren, will ich erst einmal die Tagebücher lesen.«

»Wann? Heute Nacht noch?«

»Aber sicher! Ich setze dich in Dorste ab, fahre nach Hause und dann ran an die Arbeit! Kann sein, dass ich morgen früh etwas später im Büro auftauche.«

15.

Am Freitagmorgen stand Behrends immer noch mit leeren Händen da, hatte nichts als seine Vermutungen. Und einen schweren Kopf, nachdem er sich die Nacht um die Ohren geschlagen hatte.

Hella Rakoczy hatte sie hinters Licht geführt. Davon war er fest überzeugt. Die Tagebücher schienen nicht vollständig zu sein. Er konnte sich nicht vorstellen, dass Anne, die über lange Strecken sehr regelmäßig ihre Gedanken und Gefühle niedergeschrieben hatte, immer wieder größere Pausen gemacht haben sollte. Da die Bücher eine Spiralbindung hatten und Anne die Angewohnheit hatte, jeden neuen Tag oben auf der Seite zu beginnen, wäre es leicht gewesen, ganze Passagen herauszureißen, ohne Spuren zu hinterlassen. Nirgends hatte er Hinweise auf intime Beziehungen von Anne zu Krüger, Rensick oder Hildebrandt gefunden, immer nur eher belanglose Einträge über Grillfeste oder gemeinsame Ausflüge.

Behrends hatte während seiner Tagebuchlektüre eine Frau kennengelernt, deren Leben geprägt war von der Suche nach Liebe und Halt und einer tiefen Angst vor dem Alleinsein. Ihre innere Zerrissenheit hatte ihn berührt, und er hatte Mitleid empfunden mit Anne Röder, die er zum Schluss besser zu kennen glaubte als jeder andere Mensch. Es schien ihm unwahrscheinlich, dass Anne ausgerechnet ihre sexuellen Abenteuer nicht ihrem Tagebuch anvertraut hatte. Und sie war mit Sicherheit nicht nur freundschaftlich mit den drei Männern verbunden gewesen! Die Ila-Kettchen sprachen dagegen.

Hella Rakoczy musste ihnen die entsprechenden Inhalte bewusst vorenthalten haben. Dann konnte das nur bedeuten, dass sie die Tagebücher doch gelesen hatte! Und ihnen gegenüber behauptete sie das Gegenteil. Die Frau hatte Nerven!

Behrends war sauer. Stinksauer! Er hatte schon um acht Uhr versucht, Hella Rakoczy zu erreichen. Ohne Erfolg. Zu so früher Stunde war man nicht auf Polizistenanrufe eingerichtet gewesen. Also hatte er beschlossen, Trost bei Katrin zu suchen, ehe er in Northeim der erwartungsvollen Kollegenmeute gegenübertrat.

Er hatte wahrscheinlich selbst nicht genau gewusst, was ihn erwartete, als er Katrin in aller Herrgottsfrühe aus ihrer Wohnung geklingelt hatte. Eine freudige Umarmung sicher nicht. Aber vielleicht ein warmes Hallo, ein zaghaftes Lächeln, verbunden mit den Worten »Schön, dass du da bist«, und eventuell einen flüchtigen Kuss auf die Wange oder sogar auf die Lippen. Alles wäre erträglicher gewesen, als in das aschfahle Gesicht mit den rot unterlaufenen Augen blicken zu müssen.

Erst in dem Moment war Behrends die ganze Tragweite dessen klar geworden, was Katrin in der Zwischenzeit durchgemacht haben musste. Dagegen waren seine eigenen Probleme ein Nichts! Plötzlich hatte sie ihm unendlich leidgetan und er hätte sie an sich drücken und ihr übers Haar streichen sollen. Er hätte ihr auf diese Art wenigstens einen kleinen, stummen Trost spenden können, wenn es ihm schon nicht gelang, in solchen Situationen die richtigen Worte zu finden.

Stattdessen hatte er mit gesenktem Kopf in der Tür gestanden und vor sich hingestammelt, etwas von »das wird schon wieder« und »du wirst schon was Neues finden« gefaselt und darauf gewartet, dass sie ihn endlich in die Wohnung ließ.

Katrins Reaktion hatte ihn hart getroffen. »Mehr fällt dir nicht ein?« hatte sie mit Tränen in den Augen gefragt. »Dafür klingelst du mich so früh aus dem Bett? Geh und finde den Mörder!« Dann hatte sie ihm die Tür vor der Nase zugeschlagen.

Er hatte ihr ein wütendes »Dann eben nicht!« hinterherbrüllen wollen, es sich aber gerade noch verkniffen. Sie hatte ja Recht gehabt. Sein Verhalten war unmöglich gewesen. Warum schaffte er es nie, seine Gefühle zu zeigen? Einen Augenblick hatte er gezögert. Dann war er über seinen Schatten gesprungen, hatte wieder geklingelt und sie durch die Tür, hinter der er sie immer noch vermutete, angefleht, ihn hineinzulassen. »Es tut mir leid«, hatte er gerufen, »ich wollte dir nicht wehtun. Bitte lass mich rein!«

Tatsächlich hatte sie ihm etwas später wieder geöffnet, und er hatte sie etwas ungelenk in seine Arme geschlossen. »Ich bin manchmal so ein Idiot«, hatte er geflüstert.

»Schon gut«, hatte Katrin verwirrt erwidert und sich aus seiner Umarmung gelöst. Dann hatte sie ihn gefragt, was eigentlich los sei.

Die Ermittlungen liefen nicht rund, hatte er ihr gesagt. Er sei ziemlich angefressen. Er müsse mit jemandem reden, der unbeteiligt sei und dem er vertraue.

Katrin hatte frischen Kaffee gekocht. Am Küchentisch sitzend, die dampfenden Tassen vor sich, hatten sie auch über Anne Röder gesprochen. Dabei hatte Katrin sich aufgeregt, wie er es bisher noch nicht bei ihr erlebt hatte. Hure hatte sie Anne genannt, eine, die sich durch alle Betten gevögelt habe, die sich ihr angeboten hätten. Eine, die sogar ihr einmal ein eindeutiges Angebot gemacht habe. Keine Moral, keine Tabus. Katrin war überzeugt gewesen, dass sich Anne auch während ihrer Ehe mit Röder in anderen Betten herumgetrieben habe. Kein Wunder, dass sie zu guter Letzt ihren Mann verlassen habe. Das sei sowieso keine Liebe gewesen!

Katrin wusste offensichtlich nicht, was wirklich in Anne Röder vorgegangen war. Vielleicht hätte sie anders geredet, wenn sie den Inhalt der Tagebücher gekannt hätte. Behrends hatte für einen Moment geglaubt, Anne Röder gegen Katrins Attacken verteidigen zu müssen, es dann aber doch vorgezogen, seine Erkenntnisse für sich zu behalten. Ob sie sich vorstellen könne, dass Röder seine Frau getötet habe, hatte er stattdessen gefragt.

»Sicher«, hatte Katrin ohne zu überlegen geantwortet. »Bei so einer wäre sogar ich zum Mord fähig gewesen.«

Am Friedhof in Northeim hatte es Behrends erwischt. Kurz hinter dem Ortsschild. Dabei hatte man ihn immer wieder vor der Radarfalle gewarnt. Na schön, wenn man alle Toleranzen in Betracht zog … wahrscheinlich hatte er Glück und es ging ohne Flensburg-Punkte ab.

Auf jeden Fall war ihm seine halbwegs gute Laune, die sich während der letzten Minuten bei Katrin noch eingestellt hatte, durch den Blitzer wieder verhagelt worden. Und überdies hatte Bosse sich krankgemeldet. Zum Glück für ihn. Sonst hätte er den Mann sowas von zusammengefaltet, nachdem er gehört hatte, dass Bosse eigenmächtig an der Sache mit der Todesanzeige weitergearbeitet und Maike seine Ergebnisse auf den Schreibtisch gelegt hatte. Maike hatte beteuert, Bosse nicht zu dem Alleingang angestiftet zu haben, fand seine Rechercheergebnisse aber dennoch bemerkenswert. Er hatte die Schwägerin des Todesopfers aus der Anzeige aufgespürt. Die hatte ihm von einer Erpressung erzählt, in die ihr Mann und drei Männer aus Förste verwickelt seien. Wegen einer länger zurückliegenden Schlägerei. Bosse hatte dringend empfohlen, der Frau einen Besuch abzustatten.

»Und ich empfehle dir dringend, dich auf unsere Ermittlungen zu konzentrieren«, hatte er Maike angefaucht.

Dazu kam, dass die Erkennungsdienstler in Rensicks Haus kein Ila-Kettchen gefunden hatten, was die Frage aufwarf, ob das zusätzliche Kettchen in Krügers Portemonnaie dem Doktor gehört hatte. Eine Möglichkeit, die alles nur noch komplizierter gemacht hatte. Hatten Sie es hier nicht mit einem Doppelmörder, sondern mit einer Kette von Morden zu tun? Krüger wird von Rensick ermordet und Rensick dann von – ja von wem und warum? Nein, das brachte sie nicht weiter.

Die Finger um die Kante der Fensterbank gekrallt, stand er am Fenster und starrte auf die versammelte Mannschaft der Soko Höhlenzauber. Er hatte das Oberlicht geöffnet. Trotzdem schwitzte er. Mal wieder.

Nicht nur seine Stimmung war gedrückt. Die ganze Mannschaft wirkte heute Morgen unruhig und angespannt. Behrends konnte sich denken, warum. Er hatte ihnen die Pleite mit den Tagebüchern gebeichtet und das Wochenende stand vor der Tür. Alle Anwesenden hatten, soweit er wusste, Familie. Frau und Kinder. Maike de Baer ausgenommen. Sie sehnten sich alle nach den zwei freien Tagen. Auch Maike. Aber es roch nach Wochenendarbeit. Die Entwicklung in ihrem Fall näherte sich einem entscheidenden Punkt. Sie alle spürten das, nicht nur, weil die Wedekind geglaubt hatte, noch gestern Abend die Inspektion und besonders seine Leute aufmischen und unter Druck setzen zu müssen. Während er in Osterode beim Schachspiel saß.

Behrends ließ seinen Blick über die Köpfe gleiten, die einander in nervösem Gemurmel zugewandt waren oder angestrengt über den Akten vor sich auf dem lang gestreckten Konferenztisch brüteten. Er fragte sich, ob die verheirateten Beamten wohl alle Röders Eheideal entsprachen. Brave, treue Ehemänner und Ehefrauen? Ohne jeden Ausrutscher, ohne Seitensprung und Affäre. Monogam bis in die Haarspitzen und, was die Männer betraf, leibliche Väter ihrer Kinder. Solchen Gedanken konnte und wollte er nicht lange nachgehen, sie hatten einen Fall zu lösen – und dafür brauchten sie keine Ehe-Gütesiegel.

»Also gut, Leute«, er drückte sich von der Fensterbank ab und klatschte in die Hände, »wir gehen folgendermaßen vor ...«

Dann verteilte er die Aufgaben. Einer von ihnen sollte sich um das Tagungshotel in Hannover kümmern, in dem Röder vor zwei Jahren abgestiegen war. Er sollte es finden und wenn möglich auch noch Leute, die sich an Röder erinnerten, ob vom Personal oder von den Tagungsteilnehmern. Er wollte Röders Bewegungen an jenen zwei Tagen nachzeichnen, soweit es irgend ging.

Dann musste die Studentin gefunden werden, die an der Auswertung der Speichelproben mitgearbeitet und Lukas Rakoczy über Röders defekte Genstruktur informiert hatte. Und er wollte diesen Lukas! Hier, in der Inspektion. Heute Nachmittag. Er wollte ihm etwas auf den Zahn fühlen. Der Junge hatte ihm einiges zu erzählen, das wusste er. Die Erkenntnis war ihm letzte Nacht gekommen, während des vergeblichen Tagebuchstudiums.

»Und wir werden Röder observieren«, sagte er, lehnte sich auf seinem Stuhl zurück und verschränkte die Arme vor der Brust.

255

»Rund um die Uhr. Zwei Teams, die sich abwechseln. Während des Schichtwechsels können die beiden, die kommen oder gehen, mal bei den Nachbarn klingeln. Die eine oder andere Frage stellen; zum Beispiel wer so bei Röder ein- und ausging. Vielleicht erinnert sich ja sogar jemand an das, was vor ungefähr zwei Jahren passiert ist, als Anne Röder ihren Mann verlassen hat – sofern sich in diesem Zusammenhang etwas Auffälliges zugetragen haben sollte.«

»Und warum das Ganze? Wenn er dein Hauptverdächtiger ist, wie du sagst, dann lass ihn uns holen und in U-Haft nehmen.«

Er hatte mit dem Widerstand gerechnet. Niemand observierte gern. Es war eine undankbare Aufgabe. Besonders, wenn das Wochenende bevorstand.

»Wir haben nichts Konkretes gegen ihn in der Hand, und das weiß er. Das Verhör wird nichts bringen. Er ist viel zu clever. Spätestens nach vierundzwanzig Stunden müssen wir ihn wieder laufen lassen, wahrscheinlich früher. Es ist anzunehmen, dass er einen guten Anwalt besitzt.«

»Können uns dann nicht wenigstens mal die Kollegen von der Streife aus Osterode unter die Arme greifen? Es ist ihr Revier.«

Behrends verstand den Einwand nur zu gut. Er hatte die gleiche Idee gehabt und es sofort nach seinem Eintreffen in der Inspektion abgeklärt. »Keine Chance«, sagte er matt, »die können uns keine Leute geben. Sind selbst notorisch unterbesetzt.« Er straffte sich und fuhr mit fester Stimme fort: »Nein, wir machen das selbst. Wir beobachten ihn und schauen uns an, was er so treibt. Und vor allen Dingen, ganz offen. Ihr braucht nicht darauf zu achten, dass ihr unsichtbar bleibt. Im Gegenteil, ich möchte, dass er euch sieht. Ich will, dass er weiß, wir sind ihm auf der Spur. Ich will, dass er nervös wird und Fehler macht. Er hat mich quasi zum Duell herausgefordert, mir frech ins Gesicht gesagt, dass ich am Zug sei. Aber mit so einem Zug rechnet er sicher nicht.«

»Ist das jetzt dein Privatkrieg, für den wir möglicherweise unser Wochenende opfern müssen?«, kam unvermittelt eine Frage von Micha. Ausgerechnet von ihm – einem, der noch nicht mal direkt betroffen war.

»So ein Schwachsinn!«, fauchte Behrends, um sofort den Gedanken weiterzuspinnen, bei dem Micha ihn unterbrochen hatte: »Wenn wir uns ganz offen vor sein Haus stellen, passt das nicht in sein strategisches Muster, und er wird sich fragen, was ich mit meinem Vorgehen bezwecke. Er wird es möglicherweise dilettantisch finden, aber gleichzeitig Zweifel haben, ob ich wirklich solch ein Dilettant bin. Er wird nervös werden, davon bin ich überzeugt. Ich will, dass ihr ihm nachfahrt oder nachgeht – ganz egal, wohin er sich bewegt.«

Behrends dachte an Hildebrandt. Der offene Posten auf Röders Rechnung? Wann war der Zeitpunkt gekommen? Wann würde Röder zuschlagen? Und vor allen Dingen wo? Gab es ein System, nach dem Röder die Orte aussuchte, an denen er tötete? Eine höhere, göttliche oder, besser gesagt, satanische Ordnung? Behrends glaubte, einen kleinen Einblick in die kranken Denkstrukturen des Mannes erhalten zu haben. Aber das reichte nicht! Er hatte an der Oberfläche gekratzt. Er hatte das zu sehen bekommen, was er sehen sollte. Mehr nicht. Sie mussten Röder im Auge behalten. Jeden seiner Schritte kontrollieren. Eine Katastrophe, wenn es ihm gelänge, ihnen zu entwischen und Hildebrandt zu töten! Vor ihren Augen sozusagen. Er würde es versuchen. Aber wann? In den nächsten Tagen? Oder Stunden?

Behrends wusste nicht, ob er allen hatte deutlich machen können, worum es ging; wie brisant die Situation war. Sie durften sich keinen Fehler erlauben! Zumindest akzeptierten sie seine Absichten ohne weiteren Widerspruch.

»Also dann an die Arbeit, Leute, schafft mir was Handfestes ran«, sagte Behrends schließlich und klatschte erneut aufmunternd in die Hände, ehe er augenzwinkernd hinzufügte: »Ich gehe unterdessen mit Maike ein bisschen spazieren.«

Einer musste ja die aufgeladene Stimmung mit dummen Sprüchen etwas entspannen. Aber er erntete keinen Beifall. Offensichtlich hatte er sich zu viel vorgenommen.

Sie waren den Weg an der Abbruchkante entlang, bis hinunter zur Sohle des ehemaligen Gipsabbaugebietes gefahren. Jetzt gingen sie den mit dünnem Trockengras und Huflattich überzogenen Weg entlang, auf dem früher das Gipsgestein zum Brecher transportiert wurde. Behrends ging voran, in einigen Metern Abstand gefolgt von Maike de Baer und Sir Toby, der um sie herumscharwenzelte und immer wieder an ihr hochsprang. Der Hund hatte einen Narren an ihr gefressen.

»Da hinten ist es«, sagte er, als sie den Punkt erreicht hatten, wo der Weg sich in einer kleinen, von fußballgroßen Gipsbrocken übersäten Ebene verlor. »Im Gras vor dem Gestrüpp hat Sir Toby das Feuerzeug entdeckt.«

Sie näherten sich der gewaltigen Felsnase, die Behrends schon bei seinem ersten Besuch hier unten beeindruckt hatte. Zielgerichtet und mit schnellen Schritten steuerte er den hoch aufragenden Felsen an und ließ Maike de Baer ein kleines Stück hinter sich. Vor dem Gestrüpp blieb er kurz stehen, ehe er an dessen Saum ein paar Schritte entlangging. Seine Augen wanderten über das Gras zu seinen Füßen. »Wenn ihr das Feuerzeug vielleicht hier aus der Tasche gefallen ist …«

»Du denkst, sie war hier unten?«, wunderte sich Maike de Baer. »Aber was kann sie hier gewollt haben?«

Behrends blieb stehen und musterte seine Kollegin mit kritischem Blick: »Vielleicht hat sie hier gar nichts gewollt. Vielleicht ist sie gar nicht freiwillig hierhergekommen.«

»Jemand hat sie in dieses Loch verschleppt, um sie dann zu ermorden? Willst du das damit sagen?« Sie drehte sich um die eigene Achse und ließ ihren Blick schweifen. »Na ja, schlecht ist der Ort jedenfalls nicht. Ein hübsches, abgelegenes Plätzchen, wo man sich einigermaßen unbeobachtet fühlen kann. Aber wo willst du denn hier eine Leiche verstecken? Vergraben ist ja wohl nicht. Alles hartes Gestein, wenn ich das richtig sehe.«

»Warte mal …« Behrends trat auf das Gestrüpp zu und drückte sich gleich darauf durch die dornenreichen Zweige. Wenig später tauchte er wieder auf. »Nichts. Ich hatte gehofft, hinter dieser Felsnase einen Hohlraum oder Ähnliches zu finden, wo man eine Leiche verschwinden lassen kann. Leider Fehlanzeige.«

Maike blickte ihn fragend an: »Und nun?«

»Tja, ich glaube, es hat keinen Sinn, hier eine groß angelegte Suchaktion nach Anne Röders Leiche zu starten. Du hast sicher Recht. Auch wenn sie vielleicht an diesem Ort ermordet worden ist, der Mörder hat sie in diesem Boden bestimmt nicht verscharrt. Lass uns wieder gehen.«

Sie hatten die Hälfte des Weges zu ihrem Wagen zurückgelegt, als Maike fragte: »Warum sollte ich eigentlich mit dir mitkommen? Um festzustellen, dass es keinen Sinn macht, im Steinbruch nach Anne zu suchen, hättest du mich nicht gebraucht.«

Behrends zwinkerte ihr zu: »So habe ich dich wenigstens unter Kontrolle.«

Maike verstand seine Anspielung. Ihr lag eine passende Antwort auf der Zunge. Sie schluckte sie jedoch herunter.

Als sie mit ihrem Wagen über den steilen Weg an der Abbruchkante entlang wieder nach oben gefahren waren, sahen sie auf dem Feldweg, der vom Dorf aus hierher führte, einen alten VW-Bus stehen.

»Hallo«, rief Behrends aus, »die Karre kenne ich doch! Was macht denn mein Freund Diekmann hier?«

Er hielt das Auto an und stieg aus. Er sah, dass sich, vom VW-Bus ausgehend, eine Spur zum Wäldchen hinzog. Dort, wo das Gras niedergetreten wurde, hatte es sich bisher nicht wieder aufgerichtet. Diekmann konnte also erst vor Kurzem angekommen sein.

»Na los, wir wollen mal sehen, was der gute Holger hier verloren hat«, rief er mit einer schnellen Kopfdrehung zum Auto hin.

»Willst du jetzt wirklich deinem Kumpel hinterherspionieren? Meinst du nicht, wir haben Wichtigeres zu tun?«

Maike de Baer verstand die Welt nicht mehr. Eben noch hatte Behrends sie durch den alten Steinbruch gejagt, besessen von der irrigen Annahme, dort eine Leiche zu finden. Und plötzlich war das alles vergessen, nur weil sich sein Kumpel hier draußen herumtrieb und er ihm unbedingt nachlaufen wollte.

»Komm schon, Maike! Ich möchte wissen, was er da macht.«

»Mann, du bist doch nicht ganz dicht!«, fluchte sie, stieg aber dennoch aus. »Was ist mit Sir Toby?«

»Den lassen wir im Auto«, sagte Behrends leichthin, »dauert ja nicht lange.«

Sie folgten den Spuren im Wiesengras und erreichten nach wenigen Minuten das Wäldchen. Kaum waren sie in das Dickicht eingedrungen, als sie dumpfe Stöße vernahmen. Sie beschleunigten ihre Schritte und huschten geduckt weiter, ungeachtet der Äste, die ihnen schmerzhaft ins Gesicht schlugen. Unvermittelt öffnete sich das Dickicht zu einer kleinen Lichtung. Auf der Holzbohlenterrasse der imposanten Blockhütte stand ein Mann und bearbeitete mit einem Gegenstand, der Ähnlichkeit mit einer Brechstange hatte, die Eingangstür zur Hütte – Holger Diekmann!

»Ist der denn jetzt ganz verrückt geworden?«, flüsterte Behrends. »Was tut er da?« Er zögerte nur kurz. Dann legte er Maike de Baer die Hand auf die Schulter und zischte: »Bleib du hier. Ich sehe mal nach, was das soll.«

Ehe sie reagieren konnte, war er schon davongesprungen. Mit einer Leichtfüßigkeit, die sie ihrem Kollegen nicht zugetraut hätte, und ohne dabei irgendwelche Geräusche zu verursachen, huschte er unter den Bäumen entlang, bis er auf Höhe der Blockhütte angelangt war. Diekmann bearbeitete weiter konzentriert mit seiner Brechstange die Tür. Es war ein Leichtes für Behrends, sich ihm unbemerkt von hinten zu nähern, mit einem kleinen, schnellen Satz auf die Terrasse zu gelangen, sich über das Geländer zu schwingen und etwa einen Meter hinter ihm stehen zu bleiben. Das alles in einem einzigen, fließenden Bewegungsablauf.

»Hallo Holger«, rief Behrends vergnügt, »bist du jetzt unter die Einbrecher gegangen?«

Wahrscheinlich hatte Behrends damit gerechnet, dass dem erschrockenen Diekmann das Eisen aus der Hand fiel, nicht aber, dass er ansatzlos herumwirbelte und das über den Kopf erhobene Brecheisen in einem gewaltigen Schlag auf ihn niederfahren ließ. Seinen ausgezeichneten Reflexen hatte es Behrends zu verdanken, dass er gerade noch ausweichen konnte und der Schlag ihn nur am Arm streifte, ehe er auf die Holzbohlen der Terrasse krachte.

Das alles hatte Maike de Baer aus ihrem Versteck beobachtet, ihre Pistole aus dem Halfter gezogen und war brüllend auf die

Lichtung gerannt: »Halt oder ich schieße! Lassen Sie die Waffe fallen!«

Aber da hatte Diekmann schon erkannt, wer vor ihm stand und das Eisen vor Schreck aus der Hand gleiten lassen. Ob Maike de Baer nun brüllte, auf ihn zielte oder nicht.

»Scheiße, verdammt, Ingo, was machst du denn hier?«, kreischte Diekmann. »Um ein Haar hätte ich dir den Schädel eingeschlagen!«

Das sah Behrends genauso. Er nickte, schluckte, keuchte, brachte aber kein Wort heraus. Dafür schlackerten ihm die Knie und er musste sich am Geländer der Terrasse festhalten.

»Die Frage muss ja wohl eher andersherum lauten. Was machst *du* hier?«, japste er, über das Geländer gebeugt. Die Zähne zusammengebissen, drückte er sich vom Geländer ab und drehte sich langsam zu Diekmann um: »Bist du total bescheuert, hier einzubrechen? Was soll das überhaupt?«

Diekmann hatte sich, mit dem Rücken an die Tür gelehnt, zu Boden sacken lassen. Immer noch fassungslos, starrte er erst das Brecheisen an, dann Behrends, sammelte sich und konnte schließlich antworten: »Röder hat irgendeine Schweinerei vor«, stammelte er. »Der bunkert da drinnen Gasflaschen und Kanister mit … ach, ich weiß doch nicht!«

»Wenn Sie etwas von einem Verbrechen erfahren haben, hätten Sie die Polizei rufen müssen!«, sagte Maike de Baer scharf. Sie war auf die Terrasse getreten und blickte ihn durchdringend an. Das war also Behrends' Freund, der Burgblick-Mensch. Na ja …

»Die Polizei ist ja nun da«, gab Diekmann lahm zurück.

»Lass mal, Maike, ich mache das schon«, bremste Behrends seine Kollegin und wandte sich wieder Diekmann zu. »Was macht dich so sicher, dass Röder etwas im Schilde führt? Wie kommst du überhaupt auf Röder?«

»Weil dem die Hütte gehört. Und gestern habe ich gesehen, wie er die Sachen hineingeschleppt hat. Drei Gasflaschen … mindestens! Und diese Kanister! Wozu braucht einer das? Bestimmt nicht für eine Grillparty!«

»Du warst gestern schon mal hier?« Behrends glaubte, seinen Ohren nicht zu trauen.

»Ja, nur da ist er plötzlich aufgetaucht und ich musste abhauen. Von da hinten«, Diekmann zeigte auf eine Stelle im Dickicht, »habe ich gesehen, wie er alles von seinem Auto in die Hütte geschleppt hat.«

»Und jetzt wolltest du dir mit diesem Mordinstrument Zugang verschaffen?« Er deutete auf die Brechstange zu Diekmanns Füßen.

»Na sicher! Ich wollte sehen, was er da drinnen noch alles bunkert. Vielleicht basteln sie ja Bomben. Röder als graue Eminenz hinter solchen Terror-Aktivisten. Kann doch sein, oder?«

»Das ist doch nicht dein Ernst!« Behrends schüttelte ungläubig den Kopf.

»Was Sie hier tun, ist auf jeden Fall rechtswidrig«, stellte Maike de Baer nüchtern fest. »Wir können das nicht einfach ignorieren.«

»Maike, bitte!« Behrends hätte sie am liebsten zum Auto geschickt. »Das ist nichts, was wir an die große Glocke hängen müssen.«

»Aber der redet doch Mist! Fakt ist, er hat versucht, in ein fremdes Haus einzubrechen.«

»Das will ich immer noch«, unterstrich Diekmann sein Vorhaben nachdrücklich. »Und ihr könnt mir dabei helfen.«

»Der tickt ja nicht richtig«, regte sich Maike de Baer zu Behrends gewandt auf und fing sich dafür von ihm einen derart frostigen Blick ein, dass sie alle Worte, die sie noch auf der Zunge hatte, mit einem Schlag hinunterschluckte.

»Was soll das, Holger? Glaubst du, weil wir Polizisten sind, dürfen wir das so einfach – in fremde Häuser eindringen?«

»Wenn Gefahr im Verzug ist?«

»Ist es das?«, fragte Behrends.

»Worauf du einen lassen kannst!« Diekmann warf Behrends den treuherzigsten Blick zu, den er auf Lager hatte.

»Na ja …«, überlegte Behrends, »das mit der Terroristen-Truppe ist wohl doch etwas an den Haaren herbeigezogen. Aber vielleicht hat Röder ja noch ganz andere Leichen im Keller! Also, ich denke, wir sollten ruhig mal nachsehen.«

»Sag mal, Behrends, spinnst du?« Maike de Baer starrte ihren Kollegen an, als habe sie es mit einem Geisteskranken zu tun. »Du willst nicht wirklich da rein!«

»Doch.« Behrends wunderte sich, wie sie so begriffsstutzig sein konnte. »Wir suchen doch nach der toten Anne Röder. Warum nicht in der Hütte ihres Mannes?«

»Du verfluchter Idiot!«, platzte es aus Maike heraus. »Du bildest dir ein, dass Röder dein Mörder ist, weil er dir beim gemeinsamen Schachspiel einen Floh ins Ohr gesetzt hat! Und jetzt läufst du allem nach, was in deine Theorie passen könnte. Sogar den bekloppten Hirngespinsten deines … Möchtegern-Reporters!«

Die letzten Worte spuckte sie Diekmann entgegen, der sich grinsend an Behrends wandte: »Ist sie immer so? Armer Behrends …«

Behrends verzichtete auf eine Erwiderung. Er wollte Maike nicht noch mehr reizen. Stattdessen wandte er sich Diekmann zu: »Also los, packen wir's an.«

Diekmann drehte sich im Sitzen um und griff nach der Türklinke über ihm, um sich daran hochzuziehen. Behrends entdeckte das Pflaster an seinem Hinterkopf:

»Wo hast du das denn her?«

»Ein morscher Ast. Hat mich fast erschlagen, gestern, als ich mich verdrücken musste. Also, was ist jetzt? Du oder ich?« Diekmann griff nach der Brechstange.«

»Doch nicht so.« Behrends griff in die Innentasche seiner Jacke. Er holte ein kleines, dünnes Etui hervor und entnahm ihm eine Art Universaldietrich. »Grundausstattung eines guten Kripobeamten«, erklärte er grinsend. Binnen weniger Augenblicke öffnete er die Tür mit einer Geschicklichkeit, die weder Maike noch Diekmann ihm zugetraut hatten.

»Und jetzt?«, fragte Maike. Gemeinsam starrten sie ins Dunkel.

Diekmann hatte sich gut vorbereitet, er zauberte eine Taschenlampe hervor und ließ den Lichtkegel durch das Hütteninnere gleiten. Schemen zerbrochener Möbel kamen in ihr Blickfeld, dann die Lampe, die von der Decke hing. Es gab keinen Strom in der Hütte.

»Petroleumlampe«, stellte Behrends fest und forderte den Raucher Diekmann damit auf, den Docht zu entzünden.

Das Licht der Lampe offenbarte ihnen ein kleines Schlachtfeld. Die Trümmer eines Bettes lagen herum, hatten Staub angesetzt.

Dazwischen die Matratze. Aufgeschlitzt. Die Innereien quollen heraus – Schaumstoff.

Inmitten des Raumes stand ein kleiner Tisch. Davor ein Stuhl und auf dem Tisch ein Schachspiel. Die Figuren darauf, alle in der Grundstellung, sahen komisch aus. Unterschiedlich große Holzkegel, denen jemand Gesichter und Haare aufgemalt hatte. Schwarze und weiße Weibchen und Männchen.

Das war alles. Keine Gasflaschen, keine Kanister. Nur eine große Holztruhe an der Längsseite der Hütte.

»Das ist merkwürdig«, murmelte Behrends, nahm eine der Schachfiguren in die Hand und betrachtete sie nachdenklich. Diekmann steuerte auf die Truhe zu. Strich mit der Hand über den gerundeten Deckel hinweg.

»Das einzige, was in dieser Hütte merkwürdig ist, seid ihr beiden bescheuerten Typen!«, platzte es aus Maike de Baer heraus. »Behrends, ich sehe hier nichts, was uns in unserem Fall weiterbringt!«

»Ach ja?« Behrends wirbelte zu ihr herum und blitzte sie wütend an. »Und was ist das hier?« Er hielt ihr die Figur unter die Nase. »Findest du das normal? Findest du normal, dass jemand in seiner Hütte sitzt und zwischen den Trümmern eines Bettes mit sich selbst Schach spielt?«

»Nein, aber es macht ihn nicht zum Mörder«, brüllte Maike zurück.

»Und das? Überzeugt dich das auch nicht?« Neben dem Schachbrett lag ein Zeitungsausschnitt mit dem Bericht über den Mord an Krüger. Behrends tippte energisch darauf.

»Überzeugt mich ganz und gar nicht! Das war doch sein Freund, hast du selbst erzählt. Ich würde Berichte über den Tod von Freunden auch aufheben. Deshalb bin ich doch keine Mörderin! Behrends, sieh endlich ein, dass du dich verrannt hast! Ich habe keine Lust mehr, hier meine Zeit zu verplempern, ich will endlich meiner Spur mit der Todesanzeige nachgehen. So klärt man einen Fall auf, aber nicht, indem man in fremde Blockhütten einbricht.«

Behrends machte einen Schritt auf seine Kollegin zu. Blickte ihr von oben herab in die Augen. »Maike, ich warne dich«, zischte er, »hör endlich auf damit.«

Sie hielt seinem Blick stand. »Werde ich nicht«, gab sie unerschrocken zurück, »und wenn ihr das hier nicht augenblicklich abbrecht, werde ich euch nicht decken. Ich werde nicht den Kopf für euch hinhalten.«

»Hallo, darf ich auch mal was sagen«, meldete sich Diekmann, neben der Truhe stehend, zu Wort.

»Nein, darfst du nicht!«, blaffte Behrends.

»Also, was ist jetzt«, drängte Maike de Baer, »brecht ihr diesen Unfug jetzt ab?«

Behrends starrte sie an. Sie wich ihm nicht aus. Plötzlich wandte sie sich um und stapfte aus der Hütte. Behrends hob resignierend die Arme. »Okay, Holger, komm. Wir verschwinden.«

»Nein, verflixt, hör doch mal, die Truhe … weißt du, was ich vermute?«

»Interessiert mich nicht. Komm jetzt. Los!«

»Ich werde die Schwägerin dieses Heiner Seidel besuchen«, sagte Maike de Baer bestimmt, als sie sich zurück auf dem Weg nach Northeim befanden. Lange Zeit hatten sie sich angeschwiegen. Unversöhnlich.

»Wirst du nicht«, schnarrte Behrends.

»Oh doch, Behrends«, beharrte sie, »du hast deinen Spaß gehabt. Jetzt bin ich dran. Und mein Gefühl sagt mir, dass uns die Frau eine ganze Menge interessanter Dinge zu erzählen hat.«

»Mensch, lass mich doch mit deinen Scheiß-Gefühlen in Ruhe!«

»Scheiß-Gefühle? Weißt du eigentlich, wie oft ich mit meinen Scheiß-Gefühlen schon richtig gelegen habe?« Sie hämmerte wütend mit der Faust gegen das Futter der Beifahrertür.

»Diesmal liegst du daneben!«

»Das werden wir ja sehen!«

Behrends erwiderte nichts mehr. Stattdessen drückte er wütend das Gaspedal durch. Er wusste nicht mehr, was er denken sollte. Hatte Maike vielleicht doch Recht? Ihre Beharrlichkeit irritierte ihn. War er einem Hirngespinst aufgesessen, indem er Röder für den Mörder hielt? Wenn er doch endlich etwas in die Hand bekam, was alle Zweifel zur Seite räumte!

Kaum hatte er die Tür zu seinem Büro hinter sich geschlossen, klingelte das Telefon. Eine Kollegin aus der Wache rief an: »Hier ist ein Herr Rakoczy. Er sagt, man habe ihn herbestellt. Wissen Sie was davon?«

Natürlich, Rakoczy! Den hatte er schon fast vergessen. Ein neuer Funken Hoffnung keimte in ihm auf. »Gut, schicken Sie ihn zu mir hoch.«

»Bitte setzen Sie sich.« Behrends zeigte auf den Stuhl vor seinem Schreibtisch. »Ich habe ein paar Fragen an Sie.«

»Ja?« Lukas Rakoczy beugte sich leicht nach vorn. Angespannt lauernd.

»Diese Information über den Gendefekt Ihres Onkels, die haben Sie an niemanden weitergegeben, außer an Ihre Tante?«

»Und an meine Mutter. Ob sie es meinem Vater erzählt hat oder sonst jemandem, kann ich nicht sagen. Hören Sie, Herr Kommissar, ich weiß, dass das, was meine Freundin da gemacht hat, nicht in Ordnung war. Wird sie viel dafür bekommen?«

»Das kann ich Ihnen im Moment nicht sagen, lassen Sie uns beide mal über andere Dinge sprechen, die für uns im Moment von größerer Bedeutung sind. Wissen Sie von den Tagebüchern Ihrer Tante?«

»Tagebücher?«

»Genau. Ihre Tante hat Ihrer Mutter eine Kiste mit Erinnerungsstücken übergeben ...«

»Ach, die Kiste!« Lukas Rakoczy winkte ab. »Ja, davon weiß ich. Und darin hat meine Tante ihre Tagebücher verstaut? Tut mir leid, das wusste ich nicht. Meine Mutter wacht über die Kiste, als sei sie der Schatz von Fort Knox!«

»Schatz von Fort Knox, na klar«, brummte Behrends unwirsch.

»Kann ich sonst noch irgendwas für Sie tun?«, fragte Lukas Rakoczy gönnerhaft, als Behrends einen Moment zu lange über seine nächste Frage nachdachte.

»Äh ... nein. Das wäre es fürs Erste«, sagte Behrends schließlich, »Sie können gehen. Falls sich noch etwas ergibt, melden wir uns.«

Behrends griff nach einem Kugelschreiber, der rechts neben ihm auf der Mappe mit den Ergebnissen der gerichtsmedizinischen Untersuchung von Dr. Rensick lag. Mit der freien Hand zog er gleichzeitig einen Notizblock zu sich heran. Er musste nachdenken. Sich Stichpunkte machen, um das Wirrwarr in seinem Kopf zu ordnen.

Röder ... Röder ... Röder ...! Alle Fakten schienen um ihn zu kreisen. Und dennoch war er nicht zu fassen. Die entscheidenden Hinweise fehlten nach wie vor. Aber es musste sie geben! Er konnte sich nicht so in dem Mann getäuscht haben. Unmöglich!

Er warf den Kugelschreiber auf den Notizblock, stand auf und ging zum Fenster. Öffnete das Oberlicht. Betrachtete die Yucca-Palme in der Ecke neben dem Besuchertisch. Ein Prachtexemplar, das er zum Einzug in sein Büro erhalten hatte. Der einzige grüne Fleck im Zimmer. Eine Oase. Sie gedieh prächtig. Eigentlich ein Wunder, denn er hatte sie in der ganzen Zeit, die er in dem Büro residierte, mit Missachtung gestraft. Trotzdem erhielt sie Zuwendung und ausreichend Wasser. Offensichtlich gab es doch Heinzelmännchen!

Behrends ging zurück zu seinem Schreibtisch, kritzelte Kreise auf seinen Notizblock. Danach halbierte er sie mit einer geschwungenen Linie und füllte die Fläche der einen Hälfte mit dicht aneinander liegenden Strichen aus. Dann betrachtete er sein Werk – alles Yin-Yang-Symbole.

Die Kettchen mit den Anhängern, der Sohn, der nicht Röders Sohn war, die XX-Mann-Geschichte, Anne Röders drei Liebhaber – auch wenn sie bisher eher Vermutungen waren. Aber Katrin hatte das mehr oder weniger bestätigt. Anne Röder war in ihren Augen ein Luder.

Er drehte sich mit seinem Stuhl zum Fenster hin und blickte über die Dächer der Northeimer Altstadt. Zwischen den Schornsteinen und Dachfirsten ragte der Kirchturm der Sankt-Sixti-Kirche majestätisch in den mit lockeren Schönwetterwolken übersäten Himmel. Das leicht in sich gedrehte Turmdach hatte es ihm angetan. Schon an seinem ersten Arbeitstag in Northeim war es ihm aufgefallen.

»Ich hätte den Rakoczy doch etwas kräftiger in die Mangel nehmen sollen«, murmelte er, während seine Augen die spiralförmigen Kanten des Kirchturmdaches nachzeichneten, »der Junge weiß mehr, als er vorgibt.«

16.

Behrends telefonierte im Haus herum, bekam endlich den Kollegen an den Hörer, der nach dem Tagungshotel hatte forschen sollen. Vor wenigen Minuten, so sagte der Mann, sei es ihm gelungen, das Hotel ausfindig zu machen und sogar den Portier, der während der Tagung damals Dienst hatte. Und es komme noch besser! Der Portier sei an diesem Wochenende wieder im Dienst! Also habe er Behrends gleich für morgen Vormittag im Hotel angekündigt. Das sei doch richtig gewesen? Behrends wolle doch sicher selbst mit dem Portier sprechen.

Behrends hatte seinem Kollegen für seine vorausschauende Planung gedankt, danach alles stehen und liegen gelassen und sich aus dem Haus gedrückt. Ohne eine Nachricht zu hinterlassen oder jemandem Bescheid zu sagen. Auch nicht Maike de Baer. Er hatte einfach keine Lust gehabt, zu reden oder lästige Fragen nach dem Wieso und Warum zu beantworten. Er wollte einfach nur in Ruhe gelassen werden und mal ein paar Stunden abschalten. Abschalten! Ein netter Versuch, sich selbst zu betrügen.

Katrin war nicht zu Hause. Insgeheim hatte er gehofft, ihr in die Arme sinken zu können, sich das müde Haupt kraulen zu lassen und von ihr mit einem leckeren Essen verwöhnt zu werden. Er verspürte einen Bärenhunger, aber keinerlei Lust, sich selbst etwas zusammenzubrutzeln.

Pech gehabt! Na schön, dann eben die zweitbeste Lösung für sein Hungerproblem. Er blickte auf seine Armbanduhr. Der

Schwarze Bär hatte seit gut einer Stunde geöffnet. Ein Zigeunerschnitzel mit Pommes wäre nicht das Schlechteste.

Schon als er den kleinen Vorraum des Gasthauses betrat, spürte er die angespannte Stimmung. Dumpfes, gedrücktes Murmeln, Raunen und Tuscheln füllte die Räume anstatt des gewohnt lauten und fröhlichen Krakeelens. Als Behrends an den Tischen vorbeiging und mit einem kurzen Klopfen auf die Tischplatte grüßte, verstummten die Gespräche und alle Augen waren für einen kurzen Moment auf ihn gerichtet, ehe die Köpfe wieder zusammengesteckt wurden und die Stimmen sich erneut im monotonen Grummeln vereinten.

»Habt ihr schon eine Ahnung, wer der Mörder ist?«

Marina Hegenscheidt war mit Stift und Notizblock neben ihn getreten, kaum, dass er sich gesetzt hatte, und beugte sich verschwörerisch zu ihm hinab. Ihm kam es fast so vor, als habe alle Welt nur auf ihn gewartet.

»Leider nicht«, gab Behrends ihr eine nicht ganz wahrheitsgemäße Antwort und fügte erstaunt hinzu: »Wird wohl heiß diskutiert hier im Bären, was?«

»Seit Tagen«, erklärte Marina, »immer nur das eine Thema. Die Leute haben Angst.«

»Und deshalb kommen sie in den Bären und stecken die Köpfe zusammen?«

»Ja, sicher, um zu reden. Reden hilft gegen die Angst.«

»Was redet man denn so?«, wollte Behrends wissen. Marina Hegenscheidt war eine ausgezeichnete Informationsquelle. Sie blieb gern mal etwas länger an den Tischen stehen, wenn sie Bestellungen aufnahm, und schwatzte mit den Gästen. Sie kannte fast immer die neuesten Nachrichten aus der Gerüchteküche.

»Manche meinen, das hängt alles mit der Höhle zusammen. Die Knochen, die man da rausgeholt hat. Das sei ja wie Grabschändung. Auf so was liege kein Segen. Und das Morden habe ja auch tatsächlich in der Höhle angefangen, sagen die Leute.« Sie blickte sich vorsichtig um, als befürchte sie, dabei erwischt zu werden, wie sie ein streng gehütetes Geheimnis verriet.

»Und du? Was sagst du?«

»Also, ich halte nichts von solchen Geschichten«, wehrte sie schnell ab, »allerdings … ich glaube, hier im Dorf ist etwas in Gang gekommen, was gar nicht so gut ist …«

Behrends spitzte erwartungsvoll die Ohren. »Nämlich …?«

»Die fangen an, sich gegenseitig zu verdächtigen. Sie glauben, der Mörder könnte unter ihnen leben.« Plötzlich senkte sie die Stimme und flüsterte nur noch. »Da tauchen auf einmal wieder uralte Sachen auf, von denen ich dachte, die sind längst vergessen. Und jeder hier ist letztlich irgendwann einmal in eine dumme Sache reingeraten. Das kocht alles wieder hoch. Ihr solltet den Mörder schnell fassen. Ehe hier einer anfängt durchzudrehen.« Sie richtete sich auf und nickte zur Bestätigung ihrer Worte.

»Übertreibst du jetzt nicht etwas?«, fragte Behrends.

Marina setzte zu einer Antwort an, wurde aber unterbrochen. »Zahlen!«, tönte es aus einer Ecke der Gaststube.

Sie wandte sich um. »Sofort, Hacky!« Sie nickte dem Mann zu, dessen erhobene Hand sie entdeckt hatte. Dann drehte sie sich wieder zu Behrends um. Hatte den geschäftigen Blick der Gastwirtin aufgesetzt. Ihre kleine Plauderei war beendet:

»Was kann ich dir bringen?«

Behrends bestellte ein Höhlensteak. Weil es gerade so gut passte. Und dazu ein großes Glas Köstritzer. In der Hinsicht machte er keine Kompromisse.

Als er sich eine halbe Stunde später gerade über sein Steak hergemacht hatte und sich genussvoll die ersten Bissen des zarten Fleisches auf der Zunge zergehen ließ, wurde er von einem Mann angesprochen. Er war um die siebzig oder noch älter.

»Darf ich mich zu Ihnen setzen, Herr Behrends? Sie sind doch Herr Behrends, der Polizist?«

»Mhm«, bestätigte der mit vollem Mund und deutete mit dem Messer auf den Stuhl gegenüber.

Der Mann setzte sich. Behrends kannte ihn. Vom Sehen. Einer der alten Bauern aus Förste. Wenn er sich nicht irrte, bewirtschaftete sein Sohn den Hof hinten an der Söse, am südwestlichen Ortsrand. Wie er hieß, wusste Behrends nicht.

»Mein Name ist Walter Bornemann.«

»Ja ...?« Behrends hoffte, der alte Bauer würde der Preisgabe seines Namens weitere Erklärungen folgen lassen. Zum Beispiel, warum er sich zu ihm an den Tisch gesetzt hatte und was er von ihm wollte. Doch zunächst geschah nichts. Bornemann schielte immer mal wieder unsicher zur Theke hin, als erwarte er sich von dort Unterstützung. Behrends säbelte währenddessen an seinem Steak herum. Allerdings mit weniger Appetit. Er fühlte sich beobachtet. Das mochte er gar nicht, wenn er aß.

»Sie wohnen ja noch nicht so lange in Förste«, begann Bornemann dann etwas linkisch, »und da dachte ich, wenn ich Ihnen mal so ein bisschen was erzähle, dann hilft Ihnen das vielleicht.«

»Wobei?«, fragte Behrends naiv, obwohl er längst ahnte, was auf ihn zukam.

»Sie suchen doch den Mörder von dem Krüger da aus der Höhle und von unserem Doktor ...«

»Das stimmt.«

»Auf der Höhle liegt ein Fluch, wussten Sie das?«, platzte es aus Bornemann heraus.

Du lieber Gott, fuhr es Behrends durch den Kopf, Marina hat Recht!

»Nee, wusste ich nicht«, antwortete er betont desinteressiert und schaufelte Kartoffelstückchen auf seine Gabel. »Und wieso verraten Sie mir das jetzt?«

»Hat Ihnen noch nie einer vom Holzfäller Henneke erzählt, den sie an der Höhle erschlagen haben?«

»Nee, keiner. Wann soll denn das gewesen sein?«, wunderte sich Behrends.

»Na, zweihundert Jahre muss das jetzt her sein. Die beiden, die das getan haben, die wurden damals gefangen genommen. Waren zwei Wanderburschen auf der Durchreise. Die haben den Henneke da bei der Höhle auch irgendwo vergraben, nachdem sie ihn ausgeraubt hatten. Die Leiche hat aber nie einer gefunden.«

»Interessant«, nuschelte Behrends mit vollem Mund.

»Die Frau von dem Henneke, das war hier im Dorf die Kräuterhexe«, fuhr Bornemann fort, »die hat den ganzen Wald da um die Höhle herum verflucht. Wenn je einer den Ort schändet, wo man ihn erschlagen hat und wo er begraben liegt, dann soll Unglück über Förste kommen, hat sie gesagt.«

»Wirklich?« Behrends zog erstaunt die Augenbrauen hoch. »Warum hat sie denn Förste verflucht? Ich denke, das waren Fremde, die den armen Kerl erschlagen haben.«

»Das war, weil sie und ihr Mann von den Leuten in Förste immer verachtet wurden, obwohl etliche heimlich zu ihr gegangen sind, wenn sie etwas gegen ihre Zipperlein brauchten. Und als der Henneke dann tot war, hat keiner ihm auch nur eine Träne nachgeweint. Das sei die Strafe für ihre Hexerei, haben die Leute gesagt. Na ja, der Fluch war wohl ihre Rache ...« Der Alte stockte, schien über seine Worte nachzudenken. »Ja, so könnte man das nennen«, bekräftigte er seine Einschätzung.

»Ach, und durch die Buddeleien in der Höhle hat man den alten Henneke aus seinem Todesschlaf aufgeweckt und sein Geist streicht seit Neuestem mordend durch die Förster und Osteroder Gassen«, folgerte Behrends amüsiert. Da lebte man im einundzwanzigsten Jahrhundert, und er musste sich solche Schauermärchen anhören. Als ob Förste im Mittelalter stecken geblieben wäre.

»Machen Sie sich ruhig lustig«, maulte der Bauer beleidigt, »aber ich habe ihn gesehen.«

»Wen?«

»Den Geist vom Henneke! Und da wusste ich, dass was Schreckliches passieren wird.«

Behrends beugte sich zum alten Bornemann vor. »Wissen Sie was? Ich habe einen ziemlich anstrengenden Tag hinter mir. Ich wollte nur in Ruhe mein Höhlensteak essen. Auf gar keinen Fall aber wollte ich mir Schauermärchen von irgendeinem Holzfällergeist anhören!«

»Dann eben nicht«, grunzte der Alte und erhob sich umständlich von seinem Stuhl. »Aber ich habe ihn trotzdem gesehen. Ohne Gesicht und ohne Körper ist er da am Waldrand langgeschwebt. Nur diese schwarze Kutte mit der großen Kapuze. Wie ein Mönch.«

Behrends fuhr zusammen: »Mönch?«

»Ja.«

»Kommen Sie, setzen Sie sich wieder, Herr Bornemann. Ich gebe Ihnen ein Bier aus. Das müssen Sie mir etwas genauer erzählen.«

»Ach, auf einmal?«

Der Alte hatte in der Dämmerung einen Spaziergang zum Lichtenstein gemacht. Am Abend, als Krüger in der Höhle getötet wurde. Als noch niemand etwas davon ahnte. Da hatte er den Mönch gesehen, von dem er glaubte, es sei der Geist dieses Henneke. Er sei wie ein Schatten an ihm vorbeigehuscht, hatte Bornemann behauptet, keine hundert Meter entfernt, und dann zwischen den Bäumen verschwunden und nicht wieder aufgetaucht. Wenig später habe er dann noch Motorengeräusche in der Nähe gehört, aber keinen Wagen gesehen. Aber er habe sich so angehört wie das Auto seines Sohnes, und der fahre einen Mercedes.

Ob es denn nicht möglich sei, dass er keinen Geist, sondern einen Menschen aus Fleisch und Blut gesehen habe, hatte Behrends nachgehakt, denn er bezweifle, dass sich Geister mit Autos fortbewegten.

Der alte Bornemann war aber nicht von seiner Geistertheorie abzubringen gewesen und hatte ihm keine neuen Hinweise für seine Ermittlungen geben können. Er hatte ihm lediglich bestätigt, was er ohnehin längst ahnte, dass nämlich Krügers Mörder ebenso ein Kuttenträger gewesen sein musste, wie der, der den Doktor getötet hatte.

Nachdem er den Alten losgeworden war und den Schwarzen Bären verlassen hatte, hatte Behrends Sir Toby geholt und war zum Lichtenstein gefahren. Warum, das konnte er sich selbst nicht erklären. Möglich, dass ihm der alte Bornemann Appetit gemacht hatte und er den Duft der Felder und des Waldes in sich einsaugen wollte. Allein. Einfach hingehen und in die Natur eintauchen. Augen und Ohren öffnen für eine Welt, die er sonst nur unbewusst wahrnahm und die ihr wahres Gesicht nur dem zeigte, der sich auf sie einließ.

Jetzt stand er auf dem Platz vor der Höhle und starrte genauso, wie Krüger noch wenige Tage zuvor, zum Höhleneingang hinauf.

Wieder stellte er sich die Frage, die ihm schon einige Male zuvor durch den Kopf gegangen war. Warum ausgerechnet hier? Warum musste Krüger in der Höhle sterben? Wenn Röder der Mörder war, wie Behrends nach wie vor glaubte, und er sich dessen radikale, verschrobene Gedankenwelt vor Augen führte, konnte er daraus ein Motiv ableiten? Ein Motiv, das Röder ausgerechnet die Höhle als Tatort hatte wählen lassen? Wollte er irgendetwas damit ausdrücken? Hatte der Tatort vielleicht Symbolcharakter?

Krüger war mit der Höhle verbunden gewesen wie kein anderer. Dr. Rensick war eins gewesen mit seiner Praxis, die er auch oftmals nach Feierabend aufgesucht hatte, zu welchem Zweck auch immer. Und angenommen, Röder hatte von den außerehelichen Beziehungen gewusst und seine Frau ermordet, welcher Ort hatte in seinen Augen als Symbol für Annes Treiben gestanden?

Wieder fielen ihm die Tagebücher ein und ihr seltsames Schweigen über Anne Röders Liebschaften. Eigentlich hätte auch etwas über ihr Liebesnest darin stehen müssen.

Behrends zog sein Handy aus der Tasche und ließ sich von der Auskunft mit dem Anschluss der Familie Rakoczy verbinden, aber schon nach dreimaligem Klingeln meldete sich der Anrufbeantworter und gab ihm mit Hella Rakoczys freundlicher Stimme zu verstehen, dass niemand zu Hause sei und er doch eine Nachricht hinterlassen möge. Man rufe dann so schnell wie möglich zurück.

Obwohl Behrends wusste, dass auf solche Ansagen selten Verlass war, hinterließ er seinen Namen und seine Handynummer auf dem Anrufbeantworter mit der Bitte um schnellstmöglichen Rückruf von Frau Rakoczy, zu jeder Tages- und Nachtzeit.

Niemand hatte ihn zurückgerufen, und Behrends war vor dem Fernseher eingeschlafen. Das Weckerklingeln hatte ihn gegen neun Uhr aus dem Schlaf gerissen. Viel zu früh für einen Samstag. Doch die Zeit drängte, er wollte den Portier in Hannover nicht warten lassen.

Als er gerade von einem aufgebackenen Brötchen mit Honig abbiss und den Bissen mit einem Schluck Kaffee hinunterspülte, war ein Anruf eingegangen. Die Kollegen, deren Schicht vor Röders Haus sich dem Ende zuneigte, wollten wissen, ob die Observation denn wirklich noch vonnöten sei. Der Mann sei am Freitag in die Schule gefahren, habe eingekauft und im Garten herumhantiert, das Haus aber ansonsten nicht verlassen. Sie seien ihm überallhin gefolgt, ohne dass etwas Auffälliges vorgefallen sei. Obwohl Röder mit einiger Sicherheit wisse, dass er überwacht werde, benehme er sich ganz normal.

Ob es denn irgendwelche Hinweise von den Nachbarn gebe, hatte Behrends gefragt.

Nichts, rein gar nichts. Die Leute sagten, Röder sei ein unauffälliger Zeitgenosse. Freundlich zu jedermann. Manchmal etwas von oben herab. Ansonsten ziemlich verschlossen, seit ihn seine Frau verlassen habe, was ja auch verständlich sei.

Gut, die Observation werde fortgesetzt, hatte Behrends angeordnet und aufgelegt ohne die mauligen Kommentare seiner Kollegen abzuwarten. Danach hatte er kurz in der Inspektion in Northeim angerufen, um sich nach Hannover abzumelden. Von den Soko-Mitgliedern war noch niemand im Haus gewesen. Er wusste aber, einige von ihnen würden später kommen. Außer Maike de Baer. Die war nach Ringelheim zu dieser Frau Seidel gefahren. Todsicher!

Auch nach dem zweiten Klingeln tat sich nichts. Maike de Baer trat einen Schritt zurück und blickte enttäuscht an der blassgelben Fassade des Wohnblocks hinauf, deren stumpfe Farbe an verschiedenen Stellen abblätterte.

Sollte sie den Weg nach Ringelheim vergeblich gemacht haben? Warum öffnete Frau Seidel ihr nicht? Sie hatten sich doch noch gestern Abend am Telefon verabredet!

Das fehlte noch, dass sie ohne Ergebnis nach Northeim zurückkehrte, vielleicht Behrends gegenüber sogar zugeben musste, dass die Frau sie an der Nase herumgeführt hatte. Sie wollte unbedingt etwas Handfestes mit nach Hause bringen, um zu beweisen, dass sie den richtigen Riecher gehabt hatte.

Maike drückte ein drittes Mal den Klingelknopf. Allerdings hatte sie keine große Hoffnung mehr, dass ihr jetzt noch jemand öffnete.

Gerade hatte sie sich abgewendet und wollte die drei Stufen hinunter und zurück zur Straße gehen, als sie das leise Knacken hörte und danach die Stimme, die aus der Gegensprechanlage schnarrte: »Ja, bitte?«

Maike fuhr herum, erschrocken und erleichtert zugleich. »Maike de Baer, Kripo Northeim. Wir hatten telefoniert«, rief sie der Lautsprecherstimme entgegen.

Wieder das Knacken. Dann passierte erst einmal nichts. Es dauerte eine kleine Ewigkeit, bis sie endlich ein Summen hörte und die Haustür aufdrücken konnte. Zwei Stufen auf einmal nehmend hastete sie die Steintreppe in den zweiten Stock hinauf.

Frau Seidel wartete in der Wohnungstür. Sie bot ein erschreckendes Bild. Nackenlange Haare, die ihr in stumpfen, braun gefärbten Locken wirr vom Kopf abstanden, mit sichtbar grauem Haaransatz. Das Gesicht blass und eingefallen, die Augen rot umrändert und tief in den Höhlen liegend. Um Hüften, Hintern und Beine schlabberte ihr eine billige Jeans. Auf der Bluse mit einem Muster aus hellroten und grauen Streifen zeichneten sich deutlich kleine Kaffeeflecken ab, dazu ein paar Spritzer von Tomatensoße. Maike fragte sich, wie lange sie ihre Bluse wohl nicht mehr gewechselt hatte.

»Haben Sie eine Polizeimarke oder so was?«, krächzte ihr Eva Seidel anstelle einer Begrüßung entgegen. Ihre Stimme klang rau.

Maike kramte ihren Dienstausweis heraus und reichte ihn der Frau. Die nahm ihn mit dürren, nikotingelben Fingern entgegen und musterte ihn eingehend. Dann gab sie ihn zurück und nickte knapp. »Kommen Sie, Frau … de Baer. Sind Sie Holländerin?«

»Nein. Aber meine Vorfahren stammen aus Ostfriesland«, erklärte Maike, während sie der Frau durch den dunklen Wohnungsflur in die Küche folgte. Hier sah es aus, als sei vor kurzem in aller Eile aufgeräumt worden. Brot- und Brötchenkrümel auf dem Fußboden und auf dem Tisch, mit einer eilig darüber geworfenen Tischdecke kaschiert, eine unordentlich zusammengefaltete Tageszeitung. In der Spüle zwei Töpfe und ein Teller mit Essensresten und im Hintergrund eine Kaffeemaschine mit einer halbvollen Glaskanne auf der Warmhalteplatte. In einem Aschenbecher in Reichweite des Küchentisches glimmte der Rest einer Filterzigarette. Daneben einige Medikamentenschachteln. Maike kannte eins der Medikamente. Ein Antidepressivum. Das passt, dachte sie.

»Tut mir leid, dass es hier so unordentlich aussieht«, sagte Eva Seidel und beeilte sich, den zweiten der beiden Stühle freizuräumen, auf dem sich etliche Illustrierte zu einem beachtlichen Stapel türmten. »Ich bin noch nicht dazu gekommen, richtig sauber zu machen ... so, bitte setzen Sie sich. Möchten Sie einen Kaffee?«

»Nein, danke.« Der Gedanke an die Kaffeetasse ließ Maike erschaudern. Sie wollte möglichst schnell wieder verschwinden. Die stickige, warme Luft, die ihr schon in der Wohnungstür entgegengeschlagen war, machte ihr das Atmen schwer. Kein Fenster war geöffnet. Ein dünner Schweißfilm legte sich auf ihre Stirn. Trotzdem wagte sie es nicht, ihre dünne Sommerjacke auszuziehen. Ohne Jacke wäre sie den ungesunden Ausdünstungen dieser Wohnung schutzlos ausgeliefert.

Maike setzte sich auf den leer geräumten Stuhl. Mit zittrigen Fingern griff Eva Seidel für einen letzten Zug nach dem Zigarettenstummel. Gleich darauf drückte sie ihn im Aschenbecher aus und nahm ihr gegenüber Platz.

»Sie sind wegen der Geschichte mit der Schlägerei hier, richtig?« Die Frau hatte die Arme vor der Brust verschränkt. Trotz der aufgeheizten Luft in der Wohnung schien sie zu frieren. Mit gesenktem Kopf starrte sie auf die Tischplatte. »Ich habe gewusst, dass es nicht ewig gutgehen konnte. Immer habe ich es gewusst. Immer habe ich meinem Mann gesagt, er soll damit aufhören, er soll die alte Geschichte ruhen lassen. Aber er war wie zerfressen von seinen Schuldgefühlen. Na ja, das ist nun auch egal. Hat der Krüger endlich ausgepackt? Nach so vielen Jahren?«

Eva Seidel hob den Kopf und blickte ihren Gast mit leeren Augen an. Die Frau ist ein Zombie, schoss es Maike de Baer durch den Kopf. Sie lebt, aber innerlich ist sie tot. Sie ist nur noch eine Hülle aus Haut und Knochen. Was ist bloß passiert?

»Franz Krüger wurde ermordet.«

Maike registrierte eine schwache Reaktion bei der Frau. Ein Flackern ihrer Augenlider. Ein paar schnelle Atemzüge. Ihr Brustkorb hob und senkte sich für einen Augenblick deutlich. Doch gleich darauf verfiel sie wieder in ihre Starre.

»Haben Sie das nicht gewusst? Es stand in der Zeitung.«

»Muss ich wohl überlesen haben.«

Maike de Baer holte tief Luft. »Frau Seidel, wir gehen davon aus, dass es zwischen Franz Krüger und Ihrem verstorbenen Schwager eine Beziehung gab. Wir können uns zwar denken, was das für eine Beziehung war, hätten es aber gern von Ihnen und Ihrem Mann genauer erfahren. Ihr Mann ist nicht zufällig auch da?«

Eva Seidel schüttelte den Kopf.

Maike zögerte einen Augenblick. Überlegte, ob sie noch einmal wiederkommen sollte, später, wenn Rüdiger Seidel auch zu Hause war. Nein, so lange konnte sie nicht warten. Es sollte zunächst reichen, mit seiner Frau zu sprechen. Alles Weitere würde sich ergeben.

»Frau Seidel, können Sie mir erzählen, was damals genau passiert ist und in den Jahren danach? Wenn ich das eben richtig verstanden habe, wissen Sie über alles Bescheid.«

Plötzlich ging eine Veränderung mit Eva Seidel vor sich. Sie richtete sich in ihrem Stuhl auf. Ihre Augen erwachten zum Leben. Ein abfälliges Grinsen spielte um ihre Mundwinkel. »Ja, das wusste ich. Ich wusste alles und habe zugesehen, wie es mein Leben, unser Leben zerstört hat!« Sie zögerte, schien sich kurz zu besinnen. Dann begann sie zu erzählen.

Es war vor neun Jahren. Ihr Mann, Rüdiger Seidel, und sein jüngerer Bruder Heiner waren zum Schützenfest nach Förste gefahren. Das Fest war weit über die Dorfgrenzen hinaus bekannt. Außerdem hatte ihr Schwager einige Bekannte im Dorf und wusste von denen auch über die Lichtensteinhöhle und ihre Entdeckung Bescheid. Er wusste von diesem Franz Krüger, der sich seit Jahren als Höhlenentdecker feiern ließ, und auch davon, dass man die Höhle damals ausgeraubt hatte.

Das Schicksal wollte es, dass die beiden Männer mit Franz Krüger und dessen Freunden zusammentrafen. Natürlich war Alkohol im Spiel, und ihr Schwager konnte es nicht lassen, Krüger zu provozieren. Nach einem heftigen Wortgefecht trennten sich die Männer, um später abseits der Feierlichkeiten an diesem Kiessee am Dorfrand wieder aufeinanderzutreffen. Das heißt, Heiner, ihr Schwager, war mit ihnen zusammengetroffen, während Rüdiger, ihr Mann, kurz im Gebüsch verschwunden war. Als er zurückkam, war die Prügelei schon im vollen Gange. Er warf sich dazwischen und wurde prompt bewusstlos geschlagen.

Als Rüdiger wieder aufwachte, fand er seinen Bruder völlig aufgelöst neben sich hockend. Die Blessuren, die Heiner davongetragen hatte, machten Rüdiger keine Sorgen. Der offensichtlich hohe Blutdruck aber schon. Heiner war schon immer ein stressgefährdeter Mensch gewesen. Er bekam am Tag nach der Prügelei einen Herzinfarkt und starb noch am selben Tag. Er hinterließ eine querschnittsgelähmte Frau, zwei Töchter und einen Sohn.

Als Rüdiger kurz nach der Beerdigung einmal die letzten Bilder von seinem Bruder anschauen wollte, stellte er fest, dass bei der Schlägerei Rüdigers Videokamera zu Boden gefallen sein und dabei der Aufnahmeknopf irgendwie eingedrückt worden sein musste. Auf dem Film waren tatsächlich alle an der Schlägerei Beteiligten mehr oder weniger deutlich zu erkennen. Neben Krüger hatten zwei weitere Männer auf Heiner eingeschlagen. Einer soll wohl ein Arzt gewesen sein. Eine Frau war auch dabei gewesen. Die hat etwas abseits gestanden und immer irgendwas wie aufhören geschrien. Das war aber nur schlecht zu verstehen, weil sowieso viel geschrien wurde.

Rüdiger Seidel sah die Ursache für den Tod seines Bruders in dieser wüsten Prügelei. Und er machte sich heftige Vorwürfe, dass er Heiner nicht hatte beschützen können. Er fühlte sich schuldig und glaubte, seine Schuld gegenüber seiner Schwägerin und deren Kindern abtragen zu müssen. Indem er sich in jeder freien Minute um sie kümmerte, und natürlich mit Geld. Das wiederum holte er sich von den Schlägern aus Förste. Er hatte ja den Videofilm und erfand eine Geschichte, mit der er die Männer und die Frau um Geld erpressen konnte. Er behauptete einfach, sie hätten seinen Bruder ermordet. Der sei an Hirnbluten gestorben, ausgelöst durch Schläge am Kopf. Als Beweis übergab er ihnen eine Kopie des Filmes. Wenn niemand erfahren sollte, woher die Schläge am Kopf rührten, müssten die Schuldigen besser zahlen.

»Über Jahre hat alles gut funktioniert. Bis mein Neffe, Klaus Brandes, mit meinem Mann aneinandergeraten ist. Er hat ihn aufgefordert, endlich mit der Erpressung aufzuhören. Andernfalls wollte er die Sache auffliegen lassen. Er ist durch gute Beziehungen ins Grabungsteam an der Lichtensteinhöhle gelangt und wollte nicht durch diese alte Geschichte seinen Ruf riskieren. Sein Vater sei nun mal tot und werde nicht wieder lebendig. Außerdem bräuchten weder er noch seine Geschwister dieses schmutzige Geld. Und für ihre Mutter sei auch gesorgt.«

Frau Seidel fummelte sich eine neue Zigarette aus der Schachtel neben dem Aschenbecher:

»Mein Mann war entsetzt. Er hat gewütet und getobt. Das sei der Dank, dass er sich über Jahre für seine Familie krummgelegt habe, hat er gebrüllt. Ha – Familie! Mich hat er seit dem Tod seines Bruder überhaupt nicht mehr gesehen. Nur noch seine Schwägerin und deren Kinder. Ich war Luft für ihn.«

Die Frau hatte ihre Geschichte beendet.

»Hat sich die Wut Ihres Mannes nur gegen Ihren Neffen gerichtet? Nicht auch verstärkt gegen die Männer aus Förste, die ja seiner Meinung nach für den Tod seines Bruders verantwortlich waren.«

»Oh doch!« Frau Seidel lachte verbittert auf. »Wenn ich könnte, würde ich sie umbringen, hat er immer wieder gesagt. Wenn ich ihnen nicht Monat für Monat das Geld aus den Rippen leiern müsste, um meiner Schwägerin zu helfen.«

»Und jetzt?«, fragte Maike de Baer, »hat er Krüger und Rensick umgebracht, nachdem die Erpressungen sinnlos geworden waren?«

Frau Seidel blies Maike de Baer den Zigarettenqualm ins Gesicht. »Sie sind ja nicht ganz bei Trost«, sagte sie.

Maike wedelte mit der Hand vor ihrem Gesicht herum. »Ich muss Ihren Mann sprechen, Frau Seidel. Sofort. Wo finde ich ihn?«, fragte sie barsch.

Frau Seidels Gesicht verzerrte sich zu einer Grimasse. Unmöglich, zu sagen, ob sie weinen oder lachen wollte. »Er ist bei seinem Bruder. Auf dem Friedhof.«

»Dann werde ich jetzt mal schnell zu ihm fahren. Auf Wiedersehen, Frau Seidel.« Maike erhob sich, war froh, die Wohnung endlich verlassen zu können. »Hoffentlich treffe ich ihn noch an.«

»Keine Angst, der läuft Ihnen nicht weg. Und nehmen Sie doch ein paar Blumen mit«, rief ihr Frau Seidel hinterher.

Maike drehte sich noch einmal um. »Blumen?«

»Die können Sie gegen die alten auf seinem Grab austauschen. Es liegt gleich neben dem seines Bruders. Mein Mann ist seit zwei Monaten tot.«

Röders Schach

Eines Tages, noch ehe ihm Fee entwischen konnte, erhielt er von dem Jungen die Kopien der Tagebücher. Beweise für Fees abscheuliches Doppelleben. Damit war ihr Schicksal endgültig besiegelt. Der Ort ihres geheimen Lebens sollte auch der Ort ihres Sterbens werden.

Er hatte es immer gewusst – die Menschen waren verdorben. Hätte Fee das auch begriffen, sie wäre nie auf die Idee gekommen, sich ihrer Schwester anzuvertrauen und ihr das Geheimste, ihre Tagebücher zu überlassen. Sie hätte gewusst, dass ihre Schwester vor Neugier platzen würde. Beim Lesen von Fees intimsten Geheimnissen war dieses verlogene Weib sogar so leichtsinnig gewesen und hatte die Bücher offen auf ihrem Nachtschrank liegen gelassen, ungeschützt vor dem Zugriff des Jungen. Was für eine Dummheit und was für ein Glück für ihn!

Drei Männern hatte Fee ihren Körper geschenkt. Immer wieder. Dazu diese Kettchen als Pfand ihrer Verbundenheit. Drei Namen, die er nur zu gut kannte! Und einer von ihnen hatte mit Fee das

Kind gezeugt! In seiner Hütte hatten sie es getrieben! Was für eine Niedertracht!

Nachdem Fee für ihr Treiben gebüßt hatte, musste er fast zwei Jahre warten, bis sich die Gelegenheit bot, sein Werk zu vollenden.

Zwei Jahre beten und Kraft sammeln. Geduld lernen und Reinigung seiner Gedanken erfahren. Unten, in der Enge seiner Krypta. Im Angesicht seines Gottes, der ihn mahnte, nicht ungeduldig zu werden. Der ihm versprach, dass die Stunde käme, zu der er Rache nehmen könne.

Er übte sich in Zucht, geißelte sich, bereitete sich auf seine Aufgabe vor, indem er mit sich selbst das Spiel der Spiele spielte, bemüht um die Klarheit und Schärfe seiner Gedanken. Er bewegte sich zum Schein weiterhin in der Welt, die er so verabscheute.

Dann, völlig unverhofft, nahm der Junge, süchtig nach seinem Geld und seinen Geschenken, Kontakt mit ihm auf. Er hatte Zugang zu einem Heiligtum bekommen, wurde für einige Wochen der Partner des Gralshüters. Des Mannes, der zu den Dreien gehörte, die mit Fee Unzucht getrieben hatten. Damit bot sich ihm endlich die Gelegenheit für den ersten Akt seines großen Auftritts.

Die Höhle, das Heiligtum des Gralshüters, sollte auch die Bühne für sein Sterben sein. Und er, der Gegenspieler, der schwarze Mönch, würde sein Ende zelebrieren.

Es war ein grandioser erster Akt gewesen. In einer Tragödie von höchster Dramatik. In einem Spiel voller Leidenschaft und Gefühle. Er selbst von Lampenfieber geplagt, bis zu dem Moment, als er die Bühne betreten konnte, als er die geweiteten Augen seines Gegenübers sah, den Geruch seiner Angst einatmete. Dann das Adrenalin in seinen Adern, das ihn seine Rolle in höchster Vollendung spielen ließ. Zum Schluss die Glückshormone, als der Vorhang fiel.

Doch das Wichtigste hatte gefehlt. Der Applaus! Anders, als zwei Jahre zuvor, als Fee in seinen Händen ihrem Ende entgegensah, hätte er sich ein fachkundiges Publikum gewünscht. Jemand, der die Qualität seiner Kunst zu würdigen wusste. Jemand, der nicht erst kam, wenn er von der Bühne abgetreten war, um dann vielleicht ein vernichtendes, inkompetentes Urteil zu fällen. Es musste jemand sein, der seine Arbeit kritisch begleitete, um sich am Schluss vor ihm zu verneigen.

Dieser Kriminalist, der sich seines Auftritts im Heiligtum des Gralshüters angenommen hatte, schien jemand zu sein, der über genug Kunstverstand verfügte. Und über einen gewissen poetischen Humor obendrein, wie der Name seiner Sonderkommission Höhlenzauber vermuten ließ.

Er beschloss, ihn in sein künstlerisches Schaffen einzubeziehen und das Stück mit einigen zusätzlichen Szenen anzureichern. Er als Gejagter, der Kriminalist in seiner angestammten Rolle als Jäger. Es wäre interessant zu sehen, wie er sich auf einer höheren, intellektuell anspruchsvolleren Ebene verhielt und ob er ihm, zumindest ansatzweise, Paroli bieten konnte.

Natürlich würde es dem Kriminalisten nicht gelingen, am Ende als strahlender Held von der Bühne abzutreten. Höchstens die Nebenrolle als tragischer Held konnte er dem Jäger überlassen. Der Ruhm jedoch gehörte ihm, dem Hauptdarsteller, allein!

Er spürte das wohlige Kribbeln und die Vorfreude. Sehnte das große Finale herbei, und obwohl er den vorherbestimmten Schlussakkord bereits kannte, der aus dem Orchestergraben klingen würde, während der Vorhang fiel, blieb doch dieses kleine Quäntchen Risiko, diese kaum wahrnehmbare Ungewissheit, die ihm plötzlich ein Lächeln ins Gesicht zauberte. Eine Regung, von der er einst geglaubt hatte, dass sie ihm niemals wieder gelingen sollte.

17.

Auf dem Rastplatz Hildesheimer Börde legte Behrends einen Zwischenstopp ein. Noch immer hatte er keinen Rückruf von Hella Rakoczy erhalten. Er wollte nicht länger warten. Er brauchte

Gewissheit und hoffte, die werte Dame war nicht schon wieder zu einer längeren Reise aufgebrochen.

Bereits nach dem ersten Klingeln wurde abgehoben. Lukas Rakoczy war am Apparat. »Ich hätte gern Ihre Mutter gesprochen. Würden Sie sie bitte ans Telefon holen?«

»Sie schon wieder«, seufzte der Sohnemann am anderen Ende, »können Sie uns nicht mal am Wochenende in Ruhe lassen?«

»Leider nein.«

»Mutter liegt noch im Bett. Sie fühlt sich nicht wohl. Meine Eltern sind gestern einer gesellschaftlichen Verpflichtung nachgekommen und erst heute gegen Morgen nach Hause gekommen.«

Behrends konnte sich lebhaft vorstellen, welche Art von Unwohlsein Hella Rakoczy plagte. Doch darauf konnte er jetzt gerade keine Rücksicht nehmen. »Holen Sie Ihre Mutter trotzdem ans Telefon oder bringen Sie ihr den Apparat ans Bett. Es ist wirklich dringend!«

»Gute Güte, Sie sind wirklich penetrant ... also schön, warten Sie einen Augenblick.«

Behrends war ausgestiegen und stand mit dem Rücken an die Autotür gelehnt. Er sah dem dichten Wochenendverkehr zu, der in einiger Entfernung auf der A7 vorbeirauschte. Das Handy hatte er ans Ohr gepresst. So wartete er auf seine Gesprächspartnerin. Die näherte sich nach einer Weile mit schlurfenden Schritten aus dem Hintergrund. Mit verkaterter Kratzstimme über die unliebsame Störung nölend nahm sie den Telefonhörer entgegen.

»Ja, Hella Rakoczy hier ...«, bröckelten ihre Worte in sein Ohr.

»Hauptkommissar Behrends. Guten Morgen. Entschuldigen Sie bitte die frühe Störung ...«

»Haben Sie Anne gefunden?« Plötzlich klang Hella Rakoczy hellwach. Von Müdigkeit keine Spur. Die aufkommende Angst hatte den Schlaf endgültig vertrieben.

»Leider noch nicht, Frau Rakoczy«, seufzte Behrends, »aber es würde uns bei der Suche sehr helfen, wenn Sie uns nicht belügen würden!«

»Ich ... Sie belügen? Na hören Sie mal, was erlauben Sie sich«, schimpfte Hella Rakoczy in den Hörer.

»Frau Rakoczy, lassen Sie doch diese Heuchelei! Ich habe dafür keine Zeit! Also bitte, haben Sie uns Teile der Tagebücher vorenthalten?«

»Aber ich wollte doch nur … Ich habe Anne geschworen, niemandem die Bücher zu zeigen.«

»Sie haben ihr auch geschworen, sie nicht zu lesen, und doch haben Sie genau das getan. Also wussten Sie, welche Seiten Sie besser aus den Ringbüchern herausreißen, richtig? Warum haben Sie das getan?«

»Mein Gott, ist das so schwer zu verstehen? Ich wollte Annes Ansehen nicht beschmutzen! Ich wollte nicht, dass sie wie eine … eine Hure dasteht … Entschuldigung!«

Er konnte hören, dass Hella Rakoczy mit den Tränen kämpfte. »Schon gut«, murmelte er. »Frau Rakoczy, hat Ihre Schwester in den Tagebüchern die Namen ihrer Liebhaber genannt?«

»Krüger, Rensick und Hildebrandt«, kam die Antwort ohne Zögern, »andere Namen standen nicht darin … doch, der Name Hartung. Aber mit dem hat sie wohl nichts gehabt, weil er weggezogen ist, ehe sie ihn ins Bett bekommen hat.«

»Frau Rakoczy, gibt es in Annes Aufzeichnungen Hinweise auf einen festen Ort, wo sie sich mit ihren Liebhabern getroffen hat? Eine Art Liebesnest? Denken Sie bitte genau nach!«

In das Schniefen am anderen Ende mischte sich ein hartes Auflachen. »Ha, da brauche ich nicht lange nachzudenken. Martins Blockhütte in dem kleinen Wäldchen oberhalb von Förste war Annes heimliches Liebesnest. Kennen Sie die Hütte zufällig?«

»Allerdings kenne ich die«, murmelte Behrends, dem es plötzlich kalt den Rücken hinunterlief. Die Blockhütte! »Und Annes Mann hat nichts davon gemerkt?«

»Nein, sicher nicht. Sie gehört Martin zwar. Aber sie war für ihn immer nur eine Art Prestigeobjekt. Er hat sie höchst selten benutzt. Ich kann mich nur an ein einziges Mal erinnern, als er irgendein Jubiläum da gefeiert hat. Mit seinen Berufskollegen.«

Die Trümmer des Bettes! Die zerstörte Matratze! Behrends Gedanken rasten. Röder musste dort gewütet haben. Er musste irgendwann erfahren haben, was in der Hütte vor sich gegangen war. Aber wann? Als er Einblick in die Tagebücher bekommen hatte?

»Frau Rakoczy, was glauben Sie – kann es sein, dass Ihr Schwager doch irgendwie an die Tagebücher Ihrer Schwester gelangt ist, und zwar, nachdem Anne sie Ihnen übergeben hat?«

Stille am anderen Ende. Behrends bedauerte, dass er nicht in das Gesicht der Frau sehen konnte, nicht erkennen konnte, ob ihre Augen das bestätigten, was sie gleich darauf sagte: »Martin soll ... die Tagebücher gelesen haben? Ausgeschlossen!«

Behrends hatte keine andere Antwort erwartet. »Danke, Frau Rakoczy. Das war's schon«, sagte er. »Auf Wiedersehen!« Schnell drückte er das Gespräch weg.

Die Höhle und Krüger, die Praxis und Dr. Rensick, die Hütte und Anne Röder – so langsam schloss sich der Kreis. Aber wenn Hella Rakoczy dieses Mal die Wahrheit gesagt hatte, wie hatte Röder das alles wissen können?

Behrends schlug mit der Faust auf das Autodach. Verdammt, Röder musste die Tagebücher gelesen haben!

Missmutig und mit einem äußerst mulmigen Gefühl im Bauch stieg er wieder in seinen Wagen und setzte die Fahrt nach Hannover ins Congress Hotel fort.

»Ja, genau, das ist der Mann«, sagte der Portier, »ich erkenne ihn wieder. Komischer Vogel.«

»Komisch? Wieso?«, fragte Behrends.

»Na ja, zunächst mal war er der Einzige, der nicht zusammen mit den anderen den Abend in der Hotelbar verbracht hat. Er hatte sich vorher derart auffällig nach dem horizontalen Gewerbe in der Stadt erkundigt, dass es jeder mitbekommen musste.« Der Portier schüttelte belustigt den Kopf. »Als ob er es nötig hatte, jedem zu beweisen, dass er noch konnte.«

»Und was war dann?«

»Hm, was schon – ich habe ihm ein paar Adressen genannt und dann ist er gefahren.«

»Mit seinem Auto?«

»Möglich. Das habe ich nicht mitbekommen.«

»Um wie viel Uhr war das denn?«

»Direkt nach dem Abendessen.« Er zog die Stirn kraus, dachte kurz nach. »Also muss es so gegen halb acht gewesen sein.«

»Und wann war er zurück?«, fragte Behrends. »Können Sie sich daran auch erinnern?«

»Allerdings! Kurz nach Mitternacht kam er und ist mir vor Freude fast um den Hals gefallen. Sensationell, hat er gesagt, Ihr Tipp war Gold wert! Und dann hat er mir einen Hunderter in die Brusttasche gesteckt. Ich habe gedacht, der hat sie nicht mehr alle. Aber hätte ich einen Hunderter ablehnen sollen?«

Behrends hatte, noch während der Portier redete, die Angaben im Kopf überschlagen und war zu dem Ergebnis gelangt, dass die Zeit von halb acht bis nach Mitternacht Röder völlig gereicht hatte, um nach Göttingen zum Bahnhof zu fahren. Um dort seine Frau vor der Abfahrt ihres Zuges abzufangen. Um sie zu ermorden. Um wieder nach Hannover ins Hotel zurückzukehren und den Portier mit hundert Euro Trinkgeld zu beglücken. Niemand wäre auf die Idee gekommen, Röder könne den Abend woanders verbracht haben, als in den Armen einer Luxusnutte.

»Ich danke Ihnen«, sagte Behrends und nickte dem Portier freundlich zu, »Sie haben mir sehr geholfen.«

»Gerne doch«, erwiderte der Portier, allerdings mit diesem Blick, der mehr erwartete, als warme Worte.

»Auf Wiedersehen.« Behrends machte eine schnelle Kehrtwendung, um dem stummen Drängen des Portiers zu entfliehen. Soweit kam es noch, dass er dem Mann für eine einfache Auskunft in einem polizeilichen Ermittlungsverfahren einen Geldschein in die Hand drückte. Mit raumgreifenden Schritten stapfte er aus der Lobby.

Auf dem Platz vor dem Hotel dudelte Behrends' Handy. Das private. Unbekannter Anrufer.

»Ja?«

»Behrends?«

Er kannte die Stimme. Es war …

»Hier Holger! Ich habe Anne Röder gefunden!« Diekmann klang getrieben, angstvoll.

»Du hast was? Wo denn?«

»In Röders Hütte! Im Keller! Tot! Ich wusste es … Behrends, ich könnte kotzen!«

»Langsam, Diekmann, langsam! In der Hütte? Warst du schon wieder da drin?«

Diekmanns Stimme drohte umzukippen. »Ja, ich hatte so eine Ahnung! Die Truhe! Ich wollte es euch sagen! Aber du und deine Maike, ihr musstet ja abhauen!«

Diekmann, nimm mich nicht auf den Arm! Wieso Keller? Da war kein Keller!«

»Doch. Zugang durch die Truhe! Ich habe mir gleich so was gedacht! Und im Keller waren die Gasflaschen. Und Anne! Nur noch Knochen und ein paar Stofffetzen!«

»Wirklich Anne? Wie kannst du das wissen?«

Behrends wollte ganz sicher sein, dass Diekmann nicht fantasierte, ehe er Alarm auslöste.

»Es ist Anne … die Kette, die Goldkette mit dem Perlenanhänger … das Bild, das ich dir geschickt habe. Ich erinnere mich genau an die Kette! Die hat sie immer noch um den Hals … um das, was noch davon übrig ist!«

»Hast du schon die Polizei angerufen?«

»Du bist die Polizei, Behrends!«

»Okay, Diekmann. Fass bloß nichts an! Und rühr dich nicht vom Fleck, bis die Kollegen vor Ort sind. Ich bin in Hannover, fahre jetzt los.«

Er legte auf und gab Alarm. Maike war gerade aus Ringelheim zurückgekehrt. Keine Zeit, mit ihr zu sprechen. Er jagte sie sofort wieder raus. Zur Hütte. Sie müsse sich allein um die Sache kümmern. Er werde so schnell wie möglich nachkommen.

An der Abfahrt Seesen hatte er die Autobahn verlassen. Über die Schnellstraße in Richtung Osterode gelangte er am schnellsten nach Förste und zur Hütte.

In Höhe der Ortschaft Gittelde bog er von der Schnellstraße auf den Parkplatz ab. Es hatte keinen Zweck. Er musste pinkeln. Sofort! Es gab weder ein Toilettenhäuschen, noch ein Dixi-Klo, dafür aber jede Menge Sträucher, die ausreichend Schutz vor neugierigen Blicken boten. Erleichtert setzte er sich ein paar Minuten später wieder ins Auto, um seine Fahrt fortzusetzen.

Als er wieder auf die Schnellstraße einfädeln wollte, fiel sein Blick eher zufällig auf die Gegenfahrbahn. Genau in dem Moment passierte ein altes VW-Käfer-Cabrio die Stelle. Am Steuer saß ein Kapuzenmann – ein Mönch!

Jetzt hast du schon Halluzinationen, war sein erster, blitzartiger Gedanke. Doch mit dem zweiten Gedanken hatte er bereits den Rückwärtsgang eingelegt und setzte mit durchdrehenden Reifen zurück, runter von der Einfädelspur und auf den Parkstreifen.

Er war noch nicht ganz zum Stillstand gekommen, als er schon sein Handy in der Hand hielt und das Observierteam anwählte. »Wo ist Röder?«, brüllte er ins Telefon.

»Äh … im … Haus«, hörte er seinen sichtlich erschrockenen Kollegen stammeln.

»Bist du sicher?«

»Ich bitte dich, Behrends, wir sind doch nicht blind! Der Typ hat sich den ganzen Nachmittag noch nicht aus seiner Festung herausgetraut. Sein Mercedes steht vor der Garage. Habe ihn direkt vor meinen Augen.«

»Gut, danke!«

»Äh, Behrends, wir …« Mehr hörte er nicht. Er hatte das Gespräch schon weggedrückt.

Seine Gedanken rasten. Nicht Röder? Wer dann?

Dann schoss plötzlich ein anderer Gedanke durch seinen Kopf: Hildebrandt würde das nächste Opfer sein! Er musste ihn erreichen! Die Nummer! Welche Nummer hatte Hildebrandt? Hatte er die nicht in sein Register eingespeichert? Da war sie. Gott sei Dank!

Es nahm niemand ab. Er ließ es klingeln. »Verdammt, Hildebrandt, geh ran!«, fluchte er.

Sein Ruf wurde erhört. Keuchend meldete sich Hildebrandts Frau: »Ja?«

»Hier Hauptkommissar Behrends. Ist Ihr Mann da?«

»Oh, Herr Hauptkommissar!« Sie schnappte nach Luft. »Tut mir leid. Ich habe das Telefon im Garten nicht läuten gehört …«

»Wo ist Ihr Mann!«

»Mein Mann?«

»Ja!«

»Ach, der ist nicht zu Hause. Der ist zu einem Termin.«

»Und wo? Kann ich ihn irgendwie erreichen?«

»Hm, nein, ich glaube nicht … Moment … doch, er hat ja sein Handy mit.«

»Gut, geben Sie mir seine Nummer, bitte!«

»Was wollen Sie denn von ihm? Sie klingen ja ganz aufgeregt.«

»Nichts, gar nichts. Ich muss ihn nur was fragen. Bekomme ich jetzt die Nummer?«

»Warten Sie!« Sie begann, irgendwo herumzukramen. Es dauerte.

Herrgott, mach hin, dachte Behrends und trommelte unruhig auf seinem Lenkrad herum.

»Hier, ich habe sie!« Hildebrandts Frau gab ihm die Nummer durch. Er notierte sie auf dem kleinen Block, der am Armaturenbrett klebte.

»Mein Mann ist im Höhlenerlebniszentrum«, sagte sie, »er muss da eine Führung machen. Um halb drei. Irgendeine Gruppe Herren von so 'nem exklusiven Klub. Dafür hat das Zentrum heute Nachmittag extra geschlossen. Die Herren wollten das so. Scheinen ein paar reiche Spinner zu sein, die zahlen richtig viel Geld! Die wollten unbedingt meinen Mann als Führer. Er kriegt auch ein anständiges Honorar. Hat alles die Frau Schnell organisiert. Sie wissen schon, die Leiterin da oben im Zentrum.«

»Gut, danke, Frau Hildebrandt.« Behrends beendete das Gespräch und wählte Hildebrandts Handynummer. Die Mailbox meldete sich.

»Verdammter Idiot!«, fluchte er und warf sein Handy auf den Beifahrersitz.

Mit beiden Händen umschloss er das Lenkrad, drückte sich gegen die Rücklehne des Fahrersitzes und atmete tief durch. Vielleicht hatte er sich getäuscht. Vielleicht hatte in dem Cabrio gar kein Kapuzenmann gesessen. Er hatte nur für einen Sekundenbruchteil in das Auto sehen können. Schwarzes Cabrio-Dach, schwarze Kapuze. Zu kurz, um wirklich etwas zu erkennen. Röder war es jedenfalls nicht gewesen, der fuhr … Mercedes …?

Moment mal! Seine Frau hatte doch ein altes VW-Cabrio gefahren, das er nach ihrem Verschwinden Lukas Rakoczy zur Verfügung gestellt hatte. Aber der fuhr inzwischen einen Audi und hatte Röder das Cabrio zurückgegeben. Röder besaß den Wagen immer noch!

Verflucht – hatte das Cabrio etwa die ganze Zeit in der Nähe von Röders Haus gestanden? Ohne dass es jemandem aufgefallen war? Hatte Röder eine Möglichkeit gefunden, sich unbemerkt aus dem Staub zu machen, während die Beamten, die ihn überwachten, nur seinen Mercedes im Visier hatten und glaubten, er verlasse das Haus nicht?

Behrends griff nach seinem Handy. Wählte noch mal die Kollegen an. »Habt ihr ein altes Käfer-Cabrio wegfahren sehen?«, schrie er.

»Was ist los, Behrends«, kam die Antwort, »kannst du nicht vernünftig mit uns reden?«

»Habt ihr, oder habt ihr nicht?«

»Ja, haben wir. Mehrmals. Saß immer so'n alter Knacker drin. Der war so klein, von dem hast du nur den riesigen Hut gesehen.« Er ließ ein meckerndes Lachen folgen. »Sooo klein mit Hut! Hahaha … Muss wohl auch ein Nachbar gewesen sein.«

Man kann sich auch klein machen, dachte Behrends, so klein, dass man nicht erkennt, wer im Auto sitzt. Ihr Idioten!

»Macht euch da sofort vom Acker und kommt zum Höhlenzentrum in Bad Grund. Es brennt! Gebt auch Maike Bescheid. Sie soll alle verfügbaren Kräfte mobilisieren! Und die an der Blockhütte nicht mehr gebraucht werden. Unser Mann ist auf dem Kriegspfad. Wenn wir uns nicht beeilen, ist Hildebrandt tot! Macht schnell, ich fahre schon vor.«

»Behrends, warte auf uns! Mach keinen Scheiß!«

Er legte auf und fuhr los, drückte das Gaspedal bis zum Bodenblech durch. Auf der kurvenreichen Straße in den Harz hinein hatte er an einigen Stellen Mühe, den Wagen unter Kontrolle zu halten. Die wenigen entgegenkommenden Fahrzeuge gaben ihm mit ihrer Lichthupe unmissverständlich zu verstehen, was sie von seinem Fahrstil hielten.

Endlich hatte er das Höhlenzentrum erreicht. Links, direkt am Scheitelpunkt einer ziemlich scharfen Kurve, ragte der schlichte, erdfarbene Quader aus Beton und sehr viel Glas aus dem Berg heraus. Der Parkplatz davor war wie leergefegt. An der Zufahrt zum Parkplatz ein Schild: »Heute ab 12:00 Uhr geschlossen.«

Nur zwei PKW standen in der Nähe des roten Eingangs. Einer davon sicher Hildebrandts Wagen. Und der andere? Gehörte der dieser Frau Schnell, der Leiterin des Zentrums? Von Röders Cabrio weit und breit keine Spur. Auch nicht von einem Bus, mit dem die exklusive Herrenrunde vielleicht zum Höhlenzentrum angereist war. Aber diese Reisegesellschaft, die angeblich eine Sonderführung unter Ausschluss der Öffentlichkeit gebucht hatte, gab es ohnehin nicht. Das war Behrends schon klar gewesen, als er mit Hildebrandts Frau telefoniert hatte.

Er riss das Steuer herum und schlingerte quer über die Bundesstraße auf den Parkplatz. Neben den beiden Wagen am Eingang kam er zum Stehen. Er schaltete den Motor aus. Holte die Pistole aus dem Handschuhfach und befestigte das Holster mit einem Clip an seinem Gürtel. Lehnte sich zurück und atmete tief durch. Überlegte. Nur kurz. Dann gab er sich einen Ruck und stieg aus. Röder war da drinnen. Hildebrandt war da drinnen und wahrscheinlich auch Frau Schnell. Er durfte keine Zeit verlieren, konnte nicht auf die anderen warten!

Wenn es schiefging, würde es einen Mordsärger geben. Aber es musste gutgehen und alle mussten glimpflich davonkommen.

Behrends zog die Waffe, brachte sie in Anschlag und schob sich, nach allen Seiten sichernd, durch die Glastür in den Kassenraum mit seiner kleinen, offenen Cafeteria, die durch einen halbhohen Sichtschutz von den Zugängen zur Kasse, zum Museum und zu den Toiletten getrennt war.

Hoch oben ragte seitlich die Galerie der Museumsetage in das bis unter das Dach offene Foyer vor, begrenzt von einer Brüstung aus Sicherheitsglas, eingerahmt von matt glänzenden Leichtmetallstreben. Und direkt über ihm schwebte das gewaltige Trägerwerk der Stahlkonstruktion, die den originalgetreuen, begehbaren Nachbau eines Teils der Lichtensteinhöhle einfasste.

Behrends hatte keinen Blick für die Attraktion des Museums. Er blieb an der Eingangstür stehen und lauschte angestrengt. Die Stille war greifbar. Er hielt die Luft an. Irgendwo ein Summen. Ein Küchengerät in der Cafeteria? Ein Gebläse? Dann plötzlich über ihm – leise, tapsende Schritte. Und gleich darauf eine Stimme. Hildebrandts Stimme.

»Frau Schnell? Hallo ...! Ist da jemand?«

Blitzschnell erfasste Behrends die Lage: Röder war vor Hildebrandt ins Höhlenzentrum eingedrungen. Hatte Frau Schnell außer Gefecht gesetzt und irgendwo eingesperrt. Ja, so musste es sein. Oder hatte er die Frau umgebracht? Nein, auf gar keinen Fall! Röder tötete nicht wahllos. Dann hatte er sich verschanzt. Irgendwo da oben in der Museumsetage. Er lauerte Hildebrandt auf. Würde ihm den tödlichen Stich ins Herz versetzen, wenn ...

»Hildebrandt! Achtung!«, brüllte Behrends nach oben. »Passen Sie auf! Röder ist da und ...«

Er konnte den Satz nicht beenden. Plötzlich brach dort oben ein heftiger Tumult los. Schritte, Kampfgeräusche, wütendes Geheul, Schmerzensschreie, Knirschen, Klappern. Irgendetwas Großes war umgefallen. Dann einen kurzen Moment lang Stille, danach polternde Schritte, die Stufen hinunter. Behrends hörte das alles, während er mit drei, vier schnellen Sätzen durch das Foyer und durch den verwinkelten Zugang zum Museumsbereich rannte. Gerade noch sah er die wehende, schwarze Kutte durch die Tür huschen, die in den Stollen führte, der Museum und Iberger Tropfsteinhöhle miteinander verband und eine Art Zeittunnel durch dreihundertfünfundachtzig Millionen Jahre Erdgeschichte darstellte.

Behrends zögerte. War einen Moment unschlüssig. Sollte er dem Mönch hinterher? Was war mit Hildebrandt? Er hatte dessen Schmerzensschreie gehört. Lebte er noch? Er hastete die Treppenstufen zum Museum hinauf. Im gedämpften Licht der Deckenstrahler sah er Hildebrandt, der in einer Ecke neben einer Glasvitrine mit bronzezeitlichen Exponaten kauerte und sich eine Hand an die Hüfte hielt. Durch seine Finger quoll Blut. Sein Gesicht war schmerzverzerrt. Er atmete schwer.

Behrends beugte sich über ihn. »Lassen Sie mal sehen.«

»Ist nicht so schlimm«, quälte Hildebrandt gepresst hervor, »nur eine Fleischwunde … glaube ich …«

»Bleiben Sie ganz ruhig liegen«, sagte Behrends und richtete sich auf. Er blickte sich kurz um. Sah die Vitrine mit dem Leinenkleid. Bestimmt kein Original. So etwas ließ sich nie und nimmer über dreitausend Jahre erhalten. Er ging auf den Schaukasten zu, hob sein Bein und trat mit aller Kraft die Scheibe ein. Er nahm das Kleid heraus, riss es mit einem kräftigen Ruck auseinander und knüllte eins der beiden Stoffteile zu einer Art Kompresse zusammen. Die reichte er Hildebrandt.

»Hier, drücken Sie das fest auf die Wunde. Ich verständige den Notarzt, okay?«

Hildebrandt nickte schwach, nahm die Leinenkompresse und legte sie auf seine Wunde. Behrends war schon wieder auf dem Weg nach unten. Hatte das Handy am Ohr und im nächsten Moment Maike de Baer am anderen Ende.

»Maike, wo seid ihr?«

»Wir brauchen noch ein paar Minuten. Was ist passiert? Du hörst dich so gehetzt an.«

»Ich bin drin!«, rief Behrends. »Hildebrandt liegt verletzt im Museum, ich habe eine Erstversorgung gemacht. Bitte verständige den Notarzt und beeilt euch! Röder steckt irgendwo im Stollen, ich geh ihm jetzt hinterher. Ende!«

Er schob das Handy in die Hosentasche, brachte seine Waffe in Vorhalt und drückte mit der Schulter die Tür zum Stollen auf. An der runzeligen Höhlenwand lief direkt vor seinen Augen ein Video ab: ein Korallenriff, glasklares Wasser und farbenprächtige exotische Fische, die sich im Wasser tummelten. Aber jetzt hatte er weder einen Blick für die prächtigen Aufnahmen, noch dachte er daran, dass der Iberg, wie man herausgefunden hatte, vor Abermillionen Jahren ein Korallenriff gewesen war. Auf der Höhe des jetzigen Madagaskar gelegen. Langsam, um auf dem unebenen, steinigen Boden kein unnötiges Geräusch zu verursachen, schlich er die stetig ansteigende, über eine Strecke von hundertsechzig Metern in den Berg getriebene Röhre entlang. Die Leuchtkraft der Deckenlampen reichte gerade aus, um mit kleinen Lichtinseln, wie an einer Perlenschnur aufgereiht, das Dunkel des Stollens ein wenig zu durchbrechen. In kurzen Intervallen lösten sich Wassertropfen von der Felsendecke und zerplatzten mit einem hellen Klicken auf dem Boden und unterbrachen für eine Weile die gespenstische Ruhe dieser Unterwelt.

All das nahm Behrends nicht wahr. Seine Sinne waren auf einen Angreifer ausgerichtet, der hinter jeder Vitrine, hinter jedem Vorsprung, in jeder Nische auf ihn lauern konnte. Plötzlich wurde ihm auf erschreckende Weise bewusst, wie leichtsinnig es gewesen war, allein in den Stollen zu gehen. Er hätte vor der Tür warten müssen, bis die Verstärkung eintraf!

Aber was, wenn es einen weiteren Ausgang aus dem Höhlenlabyrinth gab, irgendwo am anderen Ende? Behrends presste die Lippen aufeinander und schlich weiter. Sein Herz pochte im Stakkato und es schien ihm, als werde das Pochen als Echo von den Felswänden zurückgeworfen. Wie metallene Hammerschläge aus den Tiefen des Berges, kalte Klänge aus dem Totenreich: Komm …, komm …, komm …

Vorbei an den erdgeschichtlichen Stationen auf der Zeitleiste, die an der Stollenwand montiert war, und vorbei an den Schaukästen mit ihren stummen, versteinerten Zeugen aus Epochen, die etliche Millionen Jahre zurücklagen, arbeitete sich Behrends weiter vor, verharrte lauernd, horchte, tastete mit den Augen die Wände ab, versuchte den Fels mit seinem Blick zu durchdringen, in Erwartung einer Spalte oder eines Felsvorsprungs, der Röder als Hinterhalt dienen könnte.

Die Attacke kam aus einem seitlichen Hohlraum heraus. Aus dem Schatten hinter einem Vorsprung. Völlig überraschend. Wie eine wütende, in die Ecke gedrängte Raubkatze sprang der Mönch aus seinem Versteck auf ihn zu. Wäre da nicht dieses kurze Aufblitzen kalten, blanken Stahls im Licht der Vitrinenstrahler neben ihm gewesen, Behrends hätte nicht die instinktive, reflexartige Bewegung zur Seite machen können. So konnte er der vollen

Wucht des Aufpralls entgehen, und das Messer in der Hand des Angreifers verfehlte ihn um Haaresbreite.

Dennoch geriet Behrends aus dem Gleichgewicht. Er stolperte und knallte mit dem Kopf gegen den stählernen Rahmen der Glasvitrine gleich neben ihm. Seine Pistole glitt ihm aus der Hand. Kraftlos sackte er in sich zusammen und musste mit ansehen, wie der Mönch sich im nächsten Moment von ihm abgewandt hatte und mit wehender Kutte zurück zum Ausgang lief. Die Kapuze war ihm vom Kopf gerutscht und das erste Mal in diesem erbärmlichen Fall konnte sich Behrends sicher sein, dass es tatsächlich Röder war, der in der Kutte steckte. Röder, der mordende Mönch!

Ächzend und mit dröhnendem Schädel rappelte sich Behrends auf, bückte sich im nächsten Moment wieder und tastete suchend nach seiner Waffe. Er fand sie sofort, umklammerte sie mit festem Griff und stolperte endlich Röder hinterher. Gerade noch sah er, wie die schwarze Mönchskutte durch den Zugang zum Museum verschwand. Er beschleunigte seine Schritte, riss kurz darauf die Tür auf, durchquerte den dunklen Zwischenraum mit der einzelnen, freistehenden Vitrine und ihrem Totenschädel als Blickfang. Dann tauchte er in das helle Licht des Foyers ein.

Röder war verschwunden.

Behrends riss die Türen zu den Toiletten auf, kontrollierte eilig mit vorgehaltener Waffe die Kabinen, hetzte in die Küchenräume hinter dem Tresen der Cafeteria. Nichts! Im Zurücklaufen nahm er die seitliche Ausgangstür zur Terrasse wahr. Er schenkte ihr aber keine Beachtung, denn durch die Glasfront vor sich sah er die Karawane der Einsatzfahrzeuge, wie sie gerade mit schrillen Sirenen und zuckenden Blaulichtern auf den Parkplatz einbog.

Er stürzte nach draußen. Lief Maike de Baer entgegen, die aus einem der Wagen sprang.

»Habt ihr ihn gesehen?«, rief er ihr zu.

»Wen?« Sie verstand nicht.

»Röder! Ihr müsst ihn gesehen haben! Er ist kurz vor mir aus dem Museum gekommen! Er muss euch direkt in die Arme gelaufen sein!«

»Nein, da war niemand!«

Maike de Baer sah sich zu den Kollegen um. Kopfschütteln.

»Mist, so ein Mist! Er ist mir entwischt!« Behrends ballte wütend die freie Hand zur Faust. In der anderen hielt er immer noch seine Pistole und fuchtelte wild damit herum.

»Steck das verdammte Ding weg«, sagte Maike de Baer laut, »ehe du noch einen von uns damit umbringst.«

»Wenn ihr ihn nicht gesehen habt, kann er nicht durch eine der Türen hier unten gekommen sein. Es muss noch einen anderen Ausgang geben«, fauchte er, während er die Pistole im Holster verschwinden ließ. »Vielleicht einen Notausgang. Irgendwo zur Bergseite hin.« Er straffte sich, versuchte die Kontrolle zurückzugewinnen.

»Geben Sie die Fahndung nach Röder durch«, wandte er sich an den neben Maike de Baer stehenden Beamten. »Weit kann er noch nicht gekommen sein. Er fährt einen alten weißen VW-Käfer. Ein Cabrio. Schwarzes Faltdach.«

Dann verteilte er mit knappen Kommandos weitere Aufgaben: »Sie gehen da rein und kümmern sich um Hildebrandt«, sagte er zu zwei weiteren Beamten, »er liegt oben im Museum. Röder hat ihn mit einem Messer an der Hüfte verletzt. Und suchen Sie nach dieser Frau Schnell. Das ist die Museumsleiterin. Die muss auch irgendwo in dem Gebäude versteckt sein!«

»Und du?«, fragte Maike de Baer. »Du siehst ziemlich ramponiert aus. Du solltest dich auch untersuchen lassen.«

Der Notarzt bog gerade auf den Parkplatz ein, gefolgt von zwei Krankenwagen.

»Mir geht es gut«, wehrte Behrends ab. »Los, komm!« Er wandte sich an eine Streifenwagenbesatzung: »Sie folgen uns!«

»Was hast du vor?«, rief Maike de Baer verwundert.

»Erkläre ich dir im Auto. Komm jetzt!«

Sie rasten die abschüssige Straße nach Bad Grund hinunter und durchquerten die kleine Bergstadt in halsbrecherischer Geschwindigkeit. Nach gerade mal fünf Minuten hatten sie die Auffahrt zur Schnellstraße in Richtung Osterode erreicht.

»Du glaubst also wirklich, er fährt zu sich nach Hause und wartet da auf uns?«, fragte Maike de Baer. Ihrer belegten Stimme und ihrer blassen Gesichtsfarbe nach zu urteilen, fand sie keinen Gefallen an Behrends' Amokfahrt.

»Er wartet nicht auf uns.« Behrends erklärte es ihr. Röder würde nicht fliehen. Das passte nicht zu ihm. Insofern würde er schon auf sie warten. Aber nicht, um sich festnehmen zu lassen. Er war ein Mann, der sein Spiel zu Ende spielte. Mit allen Konsequenzen. Es hatte für ihn nicht zum Sieg gereicht. Mit dem entscheidenden Zug hatte er es verspielt. War sich einen Augenblick lang seines Sieges zu sicher gewesen. Hatte seinen Gegner im letzten Moment doch noch unterschätzt.

»Er hat verloren und er weiß es. Aber Niederlage bedeutet in seiner Welt weder Flucht, noch Gefangennahme. Eine Niederlage ist für ihn etwas Endgültiges. Keine Gnade. Kein Pardon. Er fürchtet nun eine um Verständnis bemühte Gerichtsverhandlung. Er verachtet unsere Justiz, die in seinen Augen korrupt, schwach und nachgiebig ist. Eine Justiz, die es nicht wert ist, über ihn zu urteilen und ihm die Gnade zu gewähren, weiterleben zu dürfen. Das kann er nicht zulassen. Es gibt nur noch diesen einen, endgültig letzten Zug im Spiel. Und der bleibt ihm überlassen. Er wird nicht zögern, den Zug zu machen. Gegen sich selbst.«

Maike brauchte einen Moment, um das zu verdauen. Dann sagte sie: »Du, Ingo …?«

»Ja?« Behrends beobachtete Maike de Baer aus den Augenwinkeln. Sie hatte ihn beim Vornamen genannt. Was wollte sie?

»Entschuldige bitte!«

»Entschuldige? Wieso?«

»Die Sache mit der Todesanzeige. Ich habe mich geirrt. Es gab zwar eine Erpressung, aber der Mann, der das getan hat, ist seit zwei Monaten tot. Er konnte nicht der Mörder sein. Und auch niemand sonst von denen, die damit zu tun hatten.«

Behrends kicherte: »Natürlich nicht! Röder ist unser Mann!«

»Und du hast wirklich keinen Moment daran gezweifelt?«

»Ich war mir ganz und gar nicht sicher. Die ganze Zeit über hatte ich meine Zweifel. Aber Katrin hat mich mit ihrer Einschätzung von Anne Röders Liebesleben in meiner Annahme bestärkt. Und heute Vormittag habe ich noch mal Hella Rakoczy angerufen. Sie hat natürlich die Tagebücher gelesen und wusste von Annes Liebhabern. Auch von der Hütte als Liebesnest. Du erinnerst dich an das zertrümmerte Bett? Das kann nur Röder gewesen sein. Er muss es also auch gewusst haben. Ich nehme an, er hat Zugriff auf die Tagebücher gehabt. Anders kann es nicht sein. Und als Anne fliehen wollte, hat er sie auf dem Göttinger Bahnhof abgefangen, in die Hütte geschleppt, dort ermordet und ihre Leiche im Keller versteckt.«

»Aber von wem hat er die Tagebücher bekommen?«, fragte Maike. Sie störte sich an der Lücke in Behrends Indizienkette.

»Später, Maike. Jetzt müssen wir Röder zuvorkommen. Ich will ihn lebend!«

Noch nie war sich Behrends einer Sache so sicher gewesen.

18.

Das Cabrio stand neben dem Mercedes vor der Garage. Röder hatte ihn nicht mehr versteckt. Wozu auch? Das Spiel war gespielt, die Partie zu Ende.

Behrends bremste scharf ab und hielt auf der Straßenseite gegenüber. Mit etwas Verspätung trafen auch die Streifenbeamten ein. Er gab ihnen im Vorbeilaufen Anweisung, ihren Dienstwagen quer vor der Garageneinfahrt hinter Röders beiden Autos zu parken. Eine reine Vorsichtsmaßnahme, falls Röder plötzlich doch noch auf die Idee käme, zu fliehen. Das war zwar unwahrscheinlich, aber Behrends wollte sich jetzt keinen Fehler mehr erlauben.

Sie drangen ins Haus ein. Die Tür stand einen Spalt weit offen. Das war kein Zufall oder Nachlässigkeit. Röder hatte sie mit Absicht offen gelassen. Er ging davon aus, dass sie kommen würden. Und er wollte, dass sie kamen. Er kannte seinen Gegner jetzt besser und wusste, dass der sich in seine Gedanken versetzen konnte. Röders einziger Vorteil Behrends gegenüber war sein kleiner, zeitlicher Vorsprung gewesen.

Behrends ahnte bereits, dass sie zu spät gekommen waren, noch während er, zusammen mit Maike de Baer und den beiden uniformierten Beamten, das Erdgeschoss des Hauses durchsuchte. Die Räume waren leer. Keine Spur von Röder. Sie stürzten ins Obergeschoss. Auch dort fanden sie ihn nicht.

Plötzlich ein Schuss! Gedämpft. Nicht mehr als ein trockenes Klacken. Aber eindeutig ein Schuss. Hier im Haus. Sie hasteten die Treppe wieder hinunter. Woher? Woher konnte der Schuss gekommen sein? Hinter welcher Tür hatte sich Röder verschanzt?

Behrends entdeckte die schmale Tür, die zum Keller führte. Öffnete sie, griff um die Laibung, fand den Lichtschalter. Sie stolperten die Treppe hinunter. Es kostete sie einige Augenblicke, in denen ihre Blicke über Regale mit Lebensmitteln oder Wein, über aufgestapelte Kisten, verstaubte Uralt-Skier und ein halb zerlegtes Fahrrad glitten, dann sah Maike de Baer den schmalen Schrank, der ein wenig von der Wand abstand. Behrends rückte ihn noch etwas weiter zur Seite. Das vermeintlich schwere Möbelstück ließ sich erstaunlich leicht bewegen. Dahinter verbarg sich eine niedrige Tür, die Behrends öffnete.

Sie traten ein und – schraken zurück!

Schwaches Licht aus zwei kleinen Strahlern unter der schwarz gestrichenen Decke wurde von den ebenfalls schwarzen Wänden eines etwa drei mal drei Meter großen Raumes fast vollständig aufgesogen. In der Mitte stand auf einer Säule aus Stein oder Marmor eine Art antikes Waschbecken aus einem rötlich schimmernden Metall, vielleicht Kupfer. Das Deckenlicht brach sich im Wasser des Beckens. An einer der Wände stand ein kleiner Schreibtisch aus dunklem Eichenholz, und darüber ragte ein massiver, vergoldeter Bilderrahmen bis an die Decke. Ein seltsames Gemälde im barocken Stil und von bedrückender Symbolkraft füllte den Rahmen vollständig aus. Ein muskulöser Kämpfer mit nacktem Oberkörper und wallenden blonden Locken stieß einer gewaltigen Schlange, die sich vor ihm aufgerichtet hatte, sein Schwert in den Leib, noch ehe es ihr gelang, ihre Giftzähne in seinen Hals zu bohren. Die

Szene hob sich überdeutlich von einem nachtblauen Himmel ab. Im Hintergrund, klein und beschützenswert stand ein Apfelbaum. Einer der Äpfel an seinen Zweigen fehlte. Und über allem schwebte ein allmächtiges Auge, von dem ein merkwürdiges Licht ausging; ein Licht, das trotz seiner Strahlkraft nur den Kämpfer, die sterbende Schlange und den Apfelbaum erhellte, alles andere aber in einem kalten Schatten versinken ließ. Auf dem Schreibtisch standen, links und rechts am Rahmen des Bildes aufgestellt, zwei Kerzenhalter, in denen je eine dicke weiße Kerze brannte.

Davor saß Röder vornüber gebeugt auf einem Lehnstuhl, dessen Polster mit dunkelgrünem Samt überzogen waren. Seine beiden Arme baumelten schlaff über die Stuhllehnen nach unten. Links neben dem Stuhl lag eine alte Armeepistole auf dem Boden. Röders Kopf lag auf der Schreibtischplatte. Daneben ein Gruppenfoto mit vier lachenden Personen. Rensick, Krüger, Hildebrandt und Anne, alle mit einem roten Stift durchkreuzt. Aus einem Loch an Röders Schläfe sickerte ein Blutrinnsal, und näherte sich einem dünnen Stapel handbeschriebener Blätter. Es waren Kopien. Auszüge aus Anne Röders Tagebüchern. Behrends hatte die Handschrift sofort wiedererkannt.

»Wir sind zu spät«, sagte er nach einer Weile stummen Verharrens tonlos, »er hat gewonnen.«

»Er ist tot«, murmelte Maike de Baer, »nicht gerade ein Sieg.«

»In seiner Welt schon.«

»Willst du meine Meinung wissen?« Sie betrachtete kühl und gefasst den leblosen Körper. »Er war ein Feigling. Sieh ihn dir doch an! In letzter Konsequenz hatte er nicht mal den Mumm, sich selbst das Messer in die Brust zu stoßen, wie er es mit seinen Opfern getan hat. Nein, für sich nimmt er die Pistole. Das kostet bestimmt weniger Überwindung.«

Behrends wandte sich angewidert ab. »Komm, wir gehen. Das hier können Kalle und Micha erledigen. Ich hab's so satt!«

Maike de Baer leitete alles Weitere in die Wege. Sie traf Behrends wenig später, an seinen Wagen gelehnt, wie er die Fassade des Röder'schen Hauses anstarrte.

»Nie im Leben lasse ich mich noch einmal von jemandem, den ich nicht kenne, zum Schachspiel einladen«, sagte er müde, als Maike de Baer neben ihn getreten war.

»Woher wusstest du eigentlich so genau, dass er nach Hause fahren würde?«, fragte sie.

»Ich wusste es nicht. Ich habe es gespürt. Im Grunde war der Mann wie ein offenes Buch. Hast du dir das Bild angesehen? Das Auge – sein Gott. Die Schlange als Verkörperung des Bösen, so wie er es definierte. Und er war der Mann mit dem Schwert, der Mann, der den Apfelbaum, den Garten Eden, gegen das Böse verteidigen musste – mit seinem Leben!«

Er wandte sich Maike de Baer zu und sah sie an, lange und nachdenklich; durchbohrte sie fast mit seinem Blick. Es schien, als hoffe er, in ihrem Gesicht eine Antwort zu finden auf die letzte Frage, die ihn noch beschäftigte. »Ich verstehe nur noch nicht, wie Röder so gezielt vorgehen konnte. Wie er die ganzen Zusammenhänge erkennen konnte. Seinen Gen-Defekt, dass er einen Sohn großgezogen hatte, der das Kind eines anderen war, die drei Männer, mit denen seine Frau es hinter seinem Rücken in der Blockhütte trieb – er muss einen Informanten gehabt haben ... Das ist ja perfide!«, rief er plötzlich. »Das muss jemand aus Annes eigener Familie gewesen sein, die wussten über sie Bescheid. Aber ganz sicher war es nicht ihre Schwester.«

»Lukas Rakoczy?«, schlug Maike de Baer vor.

»Genau der!«, rief Behrends und straffte sich. »Den holen wir uns. Noch heute! Allerdings ...«

»Was?«

»Ich muss vorher noch in Förste vorbei, mit Sir Toby Gassi gehen. Hast du Lust?«

Maike de Baer grinste: »Worauf warten wir noch?«

Lukas Rakoczy hatte sich aus dem Staub gemacht. Hatte offensichtlich kalte Füße bekommen, sich in seinen Audi TT gesetzt und das Weite gesucht. Nicht weit genug. Eine Autobahnstreife hatte ihn nach einer sofort eingeleiteten Fahndung auf einer Raststätte nahe der holländischen Grenze aufgegriffen.

Am späten Abend saß er ihnen dann beim Verhör gegenüber. Als sie ihn mit dem Tod Röders konfrontierten und mit den Indizien, die auf seine Mittäterschaft hindeuteten, gab er den Widerstand sehr schnell auf und redete wie ein Wasserfall, in der Hoffnung, sich selbst dadurch einigermaßen reinwaschen zu können. Dass er seine Tante über den Gendefekt ihres Mannes informiert, Röder das Gespräch belauscht und ihm gedroht habe, seine Freundin anzuzeigen, wenn er nicht in Zukunft mit ihm zusammenarbeiten würde.

»Ja, Sie haben sich strafbar gemacht. Beide«, erklärte Behrends. »Auch moralisch. Denn ohne die Neugier Ihrer Freundin wäre alles im Verborgenen geblieben. Niemand hätte je davon erfahren, wem dieser Gendefekt zuzuschreiben war. Was wiederum bedeutet hätte, dass drei Menschen möglicherweise nicht gestorben wären. Aber bitte, Herr Rakoczy, erzählen Sie weiter. Sie waren ja noch nicht fertig.«

Lukas Rakoczy räusperte sich. Wand sich, wie ein Aal. »Er ..., er hat mir Geld geboten, wenn ich ihm alles haarklein berichte und ihn auch weiter auf dem Laufenden halte. Viel Geld!«

Behrends zog die Augenbrauen hoch: »Oh, ich verstehe. Geld. Dann das Cabrio. Und zum Schluss der Audi TT. Hatte ich also nicht ganz Recht.«

»Was meinen Sie?«

»Sponsored by Papa, Sie erinnern sich? Also nicht vom Vater, sondern vom Onkel gefördert.« Behrends grinste süffisant und heuchelte Verständnis. »Tja, ich weiß nicht, aber ich glaube, mir wäre es wohl auch schwergefallen, der Verlockung zu widerstehen.«

»Es war nicht nur die Verlockung«, widersprach Lukas Rakoczy.

»Nicht? Was denn noch?«

»Ich fand es nur gerecht, dass Röder über das Treiben seiner Frau im Bilde war. Da habe ich eben eine Art Pakt mit ihm geschlossen. Gutes Geld für gute Informationen.«

»Interessant«, sagte Behrends. »Dann mal raus damit. Welche Informationen haben Sie ihm denn so geliefert? Wusste er von Ihnen, dass seine Frau ihn verlassen wollte und auch wann?«

Ja, über ihn habe Röder auch von den Fluchtplänen seiner Frau erfahren, gab Lukas Rakoczy zu Protokoll, und als sich später die Gelegenheit bot, die Tagebücher zu kopieren, habe er die Chance genutzt.

»Und Sie sind nicht einmal auf die Idee gekommen, dass Ihr Onkel seine eigene Frau ermordet haben könnte?«, wunderte sich Behrends.

Nein, er habe nicht im Traum daran gedacht, dass Röder so etwas vorhaben könne. Er habe sich auch nichts Schlimmes dabei gedacht, als er die Gelegenheit bekam, in der Lichtensteinhöhle bei den Ausgrabungen zu helfen, und Röder, dem er davon erzählt hatte, ihn bat, eine etwas schwierige Mission vorzubereiten. Krüger, einer der Liebhaber seiner verschwundenen Frau, solle einen Denkzettel bekommen. Das habe er verdient, und endlich biete sich die Gelegenheit dazu.

Gemeinsam hatten sie den Plan ausgetüftelt, der darin bestand, einen Einbruch in die Höhle vorzutäuschen und dort ein Kettchen zu deponieren. Nach seinem Einbruch in die Höhle hatte Lukas ihn nur noch mit der Nase darauf stoßen und Dr. Stein geschickt davon abhalten müssen, das Schmuckstück seinerseits zu entdecken. Und dann war alles wie erhofft gelaufen: Sie hatten sich ausgerechnet, dass der Höhleneingang bewacht werden musste und dass Krüger unbedingt diese Aufgabe übernehmen wollte.

»Der hatte das Schmuckstück ja gesehen, das ist mir nicht entgangen, und musste es unbedingt bergen. Er hat sicher angenommen, dass es das Kettchen mit dem Delfin-Anhänger war, das diesem neuen Grabungshelfer gehörte. Niemand sonst trug ein Kettchen um den Hals. Krüger konnte den Mann auf den Tod nicht ausstehen und wollte ihm den Einbruch anhängen. Ich hätte zu gern sein Gesicht gesehen, als er dann ein Kettchen in der Hand hielt, wie er selbst es einst von meiner Tante bekommen hat. Röder hat es nachmachen lassen.«

»Nein, davon würde ich nicht ausgehen«, verbesserte ihn Maike. »Ich denke, es ist das Kettchen, das Ihre Tante für ihren neuen Freund« – sie benutzte absichtlich nicht das Wort Liebhaber – »gekauft hat, ihm aber nicht mehr bei ihrem Zusammentreffen in Spanien geben konnte, weil ihr Mann sie vorher umgebracht hat.«

Auf die Frage, ob er seinem Onkel auch bei den Vorbereitungen des Mordes an Dr. Rensick und des Mordversuchs an Gerhard Hildebrandt geholfen habe, reagiert Lukas Rakoczy entsetzt. Er habe nichts, aber auch rein gar nichts damit zu tun gehabt und er habe sowieso nie angenommen, dass Röder überhaupt zu einem Mord fähig sein könnte. Ihm gegenüber sei er immer sehr normal und freundlich aufgetreten. Nicht eine Spur von Hinterhältigkeit habe man ihm angemerkt.

»Wissen Sie was, Herr Rakoczy?«, fragte Behrends gedehnt.

»Ja?« Lukas Rakoczy sah ihn argwöhnisch an.

»Ich glaube Ihnen nicht. Ich denke, Sie haben gewusst, dass Ihr Onkel seine Frau ermordet hat. Und Sie haben ihn erpresst. Und Sie waren auch davon überzeugt, dass er Krüger nicht nur einen Schreck einjagen wollte. Herr Rakoczy, das war Beihilfe zum Mord, ist Ihnen das klar?«

»Sie spinnen ja komplett«, schrie Rakoczy auf. Sein Entsetzen war greifbar. »Das müssen Sie mir erst beweisen!«

»Das werde ich, Herr Rakoczy, das werde ich«, brummte Behrends zufrieden. »Und wenn Sie klug sind, schalten Sie nicht auf stur. Sie wissen schon: Ein Geständnis macht sich immer gut.«

Behrends drückte den Knopf der Gegensprechanlage, rief einen uniformierten Beamten ins Zimmer: »Würden Sie den Herrn wohl in sein neues Zuhause begleiten?«

Behrends ging in sein Büro. Endlich Feierabend! Er setzte sich an seinen Schreibtisch und griff zum Telefonhörer.

Gerhard Hildebrandt ging es gut. Den Umständen entsprechend, erfuhr er im Krankenhaus. Hildebrandt hatte zwar reichlich Blut verloren, war aber auch dank der umsichtigen Erste-Hilfe-Maßnahme mit der bronzezeitlichen Leinenkompresse glimpflich davongekommen. Hoffentlich würde die Museumsleitung sein erfolgreiches Samaritertum als mildernden Umstand gelten lassen.

Frau Schnell war auch unversehrt geblieben. Zumindest körperlich. Die Beamten hatten sie in dem Höhlennachbau entdeckt, mit Kabelbindern gefesselt und mit einem Klebeband über dem Mund. Sie hatte seinen Kollegen erklären können, wie Röder entkommen konnte: Durch eine Fluchttür, wie Behrends vermutet hatte. Zwei von diesen Türen gab es im Obergeschoss. Beide führten nach hinten hinaus. Zum Berg hin. Röder musste sich gut ausgekannt haben. Ein weiterer Beleg dafür, wie akribisch er seine Taten vorbereitet hatte.

Auf dem Weg aus dem Polizeigebäude dachte Behrends an Diekmann. Seiner Hartnäckigkeit war es zu verdanken, dass sie Anne Röder gefunden hatten. Von seiner nicht ganz astreinen Vorgehensweise musste ja niemand etwas erfahren. Er musste Maike noch instruieren. Aber das hatte Zeit.

Vom Sixti-Kirchturm schlug es Mitternacht.

Am Sonntagmorgen stand Behrends schon um acht Uhr auf, obwohl er erst gegen halb zwei völlig geschafft ins Bett gefallen war. Sogar die Aussicht, in wenigen Stunden in Goslar bei seiner Mutter am Mittagstisch sitzen zu müssen, konnte ihn heute nicht aus der Ruhe bringen. Er fühlte sich frisch – vor allen Dingen aber war er erleichtert. Der Albtraum hatte ein Ende gefunden.

Nie hätte er mit solch einem Einstand gerechnet, als er an die Polizeiinspektion in Northeim gewechselt war: Drei Morde! Aber er hatte einen vierten Mord verhindert! Hildebrandt lebte. Wenigstens er war der Rache des Mönches entgangen, auch wenn Behrends dafür gegen alle Regeln verstoßen hatte und allein und auf eigene Faust in das Höhlenerlebniszentrum eingedrungen war. Den harschen Worten, die er dafür sicher noch würde einstecken müssen, stand die Rettung eines Menschenlebens gegenüber, kein Menschenopfer. Was für ein Triumph!

»Komm, Sir Toby«, rief er seinem Hund munter zu, »wir wollen unsere Runde drehen!«

»Junge, in was bist du da bloß reingeraten?«, empfing ihn seine Mutter schon an der Tür. »Ein Mönch, der Menschen umbringt! Und dann diese Zauberei in der Höhle! Das ist ja schrecklich! Was sind das denn nur für Menschen da bei euch hinter'm Harz?«

306

»So ein Blödsinn! Wie kommst du denn auf so was?«, fragte er und drängte sich an ihr vorbei ins Haus. Er wusste natürlich, dass sie auf seine Ermittlungen anspielte. An den entscheidenden Stellen musste sie aber wieder mal etwas falsch verstanden haben.

»Steht doch alles in der Zeitung!«

»Ach wirklich?«

»Ja sicher!«, rief sie ihm empört hinterher. »Ich lüge dich doch nicht an!«

Zum Beweis kramte sie in einem offenen Pappkarton herum, der an der Kellertreppe stand und in dem sie die ausgelesenen Tageszeitungen deponierte, die sich im Laufe einer Woche ansammelten.

»Hier!« Sie warf die Zeitung vom Freitag vor ihn auf den Tisch. »Lies selbst!«

Behrends sah die effektheischende Überschrift und lachte laut auf: »Treibt ein mordender Mönch sein Unwesen am Lichtenstein?«, stand dort in fetten Buchstaben. Da hatte seine Mutter wieder einmal nicht sorgfältig gelesen und das Fragezeichen einfach ignoriert. Noch einige Zeilen später wusste er auch, warum seine Mutter glaubte, in der Höhle werde gezaubert. Der für den Artikel verantwortliche Redakteur hatte natürlich auch die Soko »Höhlenzauber« erwähnt.

Behrends machte seine Mutter auf ihre kleinen Irrtümer aufmerksam und erntete dafür beleidigte Blicke und eine vorgeschobene Unterlippe. »Immer musst du an mir rummeckern! Ich bin noch nicht senil«, greinte sie.

Behrends ignorierte ihre Vorwürfe und blätterte gelangweilt in der Zeitung herum. Ein paar Seiten später blieben seine Augen an der Überschrift eines anderen Artikels hängen: »KFT erarbeitet neues Tourismuskonzept für den Harz.« Direkt unter der Überschrift waren auf einem Foto die Damen und Herren des Vorbereitungsgremiums abgebildet. In der Mitte der Gruppe erkannte er Sabine Bruns.

Er hatte sie völlig vergessen! Hatte im Trubel der Ermittlungen überhaupt nicht mehr an ihre verlockende Einladung gedacht. Ob sie noch in Osterode war? Vielleicht konnte er nachher zu ihr fahren, wenn er das Mittagessen hier hinter sich gebracht hatte und seine Mutter ihn wieder nach Hause entließ.

Hatte Sabine ihm nicht ihre Telefonnummer gegeben? Natürlich! Ihre Visitenkarte steckte noch in seinem Portemonnaie!

»Mama, ich muss eben mal kurz zu meinem Auto, telefonieren. Bin gleich wieder da.«

»Das kannst du doch auch von hier. Wen willst du denn anrufen? Katrin?«

»Nein, Mama! Nicht Katrin!« Er hasste ihre Neugier. Bestimmt würde sie das Gespräch belauschen, würde er ihr Telefon benutzen. »Es ist jemand anderes. Die Nummer habe ich nicht im Kopf. Sie ist in meinem Handy gespeichert. Und das Handy habe ich dummerweise im Auto liegen gelassen.«

»Aber du kannst mir doch sagen, wen du anrufst!«

»Bis gleich, Mama …«

Sabine war tatsächlich noch in Osterode. Heute war ihr letzter Tag im Harz. Morgen früh musste sie wieder abreisen.

Ja, natürlich habe sie Zeit. Besonders für ihn. Sie freue sich. Also dann – bis nachher!

Es fiel Behrends schwer, seiner Mutter gegenüber seine Erregung zu verbergen. Nur mit Mühe überstand er das Drei-Gänge-Menü und ihre immergleichen Geschichten von früher. Doch endlich, am frühen Nachmittag, verabschiedete sie ihn an der Haustür.

»Ich weiß ja, du kommst nicht gern zu mir. Weil ich alt bin, und du nichts mit mir anzufangen weißt. Trotzdem, ich freue mich jedes Mal, wenn du da bist.« Auch das die immer gleichen Worte zum Abschied.

»Mama, bitte! Das stimmt so nicht!«

»Doch, doch. Aber nun fahr schon!«, sagte sie lächelnd und umklammerte doch mit beiden Händen seinen Arm.

»Wir telefonieren miteinander.« Er löste sich aus ihrem Griff. Er hatte es jetzt eilig wegzukommen.

Eine Stunde später stand Behrends mit einer Flasche Champagner, die er an einer Tankstelle gekauft und teuer bezahlt hatte, in

Osterode vor dem Burghotel. Sabine hatte ihm ihre Zimmernummer genannt. Er könne einfach zu ihr heraufkommen, ohne sich beim Portier zu melden.

Er zögerte. Machte zwei Schritte auf die Eingangstür zu, dann wieder einen zurück. Wandte sich zum Schaukasten hin, der neben der Tür an der Wand hing, und studierte die Flyer hinter der Scheibe. Fotos von der Lobby, den Veranstaltungssälen, dem Frühstücksbuffet, den Zimmern der unterschiedlichen Kategorien auf den Flyern. Alles ganz schön, alles ganz nett, aber ohne Atmosphäre. Ein Hotel eben. Kein Zuhause. Für den kurzen Aufenthalt, für das anonyme Treffen. Schneller Sex, kurzer Spaß, unverbindlich …

Behrends ließ den Blick an sich hinuntergleiten bis zur Champagnerflasche in seiner Hand. Er sah plötzlich alles genau vor sich: Sie hätten einen aufregenden Nachmittag und landeten wahrscheinlich sofort im Bett. Fielen übereinander her wie ausgehungerte Raubtiere, lägen danach wohlig und müde aneinandergeschmiegt und saugten die Wärme und den Schweiß vom Körper des anderen in sich auf. Sagten sich kleine Sauereien ins Ohr, leise und verführerisch, kicherten und stachelten sich an, um sich kurz darauf wieder miteinander im Liebesspiel zu balgen. Dann ließen sie sich etwas zu essen aufs Zimmer bringen, sofern das Hotel diesen Service bot. Wenn nicht, spielte es keine Rolle. Sie hatten sich und könnten ihren Hunger auf andere Weise stillen.

Irgendwann in der Nacht würden sie voneinander abfallen. Kraftlos und müde. In traumlosen Schlaf fallen. Am nächsten Morgen aufwachen. In fremden Betten, mit pelzigem Geschmack auf der Zunge und jeder mit den Gedanken bei seinem Alltag, der vor der Tür des Hotelzimmers auf ihn wartete.

Die prickelnde Stimmung, die Vertrautheit des Vortages wäre verflogen. Die Gesichter zweier Welten blickten leer in den Morgen. Zweier Welten, denen es unmöglich war, zu einer zu verschmelzen. Vielleicht frühstückten sie noch zusammen, doch dann trennten sich ihre Wege. Endgültig. Ohne viele Worte, ohne große Gefühle. Einfach so, als wäre nichts geschehen.

Wollte er das? Wollte er das wirklich? Er legte den Kopf in den Nacken, schaute auf die Fensterreihe im Obergeschoss des Hotels. Irgendwo da oben saß Sabine in ihrem Zimmer und wartete auf ihn.

Nein, es funktionierte nicht. Er war auf der Suche. Aber er suchte etwas anderes! Langsam setzte er einen Schritt vor den anderen, wurde schneller und ging zu seinem Auto, das er hinter dem Hotel geparkt hatte. Bevor er einstieg, wählte er Sabines Nummer.

»Wo bleibst du?«, fragte sie.

»Ich komme nicht. Ich kann es nicht, verstehst du? Tut mir wirklich sehr leid. Mach's gut.«

Er drückte das Gespräch weg und wählte erneut. »Katrin? Was machst du gerade? Hast du Zeit …? Ja …? Schön! Was hältst du von einem gemütlichen Nachmittag zu zweit? Ich könnte Kuchen mitbringen. Heute Abend … Kino vielleicht? Und danach … ich habe Champagner ... Prima …! Dann bis gleich!«

Als er eine halbe Stunde später die Tür aufschloss und in den Hausflur trat, schlug ihm der Duft von frisch gebrühtem Kaffee entgegen. Er hörte das leise Klirren von Geschirr und Katrins fröhlich summende Stimme.

Er war zu Hause angekommen.

Danksagung

Bedanken möchte ich mich vor allen Dingen bei meiner Lektorin, Anette Kleszcz-Wagner. Sie hat mir auf sehr spannende Art und Weise gezeigt, was sie unter konstruktiver Kritik versteht. Mit ihrem Engagement hat sie das Beste aus mir und meinem Manuskript herausgeholt. Ganz herzlichen Dank für ein „farbenfrohes" Lektorat!

Ein Dankeschön geht natürlich auch an Stefan Flindt und Manfred Huchthausen. Sie haben mich den ganzen langen Weg von der Idee zu diesem Buch bis hin zur Fertigstellung des Manuskriptes begleitet. Sie haben mit mir gehofft und gefiebert, ob mein Wunschverlag es veröffentlichen wird, und sich mit mir gefreut, als es tatsächlich zum Vertragsabschluss gekommen ist. Nicht zuletzt haben sie sich ganz selbstlos als „Modell" zur Verfügung gestellt, als es darum ging, zwei meiner Romanfiguren Leben einzuhauchen. Jungs, ich danke euch!

Roland Lange

Harz Krimis vom selben Autor